메콩강에 지다

이충호 소설집

메콩강에 지다

제1판1쇄 인쇄 | 2007년 9월 20일
제1판1쇄 발행 | 2007년 9월 27일

지은이 | 이 충 호
펴낸이 | 박 한 동
펴낸곳 | 도서출판 하늘마루

등록번호 | 제 311-2005-000035(2005. 9. 5)
주소 | 서울시 은평구 불광1동 17-9
전화 | 02-388-8035/팩스 02-2274-6079
ⓒ 이충호, 2007. 서울
값 10,000원

ISBN 978-89-92306-04-8 03810

* 잘못 만들어진 책은 바꾸어 드립니다.
* 저자와 협의하에 인지는 생략합니다.

이 충 호 소설집

메콩강에 지다

도서출판 하늘마루

작가의 말

몇 해 동안 몇몇 문예지에 발표했던 글을 모아 한 권의 책으로 묶는다.

원고를 정리하다 보니 철 지난 옷을 입고 있는 것처럼 지나간 시간의 뒤뜰에 멋쩍게 서 있는 글들도 있었지만, 생각해 보니 어느 것이나 다 그 시대의 현실 속에서 씌어진 것들이기에 그대로의 의미가 있을 것 같아 함께 묶기로 했다.

좋든 싫든 소설은 그 시대의 현실을 피해갈 수 없다. 때로는 시대를 바라보는 격정으로, 때로는 삶의 좌절을 안고 글을 써야 할지라도 소설은 그 시대를 바라보는 눈이 냉철해야 한다는 생각을 해왔다. 소설이란 이름으로 시대의 진실을 왜곡하고, 한 시대의 광기나 시류에 편승하여 인간의 삶을 오도하려 든다면 소설이 갖는 문학적 의미가 상당히 상처를 입게 될 것이다.

어떠한 형태의 글이든 작가가 남긴 글은 또 하나의 작가 자신이다. 작가로서 깨어 있다는 것은 힘든 일이지만 나의 소설은 내가 한 시대를 살아오면서 부딪친 현실과 대립하고 또 화해해 온 내면의 기록이다.

작가로서 나의 글 쓰기가 그렇게 치열했다고 말할 수는 없다. 하지만 나름대로 열심히 세상을 읽고 그 세상 속에서 인간의 모습을 찾아 내려는 노력만은 진지했다고 고백하지 않을 수 없다. 소설은 내 내면 속의 악마적 위선과 맞서고, 때로는 칼날 같은 세태와 맞서는 하나의 수단으로써, 늘 내 곁에 있어온 삶의 동반자이며 끊임없이 나를 일깨운 스승이다.

 이 시대 문학의 가벼움과 공허함 속에서 나의 소설도 한낱 허명이나 좇아가는 속물적 근성에 충실했던 것은 아닐까 가끔 반문해 보기도 하지만, 나의 글 속엔 적어도 한 시대의 뜨거운 현실을 헤쳐 온 작가적 자각은 있으리라는 점에서 의미를 찾을 수 있을 것이다.

 해가 저물어 갈 수 없는 어두운 숲 속에서도 길은 분명히 거기에 있어서 소중하듯이, 길이 지워진 암울한 이 시대의 혼돈 속에서도 그 길을 찾고 있는 사람이 있을 것이기에 나는 그 길에 이 소설을 바친다.

2007년 가을
저자 이 충 호

차 례

■ 작가의 말 | 4

메콩강에 지다 | 9
풍 파 | 37
황혼을 차오르는 새 | 63
팔월의 빈 뜰 | 85
롤러코스터 게임 | 113
개를 찾습니다 | 139
잔상, 그 비탈에 서다 | 173
재 회 | 195
똥계장과 신데렐라병 | 221
처용을 아십니까 | 247
IMF공화국에 부침 | 271

■ 작가의 작품 세계 / 장경렬
갈등의 구조에 담긴 '다성적 울림'을 찾아서 | 297

메콩강에 지다

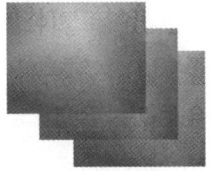

메콩강에 지다

　메콩 델타로 가는 보트 위에서 마치 바늘로 찌르듯이 배가 아팠다. 배에 오르기 전 미토 선착장 식당에서 먹은 음식이 몸에 맞지 않았던 것 같았다. 가물치 냄비 요리의 일종인 러우까를 먹은 것까지는 좋았는데 후식으로 먹은 파인애플, 즉 텀이 문제였던 것 같았다. 호치민에서 미토로 가는 중간 휴게소에서 따라붙는 상인의 손을 뿌리치지 못해 텀을 한 묶음 샀는데, 껍질을 벗긴 것을 비닐 봉지에 넣어 주었다. 몇 개는 차 안에서 먹고 몇 개는 식당까지 들고 가서 먹었는데 그것이 배탈을 일으켰던 것 같았다.
　정원이 서른여 명 될 듯한 보트엔 두 명의 미국인 선교사와 또 몇 명의 일본인, 그리고 한국의 대학생 선교단 소속의 학생들이 타고 있었다. 마지막으로 내가 타자 배는 곧 머리를 돌려 강을 비스듬히 가로지르기 시작했다. 푸른 하늘 아래 도도히 흐르는 황토색 물결이 원시의 상징처럼 꿈틀거리며 배의 옆구리를 핥고 간다.

동생을 기다리다가 시간이 늦어졌다. 전날 밤 동생은 비록 화난 표정이었지만 집으로 돌아가면서 내일 아침 숙소로 가겠다는 말을 했다. 그런데 약속한 시간이 한 시간 반이나 지나도록 기다렸으나 동생은 나타나지 않았다. 혹시 여행 출발지에 와 있을지 모른다는 생각에서 그가 일러 준 신까페라는 여행사로 갔으나 거기에도 동생의 모습은 보이지 않았다. 신까페의 예약자 명단에 내 이름뿐만 아니라 그의 이름도 분명 들어 있었다. 그곳에서 30분은 좋이 망설이다가 여행사의 스케줄에 쫓겨 버스에 오르고 말았다.

강은 넓고 깊어 보였다. 유유히 흘러가는 황토색 강물을 보고 있으니 전날 밤 동생이 하던 말이 생각났다.

"형, 메콩강의 짙은 물결은 이 나라의 도도한 자주의 물결입니다. 그것은 이 나라 인민의 끈질긴 힘의 근원이며 외세 배척의 상징입니다. 어떤 제국주의 세력도 결코 넘볼 수 없는 강한 힘 말입니다."

술기운 때문인지 동생의 말은 거칠고 투박하게 들렸다. 인민, 제국주의와 같이 왠지 날이 서고 모가 난 듯한 말들을 강조하듯이 자주 쓰는 것이 귀에 거슬렸다. 그것은 마치 '너 같은 제국주의자, 인민의 반대 세력들은 귀담아들어라'는 말처럼 들렸다.

참으로 오랜만에 동생과 함께 하는 자리였다. 나는 한때 이 나라의 심장부였던 사이공 뒷거리에서 지난날의 어둡고 아픈 긴 역사의 늪 속으로 다시 빠져 든 것 같은 기분이 들어 거푸 술잔을 비웠다. 이 나라 특유의 노릿한 염소구이를 앞에 놓고 몇만 리 밖에서 혈육을 만난 기쁨과 지난날 이 나라에서의 아픈 기억들이 나를 자꾸만 술 속으로 불러 들였다.

밤이 되니 대지의 열기가 식고 나뭇잎 사이로 십자성은 수줍게 얼굴을 드러냈다. 나는 술이 취할수록 감정이 격해졌으나 동생은 술을 마실수록 더 냉정해지는 것 같았다. 말마다 동생은 나를 설득하려 했고 나는 동생의 말에 감정이 상했다. 나의 말이 거칠어지자 동생은 가끔씩 속이 뒤틀린 듯 정색을 하며 나를 쳐다보았다. 술이 취한 상태에서 정색을 하며 나를 노려보는 그 눈길이 내 속을 파고들 듯 날카롭게 느껴졌다.

구찌 터널을 둘러볼 때도 그랬다. 숨이 막힐 것 같은 좁은 땅굴을 빠져나와 관광용 사격장을 지나면서 했던 말에도 그는 얼굴이 굳어졌다.

"이 나라는 정말 알다가도 모를 나라야. 전쟁으로 그 많은 사람의 목숨을 잃고도 바로 그 자리에서 다시 전쟁놀이 사격 체험으로 돈을 벌다니……."

나도 모르게 무심결에 흘린 말인데 동생은 눈살을 찡그리며 못마땅해 하는 표정을 지었다. 어찌 보면 동생은 베트남 사람보다도 더 열렬한 베트남 마니아가 되어 있는 것 같았다. 그는 구찌 터널에 대해서도 현지 안내인보다도 더 자부심을 가지고 있었다. 구찌 터널의 구조와 그 치밀성, 그리고 그 구조를 이용한 게릴라전의 전개와 교묘한 술책, 매복술과 위장 전술, 심지어 재래식 덫을 놓아 적을 잡는 방법이나 전투 비상 식품의 하나인 라이스 페이퍼를 만드는 과정까지도 구체적으로 알고 있었다.

그의 말처럼 메콩강은 이 나라 힘의 원동력임은 틀림없다. 아득히 먼 티베트 고원에서 발원하여 중국, 미얀마, 태국, 라오스, 캄보디아를 거쳐 유유히 흐르는 메콩강이 그 유역에 대량의 토사를 축척시켜 만들어낸 광대한 대지가 바로 메콩 델타이다. 강 하구에서는 아홉 개의 지류로 나뉘어 쿠롱, 즉 아홉 마리의 용이라는 신성한 이름으로 불린다.

그러나 이곳은 우리에게 베트남 전투 중에 가장 힘들었고 치욕적인 곳 중의 하나였다. 특히 비가 집중적으로 내리는 5월에서 11월까지 이곳에서의 전투는 참담하였다. 코코넛 야자를 비롯한 잎이 넓은 원시의 열대 식물들이 빽빽이 들어서서 지척을 분간할 수 없었던 밀림은 우리를 기다리는 덫과 같았다. 그들에겐 천혜의 요새며 축복 받은 삶의 젖줄이었지만 강과 델타는 우리에게 악몽처럼 느껴졌다. 게릴라 군대의 침투와 철수, 북베트남의 보급품을 게릴라 군에게 전달하는 이른바 호치민 루트로 이용되었던 강은 그들에게는 나라를 지킨 위대한 어머니의 강이었음은 분명하겠지만 우리에겐 악몽의 전선이었다.

동생은 내가 메콩 델타 지역 작전에 여러 차례 참전한 것을 잘 알고 있다. 그는 '피 흘린 청춘'이라고 써 놓은 내 월남전 참전 사진첩을 나보다 더 자주 들춰 보면서 메콩강 델타에서의 작전에 대해서 묻곤 했기 때문이다.

동생이 오늘 메콩 델타 크루즈에 동행하지 않은 데는 어떤 의도가 깔려 있는 것 같은 생각이 들었다. 구찌 터널 투어와 한·월 작가들의 모임에까지 동행했던 그가 오늘 크루즈에 동행하지 않은 것은 지난밤에 마신 술 때문이거나 나와의 말다툼 때문은 아닌 것 같았다.

강바람이 시원하게 얼굴을 때리고 갔다. 강변으로 한가로이 서 있는 수상 가옥과 그 사이사이에서 물고기를 잡고 있는 작은 배들이 떠 있는 강을 거슬러 오르면서도 나의 머리는 여러 가지 생각으로 어지러웠다. 정말 내가 다시 오리라고는 생각도 못했던 이 델타 밀림을 다시 밟게 된다는 감회 때문에 가슴은 물결처럼 출렁거렸다.

호치민의 복잡한 도심을 벗어나서 국도 제 1호를 따라 남서쪽으로 달려가면서 보았던 수많은 낯익은 풍경들. 앞면이 좁고 뒤가 깊은 특유의 주택들. 들과 마을, 동네 놀이터 같이 규모가 작고 초라한 학교들, 가끔씩 하얀 아오자이 차림의 학생들까지도 옛 모습 그대로였다. 칙칙한 숲과 옹기종기 몸을 맞대고 선 마을의 집들, 그리고 마을을 베고 누운 무덤과 종전 30주년을 알리는 베트남 공산당 깃발과 베트남 국기가 줄줄이 도열해 있는 풍경들은 조용하고 평화롭게 보였다. 한쪽에서 벼를 베고 한쪽에선 벼를 심는 풍경이 이 나라가 안고 있는 현실의 모순처럼 느껴졌지만 겉으로는 이 나라가 전쟁의 깊은 상처를 안고 있는 나라로 보이지 않았다.

떤선녓 국제공항에 도착해서 지금 메콩 델타로 가는 이 배에 오르기까지 이 나라에서의 며칠 동안 한편으로는 설레고 한편으로는 어둡고 아픈 기억들이 짙은 구름처럼 내 마음을 누르고 있었다.

내가 여기에 온 것만 해도 그렇다. 망설임의 연속이었다. 아우로부터 베트남을 한번 다녀가라는 초대를 받은 것은 북한의 핵 문제를 놓고 보수와 진보 진영이 서로 갈라서서 벌이는 시위로 나라가 온통 벌집 쑤셔 놓은 듯이 시끄러울 때였다.

호치민 대학 토목과 초빙 교수로 있는 동생에게서 전화가 왔다. 그는 느닷없이 베트남을 한번 다녀가라고 했다. 위탁 받은 연구가 이제 어느 정도 마무리가 되어 시간을 낼 수 있으니 함께 베트남을 여행하자는 것이었다. 그러나 나는 연초의 바쁜 일정 때문에 선뜻 승낙할 수가 없었다.

그로부터 꼭 한 달 뒤 '베트남을 사랑하는 작가들의 모임' 사무국 일을 맡아보고 있는 친구에게서 전화가 왔다. 베트남 독립 60주년과 종전 30주년을 기념하기 위한 한·베트남 작가들의 행사에 동참해 달라는 초청이었다. 베트남에 진출해 있는 국내 굴지의 신발 제조업체로부터 지원을 받아 하는 행사이기 때문에 작품 성향이나 소속 단체에 관계없이 여행비 일부만 자신이 부담하면 누구나 참가할 수 있으니 참여해 달라고 했다. 동생의 초대도 있었고, 또 친구의 부탁이 하도 간곡해서 어렵사리 마음을 내게 되었다.

내가 탄 일본 항공기는 오사카를 경유해서 호치민 떤선넛 공항까지 가는 데 꼭 12시간이 소요되었다. 인천을 출발해서 떤선넛에 도착하기까지 내 마음은 무거움과 들뜸 두 영역 사이를 끝없이 오가며 하늘을 날고 있었다. 목적지에 도달하고 있다는 몇 번의 안내 방송이 있고 나서 항공기의 창 밖으로 호치민의 시가지 모습이 드러나기 시작했다. 현지 시간 7시 20분이었다.

마치 꿈틀거리는 거대한 한 마리의 뱀처럼 S자 형태로 굽이치는 사이공강을 끼고 두부모를 잘라놓은 것 같이 반듯한 길들이 사방으로 뻗어나가고 있었다. 마치 장난감을 배열해 놓은 듯한 건물들 사이로 보이는 도심의 거리엔 가로수들이 녹음을 이루고 있었다.

나는 숨이 멈출 것 같이 흥분된 마음으로 도시를 샅샅이 훑어보았다. 남에서 북으로 벤응에강, 잔싱 시장, 독립궁, 인민위원회 청사와 사이공역, 그리고 후엔시 교회의 흰색 건물이 장난감처럼 눈에 들어왔다. 나는 옛날의 기억을 더듬으며 빈단 병원의 건물을 찾으려 했으나 위치를 확인할 수 없었다.

항공기가 천천히 공항 쪽으로 방향을 선회하며 고도를 낮추어 갈 때 나는 기대와 불안한 마음으로 가슴을 죄며 잠시 눈을 감았다.

내가 살아서 다시 이 나라의 땅을 밟게 되다니……. 이름 모를 그 수많은 산과 들에서 전우들을 잃고 울부짖던 이 가슴 아픈 상처의 땅에 다시 오게 되다니……. 착잡한 생각들이 잠시 나의 눈을 흐리게 했다. 땅과 하늘의 중간에 서서 나는 만감이 교차되는 기분이었다.

처음 동생의 초청을 받고도 선뜻 마음이 내키지 않았던 것은 바로 이런 아픈 기억을 되새기고 싶지 않았기 때문인지도 모른다. 그러나 지금 내 마음은 하늘을 날고 있다. 그때 그곳 백병전이 벌어졌던 그 고지는 지금 어떤 모습으로 서 있을까. 청룡부대 제3대대가 주둔하고 있던 그 마을은 지금 어떤 모습일까, 하는 궁금한 마음과 다시는 되새기고 싶지 않은 아픈 기억이 뒤섞여 착잡한 마음으로 하늘을 날고 있었다.

그때도 분명 이맘때였다. 부산항 제3부두를 출항하여 꼭 칠일 만에 나트랑항에 도착했던 시간이 저녁 무렵이었으니까. 배가 부두에 가까워지면서 자포자기와 같은 아련한 현기증이 나를 덮쳐 오던 그 순간의 기억이 떠올랐다. 그때 그 기분이 33년이 지난 지금 다시 나를 덮쳐오고 있는 것 같아서 나는 잠시 감았던 눈을 뜨고 부르르 몸을 떨었다.

비행기가 땅에 닿고 '아직은 움직이지 말고 기다려 달라'는 기장의 안내 방송을 듣고도 나는 한동안 멍한 상태에서 벗어나지 못하고 있었다.

나는 컴파트먼트에서 손가방을 꺼내 들고 트랩을 내리는 순간 완전군장을 해서 해군 수송선의 트랩을 내리던 33년 전의 그 순간과 너무나 흡사한 기분을 느껴야 했다.

소대장의 지시에 따라 떠밀리듯 내려서던 그때의 발걸음처럼 나는 나도 몰래 비틀거리는 발걸음으로 비행기 트랩을 내렸다. 사회주의 국가 특유의 불친절한 공안 요원들이 지키는 입국 심사대를 통과해서 걸어 나오면서도 나는 호각소리에 발을 맞추어 걷고 있던 그때의 그 모습을 떠올리고 있었다.

한 자연인인 개인이 아니라, 내 몸이 국가의 일부가 되어 걷던 그 순간의 기억은 지금 내가 어딘가 이끌리듯 입국 로비 쪽으로 발을 옮기는 이 순간의 기분과 다르지 않았다. 그때는 국가의 부름에 의해서 이곳에 왔고, 지금은 누군가에 이끌리듯 여기로 와서 움직이고 있는 것 같았다.

마치 컨베어 벨트 위에서 수화물이 움직이듯 나는 행렬에 섞여서 밖으로 나왔다. 광장으로 나오자 열대 특유의 하오의 지열이 가슴을 파고들었다. 손님을 찾는 택시기사들과 마중 나온 사람들이 뒤섞여 북새통을 이룬다.

33년이란 긴 세월을 넘어선 그 거리였지만 별다르게 느껴지지 않았다. 다만 그때는 자전거를 타고 옷을 헐벗은 사람이 많았는데 지금은 자전거가 오토바이로 바뀌고 옷의 색깔이 좀 더 다채로워지고 산뜻해졌을 뿐 그들의 얼굴, 불에 살짝 구워낸 듯한 까무잡잡한 얼굴, 그리고 작은 체구에 약간 코끝이 올라간 그들의 모습은 마치 어제 만난 사람처럼 친근하게 느껴졌다.

나는 잠시 멍하니 서서 분주히 움직이는 사람들의 모습을 지켜보았다. 내가 지금 델타로 가는 뱃길에서 저 강변의 풍경을 지켜보고 있는 것처럼.

이제 우리가 배를 타고 델타 크루즈를 시작했던 미토 선착장도 뱃길에 묻혀 보이지 않는다. 미토는 옛날부터 호치민과 메콩 델타를 연결하는 교통의 요충지며 델타의 관문이었다. 전쟁 시에도 대부분의 병력들이 이곳을 통해 델타로 오갔다. 강은 도도하다. 열대 우림의 짙은 그림자를 옆으로 끼고 흘러가는 황토색 물결은 이곳 자연의 원시적 속살을 그대로 보여준다.

토이섬 선착장에서 다시 작은 배를 갈아타고 깊이 팬 하천을 따라 델타 안 깊숙이 들어서면 잎이 넓은 코코넛 야자수와 이름 모를 열대 식물들이 빽빽이 하늘을 덮고 섰다. 마치 시생대의 원시림 속으로 들어온 것처럼 지척을 분간할 수 없는 땅이 된다. 그렇다. 이것이 그때 그 전쟁의 딜레마였다. 지척을 분간할 수 없었던 밀림의 현실이 전쟁의 현실이 되고 말았다.

헬리콥터와 M16, 그리고 고엽제인 에이전트 오렌지로 상징되는 그 전쟁은 밀림의 늪에서 헤매다 끝났다. 미국의 무기와 원시 밀림의 전쟁이었다 해도 틀린 말은 아닐 것이다.

동생이 옆에 있다면 그때의 상황을 말해줄 수 있으련만, 그때 이곳에서 얼마나 많은 사람이 죽어갔고 나는 어떻게 살아 나왔는가를 말해 주고 싶은데 동생은 동행하지 않았다.

나는 깊이 숨을 들이쉬면서 멀리 숲 쪽으로 눈을 던졌다. 광대한 델타 곳곳에 은거해 있던 베트콩 병사들이 밤이 되면 지상으로 올라와 잔혹한 게릴라전을 펴던 것을 생각하며 나는 다시 한 번 부르르 몸을 떨었다.

내가 참가했던 다섯 번의 델타 작전 중에서 네 번째가 가장 힘들었다. 그때는 5월 말이었다. 이 나라의 건기가 끝나고 우기가 시작되어 칙칙한 더위가 온몸을 휘감는 날씨였다. 잠결에 어머니가 급히 부르는 소리에 잠을 깼는데 꿈이었다. 왠지 불안한 마음으로 일과가 시작되길 기다리고 있었는데 소대장은 임무를 전달했다. 토이손섬에 은거하는 베트콩 소탕 작전이었다. 이미 정찰조가 훑고 지나간 지역에 숨어 있거나 농민으로 위장해 있는 베트콩을 찾아내어 소탕하는 작전이었다.

세 척의 보트에 나누어 타고 섬에 상륙하였다. 작전이 시작되어 한나절이 지나도록 은거하는 적을 찾아낼 수 없었다. 앞뒤를 분간할 수 없는 밀림에서 숨어 있는 베트콩을 찾아내기란 볏짚 속에서 바늘을 찾는 일보다 더 어려웠다. 우리는 농가에 들어가서 레이션 하나씩을 나누어주고 저녁 무렵에 2인 1조씩 나누어 참호에 들어가서 야간 매복을 시작했다.

숲 속의 온갖 풀벌레들이 우는 소리가 마치 평화로운 밤의 자장가처럼 은은히 들려왔다. 자정이 가깝도록 숲은 조용하기만 했다. 방심한 탓이었을까, 자정을 좀 넘기고 나서 적이 먼저 우리를 습격해 왔다. 우리는 매복해 있는 참호 속에서 적의 기습을 당한 것이다. 동·서·남 세 방향에서 동시 다발적으로 사격이 가해지면서 적은 우리 소대를 덮쳐 왔다. 우린 속수무책으로 당했다.

다행히 지원 소대의 지원 사격이 가해지면서 적은 물러갔지만 여섯 명의 전우를 잃었다. 적은 귀신같이 우리의 참호 위치를 정확히 알고 있었던 것이다. 낮에 우리를 반기고 도와 주었던 그 농부들이 밤이 되면서 적으로 변했던 것이다. 참담한 패배였다. 그날 우리 소대는 날이 밝기를 기다려 전우들의 시신을 거두어 본부대로 철수했다.

지난밤 무슨 일이 있었느냐는 듯 숲은 그날도 조용하기만 했다. 간밤에 총탄이 스쳐간 곳이라고는 도저히 믿어지지 않을 정도로 조용하던 숲의 뻔뻔함에 진저리를 치면서 숲을 빠져나왔다.

그때 강을 건너면서 느꼈던 것은 나도 언제 저렇게 쓰러질지 모른다는 불안감이었다. 아침에 같이 밥을 먹고 나갔던 전우가 저녁엔 싸늘한 시신이 되어 돌아왔던 그 허망함. 갈기갈기 찢겨진 전우의 시신을 꿰매는 과정을 지켜보면서 밤을 지새우는 참담한 현실을 떨쳐버리려고 애를 썼다. 나는 생명을 옥죄어 오는 현실에 몸부림치며 어떻게든 살아가야 한다고 앞니를 깨물었다.

일찍 남편을 잃고 홀몸으로 가족을 부양해가는 어머니를 생각하면서 나는 살아야 한다는 생각을 했다. 그러나 살아야 한다는 생각을 하면 할수록 살아가는 것이 더 어렵게 느껴졌던 그때의 기억이 마치 어제의 일처럼 떠올랐다.
 일과가 끝나고 밤이 되어 막사의 뜰에 나가면 야자수 잎 사이로 십자성이 어머니의 소망처럼 밝게 빛나고 있었다. 어려서부터 유난히도 욕심이 많고 불만이 많았던 동생이었지만 이국 만리 전선에서 받는 동생의 편지는 나에게 용기와 희망을 더해 주었다.
 그때 나는 행운의 상징처럼 동생의 편지를 수첩에 넣고 다니며 읽고 또 읽었다. 수없이 건너 다니던 메콩강 뱃길에서 동생의 편지를 읽었다. 힘주어 꼭꼭 눌러 쓴 깨알 같은 글 속에서 가족의 체취를 느끼며 나는 주술처럼 어머니에게 나를 지켜 달라고 빌었다. 그러면 어머니는 '지하에 계신 너의 아버지가 너를 지켜 주실 거다'고 속삭이는 듯했다.
 동생은 나에게 또 하나의 믿음이며 희망이었다. 내가 죽더라도 동생이 있으니 그가 어머니를 지켜 줄 것이라는 생각에 나는 한결 마음이 놓이곤 했다. 온갖 기억들이 어제의 일처럼 너무나 생생히 떠올랐다.
 토이손섬의 숲이 깊어지면서 마음도 더 무거워졌다. 다른 사람들은 즐거운 오지 여행이 되겠지만, 나에겐 이 섬으로의 여행이 전쟁의 상처를 다시 밟아 가는 가슴 아픈 여정이 되고 말았다. 이곳으로의 여행이 이렇게 가슴의 상처를 들쑤시는 일이 될 거란 것을 알았더라면 오지 말아야 했었는데, 하는 후회가 가슴을 짓눌렀다.
 전날 구찌 터널을 둘러보면서도 마음이 착잡하기는 마찬가지였다. 전쟁 기념관에서도, 인민위원회 청사를 둘러보면서도 나는 마치 전범자가 되어 이 나라에 돌아온 기분이었다. 동생은 입만 열면 '침략자 미 제국주의'와 '잔혹한 한국군' 그리고 '위대한 호치민'이었다. 전쟁 기념관 방명록에도 그는 그렇게 썼다. '미 제국주의 전쟁광을 물리친 위대한 호치민!'이라고. 그는 마치 나에게 시위라도 하듯 붉은 이념이 묻어 있는 말들을 많이 사용했다.

사실 나는 통일궁을 둘러보고 이어서 전쟁 박물관에 들렀을 때는 마치 다시 그때의 전쟁 속으로 돌아간 것 같은 착잡한 환상에 사로잡혔다. 그 수 많은 종류의 살상 무기와 전투기, 들판마다 널려 있는 시신과 잔혹한 인명 살상 장면들을 보는 순간 잠시 현기증이 일었다. 보이는 것마다 미군과 그 동맹국 군이 잔혹하게 베트남인을 죽이는 사진들이었다. 사진은 현실보다 더 참혹하게 느껴졌다. 죽이고 죽은 전쟁이었건만 아군이 적을 죽이는 사진뿐이었다.

"이것은 전쟁이 아니라 미군의 일방적인 학살이었습니다."

동생의 말에는 분노가 섞여 있었다.

"이 나라 땅덩어리보다 더 많은 폭탄을 갖다 붓고도 깨끗이 진 전쟁입니다. 저기 그들의 만행을 한번 보십시오. 짓밟힌 이 땅의 젊은 여인들, 버려진 아이들을 한번 보십시오. 그리고 라이 따이안의 고통은 또 어쩌고요."

그는 내가 마치 전쟁의 주범이라도 되는 것처럼, 아니면 이 땅의 젊은 누이들의 몸을 짓밟고 라이 따이안의 씨를 남겨 놓고 간 당사자라도 되는 것처럼 정색을 하며 나를 쳐다보았다. 순간 심한 모멸감을 느꼈다. 가슴이 답답하고 뭔가 가슴에서 터져 나올 것 같았지만 나는 죄인 아닌 죄인이 되어 입을 다물고 있을 수밖에 없었다.

'전쟁의 상처는 동전의 양면과 같은 것인데 어느 한 쪽만을 진실이라고 말할 수 있겠는가? 저 사진의 대부분은 일부의 진실일 뿐이다. 전쟁은 상대적이다. 베트남인의 죽음이 저렇게 처참하듯이 5만 6천 명의 미군의 죽음, 그 하나 하나가 처참하지 않은 것이 어딨겠는가?

메콩강에 지다 | 21

들판에 처참히 쓰러져 있는 북베트남 군인들이 싸운 것은 남쪽의 베트남 인민이고, 미군이고, 한국군이었지만, 그들을 죽음의 땅으로 내몬 것은 하노이 정권의 집권자들이 아니었던가?'
라고 말하고 싶었지만, 말 할 자리가 아닌 것 같아서 나는 입을 다문 채 동생의 말을 듣고 있을 수밖에 없었다.
"내가 이 나라에 오기 전까지만 해도 이 나라가 이렇게 대단한 나라라는 것을 몰랐습니다. 프랑스, 미국 같은 강대국을 줄줄이 물리친 위대한 나라라는 것을 몰랐습니다. 호치민에 대해서 말하면 참 재미있는 사람입니다. 교사 집안 출신으로 일찍 프랑스 유학을 합니다. 그리고 프랑스 배 선상 요리사가 되고, 마침내 프랑스와 싸워 이긴 사람이 되지요. 그는 베트남 인민을 위해 사회주의의 이상을 이 땅에 펼친 장본인입니다. 위대한 커뮤니스트입니다. 미국 침략자들이 부패한 고딘디엠 정부를 지원하면서 공산주의란 이유만으로 폭탄을 퍼붓던 그 침략 전쟁 3,200일을 이겨낸 위대한 영웅입니다."
동생은 마치 호치민교의 신도가 되어 있는 듯했다. 호치민에 대한 그의 믿음은 열렬했다. 그의 말은 어찌 들으면 우습고 유치하게 느껴졌다. 마치 편향된 이념에 물든 철부지들이 떠들어 대는 말처럼 공허하게 들렸다.
1948년 이 나라가 독립하고 54년 디엔 비엔 푸에서 프랑스군을 물리친 것은 호치민이 아니었다. 프랑스의 패배 그 다음날 제네바 회의에서 170선 벤 하이강을 중심으로 잠정적으로 남·북으로 갈라 놓고, 56년 7월에 총선을 치르기로 했으나 그 약속은 지켜지지 않았다. 그래서 남쪽의 친가톨릭, 친서방의 고딘 디엠 정권이 들어서고, 북쪽은 호치민 정권이 들어섰던 것이다.
호치민의 공산세력이 없었다면 단일 정부가 들어설 수도 있었다.

그러나 그의 공산주의 정권의 야욕 때문에 나라는 갈리고 그 와중에 미국 군사 고문단이 개입하면서 이념의 갈등은 시작되었다. 그런데도 동생은 마치 미국이 이 나라를 분열시켜 놓은 것처럼 말하고 있었다.

내가 참전 용사라서 그런 것이 아니라 베트남에 대한 나의 생각은 달랐다. 베트남 전쟁은 단지 미국을 등에 업은 남베트남과 북베트남의 전쟁이 아니었다는 것이 나의 생각이었다. 소련과 중국 등 공산 진영을 등에 업은 하노이 정권과 미국을 비롯한 서방 자유 진영을 등에 업은 사이공 정권의 싸움이었다. 그것은 어찌 보면 민주와 반민주, 자유와 반자유, 자본주의와 공산주의의 이념의 싸움이었다.

남측만이 서방의 힘을 입고 북측은 홀로 싸운 싸움이 아니었다. 북측은 소련과 중국으로부터 막대한 군수품과 무기를 지원 받고 있었다. 그들은 입으로는 외세를 배척한다면서 뒤로는 외세를 끌어들이고 있었다. 남측이 자유 진영의 꼭두각시였다면 북측은 소련 공산당의 꼭두각시였다는 것이 나의 생각이었다.

미국이 두려워했던 것은 자유의 이념을 말살하려는 공산주의적 이념의 전파였다. 한 나라가 공산화되면 또 한 나라가 공산화된다는 우려와 그 결과로 자유 진영이 연쇄적으로 붕괴되는 것을 미국은 두려워했던 것이다. 그것은 결국 미국의 국익과 관련된 것이기도 하지만 모든 자유 진영 국가의 국익과 관련된 것이었다는 것이 나의 생각이었다.

동생의 말은 마치 내가 지금까지 생각해 왔던 것이 그릇되고 나의 삶은 잘못된 길을 걸어왔다고 단정하는 말처럼 들렸다.

베트남전은 미국이 빠진 하나의 늪이었다. 앞뒤를 구별할 수 없는 밀림과 두더지처럼 파 내려간 땅굴과 같은 늪에 빠진 것이었다. 엄격히 말해서 미국은 진 것이 아니다. 미국은 잘못 발을 들여놓은 늪에서 발을 뺀 것이다.

미국은 하노이 정권의 말을 믿었다. 남북 어느 일방이 상대방을 강조하거나 통합함이 없이 단계적으로 통일을 수행한다는 평화 협정의 잉크가 마르기도 전에 그들은 무력으로 남쪽을 침공하여 나라를 적화시켰다. 그래서 무능한 사이공 정부가 무너지고 인민이 살육당하자 23만 명의 피난민들이 배를 타고 망망대해에 몸을 맡겼다.

북측의 모순과 독재는 정당하고 남측의 부정과 부패는 꼭두각시의 놀음이 된다면 그것은 편향된 자가당착의 논리다. 북측이 수백만 인민을 죽음의 전장으로 몰아넣은 혁명적 폭력은 통일을 위한 것이고, 남측이 행한 전쟁은 외세 침략의 전쟁이라면 그것은 언어도단이다. 남측이 전쟁에 이긴다면 통일되지 않고, 북측이 이겨야만 통일이 된다는 식의 모순과 불합리를 어떻게 받아들이란 말인가…….

나는 혀끝에서 맴도는 이런 말들은 씹어 삼켰다.

인민위원회 청사를 나와 한·베트남 독립 60주년 베트남 종전 30주년 기념 작가 대회가 열리기로 되어 있는 호텔로 가기 위해 동코이 거리를 걸어갈 때도 이러한 생각들은 무겁게 가슴을 누르고 있었다.

행사장에는 벌써 많은 사람이 모여 있었다. 행사 안내 소책자엔 미술 작가와 문학 작가로 구성된 한국측 작가와 베트남 화가와 작가들, 그리고 북한에서 온 다섯 명의 작가의 명단이 들어 있었다.

행사가 시작되기 전까지는 대체로 좋은 분위기였다. 그러나 전시장에 전시된 미술 작품을 보는 순간 나는 실망을 금할 수 없었다. 마치 전쟁 기념관의 사진을 옮겨 놓은 듯한 전쟁을 주제로 한 미술 작품들이 다시 한 번 나를 놀라게 했다. 한결같이 미군과 한국군이 베트남 양민을 죽이고 마을을 불 지르는 내용들이었다. 미술 작품이나 문학 작품에 대한 이야기는 없고 전쟁에 대한 이야기뿐이었다. 한국 작가들이 마치 반성문을 써서 베트남측에 속죄하고 있는 분위기였다. 나를 더 놀라게 한 것은 우리측 대표의 인사말이었다.

"참으로 돌이켜 생각하고 싶지 않지만, 한때 미국의 하수인이 되어 전쟁의 광기로 이 아름다운 나라를 초토화시키고 무고한 사람을 사지로 몰아넣었던 그 무자비하고 야만적인 만행을 사죄하고 베트남과 하나가 되기 위해서 우리는 여기에 왔습니다. 우리가 이 나라 인민들에게 뼈를 깎아 바쳐도 다 속죄할 수 없겠지만, 우리는 참으로 후회하고 지난날 잘못된 역사의 책장에 채찍을 후려치는 심정으로 여기에 섰습니다. 우리도 베트남 인민의 통일 방식을 배우고 위대한 지도자 호치민 국부의 외세 배척, 자주 자립의 구국 정신을 배워 우리의 국토 통일에 기여하기 위해서 여기에 온 것입니다."

그의 말은 유장했다. 한 마디 한 마디가 나의 비위를 뒤집어 놓는 말들이었다. 그러나 일은 거기에서 끝나지 않았다. 동행한 한 작가의 시 낭송은 더 충격적이었다.

    미 제국주의 양키들이 던져준 총을 메고
    그들의 개가 되어 이 나라를 질주하던 그 밤
    보이는 것은 다 죽이고 다 불 지르며
    그 무고한 양민의 피와 살로
    축배를 들던 날
    질곡은 얼마나 길고 어두웠던가.

그의 시가 낭송되는 동안 두 차례의 기립 박수가 터져 나왔다. 그의 목소리는 단호하고 힘이 있었다. 비장한 마음으로 낭독하는 결의

문 같았다. 시라기보다 반미 선동 구호라고 해야 할 것 같았다. 베트남 작가들은 의외라는 표정으로 담담한 반면 우리측 작가들이 더 열렬한 반응을 보였다.

나는 그 자리에서 뛰쳐나오고 싶은 충동을 느꼈지만, 공식적으로 초청된 사람으로서 취할 수 있는 행동이 아닌 것 같아서 지그시 눈을 감고 있을 수밖에 없었다.

'이것이 베트남을 사랑하는 작가들의 모임이 하는 행동이란 말인가? 베트남의 무엇을 사랑하는 모임이라는 말인가? 이 나라의 공산주의식 혁명 통일 방식을 사랑한다는 말인가? 자유와 자본을 외판 자본으로 규정해서 몰아내고 공산 세력을 끌어들인, 그래서 전 세계적으로 몰락한 공산주의의 이념을 낡은 깃발처럼 아직도 내걸고 있는 그들의 정신을 사랑한다는 말인가? 종전 30년, 이제야 비로소 자본을 배우고 경제를 배우며 사회주의의 악몽에서 깨어나고 있는 이 낙후와 국민의 무지를 사랑한다는 말인가?'

행사가 끝나자마자 나는 그 자리에서 도망치듯 뛰쳐나왔다. 그래서 동생과 함께 들른 곳이 바로 하이바쯔 거리에 있는 '구안꺼이'라는 주점이었다.

"형님, 남한이 호치민을 죽이는데 일조를 했다면 북한은 호치민을 살리는 데 일조를 했습니다. 지금 나는 우리 군대가 이 나라에 저지른 만행을 속죄하는 마음으로 살아갑니다."

그의 말은 확신에 차 있었다.

"가당치 않은 말이다. 누가 누구에게 속죄한단 말인가? 그것은 전쟁이었다. 국가와 국가가 이념에 맞서 싸운 국가의 행위였다. 속죄를 해도 국가가 할 일이지 네가 무엇을 속죄한단 말인가? 지금 너의 말은 우리 국가를 전쟁 범죄국으로 몰아가고 있는 거나 마찬가지의 말이다."

술이 들어가면서 나는 행사장에서부터 참아 왔던 말이 터져 나왔다.

"남과 북은 서로의 이념을 위해서 싸웠다. 자유가 없는 통일, 살상과 테러와 이념의 광기로 국민을 전쟁의 구렁텅이로 몰아넣어 얻은 통일은 과연 누구를 위한 통일이며, 무엇을 위한 통일이란 말인가? 너는 국토 통일이 자유정신, 인간의 존엄성을 넘어서는 가치라고 생각하는가? 호치민이 통일의 영웅이었다면, 그가 진정으로 이 나라의 통일을 그렇게 염원했다면 왜 스스로의 독선과 욕망을 버리고 통일을 이룩하지 않았는가? 그가 바랐던 것은 오직 자기 중심의 통일이었다. 왜 남쪽이 주도하는 통일은 통일이 아니고 자신이 중심이 된 북쪽의 통일만이 통일이란 말인가?

비록 종국엔 전쟁을 통한 통일을 이룩했지만, 엄격히 말하면 그도 이 나라의 전쟁을 일으킨 전범의 한 사람이며 통일을 지연시킨 장본인 중에 한 사람이라고 생각하지 않느냐? 그가 금과옥조처럼 여겼던 공산 이념은 스스로의 모순 때문에 그 종주국에서부터 몰락한 지 오래다. 그 몰락의 영향으로 그의 추종 세력들은 비로소 눈을 뜨고 그가 생전에 교리처럼 여겼던 그 공산주의 이념을 버리고 스스로 도이모이 정책이란 이름으로 자본의 이념으로 돌아서지 않았는가. 겉으로 보기엔 그들이 실용주의 노선으로 돌아선 것 같아 보이지만 엄격히 말하면 그것은 그들이 목숨을 걸고 싸웠던 그 전쟁의 명분을 스스로 버린 것이나 다름없는 것이 된다."

내 말이 끝나기도 전에 동생이 말을 잘랐다.

"그 말은 이 나라, 이 나라 인민들을 두 번 죽이고 욕보이는 것이며 통일 정신을 모독하는 것입니다. 형이야말로 미 제국주의자의 앞잡이, 부르주아의 전형에 지나지 않습니다."

"뭐라고, 나보고 미 제국주의자의 앞잡이라고? 좋다. 그러면 너는 뭐냐? 너는 너의 손끝으로 스스로 일군 결실이 무엇이며, 이 나라 통일에 기여한 것이 무엇이냐? 너희들이 추구하는 공산의 논리, 사회주의 논리는 양두구육의 논리며, 이율 배반의 논리가 아니고 뭐냐? 자본주의의 자양으로 성장하고, 자본주의의 결실을 누구보다도 즐기면서 자본주의를 스스로 부인하는 그 위선을 어떻게 받아들여야 한다는 말인가? 너는 말끝마다 우리가 미국의 용병으로, 그 피를 팔아 우리나라의 경제 성장을 이룩했다고 말하는데, 그 전쟁은 우리의 피를 판 전쟁이 아니었다. 미국이 우리의 국방의 일부를 떠맡고 있는 상황에서 우리의 파병은 우방국으로서 공생공존의 국가적 선택이었다. 전쟁이 나쁘다고 모든 것을 상대방에게 넘겨주고 있을 수는 없지 않는가?"

"형이 발버둥친다고 형이 미국의 용병으로서 이 나라에 끼친 그 죄악이 정당화되거나 용서될 수 있는 것이 아닙니다. 이미 세계는 그 전쟁을 광란의 침략 전쟁으로 보고 있습니다. 그리고 안 됐지만 형과 같은 사람은 한갓 미국의 전투견에 지나지 않았습니다."

"뭐라고! 전투견이라고? 그래, 그게 네가 할 수 있는 말의 전부냐? 제 목숨 아깝지 않은 사람이 어디 있느냐? 그런데도 우리는 나라를 위해서 싸웠다. 그리고 자유를 위해서 말이다."

"그것은 자유를 위한 것이 아니었습니다. 독재자의 잘못된 판단에 의해서 피를 판 것에 지나지 않습니다. 그 더러운 돈으로 나라의 경제를 부흥하다니요. 생각만 해도 소름이 돋습니다."

"그래, 다시 한번 물어보자, 남쪽이 하면 독재고 북쪽이 하면 민족주의자의 행위가 되는 이유가 뭔가? 동족에게 온갖 만행을 자행하고,

정적을 숙청하고, 개인의 입을 막고 목숨을 짓밟으며 공산 종주국의 꼭두각시놀음을 하던 자를 단지 미국에 맞서 싸웠다고 해서 민족주의자라고 생각한다면 그 생각이 바로 오염된 이데올로기의 광신주의자가 아니고 뭐냐? 미국과 한국의 전쟁 개입은 결과적으로 보면 분명 잘못된 것이 많았다. 미국으로 보아서나 세계사적으로 보아서도 불행한 역사이며, 56,000명의 생떼 같은 목숨을 잃은 미국의 상처는 컸다. 그러나 나는 믿는다. 미국이나 우리가 전쟁을 위한 전쟁이나 살상을 위한 살상은 아니었다고 말이다.

그 전쟁은 지킬 만한 가치가 있다고 생각해서 싸운 싸움이었다. 전 세계적으로 파죽지세로 몰려오는 붉은 이념의 확신을 막기 위한 자유 진영의 하나의 선택이었다. 거기에는 분명 미국이란 나라의 자국의 이익도 포함되어 있었겠지만 말이다.

너는 나를 보고 '베트남인을 몇 명을 죽였느냐?'고 하는데, 전쟁은 어차피 사람을 죽이는 것을 전제로 한다. 국가를 위해서든 집단의 이념을 위해서든 사람을 죽이지 않으면 안 된다. 전쟁의 논리는 양육강식의 논리다. 전쟁은 이성이 아니다. 전쟁은 광란이다. 전쟁엔 인간이 없고 국가만 있을 뿐이다. 죽이지 않으면 내가 죽는 비정한 게임이다.

전쟁은 상대적이다. 우리가 한 명을 죽이면 그 쪽에서도 또 한 번의 죽임의 보복이 있었다. 그들이 우리를 죽이면 우리가 그들을 죽이는 악순환이 있었다. 미군만이 악랄한 것이 아니었다. 적은 상대에게 악랄할 수밖에 없는 것이 전쟁의 생리다. 베트콩은 사로잡은 우리의 부대원을 죽창으로 찔러서 목을 나뭇가지에 걸어놓고 간 것이 한두 번이 아니었다. 그들에게 당한 전우의 주검은 한결같이 처참했었다.

대민 지원 사업으로 학교를 지어 주고, 아픈 곳을 치료해 주고 전염병에 걸려 죽어 가는 아이를 살려 주었다. 그런데 그 아이가, 낮엔 부대 주변에 와서 놀던 바로 그 아이가 알고 보니 베트콩의 어린 전사였다. 낮에는 선한 아이가 되고 밤이 되면 베트콩 어린 전사가 되어 우리의 등 뒤에서 총을 쏘았다. 붉은 이념은 그렇게 맹신적이었고 그렇게 강했다."

나의 말은 거칠어졌고 동생도 감정이 섞인 말을 주저하지 않았다. 이국땅에서 동생과 마주앉은 그 밤은 서로의 생각이 너무나 먼 거리에 있다는 것을 확인하며 흘러갔다. 동생은 퉁명스럽게 내일 숙소로 오겠다는 말을 하고 먼저 자리에서 일어났다. 동생의 얼굴은 상기되어 있었다.

자리에서 일어나는 몸이 천근처럼 무거웠다. 도심의 울창한 숲들도 몸이 무거워 보였다. 늦은 밤 거리엔 간혹 오토바이 소리가 거리를 꿰뚫고 지나간다. 저쪽 사이공강 남서쪽으로 주월 사령부 제3연대가 있었던 지역으로 달빛이 교교하다. 나무들 사이로 어두운 기억들이 지나간다.

나는 무겁고 착잡한 생각들을 곱씹으며 몸을 돌려 동생이 사라진 쪽을 멍하니 바라보았다. 나는 숙소로 돌아와서도 오랫동안 생각에 잠겨 잠을 이루지 못하고 몸을 뒤척여야 했다. 너무나 변해 버린 동생이 야속하기도 하고, 상반된 이념의 눈으로 싸늘하게 서로를 쳐다보던 그 순간들이 가시처럼 마음을 찔렀다.

내가 동생에게 너무 심한 말을 한 것이 아닐까, 하는 생각과 꿈인지 생시인지 알 수 없는 수많은 장면들이 머리를 스쳐간다. 목숨을 건져준 사람에게 등 뒤에서 총을 쏘던 그 아이와 그 아이의 총을 맞고 죽은 전우의 얼굴과 겹쳐졌다.

비명 소리와 아비규환 속에서 다시 싸늘히 나를 노려보며 자리를 뜨던 동생의 얼굴이 좀처럼 머리에서 떠나지 않았다. 그러다 어떻게 눈을 붙였다가 깨니 새벽의 여명은 벌써 창 밖으로 나뭇잎을 깨우고 있었다.

그리고 나는 오늘 하루 메콩 델타를 헤매다가 돌아가는 길 위에 있다. 동생은 끝내 동행하지 않았으나 나의 머릿속에 온종일 동생의 얼굴이 따라다녔다. 우중충한 낡은 프랑스식 건물들이 낮게 어깨를 기대어 섰던 도심을 헤집고 나와 넓고 조용한 논밭과 습지의 델타 평원을 밟고 다시 돌아가는 이 길 위에서 마음은 더 착잡하다.

지금 그에게는 이념이 혈육보다 더 깊게 뿌리를 내리고 있을지 모른다. 그는 온종일 자신의 믿음에 상처를 준 나를 욕하며 보냈을지 모른다. 그러나 나의 믿음에는 변함이 없다.

우리가 목숨 바쳐 지키고자 했던 자유는 그토록 허망한 것이었을까. 외세 배척, 자주 독립의 기치 앞에 자유는 한낮 잠꼬대 같은 것이었을까. 사이공 점령과 더불어 조국을 등지고 거친 풍랑에 몸을 던진 23만 명의 보트 피플, 그들은 무엇을 생각하며 이 나라를 떠났을까.

사이공강 서쪽으로 멀리 구찌 터널로 가는 길이 보인다. 길 옆으로 늘어선 숲들도 어둠에 묻히고 있다. 어쩌면 아직도 저 숲 속에 잠들어 있을 그때의 전우들의 얼굴이 가슴을 헤집고 지나간다. 이인대 상병, 강원도 어디가 고향이라던 정순천 병장, 그리고 늘 넉넉한 웃음을 가지고 우리를 웃겼던 조영표 소대장의 얼굴이 떠오른다. 나만이 살아서 돌아온 이 나라, 참으로 그들에게 미안한 생각이 어둠처럼 젖어서 나를 흔들고 섰다.

아득한 밤의 저 편으로 아버지의 얼굴이 보였다. 살려 달라고, 살려 달라고 발버둥치던 아버지의 모습이 떠올랐다. 그리고 강수의 얼굴, 아버지를 동구 밖으로 끌고 가서 죽창으로 찌르던 광기에 찬 잔인한 얼굴이 떠올랐다. 강수는 피에 굶주린 흡혈귀와 같았다.
 '이 반동 놈의 새끼! 지주는 인민의 적이다. 이 배때지를 봐라'며 아버지의 옷을 벗기고 배에 죽창을 들이대던 강수의 살기등등하던 그 모습과 그를 지켜보던 그 일당들의 모습이 선명히 눈에 떠올랐다.
 아버지의 시신은 마을 사람들이 지켜보는 가운데 처참하게 길 밖에 버려졌다. 그들의 보복이 두려워 아무도 얼씬도 않던 길가에 삼일 동안이나 버려져 있어야 했다. 어머니와 내가 아버지의 시신을 수습하여 산자락에 묻던 그날의 기억이 젖은 망막 속으로 떠올랐다.
 강수는 아버지의 충직한 머슴이었다. 아버지는 '너희가 못 먹어도 일꾼을 굶기면 안 된다'며 더 많은 밥을 주라고 했다. 한번은 복통으로 뒹구는 강수를 등에 업고 면 소재지에 있는 의원까지 달려가서 치료를 받게 한 아버지였다. 그러나 가진 자는 모두 적이 되는 공산주의의 광기 앞에선 인정도 은혜도 오직 죽음으로 돌아왔.
 '그 살육의 밤. 나는 일곱 살이었고 너는 어머니의 뱃속에 있었다. 네가 세상에 나오기도 전에 아버지는 그렇게 세상을 떴다. 너를 키우기 위해 어머니가 겪었던 고통은 뼈를 깎는 것보다 더 힘든 세월이었다. 그런데 너는 지금 아버지를 죽인 그 이념에 도취해 있다. 너의 말대로라면 아버지를 죽인 그 자들의 만행도 정당한 것이 된다.
 그 분노의 세월, 내가 베트남전에 지원했던 것도 그 분노에서 연유된 것이었다. 그런데 너는 오늘 그 분노의 세월보다 더한 분노와 치욕을 나에게 안겨주었다.'
 나는 눈에서 왈칵 눈물이 쏟아지는 것을 느끼며 창가로 갔다. 오지 말아야 할 곳을 왔다는 후회가 천근처럼 나를 눌렀다.
 시간이 얼마나 흘렀을까. 잠자리에 누워도 잠이 오지 않았다. 참으로 답답한 마음으로 침대를 뒹굴다 잠이 들었는데 인터폰이 울렸다.

뚜— 뚜. 자정을 넘긴 시간에 기계음이 불안한 느낌으로 신경을 전율시키며 온몸을 훑고 간다. 그 여자였다. 동생의 아내 진쯔앙. 미얀마 출신으로 한국에 유학 왔다가 동생을 만나 결혼한 여자다. 늘 새소리처럼 맑던 음성이 그 순간 매우 처져 있었다. 바삐 옷을 걸치고 프런트로 내려갔을 때 그녀는 조심스럽게 봉투 하나를 내밀었다. 동생이 경찰 당국에 구금되어 조사를 받고 있다는 내용의 메모가 들어 있었다.

"재철 씨가……."

그녀는 아직도 꼭지가 덜 떨어진 한국말로 잠시 말을 끊었다가 조심스럽게 다시 입을 열었다.

"집 앞에서 떠드는 소리가 나서 나가 보니 경찰이었어요."

전날 밤 밤늦게 나와 헤어져서 집으로 가는 길에 집 대문 앞에서 경찰에 연행되었다고 했다. 믿어지지 않는 말이었다. 어제 저녁 늦게까지 나와 함께 있었는데 연행될 이유가 뭐란 말인가. 사회주의의 열렬한 신봉자이자 호치민에 대한 맹신적 믿음으로 이 나라 베트남에 푹 빠져 있는 그가 경찰에 연행되었다는 것이 믿어지지 않았다.

그녀의 말로는 언제부턴가 집 주변에 경찰이 자주 보이고 때론 낯선 사람이 집 주변을 서성거리다가 갔다고 했다.

경찰이 밝히고 있는 연행 이유는 동생이 비밀리에 중국이 주도하는 메콩강 유역 개발 프로젝트에 기술 자문단의 일원으로 참여해 오면서 베트남 국가 이익에 피해를 준 것이라고 했다. 중국은 최근에 메콩강 상류에 여러 개의 댐을 막아 메콩강 유역을 종합 관리하는 국토 개발 계획을 밝혀 왔는데, 그렇게 될 경우 메콩강에 수위가 줄어 인근의 여러 나라 미얀마, 라오스, 캄보디아, 베트남에 엄청난 피해를 끼치게 될 것이라고 했다. 그래서 이들 여러 나라는 중국의 메콩강 상류 개발을 강하게 반대해 왔는데, 동생이 비밀리에 이 개발 계획에 대한 기술적인 아이디어를 중국에 제공했다는 것이었다.

듣고 보니 그럴 듯했다. 그의 중국인 친구 중에 하나가 중국 국토청인가 어디에 근무한다는 이야기를 들은 것이 생각났다. 메모지의 끝에는 '한국 영사관에 연락하여 자국민 신변 보호 조치를 취해 달라'는 내용이 적혀 있었다.

나는 그녀를 돌려보내고 방으로 올라왔다. 동생이 경찰에 연행되었다는 사실도 그러했지만, 한국 영사관에 자국민 신변 보호를 요청해 달라는 내용이 참으로 혼란스럽게 느껴졌다. 물론 그로서는 그만큼 급박했겠지만 그가 보여 주는 언행의 이율 배반에 쓴웃음이 나왔다. 인간의 존엄성이나 자유의 이념보다는 통제적인 사회주의 국가의 이상에 심취해 있던 그가 자신의 신변 문제에 대해선 그렇게 빠르게 자가당착의 모순된 행동을 보이고 있는 것이 이해되지 않았다.

나의 마음은 매우 어수선하고 혼란스러웠다. 나는 날이 밝기를 기다려 서둘러 숙소를 나와 한국 영사관으로 달려갔다. 그가 부탁한 대로 그의 연행 사실을 알리고 신변 보호와 조속한 석방을 위해 힘써 달라고 요청했다.

경찰서로 갔으나 예상했던 대로 면회는 허용되지 않았다. 혹시 어떤 소식이 있을까 해서 경찰서 뜰에서 한나절을 서성거렸으나 동생의 아내는 별다른 소식을 전해 오지 않았다. 하오 4시가 넘어서 나는 그곳을 떠났다. 영사관에선 개인의 신분으로 섣불리 이 일에 뛰어들지 말라고 했다. 여행자 신분인 내가 머물러 있다고 해서 동생을 위해서 할 수 있는 일이 없었다. 뿐만 아니라 예약된 비행 시간과 국내에서의 일정 때문에 그곳에 더 머물러 있을 수도 없었다.

공항으로 가는 길은 도심을 통과해야 했다. 길 옆으로 낡고 우중충

한 건물들이 햇빛 속에 속살을 드러내 놓고 있다. 밤의 가로등 아래서 그 아름다움을 자랑하던 도심의 풍경들은 햇빛에 드러나자 마치 넝마를 걸친 모습처럼 낡고 초라해 보였다. 이것이 이 나라의 환상과 현실의 두 모습이듯이 동생이 구속된 것도 이 나라가 안고 있는 이상과 현실의 두 모습인지 모른다. 미명의 환상 속에서 동생은 아직 이 나라의 진실을 보지 못했을지도 모른다는 생각과 함께 달리는 차창 밖의 울창한 나뭇잎들 사이로 동생의 얼굴이 떠오르다 지워졌다.

(한국소설 2006년 2월호)

풍 파

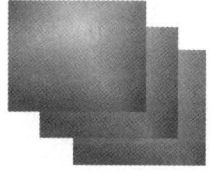

풍 파

"메를 올려라!"

추석 차례 상을 차려 놓고 반시간은 좋이 기다리던 아버지는 마침내 무겁게 입을 열었다.

처음부터 빗나간 기대였는지 모르겠지만 아버지는 이른 새벽부터 삼촌을 기다리는 눈치였다. 비바람이 몰아치는 가운데도 아버지는 꼭두새벽에 일어나 대문을 열어 두고 사랑채 툇마루에 서서 마을 앞 해안 도로 쪽을 걱정스런 표정으로 내다보곤 했다. 아침 무렵에는 빗줄기가 더 거칠어져 마당에 물이 고이자 우의도 없이 밖으로 나가서 담장 밑으로 막힌 배수로를 뚫어 물이 잘 빠지도록 하고는 통행에 불편이 없게끔 축담 밑에 디딤돌도 고쳐 놓았다. 그리고는 두루마기에 유건을 쓰고 차례 상 앞에서 반시간은 좋게 기다렸지만 삼촌은 오지 않았다.

차례 상에 메가 올려지고 술잔을 올리는 아버지의 표정은 돌처럼 굳어 보였다. 거미줄처럼 얽힌 주름살 사이로 섭섭함과 실망감이 묻어, 눌러 쓴 검은 유건 아래로 흰머리가 숭숭 드러난 뒷모습이 시든 풀잎처럼 쓸쓸해 보였다. 오랜 세월 동안 향반으로 일컬어졌던 일문의 종손답게 아직 유교적 풍이 남아 있어서 나이가 들수록 더 조상에 대한 일과 가문의 화합을 생각하는 아버지로선 삼촌이 명절 차례에 두 차례나 참사하지 않은 것이 참을 수 없을 정도로 실망스러웠을 것임은 두 말할 필요가 없다. 그러나 그것보다는 아버지는 예순일곱이나 되는 나이에 하나뿐인 동생과 겪고 있는 불화가 가슴에 맺혀 더 마음을 아프게 하고 있는 것 같았다.

지난 설 차례 때도 삼촌이 참사하지 않은 것을 속상해 하다가 반되나 되는 막소주를 마시고 "니 삼촌 데려오너라!"고 고래고래 고함을 지르며 반나절은 좋게 방바닥에 뒹굴었다. 그때는 그래도 삼촌의 마음이 곧 돌아서겠지, 하는 기대감에서 그냥 넘기는 듯했다.

그러나 아버지의 이런 바람에도 불구하고 삼촌은 이번 추석 차례에도 참석하지 않았다. '설마 다음번에야 참사를 하겠지. 지가 나와 원수진 것도 아닌데' 하는 것이 아버지의 마음인 듯해 보였다. 그런데 그 기대감이 깨어졌기 때문에 실망이 컸을 것이다. 더구나 집이 그렇게 멀리 떨어져 있는 것도 아니고, 태풍이 몰아치고 있다 하더라도 사람이 못 다닐 정도는 아닌데 조상을 모시는 추석 차례에 자신의 동생이 참석하지 않은 것에 매우 속이 상한 듯했다.

삼촌이 우리 집에 발을 끊고 두 번이나 명절 차례에도 참사하지 않은 형제 사이의 이 불화는 근본적으로 마을에 원자력 발전소 추가 건설이 추진되면서 비롯된 것이었지만, 삼촌에 대한 아버지의 지나친 관심과 애정 때문에 그 골이 더 깊어졌는지도 모른다는 생각이 들 때가 많았다. 왜냐하면 삼촌에 대한 아버지의 관심과 애정이 더러는 역정과 간섭으로 나타나곤 했기 때문이다.

 사실상 일가친척에 대한 아버지의 관심은 유별난 편이었다. 그 좋은 예로 몇 해 전 당숙이 사건을 저질렀을 때를 들 수 있다. 그때 아버지는 집안의 망신이라며 마치 친자식의 일이라도 되는 것처럼 상심하며 이틀 동안이나 식음을 전폐하다시피 했으니 말이다.

 당숙의 사건이 일어났던 때가 10월 며칠이었는데 벼가 누렇게 익어 가는 가을이었다. 그날은 토요일이라 나는 일찍 회사 일을 마치고 돌아와 과수원에서 배를 따낼 준비를 하고 있었다. 그런데 오후 4시쯤 되었을까, 경찰 순찰차 한 대가 집 앞에 와 서더니 아버지를 찾았다. 마침 아버지가 농협엔가 가고 없어서 내가 과수원 밖으로 나갔더니, 다짜고짜로 차에 타라고 했다. 그러고는 바닷가 숲 속에서 사고가 났는데 신원을 좀 확인해 달라는 것이었다. 순간 가슴이 철렁했으나 나는 침착하려고 애를 썼다.

 사고 현장은 마을 앞에서 서쪽으로 3킬로미터쯤 떨어진 지점이었는데 해안 도로에서 20미터 정도 올라간 풀이 무성한 언덕 비탈이었다. 경찰이 확인해 달라는 그 얼굴은 분명 당숙의 얼굴이었다. 처참하게 일그러진 모습이었는데 숨이 끊어지기 전 심한 고통으로 몸부림쳤던 흔적이 그대로 남아있는 얼굴이었다.

 그런데 두 시간여 뒤에 두 구의 피살체가 더 발견되어 온 동네를 발칵 뒤집어 놓고 말았다. 한 구의 시체는 여자로 승용차 안에서, 그리고 또 한 구의 사체는 남자였는데, 바닷가 미역 바위 뒤에서 발견되었다. 놀랍게도 그 여자는 당숙모였는데 당숙이 타고 다니던 승용차 르망 뒷좌석에 몸을 뒤로 기댄 채 숨져 있었고, 남자는 당숙의 죽마고우인 신철근이라는 사람이었다.

 사건이 한 마을에서 일어난 것치고는 너무 충격적이고 잔혹한 것이라서 경찰도 처음엔 그 진상을 드러내 놓고 밝히기를 꺼렸지만 신문기자들에 의해서 사건의 전모가 밝혀지고 말았다.

경찰이 조사한 바에 의하면 당숙모는 하의가 벗겨진 채 생식기에 칼이 꽂혀 있었고, 남자는 등에 20센티미터나 되는 생선회 칼이 박혀 있었다고 했다. 생식기에 칼이 꽂혀 있었다는 사실 하나만으로도 그것이 치정에 얽힌 보복 살인 사건이라는 것은 쉽게 짐작할 수 있는 일이었다. 당숙 내외와 친구 내외는 옷 벗기 화투 놀이를 할 정도로 격없이 지내는 사이였는데, 어떻게 하다가 그 친구와 당숙모가 서로 눈이 맞아 불륜에 빠지면서 사건이 비롯된 것으로 밝혀졌다.

자신의 아내를 범한 친구에 대한 분노도 분노였지만 남편의 친구와 붙어서 놀아나는 아내에 대한 배신과 분노가 엄청난 비극을 몰고 왔을 것으로 여겨졌다.

친구와 아내 사이의 관계를 눈치 챈 당숙이 친구를 찾아가서 몇 번이나 죽일 놈 살릴 놈 하면서 치고받는 싸움을 벌였고, 자신의 아내에게도 가랑이를 찢어 놓겠다며 윽박지르고, 또 달래기도 하였지만 한번 불붙은 사랑은 쉬 꺼지지 않았고, 아내는 한 술 더 떠서 물건도 제대로 못쓰는 것이 질투를 한다고 코웃음을 치며 더 노골적으로 나돌아다녔다는 것이었다. 이에 격분한 당숙이 바닷가에서 친구를 만나 먼저 살해하고 뒤이어 차 안에서 아내의 생식기를 찔러 죽인 뒤 뒷좌석에 앉혀 옷으로 덮어 둔 채 자신은 언덕 비탈로 가서 약을 마셨다는 것이었다.

그때 당숙의 나이가 마흔 일곱 당숙모가 마흔 한 살이었으니 그 나이에 겪은 애욕이나 격정의 늪이 어떤 것이며 배신과 분노가 또한 어떤 것이었는지는 짐작할 수 있었다. 그러나 한 가지 의구심을 떨쳐버릴 수 없었던 것은 과연 당숙이 성적 장애를 갖고 있었는지, 그렇다면 왜 그런 장애를 겪게 되었을까 하는 점이었다.

그런데 아버지는 매우 상징적인 말을 했다. 근 열흘 동안 두문불출하던 아버지가 격분을 삭이지 못하고 한 말은 "모든 게 다 저 놈의 발전손가 뭔가 하는 것 때문이다. 저 문디 같은 원자력 발전손가 뭔가 하는 것 말이다"라는 거였다.

아버지의 말처럼 사실 원자력 발전소가 들어서면서 농지가 발전소 부지에 편입되어 당장 일거리가 없어지고, 전답 보상금으로 돈푼이나 생겼다고 빈둥거리며 거저 놀 곳이나 찾아다니다가 일어난 사건인 것만은 분명해 보였다.

아버지의 말에 덧붙이기라도 하듯 마을 사람들은 어디에서 들었는지, 당숙이 언제부턴가 소변을 볼 때마다 바짓가랑이에 질질 오줌을 흘리는가 하면 마누라 옆에 누워도 그것이 말을 잘 듣지 않는다는 말을 푸념삼아 하곤 했다는 것이었다. 호사가들은 거기에 덧붙여, 어쩌면 그것이 원자력 발전소 때문인지도 모른다는 말을 퍼뜨리고 다녔다. 자기 집에 암소가 삼 년째 새끼를 배지 않는다는 말까지 섞어 가면서 입에 거품을 물었다.

이런 말을 들을 때 참으로 곤혹스러웠지만 나는 어쩌면 그럴지도 모른다는 생각을 지울 수 없었다. 근묵자흑(近墨者黑) 근주자적(近朱者赤)이라 했듯이 근핵자피폭(近核者被爆)이란 말이 당연할 것으로 보였다.

발전소 측에서 방사선 누출은 있을 수 없다고 아무리 떠들어 대도 인간이나 기계가 하는 일엔 한계가 있는 법이고, 또 인간에겐 실수가 있기 마련인데 시설이나 관리 체제가 완벽하다는 말은 믿을 수 없었다. 더구나 당숙이 일용직으로 몇 차례나 발전소에 들락거린 적이 있다는 사실이 방사능에 노출되었을지도 모른다는 추측을 뒷받침해 주는 부분이었다.

그러나 아버지나 나는 그 사건은 더 이상 생각하기조차 싫었고 하루 빨리 사람들의 기억에서 지워지기만을 바랐다. 바라던 대로 세월이 지나면서 그 사건은 사람들의 기억에서 희미해져 갔고 마을은 그런 대로 다시 평온을 되찾았다.

그런데 언제부턴가 다시 흉흉한 이야기들이 떠돌면서 마을이 갈라지기 시작했다. 이미 오래 전에 잊혀졌던 당숙의 이야기까지 떠돌면서 마을이 갈라지기 시작한 것은 원자력 발전소의 추가 건설이 추진되면서부터였다. 말할 것도 없이 원자력 발전소 추가 건설을 찬성하는 쪽과 반대하는 쪽으로 갈라지기 시작한 것이었다.

찬성하는 쪽은 대개가 원전 부지에 편입될 전답이나 과수원과 같은 땅을 많이 가진 사람들이었고, 반대하는 쪽은 편입될 땅이 거의 없거나 어업에 종사하는 사람들이었다. 찬성하는 쪽은 발전소가 추가 건설되면 더 좋고 건설되지 않는다 하더라도 해 되는 것이 없었지만 반대하는 쪽은 사정이 달랐다.

그것도 그럴 것이 가진 땅이라곤 거의 없이 바다에 기대어 살아가는 사람들이 당장 생활의 터전을 잃게 된다면 살아갈 방법이 막막했기 때문이다. 이주 보상금을 받는다 하더라도 어디에 나가 집 한 채 제대로 마련할 정도가 안 된다는 것은 고사하고 원전이 들어오면 떠돌이 신세로 내몰리게 될 것이라는 판단이 그들을 더 극렬한 반대 투쟁으로 몰아넣고 있는 것 같았다.

삼촌이 차례에 참석하지 않은 것도 바로 마을의 이런 갈등 때문이었다. 삼촌이 선두에 서서 원자력 발전소 추가 건설을 반대하고 나선 것이 아버지에겐 충격적인 일이었다. 어업에 종사하며 살아가는 아랫마을 사람들과 삼촌의 입장을 이해할 수 없는 것은 아니었지만, 아랫마을 사람들이 마치 자신을 원자력 발전소 추가 건설의 앞잡이인 양 취급하며 적대시하는 것에 아버지는 분개했다.

그런데 삼촌이 그들과 한 패가 되어 설쳐대니 그것이 매우 못마땅하고 실망스러운 모양이었다. 더구나 조상을 모시는 명절 차례에조차 참석하지 않은 삼촌의 처사가 가문 의식이 강한 아버지에겐 괘씸하게 여겨졌을 것이 뻔했다.

아직까지 유교 의식이 많이 남아 있어서 가문의 전통과 친족간의 유대를 무엇보다 중시하는 아버지로선 삼촌이 명절 차례에조차 참석하지 않은 것이 도저히 이해할 수 없는 일로 받아들여졌을 것이다. 거기에 고조·증조를 함께 모시는 차례에 마땅히 참석해야 할 직계 자손들조차 태풍을 핑계 삼아 많이 참석하지 않은 것도 매우 서운한 모양이었다.

단 두 명뿐인 형제가 등을 돌린 것도 남부끄럽게 여기고 있었지만 자손들이 조상을 제대로 받들어 모시지 못하는 것을 자신의 부덕 탓으로 생각하고 있었기 때문에 이래저래 마음이 편치 않으리라는 것을 짐작할 수 있었다.

아버지의 마음을 후려치기라도 하듯 바람은 더 거칠어져서 차례를 올리는 안채 마루에까지 빗줄기를 뿌렸다.

마지막 절을 올렸다. 지방을 떼서 소지를 하고 제사상을 다 치우고 나서도 아버지는 얼마 동안이나 멀리 아랫마을 쪽을 바라보았다.

"못난 놈들!"

아버지는 신음하듯 나직이 말을 흘리고는 다시 입을 다물었다. 쏟아지는 빗줄기를 보면서 삼촌을 생각하고 있는지 풍파와 같았던 지난 세월을 더듬고 있는지 아버지는 말이 없었다. 음복 상이 들어왔다. 내가 술주전자를 들고 놋쇠잔에 술을 따라 드리자 거푸 세 잔을 마시고는 수저를 들었다. 마치 세월의 풍파가 다시 스쳐가는 듯 아버지의 얼굴은 깊고 쓸쓸해 보였다.

이남일녀의 장남으로 태어나 조실부모하고 일찍이 가업을 물려받아 동생들을 출가시키고, 산을 개간하여 과수를 심고 농장을 넓히며 억척같이 살아왔던 지난 세월들이 빗방울에 씻겨 흘러내리기라도 하는 듯 멍하니 대문 밖을 보곤 하는 아버지의 눈은 매우 침울해 보였다. 이제 대 농장을 일구고 누구 못지 않게 자식을 두어 남부러울 것이 없는 처지가 되었지만, 당숙이 저지른 사고로 집안에 먹칠을 하고, 이유야 어떻든 하나밖에 없는 동생과도 불화로 동생이 명절 차례에조차 참석하지 않은 상황에 이른 것을 가슴 아파하고 있었기 때문에, 휘몰아치는 빗줄기가 회한의 칼날처럼 가슴을 헤집고 있을 것만 같았다.

오십대 중반, 아직 청대 같을 나이에 시름시름 앓으면서 원전 건설 반대 투쟁을 한다고 설쳐대는 삼촌의 행동을 아버지는 매우 못마땅하게 생각했다. 삼촌이 투쟁의 선두에 나선 이후 아버지는 때로는 괘씸한 마음으로, 때로는 안쓰러운 마음으로 밤잠을 설치곤 했다.

형편이 어려운 집안에 도움이 되어보겠다고 삼촌이 한 마디 상의도 없이 월남전에 지원하여 애태우게 했을 때 아버지의 심정이 지금과 같았을까. 그때 친자식보다도 동생을 더 생각하며 애태웠던 기억을 아버지는 아마 아직 지우지 못하고 있을 것만 같았다.

월남으로 파병되던 날 포항역에서 출발한 군용 열차가 부산으로 가는 도중에 울산역에 선다는 소문을 듣고 수업중인 나를 불러내어 울산역 플랫폼으로 가서 초조히 서성이던 모습이며 차창 밖으로 내민 동생의 손을 잡고 눈물을 삼키던 아버지의 모습은 아직도 눈에 선하다 .그때 내가 중학교 일 학년이었으니까 벌써 35년이란 세월이 흘러갔다. 그러나 그때 아버지의 눈물 맺힌 그 모습은 많은 세월이 지나도 마치 어제의 일처럼 생생히 남아 있다.

일년 반 만엔가 무사히 복무를 마치고 돌아왔을 때 아버지는 동네 사람들을 모아 큰 잔치를 열었고, 그 후로도 형과 아우는 늘 서로 양보하고 돕는 의좋은 형제였다. 그런데 언제부턴가 삼촌은 원자력 발전소 이야기만 나오면 열을 올렸고 자신의 주장을 양보하지 않으려 했다.

두 사람 사이가 결정적으로 갈라진 것은 원자력 발전소 추가 건설을 위한 부지 매입이 시작되고 나서부터였다. 원전 추가 건설에 대한 이야기가 흘러나오기 몇 해 전부터 원전측에선 제2연수원을 짓는다는 명목으로 인근 땅을 사들이기 시작했다. 우리 집 과수원을 팔지 않겠느냐고 사람들이 여러 차례 다녀간 적이 있었지만, 그때마다 아버지는 말도 꺼내지 말라며 돌려보냈다.

그런데 어떤 연유에서인지 어느 날 갑자기 아버지는 아랫마을로 이르는 도로 입구에 있는 과수원 모퉁이 땅 두 마지기를 그들에게 팔아 버렸다. 연수원 진입로를 내는데 꼭 필요하다며 시세보다 세 배나 비싸게 주겠다는 말에 땅을 넘긴 것 같았다. 그런데 바로 이 일이 아랫마을 사람뿐만 아니라 삼촌과 등을 돌린 결정적 화근이 되고 말았다.

삼촌을 포함한 아랫마을 사람들이 본래 살았던 곳은 고리라는 작은 바닷가 마을이었다. 지금 그들이 살고 있는 마을과는 십여 리 떨어진 곳이 있었는데, 그곳에 원자력 발전소가 처음 들어오면서 그들은 집단 이주해서 신흥 마을을 이루어 살게 된 곳이 바로 아랫마을, 즉 골매마을이다.

부지 보상비로 기장 쪽으로 이주를 하나, 신흥 마을로 이주를 하나

망설이고 있을 때, 아버지는 삼촌에게 지금 문제가 된 바로 그 과수원 모퉁이에 집을 지으라고 땅까지 내주었다. 그러나 삼촌은 아랫마을에 가서 정착했다. 아랫마을은 발전소와는 불과 3킬로미터 남짓 떨어진 곳이었지만, 그 중간에 울창한 산림 지역이 있고 비학과 효암이라는 두개의 마을이 있어서 겉으로는 쾌적해 보이는 주거 공간으로 원전 지역이라는 느낌이 별로 들지 않는 마을이었다.

그러나 문제는 중간에 있던 그 마을의 농지와 집들이 이런 저런 명목으로 야금야금 판매되어 한두 집씩 딴 곳으로 이주를 해가고 마을은 텅 비어져 그 일대가 원전 부지로 편입되면서 일어났다.

신흥 이주 마을이었던 이 마을은 이제 다시 원자력 발전소와 가장 인접한 마을이 되었고, 만약 새로 확보된 부지에 원자로가 추가로 들어선다면 원자로를 코앞에 두고 생활해야 하는 마을로 바뀌게 되었다.

이제 이 마을 사람들의 마지막 보루는 더 이상 땅의 판매를 막아 원전 건설을 저지하는 것이었다. 위기를 느낀 마을 사람들은 생존권 수호를 위한 원자력 추가 건설 반대 투쟁 위원회를 만들어 본격적인 반대 운동을 시작했다. 그러면서 그들은 이 마을 주민들과 이웃 마을 주민들에게도 더 이상의 어떠한 땅도 원전 측에 넘겨주지 말 것을 요구하고 나섰다.

그러나 이러한 요구가 땅을 가진 사람들에게 먹혀 들 리가 없었다. 비싼 값에 땅을 팔려는 사람과 그 땅을 필요로 하는 원전측의 이해가 맞물려 암암리에 땅은 원전측에 넘어갔다. 바로 이 무렵에 아버지가 아랫마을로 이르는 길 입구의 과수원 모퉁이 땅을 팔아버렸다는 사실이 알려지면서 마을 사람들의 감정이 격앙되었다.

뒤늦게 이 사실을 안 아랫마을 사람들이 아버지를 찾아와 온갖 욕설과 악담을 퍼부으면서 멱살을 잡고 흔들어 대는가 하면 밤 사이에 대문 앞에 똥물을 뿌려 놓고 가는 일까지 일어나고 말았다.
 아버지는 격분했다. 아랫마을 사람들의 비인간적인 행동에 치를 떨면서 분을 삭이지 못했다.
 사실 아버지는 무조건 원자력 발전소가 추가로 건설되는 것을 찬성하거나 거기에 앞서서 땅을 내놓을 사람은 아니었다. 아버지의 생각은 원자력 발전소가 더 들어서지 않는 것이 가장 바람직하지만 부득이 들어서야 한다면 어쩔 수 없이 협조해야 되지 않겠느냐는 입장이었다. 과수원 땅을 매도한 것도 실은 발전소 추가 건설이 공론화되기 이전이었고, 그것도 연수원을 짓는다는 말에 땅을 넘긴 것이었다. 그러나 뒤늦게 그 사실을 안 아랫마을 사람들이 그 땅의 판매를 취소해야 한다고 주장하면서 집단으로 따돌리기 시작했다.
 마을 사람들에게 우리 집에 출입을 못하게 한 것은 물론이고, 과수원에 품을 팔거나 심지어 말을 하는 것조차 못하게 했고, 그것을 어기는 사람에게는 오만 원씩 벌금을 물리기로 했다는 말까지 들려왔다.
 그들의 말로는 바닷가 아랫마을로 통하는 진입로가 확보됨으로써 원전측에서 발전소 추가 건설을 본격적으로 추진할 수 있게 되었으며, 그래서 그들의 마을은 이제 숨도 쉴 수 없을 정도로 원자력 발전소에 포위당하게 되었다는 것이었다.
 삼촌도 찾아와서 그 땅은 원전측에 팔아서는 안 된다고 했지만 이미 땅은 그들의 손에 넘어가고 난 뒤였다. 그 일로 두 형제분이 언성을 높이면서 싸웠다. 두 분이 그렇게 싸우는 것을 본 것은 그것이 처음이었다.
 아버지는 홧김에 "해골 같은 몰골을 해 가지고 반대 투쟁은 무슨 반대 투쟁이냐, 늙어가면서 점잖지 못하게 그게 무슨 꼴이냐? 그 놈의 반대 투쟁인가 뭔가를 당장 집어 치워라!"고 고함을 쳤고, 삼촌은 삼촌대로 "어찌 그리 고지식하고 답답하시냐?"며 언성을 높여 손으로 마룻바닥을 쳤다.

"그 놈의 투쟁인가 뭔가를 하다가 죽든 살든 마음대로 해라. 니는 니고 나는 나다. 다시는 형이라고 부르지도 마라!"

비칠거리며 마당을 나서는 삼촌의 등에 대고 아버지는 비수 같은 말을 뱉으며 마루에 있던 물주전자를 집어던졌다. 삼촌은 물을 뒤집어 쓴 채 대문 밖으로 나갔다.

집 앞 과수원 길을 돌아가면서 삼촌은 섭섭한 기분을 감추지 못한 채 몇 번이나 돌아보며 눈물을 흘렸다. 아버지도 그날 밤 내내 잠을 이루지 못하였다. 동생이 안쓰럽고 만만해서 홧김에 내뱉은 말이 동생의 마음을 아프게 한 것 같아서 잠을 이루지 못하는 것 같았다. 어린애도 아니고 이미 외손주까지 둔 동생에게 몹쓸 짓을 한 것 같아서 마음이 아픈 모양이었다.

날이 갈수록 원전 추가 건설을 반대하는 주민들의 목소리는 더 거칠어졌고 찬성하는 쪽과 반대하는 쪽의 감정적 대립과 불신은 더 커져 갔다. 아랫마을 주민들의 반대 투쟁에 크게 힘을 실어준 것은 지역 환경 단체와 시의회, 그리고 학생 및 시민 단체들의 반대 운동이었다.

이들 단체들은 하나같이, 원자력 선진국인 영국이나 프랑스 같은 대부분의 나라에선 원자로를 폐기해 가고 있는데, 원자력 발전소를 새로 세운다는 것은 시대 모순적인 발상이며, 백 보를 양보해서 원자력이 꼭 필요하고 절대 안전하다고 하더라도 어느 한 지역에 집중시킬 것이 아니라 다른 곳에 분산해서 건설해야 한다고 주장하고 나섰다.

 그들은 또 기존 원자로에 알게 모르게 몇 번이나 가동이 중단되는 사고가 있었는데도 쉬쉬하며 숨겨 왔다고 주장했다. 더구나 지질학적으로 양산 단층대에 속해 지진 피해 위험이 있는 지역에 원자력 발전소를 추가로 건설하는 것은 미래를 포기하는 집단 자살 행위와 같은 것으로 그것은 결국 이 지역을 황폐화시킬 것이 불을 보듯 뻔하다고 주장했다.

 삼촌은 적지 않은 나이에 성치 않은 몸으로 사생결단 반대 운동에 매달렸다. 삼촌은 원자력 발전소 추가 건설 저지 투쟁 위원회 주민 대표로서 무거운 책임감을 느끼고 있는 듯했다. 허연 머리에 걸음걸이도 불편한 초로의 삼촌이 머리에 붉은 띠를 두르고 시위 대열의 선두에 서 있는 모습은 마치 노인이 어린아이의 옷을 입고 있는 것처럼 어색하게 보였다.

 시민 단체들과 시의회 그리고 골매마을 주민들이 태화강 둔치에서 대규모 원전 반대 집회를 열고 가두시위를 할 때 시위 대열 선두에서 비실거리며 걸어가는 삼촌의 모습이 텔레비전 저녁 뉴스 화면에 잠시 비친 적이 있었는데, 그때 아버지는 마치 못 볼 것을 본 것처럼 매우 곤혹스러운 표정을 지었다. 뼈만 앙상히 남은 성치 않은 몸으로 거리 시위를 한다고 젊고 성한 사람들 사이에 끼어 절룩거리며 걸어가는 삼촌의 모습을 도저히 볼 수 없다는 듯 아버지는 참담한 표정을 지었다. 그리고는 지그시 눈을 감은 채 고개를 돌렸다.

 "저게 뭐가 씌었거나 죽을라꼬 환장을 한 거지······."

 신음하듯 말을 흘리며 담배를 찾아 입에 물었다.

 평소에도 아버지는 걸핏하면 머리에 띠를 두르고 반대 투쟁을 해대는 사람들의 행동을 곱잖게 보고 있었는데, 그런 시위대에 자기 동생이 섞여 설쳐대는 모습을 지켜보기가 참으로 곤혹스러웠던 모양이다.

"대체 자기 땅을 자기가 팔고 사는데 지것들이 뭔데 팔아라 말아라 한단 말인가, 일이란 매사 사리와 사정에 따라 처리되는 것이지 막무가내로 그저 투쟁만 해 댄다면 나라와 사회 꼴이 어떻게 되겠는가, 작금의 무슨 무슨 투쟁이니 하는 것들이 해방 전후에 우익 좌익하며 패싸움을 해대던 모습과 어찌 그리 비슷한가?"

시위대에 대한 아버지의 태도는 분명했다. 아버지는 자신이 일군 농토를 팔아 마을을 떠나고 싶어서가 아니라, 발전소가 꼭 들어서야 한다면 어쩔 수 없는 일 아니냐는 입장이었다.

'자꾸 반대만 한다면 전깃불은 뭐로 켜며 공장은 또 뭐로 돌린단 말인가, 발전소측에서 마을 주민들에게 전기도 무료로 공급해 주고, 집집마다 한 사람씩 취직도 시켜 주고, 심지어 학생들의 학비도 지원해 주고 얼마나 많은 혜택을 베풀어 왔는데 어떻게 그렇게 매정하게 등을 돌릴 수 있느냐.'

는 것이 아버지의 생각이었다. 아버지의 생각은 또한 이미 짜여질 대로 다 짜여져서 일이 진행되고 있는데 반대한다고 들어올 것이 안 들어오겠느냐는 것이었다.

당숙의 사건이 있었을 때도 아버지는 모든 것이 원전 때문이라며 몇 날 며칠을 두고 욕을 해 대다가도 결국 운명으로 받아들였듯이 원전 추가 건설도 대세로 받아들이고 있는 눈치였다.

반대 운동을 하는 사람들에 대해서도 그랬다. 아버지는 때로는 그들의 사정을 이해하는 듯하다가도 결국은 그들의 모순적인 모습이나 비합리적인 태도를 들춰내곤 했다.

아버지는 한마디로 그들 중에는 그 동기가 순수하지 못하거나 사물을 보는 태도가 통합적이지 못하고, 어느 한쪽만 파고드는 편향된 시각을 가진 사람이 많이 있다는 것이었다. 개중에는 발전소측에서 자신을 좀 매수해 주기를 바라는 마을에서 더 극렬히 설쳐 대는 사람이 있는가 하면, 환경 운동을 구실 삼아 뒷전에서 자신의 잇속이나 채우려는 사람도 있다는 것이었다.

그 좋은 예로 대나무 집 큰아들 윤수를 들곤 했다. 군에서 탈영한 전과가 있는 윤수란 놈이 그 전과를 숨기고 발전소 경비 요원으로 취직하려다 뜻대로 되지 않자, 그 앙갚음으로 환경 운동인가 뭔가를 한답시고 원전 반대 운동에 앞장서서 생사람을 잡고 있다며 역정을 내곤 했다.

십여 년 전에 아무도 눈여겨보지 않는 산 밑의 묵정밭을 구입해서 배나무를 심어 벌써 5년째 배를 생산해 내고 있는데, 그 놈이 난데없이, 보상금을 노려 과수원이 될 수 없는 논에 과수를 심어 부당한 보상을 받으려 한다는 중상모략을 하는가 하면, 죽은 당숙의 과거 행적까지 들먹이며 아버지를 씹고 다닌다는 말이 들렸을 때 아버지는 불같이 화를 냈다.

"혀를 빼 놓을 놈! 감히 죽은 사람의 이름까지 들먹이다니."

아버지는 격한 말을 내뱉으며 분을 삭이지 못했다.

그러나 반대 운동을 하는 사람들에 대한 아버지의 생각이 어떻든 상관없이 반대 운동은 더 가열되어 갔다. 지금까지 반대 여론을 무시한 채, 세수 증대를 위해 원전 추가 건설이 필요하다는 군수의 말이 보도되면서 아랫마을은 마치 마른 섶에 불을 던져 놓은 꼴이 되고 말았다.

시민 단체들의 반대 운동은 더 격렬해졌고 주민들은 격분해서 생존권 사수 원전 결사 반대 투쟁에 돌입했다. 주민들이 관까지 매고 시위를 벌였는가 하면 텔레비전에 나와 원전 유치를 운운하는 사람을 군수로 뽑은 자신의 손가락을 잘라 버리고 싶다고 말하는 할머니도 있었다.

이러한 가운데서도 한 가지 특이한 현상은 행세깨나 하는 사람들의 태도였다. 이들의 태도는 대개가 어중간한 자세였다. 반대하면서도 나서서 말하기를 꺼리는 사람, 그저 눈치만 보고 있는 사람, 자신의 이익에 따라서 찬성과 반대의 표현을 뒤바꾸는 사람, 민감한 현실이라서 말하기 곤란하다며 자신의 입장을 얼버무리는 사람 등, 이들의 태도는 십인십색이었다.

적어도 남들 앞에서 원전에 대한 나의 입장은 제일 후자, 즉 민감한 현실론이었다. 내가 몸담고 있는 직장이 바로 그곳 원자력발전소이다 보니까 반대하고 싶어도 반대할 수도 없는 입장이었지만, 솔직히 말해 어떻게 일이 좀 잘 되어서 비싸게 땅이 팔리면 부산이나 울산 같은 대도시로 나가 큰 건물이나 하나 사서 편안히 지냈으면 좋겠다는 생각이 들 때도 있었다. 그러나 나의 이러한 바람은 삼촌만 생각하면 주눅이 들었다. 들리는 말로는 함께 반대 운동을 하던 사람이 자신의 잇속을 챙기고는 등을 돌린 것에 삼촌이 매우 분개하고 있다고 했다.

원전 추가 건설 부지에 자신의 땅이 제외되어 반대 투쟁에 앞장섰던 전직 조합장 한 사람이 어떻게 해서 건설 예정 부지에 자신의 땅을 편입시켜 놓고는, 태도를 바꾸어 원전 추가 건설을 찬성하는 쪽에 가 붙는 일이 있었는데, 삼촌은 그 일에 매우 분개했다고 한다.

원자력 발전소 추가 건설을 반대하기 위해 재래식 화장실에서 똥물까지 퍼 지고 발전소 정문 앞으로 가서 주민 생존권 수호를 외치면서 극렬히 반대하던 사람이 자신의 잇속을 채웠다고 어떻게 그렇게 태도를 바꿀 수 있느냐며, 분개하다가 실신했다는 소문도 들렸다.

들리는 말로는 삼촌이 또 하나 분개했던 것은 함께 잘 살자고 하는 반핵 운동을 마치 강 너머 불 구경하듯 하는 이웃 지역 주민들이라고 했다. 그들은 원전 추가 건설을 묵인하는 대가로 그들 쪽으로 정문을 내 달라, 그린벨트를 풀어 달라는 등의 뒷거래를 하고 있다는 것이었다.

이런 저런 이유로 사람과 사람들 사이엔 불신이 팽배해졌다. 마을은 찬성과 반대로 갈리고 윗마을과 아랫마을 사람들은 서로 왕래를 끊었다. 삼촌과 아버지 사이도 왕래가 끊겼다.

아버지는 "내가 홧김에 좀 지나친 소리를 했기로서니 지가 어떻게 그럴 수 있는가, 마을 사람이 다 발을 끊어도 지가 어떻게 나에게 발을 끊을 수 있단 말인가"라며 분개했고, 삼촌은 삼촌대로 아버지에 대한 섭섭한 마음을 삭이지 못했다.

나도 자연적으로 아버지와 한 패가 되어 아랫마을 쪽으로 발을 들여놓기가 어려웠다. 그들은 아랫마을 진입로 입구 땅을 내주어 결국 원전 추가 건설의 길을 열어주었다며 우리 부자를 범법자 취급하듯 했다. 심지어 어린 시절부터 친하게 지내던 친구들조차도 얼굴을 돌려버리는 일이 일어났다.

나는 마을의 이런 분위기가 지겹고 숨이 막힐 것 같아서 어떻게든 일이 해결되었으면 하고 바랐지만 해결은커녕 더 꼬여갔다. 그래서 민심은 더 흉흉해지고 감정의 골만 깊어갈 뿐 해결의 실마리는 보이지 않았다. 밤에 마을 사람 몰래 삼촌의 집을 찾아가 볼까 하는 생각도 해 보았지만 마을 사람들과 한 배를 탄 삼촌이 쉬 태도를 바꿀 것 같지 않아서 포기하고 말았다.

삼촌은 설날에도, 그리고 이번 추석에도 차례에 참석하지 않았다.

무엇 때문에 삼촌은 발길을 끊었을까. 아버지에 대한 섭섭한 마음 때문이었을까, 핵을 반대하는 확고한 신념 때문이었을까, 마을 사람들과의 공생 공존의 의식 때문이었을까, 조상에 대한 경애심마저도 묶어버린 것은 과연 무엇이었을까?

방에 누워 이리 저리 몸을 굴리며 아무리 짚어 보아도 착잡한 생각들만 빗소리에 실려 떠돌 뿐 머리는 쉬 정리되지 않았다. 온몸에 가득 빗물이 고여 드는 것 같았다. 비는 마당을 채우고 집을 채우고 다시 내 몸뚱이마저 채워서 어디론가 나를 끌고 가는 것 같았다.

나의 기억에 추석날 이렇게 비바람이 몰아쳐서 쓸쓸하고 무료하게 방에 뒹군 적은 없었다. 그러나 다행히 정오를 넘기면서 빗줄기는 약해지기 시작했다. 한나절은 좋게 사랑채 방문을 열어 두고 밖을 내다보며 아픈 마음에 이리저리 뒤척이던 아버지는 오후가 되자 문을 닫고 기척이 없었다. 철없는 아이들만 민속씨름인가 뭔가를 본다고 텔레비전 앞에 옹기종기 모여 앉아 떠들어 대고 있었다.

오후 3시가 좀 넘어서 비가 멎었다. 하늘은 언제 그랬느냐는 듯 곧 구름이 엷어지더니 멀겋게 개었다. 문을 열고 밖으로 나가니 집 앞 과수원에 배나무들이 빗물을 뒤집어쓴 채 힘없이 가지를 늘어뜨리고 있었다. 다 익은 배들은 바람에 떨어져 처참한 몰골로 여기저기 나동그라져 있었다. 여름 동안 정열을 다해 탐스럽게 자신을 가꾸어 터질 듯이 탱탱하게 물오른 배들이 깨어져 허옇게 살점을 드러낸 채 흩어져 있는 모습이 가슴을 찔렀다.

아랫마을 회관 확성기에서 마을 사람들에게 전하는 안내 방송이 들려왔다. 그 전말은 알 수 없었으나 비가 그쳤으니 마을의 행사를 예정대로 거행한다는 내용이었다.

얼마 동안 그렇게 있었는지 모르겠지만 과수원 입구에 서서 속수

무책으로 멍하니 떨어진 배들을 바라보고 있는데, 아내가 술병과 과일, 포가 든 바구니를 들고 왔다. 산소에 가 보라고 했다. 과연 그 시아버지에 그 며느리였다.

이 집의 장손인 나는 비 때문에 깜박하고 있었는데 아내는 십오여 년 동안이나 그렇게 해왔던 것처럼 술과 과일, 포를 챙겨 와서 추석날 나의 의무 중 하나인 선산 성묘를 일러 주었다. 추석 차례를 지내고 나서 조상 산소를 둘러보고 추석 성묘를 하는 것이 우리 집의 오랜 관례였으니 비가 그친 것을 보고 술과 포, 과일을 준비해 온 것은 어쩜 당연한 일이었다.

아버지의 아버지 때부터 그랬던 것처럼 추석 차례가 끝나면 아버지와 삼촌 그리고 내가 선영에 성묘를 하러 가곤 했다. 그러나 이번 추석엔 태풍으로 개울물이 많이 불어났고 삼촌도 차례에 참석하지 않았기 때문인지 아버지는 성묘에 대한 말을 한 마디도 하지 않은 채 방에 누워 있었다. 그래서 나도 그것을 잠시 잊고 있었던 것이다.

태풍 뒤에 선산으로 가는 길이 험해졌을 것 같아서 아버지를 깨우지 않고 혼자 집을 나섰다. 선산은 마을에서 오른쪽으로 십리는 좋게 가야 하는 굴암산 자락에 자리 잡고 있었기 때문에 좋든 싫든 아랫마을을 지나지 않을 수 없었다.

과수원의 탱자나무 울타리가 끝나고 국도 가에 이르렀을 때 아랫마을이 보였다. 마을 앞 바닷가에는 풍파가 할퀴고 간 상처를 말해주듯 무너진 방파제 사이로 아직도 여파가 하얗게 혀를 빼문 채 밀려오고 있었다.

여기저기에 현수막이 어지럽게 걸려 있는 마을 입구에 접어들자 징과 꽹과리 소리가 들려왔다. 현수막은 하나같이 원자력 발전소 추가 건설을 반대한다는 내용들이었다. 마을 입구에서 마을 회관으로 연결되는 길가의 전신주와 담에도 덕지덕지 벽보가 붙어 있었다. 손과 발이 녹아버린 원폭 피해자, 앙상하게 뼈만 남은 원전 사고 피해자들이 비에 젖어 흐늘흐늘한 벽보 속에서 고개를 내밀고 있었다.

죽은 당숙이 살던 집도 보였다. 지금은 누가 사는지 대문이 꽁꽁 잠긴 그 집엔 사람의 모습이 보이지 않았다. 마을 사람들은 빨리 회관으로 모여 달라는 마을 이장의 목소리를 확성기를 통해 들으며 나는 마을 옆으로 우회하는 길을 택해 오른쪽 언덕으로 발을 옮겼다.

마을 안으로 들어가 오랜만에 집들도 둘러보고 회관에서 마을 사람들의 동정도 살펴보고 싶었지만 그럴 용기가 나지 않았다. 마치 늦가을 고슴도치 대하듯 경멸적인 태도로 나를 쳐다볼 마을 사람들을 대면할 용기도 생기지 않았고, 또 그래야 할 필요성도 느끼지 못했다. 그래서 나는 길을 우회했다.

언덕을 오르다 다시 회관 쪽으로 내려다보았다. 회관 빈터에는 제법 많은 사람들이 모여 삼삼오오 이야기를 나누는가 하면 젊은 사람들은 무엇인가를 분주히 준비하고 있었다. 나는 다시 이장의 방송을 듣고서야 그들이 준비하고 있는 것이 무엇인지를 알 수 있었다. '골매 마을 생존권 사수 원전 반대 추석 맞이 풍물놀이'라는 내용이 확성기의 금속음을 타고 두 번이나 울려 퍼졌다. 마을 사람들로 구성된 농악패들이 회관 앞 빈터에서 빙빙 돌면서 발을 맞추고 있었다.

삼촌의 모습을 찾아보았다. 틀림없이 거기에 있을 거라는 생각에서 빈터에 모인 사람들을 하나하나씩 짚어갔으나 삼촌의 모습은 보이지 않았다. 조상을 모시는 추석 차례에는 참석하지 않고 마을 행사에는 나와 있을 이율 배반적인 삼촌의 모습을 보고 싶었는지도 모른다. 과연 어떤 모습으로 그 자리에 나와 있을까, 하는 궁금한 마음에서 광장을 뒤졌으나 삼촌의 모습은 보이지 않았다.

그래, 아직은 회관 안에 있을 것이다. 좀 더 판이 무르익으면 삼촌의 모습이 보이겠지, 하는 기대감에서 그대로 서서 삼촌이 나타나기를 기다렸다. 판은 점점 무르익어 갔다. 모처럼 큰집이나 고향을 찾은 젊은 사람들, 그리고 그들이 데리고 온 아이들까지 주변에 모여들어 사람 수는 어림잡아도 백여 명은 좋게 되어 보였다.

30분을 좋게 기다렸으나 삼촌의 모습은 보이지 않았다. 분명히 거기 어디쯤에 있을 것 같은데 보이지 않으니 이상한 생각이 들었다. 혹시 몸이 더 불편해진 것은 아닐까, 아니면 차례에 참석하지 못한 조상에 대한 불효가 마음에 걸려 아버지처럼 아직 자리에 누워서 끙끙 앓고 있는 것은 아닐까. 딸을 셋이나 두었으나 다 출가하여 남의 집 식구가 되었기 때문에 명절이면 집은 더 적막하고 허전할 텐데……. 그 허전한 마음으로 인해서 기동을 않고 누워 있는 것은 아닐까 하는 생각이 머리를 때렸다.

철 지난 옥수수들이 힘없이 너풀거리는 언덕배기 밭길을 지나면서도 머리는 삼촌에 대한 생각으로 어지러웠다. 마음은 엉겅퀴 줄기가 할퀴듯 아팠다. 휩쓸고 간 비바람에 막 익어가던 벼들이 칼바람을 맞은 듯 꼬꾸라져 있는 처참한 풍경 속으로 삼촌의 허연 머리칼과 광대뼈가 불거진 앙상한 몰골이 자꾸만 겹쳐왔다.

태풍이 할퀴고 간 상처는 산길에도 마찬가지였다. 해묵은 거대한 노송들이 비스듬히 쓰러져 있는가하면 뿌리째 뽑혀 나뒹구는 크고 작은 나무들이 여기저기 보였다. 길도 많이 패어 있었다. 아직 물기가 흥건한 웃자란 풀잎을 차며 헉헉 오르는 산길이 그날따라 더 깊고 가파르게 느껴졌다. 지난달 벌초를 하면서 잔가지를 쳐서 길을 넓혀 놓았지만 그 사이 더 자란 나뭇가지들이 길을 막고 섰다. 더구나 빗물을 머금은 오리나무와 물푸레나무 가지들이 간간이 얼굴을 때렸다.

 고조부 산소 십여 미터 앞에 이르러 얼굴에 묻은 빗물을 훔쳐 내고 있을 때 산소 쪽에서 흰 물체가 어른거렸다. 순간 나도 모르게 몸을 움츠리며 숨을 죽였다. 삼촌이었다. 뒷모습을 보고도 삼촌임을 알 수 있었다. 발이 움직이지 않았다. 순간 어떻게 행동해야 할지 몰라서 잠시 엉거주춤 그대로 서 있어야 했다. 삼촌은 고개를 숙인 채 비스듬히 앉아 있었다. 마치 산소를 지키는 석물처럼 봉분을 등지고 앉아 있었다.

 삼촌이 차례에 참석하지 않았으니 산소에도 오지 않으리라 생각한 것이 나의 잘못이었다. 비록 지난 설날과 이번 추석 차례에 참사하지는 않았지만 삼촌도 아버지를 닮아서 평소 조상을 모시는 일에는 열성적이었다. 평소 삼촌의 성품으로 보아서 차례에는 참석하지 않았지만 성묘는 올지 모른다고 생각했어야 했는데 그러지 못했던 것이 나의 불찰이었다. 나는 마치 나쁜 생각을 하다가 들킨 사람처럼 얼굴이 뜨거워졌다.

 헛기침을 몇 번 해서 인기척을 내면서 봉분 쪽으로 다가갔다. 삼촌은 고개를 들어 나를 쳐다보았다. 그리곤 엉거주춤 일어섰다. 콧날이 찡해졌다. 나는 애써 감정을 누르며 걸어가서 삼촌의 손을 잡았다. 결혼 전에 한 집에 살 때 나의 팔목을 잡고 팔씨름을 하곤 했던 바로 그 손이었다. 그러나 삼촌의 손은 차고 뼈만 앙상했다.

 나는 목이 막혀 입을 열지 못하고 고개를 떨구었다. 삼촌은 울고 있었다. 눈물 방울이 맞잡은 손에 뚝뚝 떨어졌다.

 "준구야……. 으흑!"

 삼촌의 음성은 낮게 떨렸다. 삼촌은 감정에 북받쳐 잠시 말을 잇지 못했다. 가져간 포와 과일을 상석 위에 올리고 술잔을 올리면서 삼촌은 또 눈물을 흘렸다.
 증조부 산소를 거쳐 조부 산소에서 술을 올리고 났을 때 벌써 날이 기울어지고 있는지 멀리 바다 위로 어둑한 기운이 번지고 있었다. 산소에 올리고 남은 술을 한 잔 따라 건네자 삼촌은 술잔을 받아 천천히 입으로 가져갔다. 삼촌은 술잔을 비우고 나에게 잔을 내밀었다. 넘칠 정도로 한 잔 가득 술을 따라 주고는 멀리 마을 쪽으로 눈을 던졌다. 산 아래로 바다와 그 바다를 베고 누운 마을, 그리고 그 옆으로 그로테스크한 원자력 발전소 1, 2호기의 위용이 눈에 들어왔다.
 "준구야! 조상에게도 면목이 없고, 니한테도 면목이 없대이······."
 삼촌은 다시 조용히 입을 열었다.
 "내가 어찌 형님을 미워하고 니를 미워하겠노, 아이대이. 천부당만부당하대이······. 내 자식이나 다름없는 니를 내가 와 미워한단 말이고? 정말이지 내가 미워하는 사람은 아무도 없대이. 사람을 해치고 죽이려하는 것들이 미울 뿐이지······."
 삼촌은 숨이 가쁜지 잠시 멈추었다가 다시 말을 이었다.
 "보래이, 내가 왜 니 잘 살고 큰집 잘 사는 것을 시기하겠노? 그게 아이대이······ 저놈의 핵발전손가 뭔가 하는 것 때문에 생떼 같은 사람들이 얼마나 피해를 입었노. 니 당숙이 죽은 것도 따지고 보면 저놈의 발전소 때문 아이가······. 그런데 이게 또 뭐꼬, 핵발전소를 더 짓는다고 살던 사람들 쫓아내면 그 사람들은 어디 가서 살란 말이고······. 따지고 보면 다 같은 거대이, 내가 이 꼴이 된 거나 저놈의 발전소가 이 살기 좋던 땅을 이 꼴로 만든 것이나 다 같은 것이 아니고 뭐꼬? 니는 모를끼다. 그놈의 고엽젠가 뭔가 하는 것 말이다. 말도 마래이, 허연 밀가루 같은 에이전트 오렌진가 뭔가 하는 것을 미군 비행기들이 뿌리고 가면 그 울창하던 밀림들이 꼭 저 모양 같았대이. 저기 태풍에 꼬꾸라진 벼 포기 마냥 잎들이 허옇게 시들어 벼락을 맞은 것 같았다카이……. 숨이 콱콱 막혔다카이. 손으로 코를 감싸쥐고 그 시들시들한 숲 속을 헤치며 적을 찾아 헤맨 것이 어찌 열 손가락으로 다 셀 수 있겠노. 그땐 누가 알았겠노, 그놈의 고엽제가 생떼 같은 사람들을 이렇게 시들시들 죽게 할 줄을…… 그때는 다 안전하다고 했대이. 사람에는 해가 없다고 입만 열면 떠들어 대길래 우린 다 그런 줄로 믿었지. 그런데 이게 뭐꼬, 사람을 이 꼴로 맨들어 놓다니 말이다. 따지고 보면 저놈의 핵이나 고엽제나 다른 게 뭐 있겠노? 입만 열면 다 안전하다고 떠들어 대지만 누가 안단 말이고, 저놈의 핵발전소가 내처럼 또 많은 사람들을 시들시들 죽게 할지를 누가 안단 말이고? 때로는 원자로가 균열되고 중수 누출인가 뭔가 하는 위험한 사고가 일어나도 지놈들끼리 쉬쉬하면서 숨겨 버리고는 늘 안전하다고 앵무새처럼 떠들어 대고 있으니, 불장난치고는 보통 불장난이 아닌기라."

충격적인 말이었다. 말 한 마디 한 마디가 마치 폐부를 찌르듯이 충격적이라 나는 그저 멍하니 삼촌의 입만 바라보고 있었다. 삼촌이 그 동안 시름시름 앓아 온 것이 고엽제의 후유증이란 것을 생각조차 못한 내 자신이 부끄러웠다.

삼촌은 자신의 고통을 홀로 겪으면서도 아버지나 나에게 한번도 말한 적이 없었으니 그 사실을 알 수는 없었지만, 그래도 한번쯤은 짐작해 볼 수 있었던 것을 무관심하게 그냥 지나쳐 왔다는 것이 죄스러웠다. 나는 그제서야 삼촌이 불편한 몸을 이끌고서도 왜 그다지 결사적으로 원자력 발전소 추가 건설을 반대하고 나섰는지 알 수 있었다.

그동안 삼촌이 육신이 시들어 가면서 겪었을 고통을 생각하니 가슴이 미어지듯 아팠다. 부모와 마찬가지인 삼촌이 이 지경에 이르도록 그저 바라만 보고 있었다는 죄책감에 고개를 들 수 없었다.
"준구야······."
삼촌은 한참만에 나의 이름을 부르더니 자리에서 일어섰다.
"이제 고만 가자. 어둡기 전에."
애써 미소를 지어 보이며 크고 움푹한 눈으로 나를 쳐다보았다. 그리고는 앞서서 산을 내려가기 시작했다. 삼촌은 마을 사람들이 볼지 모르니 먼저 가겠다고 했다. 아직 군데군데 물이 고여 있어 미끄러운 길을 걸어 내려가는 삼촌의 걸음걸이가 곧 쓰러질 듯 불안해 보였다.
산길을 내려와 마을 쪽으로 길이 갈라지는 지점에서 삼촌은 몸을 돌려 다시 한번 나를 쳐다보았다. 그리고는 말없이 돌아서서 농악대의 풍물 소리가 쟁쟁 울리는 마을 쪽으로 걸어가기 시작했다. 언덕을 등지고 걸어가는 꾸부정한 어깨 너머로 마을이 보였다.
팔월 보름달이 뜰 시간인데도 구름 때문에 사방은 어둑해져 멀리 거대한 원자로를 배경으로 스산하게 흩어져 있는 마을의 집들이 암전되듯 하나씩 지워지고 있었다.

(월간문학 2000년 2월호)

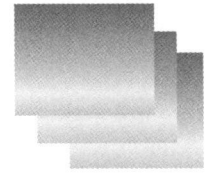

황혼을 차오르는 새

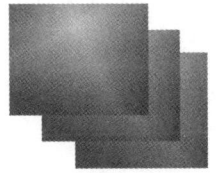

황혼을 차오르는 새

내가 맡고 있는 한 대학의 사회 교육원 문예 창작 과정에 그가 등록하겠다고 했을 때, 나는 극구 만류했다. 이제 골프나 여행을 즐기면서 건강이나 챙기고 여유 있는 일상을 보내야 할 나이에 소설을 공부한다는 것이 극성스러워 보일 뿐만 아니라, 글을 쓰느라 신경을 쓰다보면 건강을 해칠지도 모른다는 생각이 들어서였다. 그러나 그의 의지가 너무 확고했기 때문에 꺾지 못했다.
"선생님, 이 영상 시대에 독자가 없는 소설을 써서 뭘 하시려고요? 이제 사모님과 함께 여행이나 즐기면서 편안히 여생이나 보내실 연세에."
말은 그렇게 했으나, 실은 대학 은사였고 나의 결혼식 주례까지 섰던 분을 지도한다는 것이 부담스러웠기 때문이다.
"자네, 내가 부담스러워 그런가? 젊은 제자에게서 배운다는 것이 얼마나 좋은 일인데 그래. 요즘은 손자에게도 배우는 세상인데. 노인

대학에 입학시켜 주는 셈치고 날 받아줘."

"선생님, 그게 아니고 혹시 선생님께 별 도움이 되지 않을까 해서요."

"헛수고를 해도 내가 좋아서 하는 거니까 걱정 마. 그리고 아나, 혹시 내가 젊은 사람들 사이에 섞여서 공부하다보면 회춘이라도 할지."

선생님은 특유의 온화한 미소와 재치 있는 말로 나의 말을 막았다. 그래도 설마 했는데 선생님은 그 다음 주 개강식이 있던 날 첫 강의에 출석했다. 첫 시간은 오리엔테이션이었다. 수강생들은 서로 자기 소개를 하고 앞으로의 자기 각오나 소감 같은 것을 말했다. 선생님은 젊은 사람들 사이에 섞여 새 출발을 하는 것 같아서 매우 기쁘다고 했다. 그 나이에 소설을 쓰겠다는 각오에 수강생들은 모두가 놀라는 표정들이었다.

선생님은 마치 결심이라도 한 듯 자신이 전직 대학 교수였다는 사실을 드러내지 않으려 노력하는 것 같았다. 가르치는 사람과 배우는 사람의 자리가 서로 뒤바뀐 상황에서 배우는 사람으로서의 예절이랄까 겸손함 같은 것을 잊지 않으려 애를 쓰는 것 같아서 더 신경이 쓰였다.

나는 선생님에게 불편하거나 어색한 분위기가 되지 않도록 하기 위해 세심한 배려를 해야 했다. 그러나 예상과는 달리 시간이 지나면서 그와 함께 하는 수업은 그런 대로 재미있고 유익했다.

봄이 지나고 첫 학기 강의가 중반에 이른 즈음이었다. 강의가 끝난 뒤 선생님은 가방을 뒤적이더니 노트 한 권을 꺼냈다. 제목이 '새'라고 쓰인 습작 노트였다. 오십여 쪽의 대학 노트에 정자체로 써 내려간 원고였는데, 벌써 여러 번 고쳐 쓴 흔적으로 보아 오랫동안 선생님의 손에 머물러 있었던 것 같았다.

"소설이라기엔 많이 부족하지만 이야기가 되는지 한번 읽어 봐주시게."

노트를 내밀면서 멋쩍게 웃었다. 나는 선생님이 과연 어떤 내용의 소설을 썼나 궁금해서 줄거리부터 먼저 훑어보았다.

새를 연구하는 조류학 박사인 조규식 박사는 강원도 춘천의 어느 시골 마을에서 가난한 가정의 다섯 남매 중 차남으로 태어난다.

산과 들로 새를 쫓아다니면서 어린 시절을 보낸 그는 중학교를 마치고 두 명의 친구와 함께 야간열차로 무작정 서울로 향한다. 그는 타이어 공장 공원으로 일하면서 야간 고등학교와 야간 대학을 마치고 직장 동료의 소개로 만난 서울 여자와 결혼한다.

한번은 어린 시절부터 취미 삼아 조사하고 수집했던 새에 대한 자료들을 들고 자신이 다니던 대학의 생물학과 교수를 찾아갔다가 그 교수로부터 그 대학의 자연대학 조류 사육장에서 일해 보라는 제의를 받게 된다. 그것을 계기로 대학원에 등록한다. 그리고 다시 실험실 연구원과 실습실 조교를 거쳐 결국 교수의 자리에 오르게 된다.

생활이 안정되고 대학 교수로서 위치가 확고해지자 가정에 불화가 생기기 시작한다. 그는 보직 교수로서 탐조 여행이다 세미나다 하여 집을 비우는 일이 많아지면서 아내의 불만이 커지게 된다. 거기에 성장 배경이 다르고 성격이 다른 두 사람은 걸핏하면 다투게 되고 결국 부부간에 금이 생기기 시작한다.

처음엔 아이들 교육 문제로 티격태격하던 것이 시간이 지나면서 생활 전반에 걸쳐 의견 대립을 보이게 된다. 더구나 아내가 여성 인권 단체에 가입하면서부터 두 사람 사이의 불화는 걷잡을 수 없을 정도로 더 심해진다. 아내는 가정의 모든 일을 여성의 인권적 차원에서 사사건건 생트집을 잡고 전통적인 남편의 역할을 부정하고 가부장적인 남편의 태도를 못마땅하게 생각한다.

그는 아내의 이러한 행동이 심해지자 마음에 깊은 상처를 입고 자신의 존재에 대한 회의에 빠진다. 그는 자신의 사회적 지위나 직업의 특성을 이해하지 못하고 가정에서 시도 때도 없이 여성의 권리와 재산 분배 등을 요구하는 아내와 다투게 된다. 그런 가운데 같은 과 여교수에게서 업무 때문에 걸려온 전화를 받고 난 뒤부터 아내는 뜬금없이 그 여교수와 어떤 사이냐고 캐물으며 그를 의심하기 시작한다.

가정의 기존 질서에 반기를 들고 남편의 바깥생활을 의심하면서 부도덕한 사람으로 몰고 가는 아내에게서 그는 분노와 인간적 배신감을 느끼면서 실의에 빠진다. 연구에도 공백이 생기고 학교 생활에서도 활력을 잃는다. 그러나 자신의 사회적 지위와 체면 때문에 아내에게 적극적으로 대응할 수 있는 방도를 찾지 못한 채 마음의 상처만 깊어간다.

그러던 중 그는 아내와 다투다가 심한 욕설과 인격적으로 비하하는 말을 듣고 이혼을 결심하고 집을 나선다. 그러나 그를 따라와서 울며 붙잡는 아이들의 손을 뿌리치지 못하고 다시 집으로 돌아간다. 아이들에 대한 연민 때문에 그는 수모를 참으며 다시 집으로 들어간다. 막내딸 아이를 결혼시킬 때까지는 타오르는 불 속에 서 있다 할지라도 참겠다는 결심을 하고 아내에게 백기를 든다. 마침내 인내의 기간이 끝나고 그는 퇴직한다.

그는 퇴직과 함께 막내 딸아이를 결혼시키고 나서 여행을 계획한다. 오랜 세월 동안 그의 발길이 수없이 가 닿았던 겨울철새 도래지를 다시 한번 찾아가보고 싶다며 집을 나선다. 그는 서해안 어느 개펄에서 하루를 보내고 해질 무렵 철새를 좇아 작은 섬으로 들어갔다가 갑자기 밀려오는 물살에 휩쓸려 어두운 바다에서 실종되고 만다.

　줄거리로 보아 첫 부분의 서사 구조가 진부해 보였으나, 중반 이후는 갈등 구조가 드러나면서 소설다운 면모를 갖추고 있었다. 주인공의 입지전적인 이야기와 가정 불화 등은 새로운 소재가 아니었다. 이야기의 틀이 평면 구성으로 되어 있어서 단조로운 감이 있었으나, 인물의 내면 갈등과 묘사적인 면으로 보아서는 습작품의 수준을 뛰어넘고 있었다.
　그가 말과 글로 밥을 먹고 살았던 교수였으니 기본적으로 그 정도의 글이야 쓰고도 남았을 것이다. 그러나 소설의 묘사나 구성은 서툴 수밖에 없을 것으로 생각했는데, 예상외로 스토리의 개연성이나 반전 등에서도 무리가 없었다. 마치 상대방의 마음을 꿰뚫어 보는 것 같은 작가적인 통찰력이 엿보이는 표현뿐만 아니라 밀도 있는 문장 등도 군데군데 눈에 띄었다. 게다가 사실성이 돋보이는 표현으로 보아 그 글이 상당한 시간에 걸쳐서 매우 정성 들여 쓰여졌을 것 같았다.
　"선생님, 소설이란 어떤 형태로든 작가 자신의 삶이 투영되기 마련인데 선생님의 체취랄까 경험 같은 것이 전혀 느껴지지 않는 그 솜씨에 놀랐습니다."
　솔직히 나는 선생님의 글을 읽고 놀랐다.
　"써 놓고 다시 보니 낯부끄러워. 어떤 땐 내 자신의 의식 수준이 이 정도밖에 안 되는가 하는 생각이 들 정도로 유치하게 느껴지기도 하고 말이야."
　선생님은 겸연쩍은 표정을 지었다.
　"선생님, 소설이란 것이 인간의 벌거벗은 모습을 그대로 보여준다는 점에서 가치 있는 것 아니겠습니까?"
 "알고는 있지만 아직은 훈련이 덜 되어서 그런지 표현에 망설여지는 부분이 많아. 사실적인 표현이 어려워. 외양을 보고 묘사하기도 어렵고. 자네처럼 재미있게 이야기를 끌고 가거나 질박하게 표현하는 것도 잘 안 되고 말이야."
 맞는 말인 것 같았다. 그의 체면이나 위선 때문에 소설의 사실적인 표현에 어려움이 있을 것 같았다. 어느 것을 말하고 어느 것을 말하지 말아야 하느냐는 것은 기성작가에게도 어려운 일인데 그가 어려워하는 것은 무리가 아니었다.
 "선생님처럼 이름이 알려진 분은 본명보다는 필명으로 글을 쓴다면 표현에서 좀 더 쉬워질 것 같은 생각이 들지 않습니까?"
 "그렇겠지. 내 자신으로부터 많이 자유로워질 테니까 말이야."
 "그러나 소설은 어디까지나 허구니까 다른 사람이 어떻게 생각할까 하는 부담 가지지 마시고 그냥 쓰고 싶은 대로 쓰십시오."
 "그래야겠지. 현실은 어차피 똥밭인데 그 똥밭에서 옷이 젖는 것을 신경 쓴다면 어떻게 소설을 쓸 수 있겠어."
 "선생님 바로 그겁니다. 그런 생각으로 쓰시면 됩니다."
 그의 말은 역시 선생님다운 면모가 엿보이는 것이었다. 말하는 것으로 보아 그는 이미 그러한 문제는 넘어서 있는 것 같았다. 그 날은 그렇게 대화를 나누다가 헤어졌다. 그 다음 주 수업은 인물 묘사에 관한 것이었는데 선생님은 나오지 않았다. 그런데 그 날 저녁 늦게 집으로 전화가 왔다. 도서 기증식이 있어서 수업에 가지 못하였다고 했다. 교수로서 평생 모아온 자신의 책을 지역 도서관에 기증하는 행사가 있어서 갔다왔다고 했다. 자신이 살아온 흔적과 피땀이 배어 있는 책을 다 내놓는다는 것이 아쉽고 서운할 법도 한데 그는 마치 오랫동안 들고 있던 무거운 짐을 내려놓은 사람처럼 음성이 밝게 들렸다.
"자네, 언제 하루쯤 시간이 나면 겨울 철새나 한 번 보러가지 않겠나? 지금 천수만엔 철새들이 장관일 때야."
갑자기 철새 이야기를 꺼냈다.
"그렇지 않아도 선생님의 소설 마지막 부분에 철새에 대한 묘사가 아주 인상적이었는데, 철새에 대한 남다른 관심이 있었군요."
"남다른 관심이라기보다는 그냥 새를 보고 있으면 마음이 편안해져서 그래. 어, 그리고 말이야, 결혼 주례를 하나 부탁해야겠어."
그는 딸아이 결혼 주례를 부탁했다. 내가 사양했으나 그는 꼭 나를 주례로 세우고 싶다고 했다.
"자네처럼 단란한 가정을 가진 사람이 주례를 서야 내 딸도 자네 가정처럼 그렇게 단란한 가정을 꾸리고 살 것 아닌가."
내가 다시 한 번 사양하자 그는 자신이 나의 결혼식에 주례를 서주었으니 이제 갚아야 하지 않겠느냐는 말까지 하면서 부탁했다. 웃으면서 하는 말이었지만 마치 빠져나갈 곳을 차단하고 하는 말 같아서 받아들이지 않을 수 없었다.
천수만으로 철새를 보러 가는 여행은 선생님의 막내딸의 결혼식이 있고 2주 뒤에 이루어졌다. 방학이 시작되는 십일월 마지막 토요일, 아침에 일찍 떠나서 저녁 늦게 돌아오는 여정이었다. 서울역에서 새벽기차를 타고 천안까지 가서 다시 장항선을 갈아탔다. '주포'라는 조그만 역에서 바다까지는 삼십분도 채 걸리지 않았다.
바다는 고요했다. 물이 빠진 바다엔 개펄이 그 질펀한 천연의 맨살을 드러낸 채 누워 있었다. 물이 빠지고 더 넓게 펼쳐진 개펄 앞에서 나는 다시 한 번 바다의 실체에 감탄했다. 시큼하게 코끝을 간질이는 갯내음 속에 실려오는 새소리가 귀를 때렸다. 고적한 어촌 마을도 꾸불꾸불한 해안선도 온통 새 소리에 묻힌 듯했다.

나는 잠시 넋을 놓고 바다와 맞닿은 개펄의 끝을 바라보았다. 선생님은 철새에 도취해 있었다. 온종일 새를 좇는 그의 눈은 동심에 젖어 있는 것 같았다. 그는 눈을 통해 자연을 교감하고 그 감정을 다시 그 눈을 통해 드러내 놓고 있는 것 같기도 했다.

바다와 새. 그의 눈을 통해 전해지는 자연의 그 전언들이 그에게는 구원인지, 그리움인지, 아니면 자신 삶에 대한 참회나 깨우침인지는 알 수 없었지만, 그 날 그의 눈은 분명 자연을 통해 자신을 인식하는 중심에 있는 것 같았다.

그가 자신의 눈을 통해 새의 자유만을 보고 있었다면 눈이 그에게 감옥이 될 수도 있었겠지만, 그의 눈은 그 감옥의 자유마저도 보고 있는 듯 깊고 서늘했다.

"언제 보아도 장관이야. 인간의 힘으로는 결코 순치할 수 없는 저 자유의 경지 말이야. 아득히 쏟아지는 눈송이 같고 꽃가루 같기도 하고…."

"선생님, 소설보다 시를 쓰셔야 할 것 같습니다."

"아, 그런가. 어떻든 말이야, 저 무심의 경지야말로 저 새들만이 알 것이 아니겠어."

선생님은 여러 각도에서 렌즈를 맞추고 또 열심히 셔터를 눌렀다. 새를 필름에 담고 있는 그는 시간과 자신마저 잊고 있는 듯했다. 몸은 땅에 있었지만 마음은 새와 함께 허공을 날고 있는 것 같았다.

일상 속에 집을 떠났다가 다시 집으로 돌아오듯 개펄엔 어느새 물이 차오르고 있었다. 마치 더 깊은 자신의 내면을 다독이듯 잔주름을 일렁이며 밀려오는 물결 위로 새들은 춤추듯 곡예하듯 날고 있었다. 군무를 하듯 때로는 열병을 하듯 무리를 지어 안쪽으로 모였다 다시 밖으로 흩어지기도 하며 낙하와 비상을 반복하면서 저녁 바다를 수놓고 있었다.

갈— 갈— 갈— 갈—.

그들이 누리는 자유는 무엇이며 그들이 진정 찾고 있는 것이 무엇일까, 하는 생각을 하며 나는 망연히 하늘을 올려다보았다.

어느덧 해가 지고 있었다. 바다 멀리 낙조가 드리워져 물은 내부로부터 불타고 있는 것 같았다. 그는 말이 없었다. 그의 눈에 보이는 것은 저 낙조의 바다와 새만은 아닐 것 같았다. 딸아이를 마지막으로 결혼시켜 보내면서 느꼈던 허전한 마음을 달래고 있는지, 아니면 러시아로, 미국으로 자신들의 살길을 찾아 떠나간 아들들을 생각하고 있는지 알 수 없었지만 그는 말이 없었다.

어둠이 내리면서 새들도 하나씩 바닷가 숲 속으로 내려앉기 시작했다. 개펄도 물 속에 다시 몸을 숨기고 먼 바다로 집어등 불빛이 드러나는 것을 보고서 우리는 바다를 떠났다.

돌아오는 길에 그는 몇 번이나 아쉬운 듯 새가 사라진 하늘을 멍하게 쳐다보곤 했다. 어두운 바다를 등지고 허공을 응시하는 그의 모습에서 문득 삶의 쓸쓸한 애수가 느껴졌다. 그의 마음 깊은 곳엔 상처받은 삶의 앙금이 아직 남아 있어서 마음을 아프게 하고 있을지도 모른다는 생각이 들었다.

그의 모습 위로 딸아이를 결혼시키던 날 돌아서서 눈물을 닦던 모습이 겹쳐졌다. 누가 보아도 감탄할 만큼 입지전적인 성공을 거두었고 학문적으로도 사계에서 일가를 이루어 부러울 것이 없을 정도로 행복하고 모범적인 가정을 꾸려왔던 그가 어두운 바닷가에 서서 느끼고 있는 회한이 무엇인지는 알 수 없었다. 하지만 그의 모습은 분명 회한에 젖어 있는 모습이었다.

그의 등 뒤로 문득 얼굴도 알지 못하는 아버지의 모습이 떠올랐다. 아버지의 그때 그 모습도 그랬을 것 같았다. 어둠 속에 끌려가면서도 눈물을 보이지 않으려고 차가 오는 쪽으로 고개를 돌리고 돌아보지 않았다던 아버지. 만삭이 된 아내를 두고 가는 마음이 안타까워 눈물을 보이지 않으려고 먼 쪽으로만 눈을 돌린 채 끌려갔던 그 길이 마지막이 되고 말았다는 어머니 말이 떠올랐다. 홋카이도로 가는 징용선을 타고 가면서도 아버지는 아마 어둠 속의 바다를 보고 있었을 것 같았다. 그리고 아버지 없이 어머니와 힘겹게 살아왔던 그 힘들고 외로웠던 기억이 다시 떠올랐다.

우리가 완행 버스에서 내려 다시 기차를 타고 집으로 돌아올 때도 선생님의 얼굴엔 어두운 표정이 가시지 않았다.

"이렇게 늦게라도 집으로 돌아가는 것이 버릇처럼 되어 버렸어. 밖에서는 잠이 오지 않아. 불안하고 무엇엔가 쫓기는 것 같아서 말이야……. 나는 늘 이렇게 늦게라도 집으로 돌아가는 것이 가족에 대한 일종의 예의랄까 약속 같은 것이 되고 말았어."

선생님 음성은 나직했다.

'가정에 대한 깊은 애정 때문이겠지요.'

하다못해 이렇게라도 말을 했어야 했는데 나는 아무런 말도 하지 못하고 그의 얼굴만 쳐다보았다. 마치 갑자기 머리가 진공 상태가 된 것처럼 말이 떠오르지 않았다.

"결혼은 나에게 사슬이라면 사슬이었지, 내 자신과의 내기였다고 해야 할까……."

의외의 말이었다.

"자네, '내기'라는 소설 기억하고 있겠지?"

"안톤 체홉의 소설 말이지요?"

"그래, 바로 그 소설 말이야."

그 소설은 교육 철학을 가르치시던 선생님이 곧잘 인용하던 것이었다. 타인과의 약속보다 자기 자신과의 약속이 더 중요하다는 말을 할 때 곧잘 인용하던 소설이었는데 선생님을 생각할 때마다 그 이야기가 떠오르곤 했다.

파티의 주최자인 늙은 은행가는 손님들과 이야기를 나누던 중 사형이 종신형보다 인간적인 형이라고 주장한다. 이때 손님들 중 스물다섯 살의 젊은 변호사는 종신형이 옳다고 주장한다. 열띤 논쟁이 벌어지던 중 은행가는 권태에 지친 인간의 변덕 때문에, 변호사는 돈에 대한 갈망 때문에 내기를 시작하게 된다.

이 내기는 변호사가 외부와 완벽히 차단된 독방에서 15년간을 살고 나오게 되면 은행가가 이백만 루블을 주는 것이다.

내기는 시작되고 변호사는 십오 년간 닥치는 대로 책을 읽고 공부하여 엄청난 양의 지식을 습득하게 된다. 그동안 은행가는 투기에 빠져서 돈을 잃고 이류 은행가로 전락하고 만다. 약속했던 십오 년이 가까워지자 내기를 제의했던 은행가는 불안하고 초조한 나날을 보내게 된다. 감옥 밖이 오히려 감옥이 된 것 같은 생활을 하면서 상대를 미워한다. 약속한 십오 년이 지나고 마지막 날이 다가오자 은행가는 공허한 마음이 된다. 그러나 변호사는 마지막 한 시간을 남겨두고 스스로 문을 열고 나가버린다. 결국 내기에서 스스로 지고 말았지만 자신과의 내기에서 승자가 된 것이었다.

우리가 학교 앞 음악 다방에 앉아 '엘 콘돌 파사(El Condor Pasa)'를 즐겨 듣던 그 시절 자신의 철학적 가치관에 적절한 현실적 사례를 결부시킨 선생님의 강의는 우리들의 마음을 사로잡기에 충분했다. 그런데 선생님은 삼십 년의 세월이 지난 지금 와서 그 기억을 다시 떠올려 주었다.

"그 시절 내가 했던 그 강의들은 결국 나에게 되돌아와서 나를 구속하는 내기가 되고 말았어. 나를 묶는 사슬이었다고 해야 할까, 나는 내가 한 말들에 묶여 부자유스러울 수밖에 없었다네……."

선생님은 잠시 말을 멈추고 창밖으로 시선을 던졌다.

"이제 직장에서도 나의 임무가 끝났고 막내딸아이마저 결혼시켰으니 그 내기는 끝나게 되었어……. 책임이 끝난 거지. 내가 참아왔던 인내의 시간, 내 자신과의 약속, 사회적 규범이나 윤리적 압박으로부터 자유로워졌다고 생각해. 이제 딸애의 삶은 자신의 몫이야. 부모로서의 역할은 끝났다고 생각해. 자식을 결혼시켜 품 밖으로 내보내면서 그 자식이 주인이 주는 먹이가 그리워 다시 새장으로 돌아오는 새가 되기를 바라는 부모가 어딨겠어. 비바람에 상처를 입고, 힘에 지쳐 추락하는 일이 있더라도 이젠 자신의 힘으로 살아가야지. 말하기 부끄럽지만 이번 딸애를 결혼시키면서도 아내와 많이 다투었어. 고급 혼수에 몇 천만 원이 넘는 호텔 결혼식을 고집하는 통에 홍역을 치렀어. 그래서 주례인 자네보다 혼주인 내가 한 시간이나 늦게 식장에 나타나는 꼴을 보이고 말았던 거야. 자네가 아니었더라면 결혼식이고 뭐고 엉망이 되었을 거야."

선생님의 이야기를 들으면서 그가 쓰고 있는 소설이 그의 실생활과 무관하지 않다는 것을 알 수 있었다. 그 나이에 현대인의 가정 문제를 어떻게 그렇게 생생하게 표현할 수 있었을까 궁금했는데 그의 이야기 속에서 쉽게 그 단서를 찾아낼 수 있었다.

"사회에선 명색이 교수인 내가 집에선 늘 모자라고 못난 남편이었으니 말이야. 꼴이 말이 아니었지……. 돌이켜 보면 결혼은 상처투성이고 인간에 대한 실망의 연속이었어."

그 날 우리는 선생님이 쓰고 있는 소설에 대한 이야기는 한 마디도 하지 않았다. 하지만 그 순간 그의 소설 중에 한 대목이 마치 그가 걸어온 삶의 일부처럼 떠올랐다.

그 날 나는 밤이 깊도록 아내와 싸웠다. 그러나 시간이 지날수록 더 악을 쓰는 아내를 보며 절망했다. 여성 운동을 한다고 밖을 나다니던 아내는 언제 그렇게 되었는지 투사처럼 변해 있었다. 어디서 배웠는지 여성은 선이고 남성은 악이라는 생각, 여성은 피해자고 남성은 가해자라는 그릇된 생각과 이제는 여자들도 남자 없이 살아갈 수 있다는 생각에 사로잡혀 있었다. 언제나 자신이 옳고 자신의 행동이 정의라는 망상에 빠져 남편인 나를 투쟁의 대상으로 삼고 있는 듯했다. 그러면서도 억측의 덫에 걸려 이미 이성을 잃고 있었다.

어느 날 밤 같은 학과 여자 교수가 학생 문제로 전화를 걸어온 이후로는 뜬금없이 나의 바깥 생활을 의심하기 시작했다. 말끝마다 젊은 여교수와 눈이 맞았다고 얼토당토않은 말을 하는 바람에 나의 학교생활과 연구 활동은 영향을 받을 수밖에 없었다.

"당신 같은 사람이 무슨 대학 교수냐? 새 새끼 몇 마리 쫓아다니다가 얻은 알량한 그 지식으로 박사니 뭐니 하는 뻔뻔스러운 위선자!"

막말이었다. 이미 이성을 잃은 아내는 눈에 보이는 것이 없었다. 인격적인 살인 행위나 다름없는 말이었다. 힘들게 쌓아 왔던 나의 삶을 짓밟고 삶의 정체성마저도 부정하는 언어 폭력이었다.

오직 양심과 성실로 앞만 보며 가족의 행복을 위해 살아왔던 생활이 의심 받고 휴지 조각처럼 짓밟히며 부도덕한 사람으로 내몰리고 있다는 생각을 하니 온몸에 힘이 빠졌다. 아내에 대한 분노와 배신감에 치를 떨었다. 나의 삶이 왜곡 당하고 사회적으로 쌓아 왔던 명성이나 위치도 짓뭉개지고 죄도 없이 부도덕한 사람으로 몰리는 이 상황에서 과연 가정을 지켜야 하는가. 가정이란 무엇인가. 결혼의 윤리와 책임은 무엇이란 말인가. 부처라도 이런 말을 듣고 참을 수 있을까. 나는 수없이 생각했다. 순간 나는 어떠한 명분으로도 아내를 용서할 수 없다는 생각을 했다.

'그래, 나 혼자의 힘으로 가정을 지키겠다는 것은 어리석은 짓이다. 가정이란 한 발로 설 수 있는 것이 아니다.'

비로소 나는 어떻게든 가정을 지키겠다는 나의 결심이 헛된 것임을 알았다. 이미 이성과 사랑을 잃어버린 가정을 피 흘리며 붙잡고 있어야 할 가치가 없다는 것을 깨달았다. 나의 삶은 얼마나 모순된 것이며 공허한 것이었는가. 학생들 앞에서 이혼을 해서는 안 된다고 앵무새처럼 하던 말이며 이혼을 극단적 이기주의자들의 짓이라고 열을 올리곤 했던 일들이 부끄럽게 여겨졌다. 차라리 이 세상에서 영원히 사라져 버리고 싶은 참담한 심정으로 자리에서 일어섰다.

아직도 성난 들고양이처럼 눈에 독기를 뿜고 앉은 아내를 보며 절망직으로 현관문을 열고 밖으로 나갔다.

이혼으로 인해 앞으로 내가 겪어야 할 고통이나 비웃음, 사회적 편견으로 인해 나락으로 떨어지는 일이 있더라도 이제 더는 참을 수 없다는 생각을 하며 나는 차에 올랐다. 어디론가 가야겠다고 자동차의 핸들을 잡는 그 순간까지도 끓고 있는 분노에 부들부들 몸을 떨었다.

그러나 나의 발을 잡는 것은 딸아이였다. 언제 따라왔는지 지하 주차장 어둑한 기둥 뒤에 서서 울고 있는 딸아이를 보는 순간 나도 몰래 뜨거운 무엇이 왈칵 목을 막았다. 나는 얼어붙듯 멈춰 서고 말았다. 딸아이의 눈물은 채찍처럼 따갑게 나의 이성을 일깨웠다. 나는 망설였다. 소태를 씹듯 비참했다.

그래. 이혼은 결국 내가 겪는 고통에서 벗어나 마음 편하게 살겠다는 이기심의 발로다. 내가 이 불합리한 구속, 이유 없이 겪어야 하는 이 마음의 고통으로부터 벗어나려는 것은 내 자신의 생존 본능일지 모른다. 그러나 내가 얻는 것으로 인해 저 아이가 겪어야 하는 고통은 어떻게 해야 하는가. 저 아이가 겪어야 하는 고통은 결국 나로 인해서 생기게 되는 고통이 아닌가.

저 아이는 나의 책임이며 의무다. 저 아이의 행복을 위해서라면 천 길 나락에 떨어지는 일이 있더라도 나는 참아야 한다. 분노로 혈관이 터지고 다시 절망으로 수없이 혀를 깨물어야 하는 일이 있더라도 나는 집으로 돌아가야 한다. 저 아이의 눈에 눈물이 마르지 않는데 내가 어디에 가서 행복할 수 있겠는가. 내가 너를 두고 갈 수 있는 길은 없다…….

그것은 단지 소설적 묘사였다. 그러나 그 사실적 표현이 단순한 서술이나 묘사라기보다는 필자의 체험적 요소가 강하게 느껴지는 글이었다.

지난날 선생님의 번민과 고독이 짙게 배인 삶의 일부를 기록해 놓은 대목 같기도 했다. 그리고 그 다음 어느 대목에선가 또 소설의 그 주인공이 '한 시대의 종언 같은 저 노을을 따라 보다 멀리 인연의 끈이 닿지 않는 곳으로 떠나고 싶다'는 구절도 어쩌면 선생님 자신의 심정이 투영된 것이 아니었을까 하는 생각이 머리를 떠나지 않았다.

그 날 차안에서 밤이 깊어갈수록 선생님의 모습은 더 쓸쓸해 보였다. 젊은 날 늘 활기가 충만해 있던, 매사 완벽하고 당당하며 자신감 넘치는 그 모습이 아니라, 한 겹의 단단한 가식의 껍질이 벗겨지고 난 뒤에 드러난 왜소하고 초라한 인간의 모습 같았다. 윤기를 잃은 흰 머리카락과 주름살로 덮인 얼굴은 지나온 세월의 상흔을 말해 주듯 애상에 젖어 있었다. 그것은 마치 삶의 격정이나 긴장감이 사라지고 난 뒤의 고요처럼 평온하면서도 잔잔하게 황혼의 우수가 깔려 있는 모습이었다.

기차는 창마다에 지등 같은 불빛을 달고 느릿느릿 강을 지나고 있었다. 빙판 같이 허허한 겨울 들녘을 가로지르며 홀로 기적을 울리고 있었다. 산모롱이를 돌고 또 여러 개의 역을 지날 때까지도 선생님은 말이 없었다. 선생님의 그런 모습을 보고 있는 것은 마음 아프고 내 자신도 우울해지는 일이었다. 그러나 선생님은 한때 우리에게 얼마나 유익하고 깊은 사랑의 의미와 낭만을 말해 주었던가. 그 재치 있고 유머 감각이 넘치는 특유의 화술로 젊은 우리를 그 얼마나 사로잡았던가.

생각해 보니 그랬다. 선생님은 결혼은 자신의 반을 비우는 것이라고, 자신의 절반을 비워 타인의 절반을 받아들이는 것이라고, 이질적인 반반을 하나로 만들기 위해서 노력하는 것이 결혼의 의미라고 늘 말하지 않았던가.

삼라만상이 그러하듯 삶에는 빛과 어둠이 공존한다. 빛만 잡으려는 자는 그것으로 인해서 파멸한다. 어둠의 고통을 견디지 못하면 사랑은 균열되고 파멸한다. 결혼은 상처투성이다. 그러나 그 상처를 핥으며 살아가야 한다. 결혼의 상처는 세월의 바람에 쉬 마른다. 여자는 밥을 먹다가도 밥그릇을 할퀴고 남자는 사랑을 하다가도 코를 후빈다. 그러나 그것은 서로의 속성 때문이다. 결혼은 기대하지 마라. 기대하는 것만큼 실망한다. 결혼은 한쪽 눈을 빼는 것이다. 결혼하기 전에는 두 눈을 뜨고 결혼하고 나서는 한쪽 눈을 감으라는 누군가의 말처럼 결혼은 눈높이를 낮추는 것이다.

전혀 다른 두 사람이 하나가 되어 살기란 어차피 어려운 것이다. 하나가 손을 들고 다른 하나는 속으로 항복해 들어가지 않는 한 서로는 대립하고 피 흘린다.

　여자와 남자가 서로 다르기 때문에 사랑하게 되는 것이다. 다른 것을 사랑하라. 여자가 남자가 되겠다고 서서 오줌을 누면 옷을 버린다. 여자가 앉아서 오줌을 누는 것은 자연이다. 자연을 따를 때 인간은 인간다워진다. 화가 나면 더운물에 목욕을 하고 한 줄기 바람처럼 골목골목을 쏘다니다가 다리가 풀리고 힘이 빠질 때 집으로 돌아가라. 오늘 너의 몸이 만신창이가 되더라도 아픈 밤이 지나면 또 하루 해는 희망처럼 떠오를 것이다.

　결혼은 약속이다. 그러나 세월이 지나고 또 지나면 아마 결혼이라는 계약도 제도도 없어질 것이다. 부계 사회도 모계 사회도 없어질 것이다. 남자와 여자가 만나 아이를 낳고 아이는 국가가 양육해 주는 시대가 올 것이다. 결혼이나 이혼의 개념도 없어지고 눈이 맞으면 서로 몸을 비벼 아이를 낳고 그 아이를 국가에 맡기면 되는 시대, 가족이 사라진 시대가 올 것이다. 그러나 아직은 결혼이 신성한 것이다. 아이를 낳아 기르는 신성한 생명의 보금자리다.

　선생님은 내 결혼식 주례를 서면서도 그런 말을 했다. 결혼 생활의 지혜를 철학처럼 확신에 차서 당당하게 피력하던 선생님이었다. 그런데 선생님은 변해도 너무 변했다. 그것은 필경 선생님의 생활의 변화 때문일 것이다. 그 때문에 그는 소설을 쓰겠다고 한 것은 아닐까? 어쩌면 나는 선생님의 모순과 위선을 보고 있는지도 모른다는 생각이 들면서 가슴이 아팠다. 결국 선생님도 별 수 없으면서 마치 자신을 인간의 속성 밖에 있는 사람인 양 고고하게 말하던 그 위선을 보고 있는지도 모른다.

　선생님은 더 완벽해지기를 원했기 때문에 자신의 모순이 두려웠을 것이다. 그래서 자신을 더 억제하고 사회적 규범과 질서 속에 스스로를 구속해 왔는지 모른다. 자기모순의 불합리성을 너무나 잘 알고 있으면서도 인간으로서 어쩔 수 없었던 것이 선생님의 원죄가 아닐까?

혹시 소설의 이야기가 허구가 아니라 선생님 자신의 가슴 아픈 이야기의 일부가 투영된 것은 아닐까? 이혼은 무조건 나쁘고 부도덕한 것으로 간주되던 시대에 그 모순과 규율을 불덩이처럼 안고 살아야 했던 자신의 이야기는 아닐까? 이혼으로 인해서 자신의 사회적 지위에 상처를 입거나 학문적 업적과 인격에 오점을 남겨서는 안 된다는 생각이 내면적 사슬이 되어 그를 구속하고 있었을 것이다.

학생들에게는 그렇게 당당히 사랑의 결혼학을, 용서와 화합과 인내의 결혼학을 바이블처럼 갈파하는 교수가 정작 자신은 이혼을 해야 하는 모순을 껴안을 수는 없었을 것이다. 그래서 아내의 극단적 행동 앞에서도 주저앉고 만 것은 아닐까. 아니면 연구를 한다고 연구실에 늦게까지 남아 있으면서 아내를 외롭게 한 것은 아닐까. 그럴지도 모르지. 몇 명의 제자들과 함께 한 어느 술자리에서 '여자는 풀 몽둥이로 다스려야 한다'는 어느 노 교수의 진한 농담의 말을 듣고도 선생님은 그저 어색하게 웃기만 하지 않았던가. 그렇다면 혹시 선생님이 성적으로 부인을 만족하게 해 주지 못했기 때문에 성적 트러블이 생긴 것은 아닐까?

선생님에 대한 많은 생각들로 머리가 어지러웠다.

선생님은 잠이 들었는지 의자 깊숙이 몸을 기댄 채 눈을 감고 있었다. 나도 눈을 감았다. 지난날 그와 함께 했던 수많은 순간들이 강물처럼 흘러갔다. 새벽 세시가 넘어서 우리는 서울역에 내려 포장마차에서 국수를 한 그릇씩 사먹고 헤어졌다. 택시를 타고 집으로 오는 길 위에서도 선생님에 대한 생각은 머리를 떠나지 않았다.

며칠이 지나고 선생님의 딸아이는 아담한 살림집을 마련해 들어갔다는 소식을 들었다. 그 뒤 며칠간은 많은 눈이 내렸다. 몇 해만의 폭설로 집에 머물러 있는데 순간순간 선생님에 대한 생각이 떠올랐다. 그러던 어느 날 저녁이었다. 선생님에게서 전화가 왔다. 시간이 나면 공항에 좀 나와 달라고 했다.

난데없이 공항에 나와 달라는 말에 또 무슨 일인가 싶어 어리둥절하기도 하고 좀은 짜증스럽기도 했으나, 직감적으로 선생님에게 어떤 일이 있을 것 같은 생각이 들었다. 그 다음날 공항을 향해 차를 몰았다.

공항 대합실에는 주말이라 북새통을 이루고 있었다. 주말 밀월여행을 떠나는 신혼 부부들로 장사진을 이루고 있었다. 선생님은 이층 출국 심사장 창가에 서 있었다.

"어쩌면 이것이 마지막이 될 것 같아서 바쁜 줄 알면서도 연락을 했어……."

선생님은 웃었다. 그러나 그 웃음은 어둠이 깔려 있는 웃음이었다.

"다시는 돌아오지 못할 여행이 될지도 모르겠어. 자네를 보는 것도 이것이 마지막이 될 것 같고 해서 말이야."

당혹스런 말이었다. 선생님답지 않은 말이었다. 그 나이에 무슨 마음의 불이 아직 남아 있어서 젊은이처럼 혼자서 여행을 떠난단 말인가. 아무리 그래도 그렇지, 배웅객 하나 없이 이게 무슨 꼴인가 하는 생각이 들었다. 선생님은 나의 내면을 읽기라도 한 듯 입을 열었다.

"혹시 나에 대해 묻는 사람이 있으면 말해 줘. 아프리카로 갔다고. 그리고 이 소설은 자네에게 주고 싶어. 내 문학의 스승이자 단 한 사람의 독자인 자네에게 이 소설을 맡기고 싶어."

아프리카로 이민을 간다고 했다. 그곳에 가서 옥수수를 키우며 굶주린 원주민을 위해 남은 생애를 보내겠다고 했다.

"아내에게는 내가 없으면 찾지 말라고 여러 차례 말해 두었어. 내가 없으면 그 날이 바로 약속한 날인 줄 알라고 말해 두었어. 외국에 있는 아이들에게도, 딸아이에게도 다 말해 두었어."

나는 그 제서야 결혼식 날 많은 사람들의 축복을 받으면서도 딸아이가 아버지의 손을 잡고 울던 그 모습이 어느 정도 이해되었다.

선생님은 이미 십 년 전에 이혼에 동의했다고 했다. 다만 막내딸아이를 결혼시켜 보낼 때까지만 그 기간을 유예했을 뿐이라는 말을 하면서 쓸쓸하게 웃었다.

선생님이 이혼이라니. 그 나이에 이혼은 무슨 이혼이란 말인가, 하는 생각에 나는 입이 다물어지지 않았다. 황혼기에 이혼이 얼마나 고뇌에 찬 결단이었겠는가, 하는 생각을 하면서도 한편으로는 그 동안 베일에 가려졌던 선생님의 삶의 실체를 보고 있는 것 같아서 마음이 복잡했다.

내가 잠시 선생님이 건네준 소설 원고를 훑어보는 동안 선생님은 출국장 창 밖을 내려다보고 있었다. 담담하고 여유 있는 그의 태도는 참으로 의연해 보였다. 그러나 눈발처럼 희끗희끗한 머리와 주름진 눈가엔 저녁의 애수가 젖어 있었다.

마침내 그가 탑승구를 빠져나가고 나는 두근거리는 가슴으로 다시 그의 원고의 끝 부분을 읽어 보았다.

나는 아프리카로 간다. 이것은 나를 찾아서 떠나는 여행이며 나와의 또 하나의 약속이다.

나의 행동과 사유가 누구에게도 구속받지 않고 살 수 있는 그 곳은 내 삶의 여정에 또 하나의 정착지다. 내가 떠나는 것은 아내란 이름으로 나에게 구속되었던 한 여자의 삶을 해방시켜 주는 것이기도 하다.

결혼이 구속이라면 이별은 구속으로부터의 해방이며 자유일 것이다.
　우리의 결혼은 아이를 낳고 그들을 키워 독립시키는 것으로 끝났다. 결혼의 의미도 거기에서 끝났는지 모른다. 나는 내가 평생 동안 힘들여 모았던 집도 돈도 다 아내에게 남겼다. 아내는 나보다 살아갈 날들이 더 많을 것이기 때문에, 내가 살아갈 수 있는 최소의 것만 가지고 다 아내에게 주었다. 나는 내 육신의 힘으로 살아갈 것이다. 그것이 일 년이 될지 십 년이 될지 모르겠지만 힘이 다할 때까지, 삭정이 같이 마른 몸으로 이국의 어느 관목 숲 아래서 슬피 울게 될 밤도 있겠지만, 나는 누구에게도 짐이 되고 싶지 않다.
　나는 목숨이 있는 동안 살다가 기력이 다하면 원시의 어느 들판에 쓰러져 짐승처럼 죽어 갈 것이다. 그것이 바로 내가 왔던 전생의 삶으로 돌아갈 수 있는 길인지 모르기 때문이다.

　처음 보여 주었던 원고에서 몇 부분은 고쳐 쓴 것이었다. 자신의 삶의 일부와 겹쳐지는 듯한 끝 대목은 그 인상이 너무나 강렬해서 마치 경구처럼 가슴을 찔렀다. 나는 한 손에 원고를 든 채 선생님이 탄 비행기를 보고 싶어 다시 창가로 갔다.
　어느덧 해가 지고 서쪽 하늘엔 노을이 불타고 있었다. 인도로 가서, 거기서 다시 잠베지 강이 있는 짐바브웨로 간다고 했다. 선생님이 탄 캐세이 퍼시픽 항공기는 요란한 소리를 내며 한 마리 새처럼 저녁 하늘로 날아 올랐다. 잠시 코끝이 찡해 오는 것 같더니 핑 눈물이 돌았다. 눈물 속에서 새떼의 환상이 겹쳐졌다. 천수만에서 보았던 수많은 그 황혼의 새떼가 선생님이 탄 비행기와 함께 노을 속으로 날아 오르고 있었다.

(월간문학 2006년 3월호)

팔월의 빈 뜰

팔월의 빈 뜰

존 데이슨 교수의 현대 과학 특강은 엉뚱하게도 '죽은 사람의 음성도 들을 수 있는가?'라는 말로 시작되었다.

단 두 시간의 강의를 위해 런던 대학에서 사우샘프턴 대학까지 달려왔던 데이슨 교수는 후리후리한 키에 회갈색 턱수염이 무성한 사람이었다. 런던 출생인 그는 정통 잉글랜드인답게 런던 특유의 카크니 액센트가 매우 강하게 들렸다. 영국 교육부가 외국인 학생, 비지팅 스튜던트를 위해 마련한 특강 '영국 석학에게서 듣는다'는 교양 강좌에 그가 초빙되었던 것이다.

캠브리지 대학 출신으로 현대 물리학 양자론을 전공한 그가 한 강의는 줄곧 보이지 않는 세계에 관한 것이었다. '규명되지 않은 힘, 제5의 힘은 존재하는가? 보이는 것만 물질인가?'라는 질문을 던지면서 두 시간 동안 계속된 그의 초심리학 강의의 결론은 영적 존재를 부인할 수 없다는 것이며, 미래의 물리학은 이 영적 존재와 깊은 관계를 갖게 될 것이라는 것이었다.
　강의 중 밝힌 그의 영적 체험은 매우 기이하면서도 신비로운 느낌을 주는 것들이었다. 영혼에도 무게가 있다는 것에서 시작해서, 죽은 자와 대화를 한 적이 있다. 대영 박물관에서 이집트의 미라를 보고 온 날 자신의 집 앞에까지 따라온 유령을 본 적이 있으며 귀신 오줌이라고도 하는, 유령이 나타날 때 생겨난다는 '엑토플라즘'이란 물질에 대해서도 연구 중인데, 유령이란 것이 결국 기(氣), spirit로 생각한다고 했다.
　그는 우리가 동양인이란 것을 의식해서인지 동양은 물질적인 것보다 정신적인 것이 훨씬 발달돼 있으며 특히 샤머니즘에 대한 연구의 가치가 있다는 말을 하기도 했다. 그의 강의는 미래의 과학이 초과학적이고 비현실적인 쪽으로 확대되어 갈 것이란 것을 예측하는 것이었지만, 어떻게 보면 매우 황당무계한 것처럼 들리기도 했다.
　영국의 8월은 아름다웠다. 남부 항구 도시 사우샘프턴 중앙역을 출발해 고도 바스로 가는 기차가 지나는 대지엔 따사로운 햇살이 축복처럼 쏟아져 내리고 있었다. 온통 수백 년 된 나무와 숲, 그 숲 사이에 빨간 지붕을 드러내고 서 있던 마을들, 그리고 또 얼마를 지나면 끝없이 펼쳐지는 평원의 들녘에 널려 있는 건초더미들이 매우 평화롭게 보였다. 마치 원생대의 원형을 그대로 유지하고 있는 것 같은, 뉴포리스트 숲가를 지날 때 밋밋한 능선과 관목들이 이루는 조화는 환상적인 것이었다.
　이 눈이 시리도록 아름다운 남부 평원을 지나면서도 나는 데이슨 교수의 말에서 벗어나지 못하고 있었다. 일행의 대부분은 로마인이 세웠다는 고대도시 바스로 갔지만 나는 어디엔가 끌리듯 솔저베리역에 내렸다. 영국의 종교를 알려면 솔저베리 대성당과 스톤헨지를 보라는 말이 어떤 암호처럼 들렸기 때문이다.

　대성당은 종교의 위대함을 과시하기라도 하듯 그 거대한 위용을 방문객 앞에 드러내 놓고 있었다. 칠백 년 전에 세웠다는 이 성당의 지상 120미터나 되는 첨탑은 바라보는 사람의 혼을 빼어갈 정도로 웅장했다. 사물의 웅장함은 인간을 작고 보잘것없는 존재로 만들어 그 물질 앞에 복종케 만들어 놓는 힘을 가지고 있는 것 같았다.

　대성당에서 버스로 삼십분을 달려 스톤헨지에 도착했다. 지나간 시간의 불가사의함이라도 말해 주듯 돌은 평원을 굽어보며 말없이 서 있었다. 이 거대한 돌들을 세우는 데에는 믿을 수 없는 어떠한 힘이 작용한 것이 아닐까, 하는 생각이 먼저 들었다.

　스톤헨지의 경우 나를 놀라게 한 것은 돌의 웅장함이 아니라 그 기하학적 배치의 기묘함이었다. 허허한 이 평원의 한가운데 누가 무엇 때문에 이런 거대한 돌들을 세웠을까, 하는 생각이 들어 멍하니 올려다보았다. 나는 잠시 돌이 주는 신비함에 빠져 있다가, 원형의 그 입석군에서 어떤 태고의 소리 같은 것이 들린다는 데이슨 교수의 말을 떠올리며 정신을 차렸다. 혹시나 하는 생각에 신경을 곤두세웠지만 평원을 스쳐 가는 윙윙하는 바람소리 외에는 끝내 아무런 소리도 듣지 못했다.

　찾아왔던 사람들이 하나둘씩 떠나고 저 멀리 평원의 끝으로부터 어둠이 밀려오는 것을 보고서야 나는 그곳을 떠났다. 스톤헨지의 거석의 신비가 결국 자연 숭배나 샤머니즘과 관련된 것이 아닐까, 하는 생각을 했다. 대성당이 기독교라는 종교의 힘에 의해서 이루어진 것처럼 종교의 힘이 아니고서는 그 거대한 돌들을 세우는 것이 불가능했을 거라는 생각이 얼마 동안 머리를 떠나지 않았다.

　버스가 떠날 무렵, 그 거대한 돌기둥에도 어둠이 내려 더 이상 그

형체를 알아볼 수 없게 되었다. 돌아오는 기차를 타기 위해 다시 역으로 갔다. 바람에 날리듯 역두엔 가로등 불빛이 고요히 흩어지고 있었다. 시계를 보았으나 아직 기차가 오기까지는 30여 분의 시간이 남아 있었다. 어디론가 달려가다 갑자기 시간을 잊어버린 사람처럼 대합실 창가에 우두커니 서서 밖을 내다보았다. 숲과 마을과 그 사이로 흐르던 작은 강줄기도 어둠 속에 묻히고 달려온 평원 저 멀리서 명멸하는 몇 줄기의 불빛이 보였다.

 서늘하다. 영국의 여름은 밤이 되면 이렇게 서늘해진다. 열차 안의 분위기도 서늘하기는 마찬가지다. 시간을 역류하듯 기차는 왔던 길을 다시 달린다. 숲과 마을과 들을 지나서 평원은 단지 저 멀리 불빛으로만 아득하고 기차는 아름다운 불꽃을 달고 어둑한 숲 속을 훑고 지나간다. 이윽고 달이 떴다. 달빛 속에서 희미하게 형상을 드러내는 자연의 실체들. 온갖 정령들이 키득거리며 나뭇가지를 흔들고 있는 것 같은 숲과 따뜻한 불빛이 번져 나오는 마을의 집들을 지나서 기차는 달빛 속으로 부유하듯 달려간다.

 근원을 알 수 없이 옷깃을 파고드는 외로움, 이 밤 혼자서 어디로 가고 있는가, 하는 외로운 생각들이 창 밖의 풍경 속으로 흩어진다. 달빛 속의 고적한 풍경들이 외로운 마음을 더 흔들어 놓는다.

 아내의 말이 떠올랐다.

 "당신, 영국에 가더라도 그 여자 만나볼 생각은 말아요."

 "누구 말이야?"

 "누구긴 누구야, 당신 초등학교 동기생이었다는 그 여자 말이지. 목사의 딸이었다는 그 여자 말이야."

 영국으로 떠나기 전날 아내는 그 여자의 기억을 들춰냈다. 아주 오래 전에 어떤 말끝에 했던 그 여자에 대한 이야기를 용케도 기억하고 있었던 모양이다.

　목사의 딸이면서도 무속에 관심이 많았던 강미선. 영국인 영어 강사에게 영어를 배운다고 좇아다니다가 서로 눈이 맞아 영국으로 건너갔던 그 여자. 영국으로 떠날 준비를 하면서도 나는 정작 그녀에 대한 생각을 못하고 있었는데 아내가 어떻게 그녀를 기억하고 있다가 나의 머리 속에 그녀에 대한 생각을 떠올려 주었다.

　그러나 나는 이곳 영국으로 떠나오면서도 그녀를 만나 보아야겠다는 생각은 하지 않았다. 비록 초등학교 동기에다가 묘하게도 대학까지 같은 대학에 다닌 인연은 있었지만, 지금 와서 그녀를 만나야 할 필요성이나 언제 그녀를 한 번 만나보고 싶은 그리움 같은 것이 마음 속에 남아 있지 않았기 때문에 그녀에 대한 생각은 하지 않았던 것이다.

　이 머나먼 나라. 달랑 나 혼자 던져진 이 나라에서 한결 자유로운 기분으로 여행이나 해 보고 싶었을 뿐이다. 영국이란 이 나라의 역사와 문화는 어떤 것인가. 이곳 사람들은 어떻게 살아가고 있는가. 좀 더 가까운 곳에서 들여다보고 싶었다.

　여행만이 이 나라 사람과 이 나라를 알게 해 줄 것이라는 생각이 들어 이곳저곳을 헤매고 다녔다. 그래서 많은 것을 보았다. 발이 부르트도록 런던과 옥스퍼드와 글래스고우, 그리고 또 몇몇 곳의 바닥을 구석구석 헤매고 다니며 그들의 삶의 모습과 역사를 보았다. 가끔 침략과 약탈로 이루어 낸 풍요한 그들의 문화에 감탄과 분노를 느끼기도 하면서.

　그 옛날 역사의 영광을 말해 주는 그 웅장하고 화려한 건물들, 해지는 템즈강변에서 바라보던 그 고즈넉한 공원의 모습에서 그들이 이 나라를 얼마나 잘 가꾸고, 나무를 심고 자연을 사랑해 왔는가를 어렴풋이나마 짐작할 수 있었다. 겨울 도시의 음울한 우수며, 낮게 드리워진 하늘에서 시도 때도 없이 디즐과 진눈깨비를 흩뿌리던 겨울의 거리, 그리고 옷깃을 세우고 걸어가던 사람들의 모습에서도 여유와 양식을 느낄 수 있었던 것이 내가 읽은 이 나라의 모습이었다.

겨울이 가고 봄이 가고 여름이 와서 한 여름 밤의 이 도시의 거리를 수놓은 저 불꽃들, 연극과 축제와 이름 모를 저 거리의 악사들이 불러 주는 노래 소리에서 나도 그들과 같은 자유인의 한 사람으로 그곳에 있음을 느껴 보기도 했다.

그러나 집으로 돌아가는 길은 늘 이렇게 쓸쓸하다. 어둠이 내리고 빅벤과 템즈강변의 그 아름다운 야경을 뒤로하고 돌아설 때도, '지금 나는 어디에 와 있는가?'라는 생각 속에 쓸쓸한 여수가 마음을 강물처럼 흔들리게 했다. 워터루역에서 늦은 시간의 밤차를 타고 대학이 있는 사우샘프턴까지 남으로 남으로 달리던 밤에도 여수는 오늘처럼 이렇게 찻길을 따라 먼 곳의 불빛처럼 나를 따라왔다.

그때도 아내가 했던 말과 강미선의 얼굴이 떠올랐지만 그녀를 만나볼 생각은 없었다. 그런데 오늘은 왠지 그녀의 얼굴이 반복해서 떠오른다. 이런 저런 생각을 더듬고 있는 동안 기차는 사우샘프턴 중앙역에 들어서고 있었다. 사우샘프턴 중앙역은 선로가 넓어 출구로 나가려면 구름다리를 건너야 한다.

"사우샘프턴 센추럴 스테이션!."

구내 스피커에서 울려 퍼지는 경쾌한 안내 방송 속에 승객을 내려놓고 기차는 다시 어둠 속으로 떠나갔다. 거리는 고요하다. 오후 여섯 시가 되면 모든 상가가 문을 닫고 사람들의 발길도 끊어지는 거리. 외항선 선원들이 즐겨 찾는 몇몇 무도장과 술을 파는 펍을 제외하고는 모두가 문을 닫아버린 거리엔 인적이 드물었다. 밤이라 기숙사로 가는 버스는 1시간에 고작 1대 꼴. 시간을 보아 아직 삼십 분을 더 기다려야 한다.

낮 동안 아름다운 자태로 많은 사람들을 불러 모으던 도심의 공원들은 인적이 끊어져 칙칙한 나무들이 음험하게 입을 벌리고 있다. 다시 정체를 알 수 없는 외로움이 옷깃을 파고 든다. 가족의 얼굴이 떠올랐다. 그리고 다시 생각나는 그 여자 강미선.

'그래, 여기까지 와서 한번 만나 보자. 꼭 만나야 할 필요는 없지만 또 못 만날 이유도 없지 않은가?'

어둑한 공원의 숲가에 서서 버스를 기다리는 지루한 시간 동안 그녀의 얼굴이 머리를 떠나지 않았다.

"영체 사진도 찍을 수 있다는 말을 들은 적이 있어? 영혼의 세계가 있다면 그 실체가 뭘까?"

학창 시절 그녀는 가끔 난데없는 황당한 질문을 나에게 던지곤 했다. 고향 면 소재지의 유일한 교회. 그 교회의 목사관에 살았던 초등학교 동기인 그녀를 같은 대학에서 만나게 된 것은 인연이라면 인연이었다. 어떻게 하다 보니 자주 만나게 되었다. 그러나 그녀에게 이성적인 관심이 있어서 그런 것은 아니었다. 단지 동향의 친구로서 우정 때문에 자주 만나곤 했을 뿐이다. 그러다 보니 그녀가 가입된 사진 서클에도 몇 번 따라 나가게 되었다.

그녀는 소심하고 섬세하면서도 엉뚱한 데가 많은 여자였다. 평소 조용하다가도 불쑥 엉뚱한 말을 꺼내 사람을 웃기기도 하고, 가끔 술이 취하면 나의 팔에 매달려 정신없이 흐느적거리기도 했다. 한 번은 어느 신문사가 주최하는 사진 콘테스트에서 대상을 받게 되었는데 제목이 '무녀'였다. 굿거리를 하는 동안 신이 내려 무아의 경지에서 춤을 추는 무당의 모습을 극적으로 잡은 것이었는데 예상 밖의 작품이었다.

 언뜻 보면 신들린 여자의 믿을 수 없는 세계를 환상적으로 보여주는 것 같은 사진이었지만, 자세히 보면 그 속에는 인간적 고뇌와 절망적인 순간에 어떤 영적인 실체를 통해 벗어나려고 몸부림치는 인간의 간절한 애원 같은 것이 진하게 배어 있는 작품이었다. 그녀를 아는 사람들은 그녀가 목사의 딸이면서 무당 사진으로 대상을 받았다는 사실에 유독 관심을 보이며 놀라워 했다.

 그리고 얼마 뒤 그녀가 외국인 영어 강사와 눈이 맞아 붙어 다닌다는 사실이 또 한 번 사람들을 놀라게 했다. 그것을 두고 어떤 사람들은 그녀가 먼저 꼬리를 쳤다고 하고, 또 어떤 사람들은 영어 강사가 그녀에게 목을 걸고 매달렸다고 했다. 어쨌든 두 사람은 보란 듯이 약혼을 하고 한국을 떠났다.

 그녀의 이러한 처신에 대해서 목사인 그녀 아버지는 어떻게 생각할까, 많은 사람들이 궁금했지만 정작 그녀의 아버지는 별로 상관하지 않는 듯해 보였다. 그것은 그녀 아버지가 개방적이고 진보적 성향을 가진 개신교 목사였기 때문에 딸의 행동을 그런 대로 이해하는 것 같았다. 그녀의 아버지는 그 당시 목사로서는 보기 드물 정도로 개방적인 데다가 '한국적 상황에서 기독교 상황 윤리론'이란 논문으로 신학박사 학위를 받을 정도로 진보적 성향을 지닌 목사였기 때문에 무속에 관심을 갖고 있는 딸아이의 행동조차도 이해하고 있는 것 같았다.

 그녀가 한국을 떠날 무렵엔 그녀의 아버지도 대도시로 이동해 큰 교회의 목사로서 이름을 떨치고 있었다. 그는 사회 문제에 깊은 관심을 가지고 참여하는 헌신적인 봉사활동뿐만 아니라 타종교에 대한 남다른 이해심도 가지고 있는 목사였다. 그것은 적어도 그가 맹신적인 종교 지도자가 아니라 합리적이며 이성적인 지도자란 말이기도 했다.

그녀에 대한 생각에 빠져 있는 동안 이층 버스는 번화가를 지나 하이필드의 숲길을 돌고 있었다. 기사는 좀 퉁명스런 음성으로, 막차는 코스가 다르다며 목적지와 1킬로미터나 넘게 떨어진 곳에서 방향을 돌려 숲가의 희미한 가로등 아래 나를 내려놓고 사라져버렸다.

잠시 마음이 혼란스러웠다. 이 지상의 어느 외딴 곳에 홀로 버려진 것 같은 고적감이 앞을 막았다. 서늘한 바람이 몸을 감았다. 울창한 숲에 둘러싸여 마치 유령의 집처럼 음울한 마을의 집들은 어둠 속에 서로 몸을 기댄 채 밤이슬을 맞고 있었다.

기숙사에도 대부분의 방엔 불이 꺼져 있었다. 입구에서 나의 방이 있는 곳까지는 1킬로미터는 족히 되는 거리였다. 중동에서 온 학생들이 사용하고 있는 건물에도, 남미 학생들이 묵고 있는 건물에도 대부분 불은 꺼져 산 속의 수도원처럼 고요했다. 주말이라 삼삼오오 짝을 지어 여행을 떠난 모양이었다.

키 큰 나무들 사이에 마치 섬처럼 뚝뚝 떨어져 서 있는 건물 사이엔 흐드러지게 핀 수국과 흑장미 꽃잎들이 늦은 밤 불빛 아래서 고개를 숙이고 있었다.

이런저런 생각을 하다가 그녀를 만나 보아야겠다는 생각을 했다. 방으로 올라가기 전 공중전화 부스에서 서울에 전화를 했다. 한국 시간으론 아침 7시. 전화하기에 좀 이른 시간이라는 것을 알면서도 이리저리 전화를 해서 그녀의 주소를 알아보았다. 운 좋게도 그녀의 단짝이었던 여자 동문에게서 그녀의 주소를 알아낼 수 있었다. 런던 교외에 혼자 살고 있다는 것과 어느 대학에 출강하고 있다는 말을 전해 들을 수 있었다.

기숙사로 향하는 계단을 내려서는 발걸음이 자꾸 헛디뎌지는 것 같이 묘한 기분에 젖어 들었다. 주소와 전화번호는 알아냈으나 막상 만난다는 생각을 하니 야릇한 기분이었다. 전화를 걸었을 때 박대나 당하지 않을까. 아무런 용건도 없으면서 불쑥 어떻게 만나자는 말을 꺼낼 수 있단 말인가. 사십도 중반을 훨씬 넘긴 이 나이에 영어 줄이나 배워보겠다고 몇 개월 동안이나 가족을 팽개치고 여기까지 온 나를 보고 그녀는 안됐다는 표정을 짓지나 않을까, 하는 생각들이 들기도 했다.
　그러나 무엇보다 나의 마음을 선뜻 놓아주지 않는 것은 자존심이었다. 어디 아쉬운 것이 있어서 만나 보고 싶어 하는 것 같은 인상을 주지나 않을까, 하는 생각이 나를 망설이게 했다. 그러나 어쨌든 한번 만나 보자는 것으로 생각을 굳히고 나니 한결 마음이 가벼워졌다.
　이튿날 아침 그녀에게 전화를 걸기 위해 공중전화 부스로 갔다. 막상 수화기를 잡으니 망설여졌다. 수화기를 들었다 놓았다를 반복하며 몇 분을 망설이다가 마지막 주사위를 던지는 심정으로 번호를 눌렀다.
　"헬로우."
　"익스 큐즈 미. 메이 아이 스피크 강미선?"
　"후즈 콜링 플리즈?"
　원어민에 못지않게 세련된 발음에 어리둥절했으나 목소리엔 그녀 특유의 낮은 비음이 깔려 있어 그녀임을 알 수 있었다.
　"디스 이즈 김찬우 스피킹."
　"후? 김찬우?"
　"예스, 유어 올드 프랜, 김찬우"
　예상 밖의 전화에 당황한 듯 잠시 그녀의 음성이 끊어졌다. 전화를

팔월의 빈 뜰 | 95

잘못 걸었다는 눈치였다. 그러나 내가 몇 마디 말을 덧붙이자 금방 나를 알아보았다.

"아, 찬우씨. 이게 웬일이에요? 한국이에요?"

"아니. 나 이곳에 볼일이 있어 왔다가 한 번 만나 보고 싶어서 ……."

예상외로 그녀는 나의 전화를 반가워 하면서도 만나자는 말엔 잠시 멈칫거렸다. 그 다음 주부터 스코틀랜드 에딘버러 대학에서 샤머니즘 세미나가 있어 그것을 준비해야 하기 때문에 행사가 끝난 뒤 언제쯤이 좋겠다고 했다. 혹시 행사기간 중에 에딘버러에 올 기회가 있으면 만날 수 있을 것 같다는 말과 함께 그녀가 참가하는 세미나 일정과 장소, 그리고 숙소까지 가르쳐 주었다. 전화를 끝낸 뒤 나는 그녀를 언제 어디에서 만나는 것이 좋을까 생각하며 하루를 보냈다.

월요일엔 영국 소설론과 영어 에세이, 그리고 영국 교회사 특강이 있었다. 특강이 끝나고 나서 윈체스터 대성당, 영국에서 가장 길다는 200여 미터의 대성당을 둘러보았다.

어디를 가나 영국의 교회는 삶과 죽음이 공존하는 성소, 죽은자의 영생의 전당이자 산자의 기도의 전당이라는 느낌을 받게 되었다. 처치야드는 바로 묘지가 있는 교회의 뜰을 말한다. 거기엔 세월을 잃어버린 수많은 묘비석들이 풍상을 견디며 서 있다. 역사라는 것은 죽음의 흔적. 어디를 보아도 죽은 자의 손때가 축축하게 묻어 있는 것을 볼 수 있다.

우리를 인솔했던 루이스 교수는 동양과 마찬가지로 서양에서도 삶과 죽음의 관계에서 종교가 발달하게 되었다는 말을 했다. 말끝에 샤머니즘도 종교의 일종이라는 데이슨 교수의 말에 동의하느냐고 내가 물었을 때, 그는 웃으며 종교는 마음의 문제라고 말했다. 그러면서 학교에서 좀 떨어진 컴먼 숲가에도 코리언 샤먼이 한 사람 있다고 했다.

좀 의아해하는 나의 표정을 보고 그는 재미있다는 듯 그곳에 가서 오리엔털 위치(동양의 마녀)를 찾으면 알 만한 사람은 다 안다면서, 관심이 있으면 한 번 찾아가 보라고 했다.

루이스 교수의 말을 듣는 순간 왜 한국인이 여기에까지 와서 마녀가 되었을까, 하는 생각이 들었다. 위치(마녀)가 무당을 뜻하기도 하는 이 사회에서 그녀가 무당이라면 서양인들을 상대로 어떻게 점을 쳐 주고 또 굿거리는 어떻게 행할까, 하는 의아한 생각이 들었다. 더구나 중세기에 위치 헌팅(마녀 사냥)이란 이름하에 무자비하게 마녀들을 처형하고 어떠한 형태의 무속도 인정하지 않았던 이 사회에서 오리엔털 위치가 어떻게 살아갈 수 있을까, 하는 생각이 호기심에 불을 당겼다.

당장 그 마녀의 집을 찾아가 보고 싶었다. 그 이튿날 수업이 끝난 뒤 나는 그 컴먼의 서쪽 숲가를 찾아갔다. 도심의 숲이라지만 컴먼의 숲은 수천 에이커에 이르는 거대한 자연 공원이다. 수백 년 된 아름드리 나무들이 빽빽이 들어서 있고 사이사이 빈터에는 잔디와 산책로, 그리고 자전거 전용도로가 있어서 산책하는 사람들의 발길이 끊이지 않는 곳이다.

루이스 교수의 말과는 달리 그녀의 집은 찾기가 쉽지 않았다. 더구나 컴먼의 서쪽은 세미터리(공동묘지)가 있는 곳이라서 인가가 드문 지역이었다. 묻고 물어 겨우 찾아갔을 때, 그 집은 사람이 살지 않는 듯 바깥쪽으로 문이 잠겨 있었다.

수 만개의 묘비석들이 줄지어 서 있는 세미터리가 마치 정원처럼 내다보이는 그 집은 그곳의 여느 집과 마찬가지로 붉은 벽돌과 흰 대리석으로 지어진 2층집이었다. 정원엔 수국이 머리를 풀어헤친 듯 피어 있고 울타리엔 줄장미들이 바람에 흔들리고 있었다.

나는 나무들 사이에 세워져 천 조각이 달린 대나무를 보고서야 그 집이 바로 그 마녀의 집임을 알 수 있었다. 한국에서 무당의 집 앞에서 흔히 볼 수 있는 모습 그대로였다. 두근거리는 가슴을 안고 한 시간 동안은 좋게 맞은편 언덕에 앉아 바라보았으나 그 집의 주인은 돌아오지 않았다. 오십 미터는 좋게 떨어져 있는 이웃집으로 가서 물어보았으나 그녀에 대한 구체적인 상황을 알고 있는 사람은 없었다.

저녁 무렵에 산책을 나온 한 노인으로부터 주말이나 만월이 되는 날 밤에는 그 집에 불이 켜진다는 말을 들은 것 외에는 어떤 것도 전해들을 수 없었다. 그래도 혹시나 싶어 밤이 될 때까지 그 주변을 서성거리며 그녀를 기다려 보았으나 결국 아무도 나타나지 않았다.

밝은 낮에는 몰랐으나 밤이 되자 그 집은 음험한 귀기가 느껴졌다. 공동묘역 쪽에서 불어온 바람이 서늘하게 얼굴에 와 닿으면서 어둠 속에서 해괴한 혼령들이 불쑥 나타날 것 같은 전율이 등줄기를 훑고 지나갔다.

기숙사로 돌아와서 짚어 보니 그 날이 음력 칠월 십일이었다. 묘한 흥분에 싸여 며칠을 기다리다가 마침내 만월이 되던 날 그 집을 찾아갔다. 서머 타임으로 아홉 시가 되어도 아직 밖은 훤했다. 아홉 시 삼십 분쯤 그녀의 집 앞에 도착했는데 과연 방에는 불이 켜져 있었다. 전과 마찬가지로 나는 맞은편 언덕에 가서 조마조마한 심정으로 그 집을 내려다보았다.

얼마의 시간이 지났을까, 조용하던 집에서 갑자기 휘파람 소리 같은 이상한 소리가 들렸다. 그리고 얼마 뒤 문이 열리면서 흰옷을 입은 어떤 여자가 뜰에 나왔다. 뜰 한가운데로 나와서 무엇인가를 계속

중얼거리더니 나무 사이에 대나무가 세워진 곳으로 갔다가 다시 마당 한가운데로 왔다. 그리고는 팔을 벌려 요령 같은 것은 흔들며 '휘—익 휘—익' 휘파람 소리를 내었다. 그러다 다시 방안으로 들어갔다. 요령을 흔드는 소리가 더 빨라지더니 이어서 중얼중얼 삼십 분은 좋게 주문을 외는 소리가 나직이 들려왔다. 그리고는 한참 동안 침묵이 흐르더니 불이 꺼졌다.

심하게 가슴이 뛰었다. 그 어둠 속으로 끌려 들어갈 것 같은 서늘한 기분에 머리가 쭈뼛쭈뼛 섰으나 호기심이 나의 발을 놓지 않았다. 다시 불이 켜지고 여자가 다시 한 번 뜰에 나왔다가 안으로 들어가더니 곧 조용해졌다.

그 다음 날 오전 중에 두 시간 정도의 강의 시간이 비어 그 집을 다시 찾아가 보았으나 그 집은 문이 잠긴 채 아무도 보이지 않았다.

그로부터 꼭 일주일 뒤 나는 스코틀랜드로 여행을 떠났다. 꿈에 그리던 스코틀랜드도 둘러보고 가는 걸음에 강미선이란 여자 친구도 만나 보는 것이 좋을 것 같았다

때마침 스코틀랜드 수도 에딘버러에서 축제가 열리는 때라 출발역인 런던의 차링 크로스역에는 에딘버러로 향하는 사람들이 장사진을 이루고 있었다. 두 시간이나 줄을 섰다가 차를 탔을 땐 온몸이 마비될 것 같은 느낌이 들었다. 그러나 차가 움직이자 피곤하던 몸은 서서히 회복되었다.

온통 중세풍의 아름답고 웅장한 건물들이 빽빽이 들어선 도심을 벗어나자 잉글랜드 중동부의 전원 풍경들이 창 밖으로 펼쳐졌다.

여행은 새로운 풍물이 있어 늘 가슴이 설렌다. 그러나 그 새로운 풍물만큼이나 사람을 외롭게 만든다. 이 세상에 오직 나 하나뿐인 것 같은 외로움이 나를 누른다. 눈물을 흘리면서도 겨자 맛을 즐기듯 외

로움은 눈물이 나도 때론 유혹적이다.

　나의 여정에 주어진 모처럼의 기회. 나는 누구 하나 아는 사람이 없는 이 이방의 나라에서 그 외로움에 더 깊이 빠져들고 싶었다. 가능하다면 족쇄처럼 나를 따라다니던 평상의 일들과 가족들조차도 한순간이나마 잊어버리고 싶었다. 사사건건 나를 간섭하고 사유의 자유마저 앗아가려 했던 아내나 아이들에 대한 생각조차도 잊어버리고 싶었다. 나무와 마을과 목장과 풀밭이 펼쳐진 구릉과 평원을 지나 한 잎 풀잎 같은 마음으로 차창에 기대어 북으로 북으로 흘러가며 창 밖으로 스쳐 가는 이국의 풍물에 젖어들고 싶었다.

　런던을 떠나 두 시간이 지나자 기차는 동부의 평원 지대를 가로지르고 있었다. 저 멀리 무어(황원)로 가는 선로가 보였다. 온통 히드 꽃이 만발해 있던 황무지 언덕이 떠올랐다. 루이스 교수의 인솔로 찾아갔던 영국 문학 기행. 하워스역에서 내려다보던 그 황무지 언덕이 선하게 다시 눈에 떠올랐다.

　버려 놓듯 달랑 몇 사람을 내려놓고 기차가 떠나자 망망하게 끝없이 펼쳐지던 황야. 이곳에선 여름에도 난롯불이 그리워지고 수시로 날씨가 돌변해서 언제 비가 내리게 될지 신 외에는 아무도 모른다고 중얼거리던 루이스 교수의 말이 귓가에 맴돈다. 겨울이면 거의 매일 한 번씩은 눈보라가 몰아친다는, 그래서 나무들조차 자라지 못할 정도로 메말라 있는 황야에서 질긴 생명력을 자랑하듯 자주색 히드 꽃이 바람에 흔들리던 광경이 떠올랐다.

　잠시 눈을 감았다 떴을 때 기차는 나무를 둘러싼 미로와 같은 넓은 골짜기로 접어들고 있었다. 미로와 같은 골짜기를 내려다보다 '그래, 내가 가고 있는 이 길도 인생의 한갓 미로일지 모른다'는 생각이 들어 옆을 보았을 때 옆자리의 노인은 열심히 시계를 들여다보고 있었다.

이윽고 어둠이 내리면서 강을 건너는 열차의 소리가 허공을 가른다. 철교 아래로 강이 흐른다. 이름하여 타인강이다. 유유히 강물이 흐르는 그 오른쪽으로 불빛 속에 희미하게 모습을 드러내는 뉴캐슬. 난공불락의 성채와도 같은 도시를 보는 순간 입이 다물어지지 않는다. 중세의 화려한 영화와 풍요 속으로 들어선 것 같은 역사. 뉴캐슬의 역사는 기차를 타고 내리는 사람들로 서로 길이 갈린다. 북으로 남으로 떠나며 사람들로 언제나 이렇게 길이 엇갈리게 되는 것이다.

길은 길에 묻혀 지척을 알 수 없는 저 대지의 끝으로 여정이 흘러가면 한때의 회한도, 힘들었던 우리의 삶도 끝나게 될 것인가. 잠시 생각에 빠져 있는 순간 기차는 역사를 벗어나 다시 어두운 들을 달린다.

의자에 깊숙이 몸을 기대고 눈을 감았다. 내가 어디로 가고 있는가. 아이들과 아내의 얼굴이 떠오른다. 집을 떠나면 그녀의 사슬에서 벗어나 다시는 그녀에게로 돌아오지 않을 사람을 대하듯 정색을 하며 혼자 창 밖을 내다보던 아내의 뒷모습이 떠올랐다. 어젯밤에는 꿈에 아내의 얼굴이 보였는데 집에 무슨 일이 있는 것은 아닐까, 하는 생각에 마음이 어지러웠다.

늘 진한 감성으로 타인의 감성을 짓누르곤 했던 아내였지만 육감의 선은 누구보다도 강하게 나에게 닿아 있는 것을 느낄 수 있었다. 어젯밤엔 분명 화가 난 듯 토라진 얼굴이었는데 나의 이 여행을 미리부터 예감하고 있었던 것일까. 아니면 나의 이 여행이 한갓 순간의 환상이나 감상에 의한 것이 아니라, 한 사람의 인간을 만나러 가는 것이라는 내 마음의 메시지를 읽지 못한 채 화를 내고 있는 것은 아닐까.

지구의 반대편에서 보내는 한 남자의 마음의 메시지를 단지 쓸쓸히 읽고 있을까. 나의 우수와 고뇌를, 그리고 분노와 회한은 어떻게 읽었을까. 빗나가는 영감의 사이클을 이리저리 맞추느라 불안한 마음으로 투덜거리고 있는 것은 아닐까 하는 생각이 들었다.

아내와의 불화, 말다툼. 그때마다 와 닿던 알 수 없는 메시지. 아내에게 유순하라는 마지막 말을 남겼던 아버지. 꿈속에 돌아가신 아버지가 보이는 날은 늘 가을 뱀처럼 사납게 변하던 아내. 이유를 알 수 없는 불화. 나의 조신을 타이르듯 꿈속에 나타났던 그 계시들. 알 수 없는 일이었다.

꿈이란 무엇일까. 아무리 부정해도 거기엔 보이지 않는 어떤 계시가 있는 것 같은 경험을 여러 번 해 왔지 않은가.

자신이 케냐의 한 동물원에서 야생 동물과의 생활을 통해서 경험했던 동물의 영감과 예시력에 대한 놀라운 발견을 말하던 데이슨 교수의 말이 떠올랐다. 만남과 헤어짐의 시간까지도 미리 알고 있었던 암사자에 대한 이야기는 충격적이었다. 그러면서 다시 덧붙인 말, 동양의 샤먼을 통해서 오래 전에 돌아간 자신의 할아버지의 음성을 들은 적이 있다는 그의 말이 다시 떠올랐다.

그는 샤먼이 영적인 존재와 연결될 수 있는 능력을 가지고 있는 것 같다는 말과 함께 기독교인들이 교회나 목사 또는 기도를 통해서 신유를 이루어내듯이 무당에게서도 영적 능력이 발휘될 수 있다고 말하던 갈색 수염이 무성한 그의 얼굴이 떠올랐다.

밤 열 시가 좀 지나서 기차는 에딘버러역에 도착했다. 시간을 역류해 어느 중세의 도시에 도착한 듯 거리엔 온통 칙칙한 대리석 건물들이 열병식을 하듯 줄지어 서 있었다. 밤이 깊어가는 시간인데도 축제의 분위기에 젖어 많은 사람들이 거리를 메우고 있었다.

세미나가 열린다는 에딘버러 대학은 로얄 마일 남쪽의 도심에 위치해 있었다. 다음날 아침 대학으로 가는 길에는 이른 시간인데도 축제를 보러 온 사람들로 붐비고 있었다. 길가엔 꽃으로 장식된 명품점과 카페, 몇백 년은 된 듯한 아름드리 고목과 그 사이에서 팬터마임꾼들이 다양한 퍼포먼스를 펼쳐 보이고 있었다. 성 자일즈 대성당 바로 뒤에 위치한 대학의 행사장 창 밖으로 홀라루드 궁전과 칼튼 힐이 보였다. 그 뒤로는 바닷가 햇살을 받아 남색 물결이 출렁이고 있었다. 물론 나는 이곳에 오면서 그녀에게 전화를 걸어서 온다는 말을 전했다. 그러나 행사가 끝나고 나서 그녀의 숙소로 전화를 걸기로 했을 뿐 다른 약속은 하지 않았다.

에딘버러 축제의 일환으로 이 대학 정신 과학 연구소에서 개최한 세미나 주제는 '샤머니즘과 과학'이었다. 소책자에 소개된 바로는 영국과 이탈리아, 스페인, 일본, 인도, 태국, 중국의 초심리학자들과 무속인들이 참가하고 있었다. 제1부 세미나에서는 세 명의 초심리학자들이 나와서 초심리학의 정체성에 대한 주제 발표가 있었고, 거기에 대한 질의 토론이 있었다. 그 다음의 주제 발표자가 바로 한국계 영국인 셀리강, 다시 말해 강미선이었다.

발표자의 자리에 들어서는 순간 한 눈에 그녀를 알아 볼 수 있었다. 많은 세월이 지났으나 그녀의 단아한 모습은 그대로였다. 동양적 정숙함과 서양적인 세련미가 조화를 이룬 미적 감각이 몸에 배어 있었다. 그녀의 발표 주제는 '자아 속의 영적 존재'였다. 그녀의 주제 발표는 물론 영어로 진행되었지만, 무당과 같은 중요한 단어는 한국말을 그대로 사용했다.

그녀의 주제 발표는 샤먼이 중심이 되어서 작용하는 종교로서의 샤머니즘과 한국에서 무당의 종교로서의 특징에 대해서 많은 시간을 할애했다. 그녀의 말은 무당의 본질로서 무당은 일반적으로 어떤 여

팔월의 빈 뜰 | 103

자가 스스로 어떤 방법에 의해서 되는 것이 아니라, 어떤 특정의 수호적인 신령에 의해서 선택되어 무당이 되며 그를 선택한 신령에 의해서 빙의되어 그 신령의 도움을 받고 그 명령에 복종하는 것이라는 내용으로 시작되었다. 무당은 그 몸주인 신령과 직접 교통을 통해 정신적으로 신령계에 근접하며 그 신령의 세계와의 통합 관계에서 자신의 몸주인 신령으로부터 영적인 힘을 빌어 영혼을 지배할 수 있으며 정령들을 지배하거나 무쿠리(복점)를 하기 위해서 원시 종교의 헌제자가 된다고 했다.

무당은 그의 몸주인 신령에 빙의되어 부여된 능력을 행사하는 동안, 즉 굿을 하는 동안 변성된 정신 상태에 놓이게 되며 무당이 되는 과정, 즉 성무 과정에서 신령이 지펴서 본의 아니게 무당이 되는 과정은 일종의 소명적 성무 유형이며, 어쩌다 무당이 되는 것은 선무당 성무 유형으로 나뉘게 된다는 것이 그 핵심 내용이었다.

성무 과정에서 겪게 되는 신비한 현상들이나 실신하는 현상들은 몸주가 나타났다는 계시이며, 몸주와의 대면에는 죽음과 재생이란 원리가 깔려 있다. 성무 과정에서의 죽음 재생은 자기 부정, 자기 변혁이란 회심을 의미하는 동시에 분리, 통과, 통합으로 구성되어 있다. 즉 죽음 이전의 에고가 분리하여 재생의 에고를 통과하여 몸주와 교제하는 차원으로 재생의 에고는 통합되는 것이다.

이렇게 볼 때 성무 과정은 하나의 변증법적 과정이며, 성스러움을 표명할 수 있다는 말을 할 때 많은 사람이 고개를 끄덕였다. 성(聖)의 내용은 임시로 몸주를 군림케 할 수 있는 혜택과 신령으로부터 주어지는 사건의 원인 탐지력, 그리고 앞으로 일어날 일의 예단력이 있다고 했다. 무당이 지니는 예지력은 오랜 수련 끝에 인체 내에 일종의 에너지 센터인 가슴의 차크라가 열려 우주와 교감이 이루어지면서 생긴 능력과는 다른 것으로 이 내용의 실현이 곧 굿거리라고 했다.

그녀는 샤머니즘의 신앙이 미신성을 운위하기에 앞서 그 신앙이 갖고 있는 순수한 종교성이 찾아져서 전개될 때 종교의 새로운 문이 열리게 될 거라는 말로써 끝을 맺었다.

그녀의 영어 실력은 놀라웠다. 유창하고 표현도 분명하고 표정도 진지했다. 마치 존 데이슨 교수의 강의를 듣고 있는 것 같은 착각이 들 정도로 초심리학에 대한 주제에 유사성이 있었다. 과연 보이지 않는 세계는 있는가에 대한 데이슨 교수의 물음을 강미선의 영적 경험과 현실이 입증해 주고 있는 것 같았다.

발표된 주제에 대한 질의 토론에서는 무당의 영적 능력에 대한 공방이 뜨거웠다. 토론이 끝나고 난 뒤 휴식 시간에도 많은 사람들은 굿에 대한 관심을 보이며 삼삼오오 모여 굿에 대한 이야기를 나누는 모습이 보였다. 화장실에 들러 용변을 보고 잠시 건물 밖으로 나가 바람을 쐬고 왔을 때 세미나장은 마치 굿당처럼 꾸며지고 있었다.

2부 첫 행사는 Korean seance 즉 '한국의 굿' 시연이었다. 이윽고 그녀가 무복을 차려입고 나타나자 많은 사람들이 박수를 쳤다. 임시로 마련된 세미나장 특설무대엔 내림굿을 받고자 하는 제자인 영국인 여자의 인적 사항이 적힌 신명기와 청, 백, 흑, 적, 황색의 오색천을 각각 사각형으로 오려 만든 오방기가 길게 사방으로 늘어뜨려져 있었다.

울긋불긋한 무복을 차려입고 손에 방울을 쥐고 있던 그녀가 먼저 방울을 흔들고 알아듣기 힘든 주문을 외우면서 신을 청하였다. 본풀이 말은 한국말이었다. 함께 한 고수가 치는 덩덩— 덩덩 연속적인 북소리 반주에 맞추어 그녀는 펄쩍펄쩍 뛰는 춤을 추었다. 이른바 신무(神武)였다. 춤과 노래는 미분화된 상태에서 축술이었다. 그것은 종교적 도취 내지는 황홀과 밀착되어 있으며 따라서 이성적 사고를 진정케 하는 것 같아보였다.

손의 율동적인 동작 중에서도 극치를 이루는 것은 손가락이었다. 그것은 손가락의 동작이 눈에 보이는 것에서 보이지 않는 것을 가리키는 것 같았는데, 그 손가락의 힘을 확대해 주는 것이 바로 손에 쥐고 있는 무구(巫具)였다. 이때 무구는 신령이 빙의 안좌하는 표식으로써 축술, 종교적 의미를 지니고 있는 것으로 알려져 있다.

춤을 추며 회전하는 중에 신령에게 짚이는 경지에 들어가게 되는데, 그것은 신령이 무당인 그녀에게 강림하여 그녀를 신령의 변신자로 삼았다는 것을 확신시켜 주는 것이 된다.

내림대를 쥐고 고개를 숙인 채 앉아 있던 그녀에게 신이 내리면서 내림대가 흔들리기 시작했다. 그리고 또 얼마간의 주술이 있은 뒤 그녀의 지시에 따라 신이 내린 영국인 여자는 시퍼런 작두 위에 올라가서 뛰기 시작했다. 이른바 작두 타기였다. 사람들은 숨을 죽인 채 그녀의 행동을 바라보았다. 눈이 믿어지지 않는 일이었다.

신구인 방울을 움켜쥐고 무아의 경지에 몰입하던 그 순간 그녀의 모습은 넋을 빼앗긴 인간의 모습이었다. 고뇌와 번뇌, 일상의 관심사까지도 잊어버린 모습으로 인간의 본 모습이 아니었다. 그 순간 그녀의 얼굴, 무아의 경지에 빠진 그 모습에서 바로 그녀가 학창시절 사진 공모전에서 대상을 받았던 그 작품 속의 무녀의 모습이 떠올랐다. 두 얼굴이 닮았다고 생각하니 정말 닮아 보였다. 놀라운 일이었다.

머리에서 발끝까지 잔잔히 나를 흔드는 묘한 기분을 느끼며 행사장을 빠져 나왔다. 어차피 저녁이 되어야 시간이 난다고 했으니 거기에 있는 것이 그녀에게 아무런 도움이 될 것 같지 않았다.

시장기가 밀려왔다. '스코틀랜드에 가거든 하기스를 먹어 보세요'

하던 말이 생각나 학교 앞에 있는 레스토랑에서 하기스를 시켰다. 양의 내장을 잘게 다져서 곡물을 섞은 것을 다시 양의 위에 채워서 삶은 이 요리에 머시 포테이토 순무를 곁들여 먹으면서 행사장에서의 그녀 모습을 다시 떠올려 보았다. 무복을 입은 그녀의 모습은 인상적이었다. 그러나 그 얼굴엔 우울한 감정을 자극하는 그 무엇이 있었던 것으로 생각되었다.

시간을 메우려고 거리를 헤매다 저녁 여덟 시가 넘어서는 것을 보고 그녀가 묵고 있는 호텔에 전화를 했다. 그녀는 기다렸다는 듯이 또렷한 음성으로 오라고 했다.

백모럴 호텔의 앤티크한 스타일과 높은 천장에 달려 있는 샹들리에는 어느 아름다운 궁전을 연상시켰다. 그녀는 수백 개의 크리스탈을 통해 쏟아지는 은은한 불빛 아래 창을 등지고 앉아 있었다. 예상 밖으로 그녀는 나를 보고 매우 반가워 했다. 앉자마자 고향은 얼마나 변했느냐, 옛날 그 교회는 그대로 남아 있느냐는 질문을 했다. 그녀는 생각했던 것보다 우호적이었고 한국적인 인정이 그대로 남아 있는 것 같았다.

좀 시간이 흐른 뒤 그녀는 영국에 와서 남편과의 불화, 그리고 이별, 아들마저 남편에게 빼앗기고 홀로 쓸쓸히 보냈던 날들을 이야기했다. 런던 소호의 술집에서 접대부로 일하면서 공부를 계속했던 이야기까지도 스스럼없이 뱉어냈다.

"아, 그래요. 찬우씨가 머물고 있는 사우샘프턴 그곳은 나에게 또 하나의 고향과 같은 곳이지. 내가 나의 몸주인 어머니를 받아들인 곳이 바로 그곳 사우샘프턴이니까 말이야."

"어머니가 몸주라니?"

"죽은 어머니가 나의 몸에 들어오게 된 거지……. 남편에게 버림받아 몸을 가눌 수 없을 정도로 절망스럽고 어려웠던 바로 그때 난 시름시름 몸이 아프고 밤마다 악몽에 시달리고 있었어. 어머니가 온몸에서 피 흘리며 밤마다 찾아와서 나를 부르는 거야. 정말 알 수 없는 일이었어. 무섭기도 하고 말이야……."

그녀는 가슴속에 맺힌 한을 털어놓기로 작정한 사람처럼 스스럼없이 말을 털어놓았다.

"그때 이웃에 살고 있던 한국인 부인이 사우샘프턴에 가면 용한 한국인 점쟁이가 있으니 찾아가 보라고 했어. 말을 듣는 순간 가슴에 이상한 전율 같은 것이 느껴졌어. 알 수 없는 일이었어. 3일 만엔가, 사우샘프턴에 있는 그 집을 찾아가는데 몸이 그렇게 가뿐할 수가 없었어. 어머니는 한국전 참전 용사였던 영국인 남편을 따라 이곳에 왔다가 남편과 사별하고 그 남편의 신령을 받아 무당이 된 사람이었지."

"어머니라니?"

"아 그렇지. 그분은 나를 다시 낳아준 어머니야. 나를 신령의 세계로 길을 터준 어머니 말이야. 그 분이 죽은 어머니를 불러오는 순간 자꾸 눈물이 났어. 그 분의 입에서 흘러나오는 그 음성은 그 분의 음성이 아니라 전혀 다른 음성이었어. 어머니의 혼령이 그 분의 몸 안에 좌정하면서 그 분의 음성이 어머니의 음성으로 바뀐 거였지. 분명 처음 듣는 음성인데도 전혀 낯설지 않는 어디에선가 들어본 듯한 귀에 익은 음성이었어. 나는 그것이 나를 낳아준 어머니의 음성이라는 것을 알 수 있었어. 신기하게도 어머니는 다 알고 있었어. 마치 누가 일러주기라도 한 것처럼 내가 살았던 집과 마을의 길과 심지어 마을의 공동묘지 위치까지 알고 있었어. 그 분의 몸을 통해 어머니가 나의 이름을 부르며 울먹일 때 나는 그 분을 끌어안고 어머니를 부르며 울었지. 그리고는 정신을 잃었어."

그녀의 눈엔 눈물이 고였다. 그녀는 잠시 감정을 억누르듯 고개를 들어 창밖을 내다보았다.

"나는 어머니를 받아들이기로 하고 일주일을 그곳에 머물다가 음력 보름달이 뜨는 날 밤에 내림을 받았지. 울면서 한없이 눈물을 흘리면서 말이야. 오래 전에 그 분은 세상을 떠나고 그 집은 비워졌지만 아직도 보름달이 뜨는 날이면 나는 마치 태생지를 순례하듯 그곳을 찾아가곤 해야 해. 그래야만 그 분을 만날 수 있기 때문이야. 그리고 더 맑은 신령을 받아들일 수 있기 때문이지."

그녀는 다시 자신이 목사의 딸에서 무당의 딸로 전락하던 그 순간의 기억을 담담히 들려주었다.

"목사와 무당 어떻게 생각해? 아이러니컬하게도 나는 목사가 주워다 키운 무당의 딸이었대. 내 몸에 무당의 피가 흐르고 있다는 것을 처음 알았을 때 받았던 상처와 충격은 견디기 힘든 것이었어. 죽으려고 두 번이나 약을 먹었는데 죽는 것이 뜻대로 되는 일이 아니었어. 한국이란 나라, 부모의 전력이 업보처럼 달라붙고 편견이 무거운 족쇄와 같았던 그곳에서 견딜 수 없을 것 같았어. 그 알량한 격식과 규범, 사회적 관습에 의해 예단되던 그 사회에서 무당의 딸로서 살아간다는 것은 열탕 속에서 살아가는 것과 다름이 없었어. 내가 내 운명을 벗어날 수 있는 것은 그 곳을 떠나는 길밖에 없다는 생각이 들더군."

"그래서 영국으로 오게 된 거야?"

"그래서 외국인 강사에게 매달렸던 거지. 속된 말로 내가 꼬리를 친 거지. 내가 한국을 떠나기 전 나를 키운 목사 아버지께서는 내 친모가 죽었다는 것을, 그것도 달밤에 어느 야산에서 목을 매어 죽었다는 말을 해 주었어. 나는 무당의 딸에서 도망쳐서 이곳까지 왔지만 결국 나 자신의 운명처럼 무당이 될 수밖에 없었어. 혹시 나도 어머니의 운명을 이어받아 무당이 되는 것은 아닐까, 하는 그 우려가 현실로 나타난 거지. 처음엔 내 얄궂은 운명 앞에 목을 놓아 울었지만 운명은 어쩔 수 없었어. 답답하던 그 가슴이 이상하게도 모든 것을 받아들이고 무당이 되겠다고 했을 때 그 위에 얹어 놓은 돌을 내려놓은 듯 가벼워지더라고. 내림굿을 받던 날 왜 그리 눈물이 나던지, 내 의지와는 상관없이 두 눈에 흘러내리던 그 눈물, 끝없이 쏟아져 내리던 정체를 알 수 없는 그 눈물을 잊을 수 없어. 나는 울면서 내림을 받고 그리곤 작고 보드라운 그 발로 시퍼렇게 날이 선 작두 위에서 춤을 추었던 거야."

주민들의 신고로 경찰에 잡혀갔던 일과 무병에 걸려 시름시름 앓으면서도 오직 살아야겠다는 일념으로, 숨이 막힐 것 같은 외로움에서 헤어나기 위해서 공부를 계속했다는 이야기를 하면서 그녀는 눈물을 흘리고 말았다.

"문화 인류학을 공부하다 동양 무속을 전공하게 되었던 거야. 무당이 인류학을 공부한다는 것이 내가 보아도 우습더라고. 처음엔 단지 지적 허영으로 시작했는데 어쩌다 깊이 들어가게 되었어. 그래서 지금은 런던 교외의 조그만 대학에서 강의를 하고 있어. 가끔 굿도 하면서 말이야……. 학교에 가면 교수이지만 집에 오면 무당이지."

그녀는 손수건을 꺼내 눈물을 닦으며 씁쓸하게 웃었다. 그녀의 얼굴을 보면서 그 옛날 사진에 대한 생각을 떠올렸다. 그녀 자신의 미래 운명이 이미 그 한 장의 사진 속에서 예감되었던 것은 아닐까, 하는 생각이 들었다. 행사장에서 내림굿을 할 때 넋이 나가버린 듯한 그 얼굴에 동공이 비어 버린 듯한 눈, 그러면서도 너무나 애절한 인간의 갈망 같은 것이 담겨 있었던 그녀의 모습이 학창시절 그녀가 찍은 그 무녀의 모습을 빼다 박은 듯 닮았다는 생각을 하며 조심스럽게 그 사진에 대한 말을 꺼냈다.

"그때 그 사진은 어떤 동기로 찍었어?"

"아, 그 사진! 아직도 기억하고 있었군."

내가 불쑥 사진에 대한 이야기를 꺼냈을 때, 그녀는 찻잔을 들어 목을 축이고는 다시 입을 열었다.

"그때는 내가 무당의 딸이라는 것을 알기 전이었지. 그런데도 이상하게 그 쪽에 관심이 많이 쏠렸어. 아마 그게 피라는 거였나 봐."

그녀는 다시 한번 눈을 돌려 창 밖을 내다보았다. 그녀의 어깨 너머 저 멀리 바다 쪽으로는 쉬페칸 전망대와 항구에서 뿜어져 나오는 불빛이 어둠과 뒤섞이고 있었다. 그녀는 애써 웃음을 지으려 했지만 눈 속에는 지난날의 기억을 더듬어 내는 잔잔한 우수가 깔려 있었다.

우린 그 밖에 많은 이야기를 나누었다. 그리고 언제 다시 한 번 만나자는 말을 하고 자리에서 일어섰다. 막차를 타야 했기 때문이다. 밤 열한 시 오 분. 밤차에 몸을 맡기고 나는 그곳을 떠났다.

'내가 만나고 온 그녀는 과연 강미선이었을까?'

사우샘프턴 컴먼 숲가 그 샤먼의 집에서 달밤에 보았던 그 정체 불명의 여인이 바로 강미선이란 사실이 믿어지지 않았다.

강미선은 과연 실체였을까? 나는 마치 환상 속에서 그녀를 보고 온 것 같은 생각이 들어 고개를 흔들어 보았다. 차창 속에서 나의 모습이 흐트러진다.

인간에게 운명이란 무엇일까. 운명이 과연 있기는 있는 걸까? 운명이 있다면 오늘 내가 이 머나먼 곳에 와서 그녀와 대면한 것도 운명 속의 일정이었단 말인가. 수없이 반문해 보아도 창 밖의 어둠만큼이나 쉬 풀리지 않는 질문이었다. 온통 혼돈같이 어지러운 생각들이

팔월의 빈 뜰 | 111

차창을 따라 흐르며 바람소리를 낸다. 도시를 벗어나 얼마간 더 달렸는데도 창 밖에는 아직도 그녀의 얼굴이 윙윙 소리를 내며 따라오고 있는 것 같아서 나는 차창에서 눈을 뗄 수 없었다.

(월간문학 2003년 8월호)

롤러코스터 게임

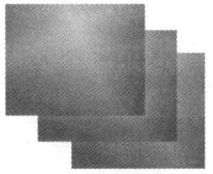

롤러코스터 게임

　장초부터 내리 먹던 주가는 10시 30분 무렵부터 상승세로 돌아서기 시작했다. 문을 연 이후 침울하게 가라앉아 있던 객장의 분위기는 전광판에 절반 가까이 붉은 불이 들어오자 다시 활기를 띠었다. 마침내 금광전자의 시세판에도 붉은 불이 들어왔다. 김금도 씨의 입에선 자신도 모르게 안도의 한숨이 새어 나왔다. 입술이 말려들 것 같은 심정으로 벌써 다섯 개비째 불 붙이지 않은 담배를 입에 물고 초조하게 지켜보던 금광전자의 현재가가 붉은 색으로 바뀌는 순간 그는 무너진 흙더미 속에서 한 줄기 빛을 보는 것 같았다.
　담배라도 한 개비 마음대로 피울 수 있으면 좋으련만, 공공 장소에서 흡연이 금지된 이후 초조할 때는 불 붙이지 않은 담배를 입에 무는 것이 버릇이 되었다. 그는 물고 있던 담배 필터를 잘근잘근 씹어 휴지통에 버리고 다시 전광 시세판에 눈을 던졌다. 명멸하듯 수많은 숫자들이 어지럽게 살아서 움직이는 시세판 속에서 금광전자의 시가도 끝자리 수에서 분주히 움직이고 있었다.

상승과 하강의 체감 차 때문인지는 몰라도 하락하는 속도에 비하여 상승 속도는 언제나 느리게만 느껴졌다. 줄 때는 말로 주고 받을 땐 되로 받는 것과 같은 기분을 느끼게 되는 것이 바로 이런 순간이었다. 욕심 같아선 쑥쑥 올라가서 시가의 상투라도 잡아 주었으면 좋으련만 마음대로 움직여 주지 않는 것이 주가였다. 혹시 다시 아래로 떨어지는 것은 아닐까 하는 우려 때문에 마음이 놓이지 않았다. 그러나 다행스럽게도 그러한 우려를 밀어내고 10분, 20분이 지나면서 주가는 힘을 붙여 숫자를 위쪽으로 끌어올리고 있었다.

상승장의 분위기는 투자자들의 태도에서 더 명확히 드러났다. 얼마 전까지만 해도 쥐 죽은 듯 조용하던 객장은 왁자지껄 소란해졌다. 사람들이 분주히 움직이자 매매도 활기를 띠기 시작했고, 컴퓨터를 두드리는 증권사 직원들의 손놀림도 경쾌해졌다. 삼삼오오 떼를 지어 뭔가를 귀엣말로 주고받으며 들락거리는 여성 투자자들의 얼굴에서도 상승장의 분위기를 읽을 수 있었다. 김금도 씨는 모처럼 가벼운 마음으로 객장 밖으로 나왔다.

건물 중앙 휴게실 한 구석에 놓인 자판기 앞에는 커피를 빼든 몇 명의 투자자들이 서서 이야기를 나누고 있었다. 꾸부정하게 서서 커피를 마시는 모습들이 마치 초라한 자신의 모습처럼 보여서 측은하게 여겨졌다. 주가가 죽을 쑤면 밤잠을 설친 투자자들이 벌겋게 핏대가 선 눈으로 모여들어 쓰린 속을 쓸어내리는 곳이 바로 이 자판기 앞이다. 커피 한 잔으로 서로 동화되어 남의 이야기를 주워 듣기도 하고 증권가의 정보나 루머를 귀동냥하기도 하는 곳이기도 하였다.

어제는 스산한 날씨만큼이나 객장의 분위기도 어둡고 서늘했다. 미국 나스닥 지수가 큰 폭으로 하락한 것과 국제 유가 급등 소식으로 장이 열리면서부터 전 업종에 걸쳐 팔자 물량이 쏟아졌다. 정오 무렵에 반짝 고개를 들더니 장이 끝나기 한 시간 전부터 투매성 물량까지 가세하여 지옥의 수요일이 되고 말았다. 그래서일까. 오늘 사람들의 얼굴은 핏기가 없어 보였다. 김문석 씨의 얼굴도 마찬가지였다. 행주를 빨아 놓은 듯 후줄근한 옷차림으로 자판기 앞에서 홀쩍홀쩍 커피를 마시고 있는 그의 모습이 벌레 먹은 뽕잎처럼 처량해 보였다.

퇴직금 1억 2천만 원을 주식에 다 날려 버리고 집을 나와 노숙자가 되었다는 그를 볼 때마다 김금도 씨는 마치 자신의 미래를 보고 있는 것 같아서 마음이 편치 않았다.

정확히 말해 그는 퇴직금 1억 2천만 원을 주식에 투자하여 2년 반 만에 1억 천 5백만 원을 날려 버리고, 나머지 오백만 원으로 권토중래를 꿈꾸며 날마다 주식 시장에 달려온다고 했다. 그는 무슨 주를 얼마에 사고 팔아 돈을 날렸는지는 말하지 않았다. 그러나 그를 보고 있으면 소위 개미로 일컬어지는 소액 투자자의 전형을 보고 있는 것 같아 마음이 어두워졌다.

늘 밟히고 밟히면서도 끈질기게 달려드는 개미들. 괴물과도 같은 자본 시장이라는 거대한 메커니즘 앞으로 무모하게 달려들어 결국 상처만 입고 마는 개미들. 사면 내리고 팔고 나면 오르고, 이리 밟히고 저리 차이며 늘 뒤쫓아 가서 뒤차를 타고 마는, 그래서 늘 피를 보게 되는 개미들. 막대한 자금과 온갖 정보로 무장하고 선물과 현물의 두 자루 칼을 손에 쥔 채 설쳐 대는 외국인 투자자나 기관 투자자들의 밥이 될 수밖에 없는 것이 개미 투자자의 운명인데 김문석 씨도 그 중에 한 사람이었다.

오랜 노숙 생활로 꾀죄죄한 얼굴에 눈만 끔뻑거리는 김씨의 몰골에서 힘없고 가엾은 이 땅의 헐벗은 개미의 모습을 떠올리며 그는 푸

— 하며 숨을 토했다. 그는 김씨의 초라한 몰골에 자신의 얼굴이 겹쳐 보여서 그를 쳐다보기가 싫어졌다. 그는 쑤셔 넣듯 남은 커피를 마시고 창 밖으로 눈을 던졌다. 창 밖엔 가을비가 내리고 있었다.

그가 다시 시세 전광판 앞으로 돌아왔을 때는 전반적으로 사자는 주문이 밀리는 듯 여기저기에서 붉은 숫자가 빠르게 움직이고 있었다. 금광전자도 마찬가지였다. 속도는 느렸지만 매도 잔량에 비해 매수 잔량이 두 배나 많은 것으로 보아서 상승의 여력은 충분해 보였다. 이런 식으로만 간다면 상한가까지 치고 올라갈지도 모른다는 생각과 그리고 그런 상승세가 하루만 더 이어진다면 이번 투자에서 본 손실을 다소라도 줄일 수 있을 것 같은 생각이 들어 입가에 미소가 번졌다.

상한가, 그것은 그의 일상 중에 간절한 희망이고 바람이었다. 지금 그에게 그보다 더 절실한 것은 있을 수 없었다. 전광판의 숫자를 바라보고 있는 마음은 언제나 초조하다. 살얼음판 위를 걷듯 온종일 조마조마하게 바라보아왔던 전광판의 숫자들, 그러나 그 결과는 늘 실망과 상처의 연속이었다.

처음엔 무엇이 무엇인지를 몰라서 피를 보았고 그 다음엔 욕심 때문에 화를 자초했다. 언제 사야 하고 언제 팔아야 하는지, 외국인 동향이 무엇이고, 매수 매도 호가가 무엇인지도 모른 채, 거저 주식은 내릴 때 사서 오르면 판다는 매매의 일반적 상식밖엔 아는 것 없이 뛰어들어 크게 코를 다쳤다. 어떤 땐 손절매가 무엇이고, 20일 이동평균선이 무엇인지도 모른 채 무모하게 추격 매수를 하다가 코를 다쳤는가 하면 어떤 땐 매도 기회를 놓쳐서 낭패를 보았다.

아무리 많이 생각해서 사고 팔아도 늘 후회가 뒤따랐다. 살 때는 소처럼 팔 때는 제비처럼 하라는 말을 수없이 들었지만 생각대로 되지 않았다. 주가가 죽을 쑤는 상황에서 전고점만 생각한 채 성급하게 들어갔다가 대추락의 쓴맛을 보았는가 하면, 내리는 주를 움켜쥐고 이쯤에서 멈추겠지 멈추겠지 하다가 기회를 놓쳐버린 경우도 있었다. 장중 10% 올라갔던 주를 좀 더 오르겠지, 하는 마음에서 쥐고 있다가 보합으로 장이 끝나고 그 다음날 10% 내려가는 바람에 머리를 쥐어뜯던 일도 있었다. 그 경우 참으로 아쉬웠다. 올랐을 때 팔걸 팔걸 하면서 아쉬워했지만 죽은 애인 젖가슴 만지기였다.

그래도 그런 것들은 약과였다. 손절매 기회를 놓쳐서 가장 큰 낭패를 본 것은 주식을 하고 나서 두 달이 좀 지나서였다. 그때도 아직은 주식을 시작한 지 얼마 되지 않았기 때문에 성장주가 무엇이고 가치주가 무엇인지도 모른 채 그저 멋모르고 덤벼들어 설치던 때였는데, 그날 아침, 성장주로 주가가 올라있던 사성 SDI라는 주를 샀는데 오전 장이 끝날 때까지 견조한 흐름으로 상승 라인을 이어갔다.

그런데 마침 그날이 옵션 만기일이라 갑자기 프로그램 물량이 쏟아지면서 오후 장이 되자 슬슬 빠지기 시작했다. 잠시 상승 에너지 축적을 위해 멈칫거리는 것으로 생각했다. 그러나 장이 끝날 때까지 주가는 고개를 들지 않았다. 한창 불붙어 있는 주니 내일이면 다시 올라가겠지, 하는 생각으로 밤을 새우고 다음날 아침 일찍 객장 전광판 앞에 가서 기다렸으나 올라갈 기미는커녕 아래쪽으로 슬슬 미끄러지고 있었다. 설마 내일은 다시 돌아오겠지, 하는 기대감으로 하루를 더 기다렸으나 주가는 제 자리로 돌아오지 않았다.

그때 그것을 버려야 한다는 생각을 하지 못했던 것이다. 단지 살 때의 가격과 팔 가격에서 생기는 손실만 생각했지 손실이 더 커지기 전에 팔아야 한다는 생각을 하지 못했던 것이다.

내리막길로 들어선 지 나흘째 되는 날엔 손실액을 생각하니 도저히 팔 수가 없었다. 손절매를 잘해야 한다는 이야기를 수없이 들었고, 손절매의 기회를 놓치면 치명적인 손실을 보게 된다는 것을 알고 있었으면서도 놓아야 할 시점에서 잠시 망설이다 보니 주는 걷잡을 수 없이 곤두박질치고 있었다. 발만 동동 구르다가 결국 구입가의 절반까지 떨어지고 말았다. 반토막이 난 주를 버릴 수는 없었다. 그 뒤 1년이 넘게 쥐고 있었지만 반등의 기미가 없어서 결국 주당 500원씩 손실을 더 보고 버렸는데, 그때 마음은 생살을 도려 내는 것처럼 쓰렸다.

또 한 번은 천정을 모르고 올라가던 주가 많이 떨어졌다 싶어서 달려들었는데 그것은 떨어지는 칼이었다. 성급한 마음에서, 잡아서는 안 될 칼을 잡고 만 것이었다. 떨어지는 칼인 줄 알고 진작 놓았더라면 크게 다치지는 않았을 텐데 천지를 모르던 때라 더 상처를 입었던 것이다. 그때도 역시 설마 설마 하는 마음에서 멈칫거리다 손절매의 기회를 놓치고 말았다. 연나흘 동안 하강하는 기분은 뼈를 깎아 내는 것과 같았다. 전광판의 숫자 하나 하나가 빠질 때마다 피가 마르는 시간의 연속이었다.

'투매 닷새째 되는 날은 매수로 대항하라', '모든 부정적 장세를 가졌을 때 큰 바닥은 온다'는 경험의 법칙을 반영해 주는 말들을 떠올리며 하루, 이틀을 더 기다렸으나 기력을 상실한 주는 반토막이 난 상태에서 꾸물거리고 있었다.

생각해 보면 주식 투자를 하고 나서 3년 4개월이란 기간은 직장 생활 20년보다 몇 배 더 길게 느껴졌던 고통의 세월이었다. 하루도 마음 편한 날이 없었다. 올라갈 땐 아이를 나무 위에 올려 놓은 심정으로 조마조마하고 떨어질 땐 천 길 낭떠러지에 처박히는 기분이었다. 올라갈 땐 조바심으로, 내려갈 땐 불안함으로 밤잠을 설친 적이 한두 번이 아니었다. 때로는 공상으로, 떼돈을 벌어 그 돈으로 무엇을 하고 또 어떤 고급 차를 사고 해외 여행은 어디로 갈 것인가를 꿈꾸기도 하고, 때로는 악몽에 시달려야 했다.

주가가 큰 폭으로 떨어지는 날이면 어김없이 식은땀을 흘리며 악몽에 시달리는 그를 보고 아내는 혀를 차면서 이불을 걷어들고 아이들의 방으로 가버리는 일이 벌어지곤 했다.

그런 밤이면 잠을 설치고 증권가의 금과옥조와 같은 수많은 격언들을 떠올리며 새로운 도전의 결의를 다지곤 했다. 꼭두새벽에 일어나 신문 구석구석을 뒤지고, 객장에서 주위들은 정보나 풍문들을 저울질해 보기도 하면서 줄담배를 피워 대야 했다.

'바닥권에서 사서 초고가에 팔겠다는 생각을 버려라', '무릎에서 사서 어깨에서 팔아라', '계란은 한 바구니에 담지 마라', '약세장에선 쉬는 게 투자다', '추격 매수도 하지 말고 뇌동 투매도 하지 마라', '성급한 태도가 큰 손해를 자초한다', '저점 매수를 하되 길목을 지켜라', '뜨거운 것은 빨리 놓아라', '밀짚모자는 겨울에 사라', '소문에 사고 뉴스에 팔아라', '마음을 비우고 매매 원칙을 지켜라', '감(感)만으로 투자하지 마라', '젊은 시세는 눈을 감고 사라', '손실은 다시 회복하려고 하지 마라', '시세는 시세에게 물어라', '산이 높으면 계곡도 깊다', '냉정하게 원칙을 지키는 기계적인 사람이 되라', '주가는 옛집으로 간다'와 같은 말들을 뼈저리게 곱씹으며 각오를 새롭게 했지만 여전히 마음대로 되지 않는 것이 주식 투자였다.

주식 투자는 과연 소문대로 안개 속을 기어다니는 카멜레온과 같이 알다가도 모를 그런 변화무상한 속성을 지니고 있었다. 아마존의 나비 한 마리의 날갯짓 파장 때문에 뉴욕 증시가 무너져 내린다는 정도의 민감성 앞엔 몇 번이나 고개를 꺾었는지 모른다. 때로는 게걸음으로 때로는 갈지자로 움직이는 것이 또한 증시였다.

무엇보다도 가슴 쓰렸던 것은 대세 하락 시에 바닥이라고 생각하고 뛰어들었던 것이 추가 하락으로 이어졌을 경우였다. 그런 경우는 대개가 치명적이었다. 바닥엔 급등이 없다고 했듯이, 돌다리도 두드려 보듯 얼마든지 바닥을 확인하고 들어가야 했는데 혹시 갑자기 획 올라가 버리지나 않을까, 하는 마음으로 급히 뛰어든 경우는 판판이 실패였다.

주가가 떨어질 땐 언제나 숨이 콱콱 막히면서 무거운 물체가 누르고 있는 듯 가슴이 답답하였다. 특히 지난 몇 개월간은 주가가 장중에 요동을 치거나 하루 걸러 급등락을 거듭하는 널뛰기 장세가 펼쳐졌다. 장중 등락폭이 40~50 포인트에 달하는 큰 일교차로 정신을 차릴 수 없었다. 주가가 오를 만하면 차익성 매물이 나와 상승 발목을 잡고, 투자 심리가 불안한 상황에서 하락세로 반전하면 투매가 쇄도해서 하락 폭을 더 크게 하는 현상이 빚어져 왔다.

증시는 발 빠른 사람만이 살아 남을 수 있는 비정한 정글과 같았다. 전쟁이 있을 거라면 폭락하던 증시가 막상 전쟁이 발발했을 땐 치솟다가 정전 소식이 전해졌을 땐 와르르 무너지는 경우도 있었다. 증시란 단지 기대감에서 오르고 현실에서 내리는, 어찌 보면 꿈을 먹고 사는 생물과도 같았다.

어제만 해도 그랬다. 주말에 잠시 반짝하던 주식 시장이 나스닥 폭락과 유가 급등 소식이 전해지면서 장이 열리면서부터 팔자 주문이 쏟아졌다. 오후엔 투매성 물량이 가세하여 결국 거래소 종합지수가 30포인트나 빠지고 선물지수인 코스피 200마저 20포인트나 빠져 장이 끝나고 말았을 때 정말 가슴이 답답했다.

기다렸다는 듯이 경제 전문가들은 주가 그래프 속에 특정 패턴인 프랙털이 숨어 있다고 떠들어 댔다. 다양한 소파동이 전체 주가 파동 속에 섞여 움직인다는 뜻이었다. 프랙털은 단순한 모양이 반복돼 복잡한 모양이 만들어지는 것을 뜻하는데 복잡한 전체 모습이 단순한 기본 구조를 닮았다는 것이었다. 주가라는 것은 여러 성질의 프랙털이 섞여 있는 다중 프랙털로 해석되기 때문에 각각의 파동을 이해하면 주가의 변화를 예측할 수 있다고 입에 거품을 물었다.

'마지막까지 생존하는 자만이 수익을 챙긴다'는 정글의 법칙을 믿고 견디기로 마음먹었지만 고통스럽기는 마찬가지였다. 무거운 마음으로 객장 문을 나설 때 다리가 휘청거렸다. 한 판의 전투가 끝나고 상처를 안고 돌아가는 투자자들의 발걸음은 다들 힘이 빠져 있었다. 결전의 의지를 다지며 몰려왔다가 약육강식의 싸움터에서 처참하게 일그러진 패자의 모습으로 돌아가야 하는 그들의 뒷모습이 또다시 가슴을 헤집었다. 절반은 부실이고 절반은 거품인 이 나라, 버팀목이 없는 이 나라의 증시, 그 황량한 전쟁터에서 천덕꾸러기 패배자가 되어 돌아가는 사람들의 모습을 보면서 이 나라의 위정자들에 대한 심한 분노와 배신감을 느꼈다.

아내의 얼굴이 떠올랐다. 한 번만 더 잃으면 이혼을 각오하라며 문을 닫고 집을 나서던 아내의 얼굴이 저만큼 서서 그를 노려보고 있는 것 같았다. 그는 사실 주가가 떨어지는 고통보다는 아내를 대하기가 더 고통스러웠다.

주가가 떨어져 손실을 본 것은 때에 따라선 도둑을 맞았거나 강도를 당한 것쯤 치고 포기해 버릴 수도 있는 것이었지만, 아내의 앙살과 히스테리성 발작을 견뎌낼 재간은 없었다. 아내에게 무슨 말을 해야 할 것이며, 또 아내로부터 당하게 될 수모를 어떻게 견뎌야 할까를 생각하니 집으로 가는 길이 두렵기만 했다. 국 쏟고 뭐 덴다고, 주식으로 상처받은 몸으로 다시 아내에게 당하게 될 수모와 멸시, 그리고 저주의 독기가 서린 눈빛을 생각하니 부르르 몸이 떨렸다.

다시 호흡이 가빠지고 숨이 막히는 것 같았다. 간밤에 온몸에 식은 땀이 나고 털이 곤두서며 손발이 마비되는 것 같은 느낌이었는데, 이젠 온몸이 떨리고 얼굴이 화끈거리면서 가슴이 참을 수 없을 만큼 답답했다. 그는 잠시 길가의 가로수를 잡고 서서 가슴을 진정시켰다. 이러다 죽는 것은 아닐까, 하는 생각이 들면서 어쩌면 그것이 심한 불안과 공포심 때문에 생기는 공황 장애이거나 발작일지 모른다는 생각이 머리를 때렸다.

그러나 죽는 것이 두렵지는 않았다. 차라리 그 자리에 쓰러져 끝없는 나락으로 떨어져 버리고 싶은 마음이 수포처럼 번져 왔다. 오후 세 시가 좀 넘으면 어김없이 증권사 담장 골목 포장마차에 몰려와 허탈한 모습으로 소주잔을 기울이던 사람들도 오늘은 어디로 갔는지 보이지 않았다.

강변 도로와 만나는 길에는 늘 사람이 붐볐다. 답답한 가슴에 강바람을 쏘이면 좋을 것 같아서 지하도를 지나서 강변 둔치로 발을 옮겼다. 강은 말없이 그 자리에 있었다. 젊은 날의 추억 때문일까, 강은 아름다웠다. 한때 아내와 첫 데이트를 했던 둔치의 벤치도 옷 벗은 수양버들 가지 아래 그대로 있었지만 강물은 흘러갔다. 물이 흘러가고 또 흘러오는 그 자리에서 강은 벌써 가을의 기운이 만연했다.

여름날 무성하던 강변의 풀들은 바람이 시들어 허옇게 고개를 숙이고 있었다. 답답하던 가슴은 다소 나아졌으나 다시 죽음의 그림자가 스쳐갔다. 정말 고통 없이 눈 감을 수 있다면, 그리고 아이들만 아니라면 물 속으로 들어가 이 세상에서 소리 없이 사라지고 싶은 생각이 그를 끌어당겼다. 그러나 죽음을 생각할 때마다 발목을 잡는 것은 아이들이었다. 아직 어린것들, 그 정겨운 목소리와 순한 눈을 생각하니 눈물이 났다. 아내에 대한 실망도 분노도 이겨낼 수 있었던 것은 결국 아이들 때문이 아니었던가. 살아가기 너무 힘겹고 지쳤을 때도 아이들은 유일한 희망이자 삶의 해법이었다. 그는 다시 부르르 몸을 떨었다. 온몸이 나른하고 힘이 빠지면서 현기증이 날 것만 같았다.

얼마나 시간이 흘렀을까. 강물에 노을이 비치는 것을 보고서야 자리를 털고 일어섰다. 강엔 곧 어둠이 내렸다. 어둠에 젖어가는 풀잎을 차며 돌아오는 길에 나직이 몇 번이나 아이들의 이름을 불러 보았다.

'그래, 돌아가마. 너희들에게로 내 돌아가마, 어떠한 고통이 있더라도 내 너희들에게로 돌아가마!'

그는 수없이 되뇌며 걸어갔다. 밤이 되자 강물 속에 불기둥을 이룬 사치스러운 도시의 불빛들이 마치 먼 나라의 것처럼 외롭게 느껴졌다. 저주스러웠다.

방만한 도시의 건물들과 사치스런 불빛들이 저주스러웠다. 무책임한 기업주와 늘 죽을 쑤는 이 나라의 경제도 저주스러웠다. 겉 다르고 속 다른 에널리스트는 더욱 미웠다. 그리고 마침내 자신이 저주스러웠다. 신중하지 못하고 참을성이 없고 성질이 급하며, 그래서 좀 오른다 싶으면 안달을 하고 아무 데나 쑥쑥 뛰어들어 손해를 보곤 했던 자신의 행동이 한없이 저주스러웠다.

시든 풀잎 사이로 뼈만 앙상한 노숙자 김씨의 모습이 보이고 그 위에 다시 핏기 잃은 자신의 얼굴이 겹쳐 보였다. 퇴직금 일억 이천만 원을 다 날리고 단돈 오백만 원만 남았다는 그 얼간이 서방 같은 노숙자 김씨, 그 양반도 아마 처음 멋모르고 주식을 시작해서 약간의 수익을 올렸을 때 감동하던 새가슴 투자자였을 것이다. 그러다 또 손해를 보고 손을 뗐다가 다시 시작한 투자에서 두세 번의 수익을 올리자 자신감이 생겨 한두 종목에 투자금을 쏟아붓는 간 큰 몰빵 투자자가 되었을지도 모른다는 생각이 들었다.

처음엔 무모함이 실패의 원인이었다면 다시 시작한 투자에선 과욕이 실패의 원인이었다.

'욕심을 내어 신용 투자만 하지 않았더라도 이 정도로 망가지지는 않았을 텐데……'

생각할수록 자신의 모습이 바보 같았다. 자신의 투자금에 신용으로 빌린 삼천만원을 얹어 한창 불붙은 코스닥 두 종목에 집중 투자했던 일이나 270 고점이 꺾이기 시작한 주가가 끊임없이 내리꽂히는 상황에서도 설마 내일이면 올라가겠지, 하는 생각에서 멈칫거리다가 결국 벗어날 수 없는 바닥으로 떨어지고 말았던 일은 악몽과도 같았다. 단지 막연한 기대감으로 주를 선택했던 일이나 한두 종목에 집중 투자를 했던 일, 그리고 멈칫거리다가 손절매의 기회도 놓치고 거기에 무리한 물타기로 손실을 더 키우고 말았던 바보 같은 행동들은 뭔가에 홀려 일어난 일만 같았다.

강변의 풀밭과 강변 도로를 지나서 집에 돌아왔으나 아내는 아직 돌아와 있지 않았다. 구석방으로 가서 자리를 깔고 몸을 눕혔으나 가슴이 답답하긴 마찬가지였다. 주식이라는 그 괴물 때문에 허공에 날아가 버린 그 많은 액수의 돈이 천장에 어른거렸다.

일곱 시가 좀 넘어서 아내가 들어왔으나 말없이 방으로 들어가 버렸다. 아마 밖에서 끼니를 해결하고 온 모양이었다. 아이들만 왔다갔다 하더니 밥을 챙겨 먹고 있었다.

그가 주식에서 큰 손해를 보고 난 뒤부터 아내의 귀가 시간은 더 늦어졌다. 말투도 거칠어지고 사소한 일에도 아이들에게까지 바락바락 악을 써 댄다. 어찌 보면 당연한 일인데도 그로서는 아내의 그러한 태도가 매우 서운하고 참을 수 없을 정도로 고통스러웠다.

사실 그는 주식에 문외한이었다. 그런 그가 주식에 뛰어든 것은 따지고 보면 순전히 아내 때문이었다 할 수 있다.

구조 조정이란 미명으로, 그것도 아내와 함께 맞벌이를 한다는 이유 때문에, 회사에서 쫓겨난 지 6개월이 되었을 때였다. 아내는 집에서 빈둥거리는 남편이 보기 싫었던지 어느 날 저녁밥을 먹다가 불쑥 주식을 해 보라고 했다. 그러나 그는 마음이 내키지 않았다.

직장 생활 20년 동안 시계추처럼 직장과 가정만을 오가며 한눈 판 적이 없는 그에게 주식이란 딴 나라의 일처럼 느껴졌기 때문이다. 더구나 그 잘나가던 고향 친구, 부친의 후광으로 일찍이 큰돈을 손에 쥔 진수가 그 당시 세간의 화제 속에 성장하고 있던 율산이란 회사에 거금을 투자했다가 회사가 쓰러지자 그 많은 돈을 몽땅 날리고 전셋방을 전전하던 모습을 보아온 터라 주식이란 말은 영 달갑게 여겨지지 않았다.

그가 선뜻 승낙을 하지 않자 아내는 뱁새간이라고 빈정거리며 그럼 자신이 직접 해 보겠다고 했다. 티격태격 말다툼을 하다가 에라 모르겠다 싶어 아내의 뜻대로 하겠다고 했지만, 기분이 찜찜하고 마음이 편치 않았다.

그런 그에게 가장 큰 자극을 준 것은 IMF 이후의 증시 호황이었다. 외환 위기로 바닥에 떨어져 있던 주식이 기사회생하면서 일 년 만에 세 배 가까운 가파른 상승세를 탔을 때 주식에 던져 놓은 것은 어느 것이나 돈이 되었다. 세간의 관심은 다시 주식 시장에 모아졌고, 객장엔 장바구니를 든 아주머니들까지 북적거리기 시작했다. 단돈 이백만 원으로 이 천만 원을 벌었다느니, 주식의 주자도 모르는 동네 아주머니가 한 달 만에 두 배를 벌었다느니 하는 이야기가 퍼지자 아내는 안달을 했다.

던져 놓기만 하면 돈이 되었으니 안달하는 것도 무리는 아니었다. 그래서 그는 주식을 시작했다. 아내가 회사 사람들에게서 듣고 와서 찍어 준 주를 샀는데, 3일 만에 백만 원을 벌었다. 처음 시세 차익을 내었을 때 그는 이렇게 쉽게 돈을 벌 수 있는 방법도 있었던가 싶어 가슴이 부풀어 오르기 시작했다. 아내도 모처럼 밝은 얼굴로 그를 추켜세웠다. 아내에게서 더 많은 돈을 투자하자는 말이 나왔고 그도 기다렸다는 듯이 그리하자고 했다. 그래서 퇴직금에서 천 오백만원만 남겨두고 구천만 원을 전액 투자했다. 은행주와 통신주에 투자를 했는데 거기에서도 차익이 생겼다.

그런데 한 번은 아내와 그가 반반씩 나누어서 주를 골라 샀는데, 공교롭게도 아내가 찍은 주는 올랐는데 그가 찍은 주는 내렸다. 그때 아내는 벌컥 화를 냈다. 그것이 불화의 시작이었다. 주가가 올라갈 땐 잘도 웃다가도 주가가 내려가면 그에게 화를 내곤 했다. 기가 찰 노릇이었다. 주가가 떨어져 침울해 있는데 아내까지 스트레스를 주니 매우 서운하고 한편으론 화가 났다. 나무에 올려 놓고 밑에서 흔들어도 유만부동이지 이게 뭔가 하는 생각에서 아내가 미워졌다.

400년 증시의 역사란 결국 폭등과 폭락의 반복이었고, 주가란 어차피 오르는 길과 내리는 길밖에 없는데 내려가는 주식을 잡았다고 화를 내는 아내의 행위가 이해되지 않았다.

주식 투자란 보이지 않는 수많은 장애물을 헤치며 지뢰밭을 걸어

가는 것과 같은 것인데, 설혹 잘못하여 지뢰를 밟았다고 해서 탓해서는 안 된다는 것이 그의 생각이었다. 지뢰를 밟았을 때 당사자의 참담함이란 이루 말할 수 없는 것인데 거기 쓰러져 있는 사람을 다시 밟는다는 것은 인간이 인간에게 할 수 있는 가장 악랄한 행동 중에 하나일 것이라는 생각을 하면서, 부부라도 주식은 같이 해서는 안 된다는 것을 뼈저리게 느꼈다. 오르는 길이 있으면 어차피 내리는 길이 있는 것이 자연의 이치인데 오르는 길만 보고 있는 아내가 얄미워졌다.

그러나 그때까지는 그래도 행복한 편이었다. 증시의 전반적인 장세가 상승세였기 때문에 수많은 어려움과 그늘이 있었지만 그만큼 햇볕도 있었기 때문이다. 더 큰 어려움과 벼랑은 그 뒤에 기다리고 있었다. 미국에서 날아온 국제 반도체 가격의 하락 소식과 부실 기업 퇴출과 관련된 채권 은행의 주가 갑자기 폭락하면서 불과 3일 만에 투자액의 30%를 날리고 마는 일이 일어나고 말았다.

아내는 얼굴이 파랗게 되어 책임을 그에게 돌렸다. 그 일로 해서 다시 심하게 다투었다. 며칠 다투는 사이에 주가가 또 내려서 원금의 절반인 4천 5백만 원을 날리고 일단 손을 뺐다. 잃은 것은 아까웠지만 더 이상의 불화를 막기 위해서 손을 씻어야겠다는 생각을 했다. 아내는 어떻게든 본전은 찾아야 한다고 떼를 썼지만 그는 그만 하겠다고 했다. 그리고는 집에서 집안일을 도우며 보냈다. 그 뒤 아내는 입만 열었다 하면 잃어버린 4천 5백만 원 타령이었다.

정신적 고통이 너무 컸다. 심한 자괴지심으로 자신이 무너져 내리는 것 같은 기분을 만성적으로 느껴야 했다. 원금을 날리고 집에서 보낸 8개월이란 세월은 8년보다도 더 길었다. 아무리 마음을 크게 먹어도 잃어버린 4천 5백만 원에 대한 본전 생각이 시도 때도 없이 그를 짓눌러 왔다. 거세된 인간처럼 아내가 직장에 나가고 난 뒤 뒷설거지를 하면서 느꼈던 무력감이나, 월말이 되면 아내가 생활비와 잡비 조로 몇 만 원을 휙 던져주었을 때 그 굴욕감은 그를 끝없는 나락으로 끌어내리는 것 같았다.

경제적 능력을 상실한 남자의 실체는 처참했다. 아내 보기가 민망했다. 무슨 큰 죄를 지은 사람처럼 온 종일 불안한 마음으로 안절부절못하며 집안에서 서성이다가, 저녁 무렵이 되면 내무 사열이라도 받듯이 서둘러 방을 치우고 저녁밥을 해두고 아내를 기다리는 것이 일과가 되어 버렸다. 그런데 가끔 아내가 저녁을 먹고 들어온다는 말만 하고 냉랭히 전화를 끊었을 땐 힘이 빠졌다. 아이들과 함께 꾸역꾸역 눈물 섞인 밥을 먹을 때 섭섭함으로 몇 번이나 목이 메었다. 그는 수없이 자신의 처지를 운명으로 받아들이곤 했다.

그러나 인간의 마음이란 참 묘했다. 아내에 대한 그 서운함과 굴욕감이 언제부턴가 분노로, 그리고 오기로 바뀌기 시작했다. 그리고 그는 마침내 다시 이를 물었다.

'일생에 적어도 두 번 이상 파산하지 않은 사람은 투자자라고 불릴 자격이 없다'고 하지 않던가. 그래 다시 한 번 해 보자. 다시 한 번 돈을 벌어서 내 자신을 보여 주자. 이 김금도가 살아 있다는 것을 보여 주자는 마음이 그를 흔들었다. 한 번 그런 마음이 들자 그것은 불길처럼 타올랐다. 아내에 대한 섭섭함과 분노가 돈에 대한 의지를 더 뜨겁게 달구었다. 어차피 이 판에 뛰어들어 버린 몸, 여기에서 승부를 걸어 보자.

그렇게 비싼 대가를 치르고 얻은 뼈저린 경험을 바탕으로 이제 다시는 덤벙대지 않을 것 같은 자신감이 생겼다. 매매의 원칙을 지키면서 보다 신중하게만 한다면 이전처럼 그렇게 큰 상처는 입지 않을 것이라는 생각이 들었다. 그는 지금까지 아내에게서 받은 괄시와 스트레스, 그리고 무능한 아버지로서의 부끄러움을 씻어내고 다시 일어서고야 말겠다는 생각에 부르르 몸을 떨었다. 회사 일로 아내의 귀가가 늦어진 어느 날 저녁 그는 발코니로 나가 창 밖을 내다보며 마음을 굳혔다.

'그래, 다시 한 번 도전해 보자. 내일 삼수갑산에 가더라도 주식으로 깨진 돈은 주식으로 찾아 보자'는 비장한 각오로 이를 악물던 순간 창 밖으로 도심의 불빛은 다시 아름답게 보이기 시작했다.

그래서 다시 주식을 시작했다. 그때는 마침 기업들이 결산을 앞둔 시점이라 그 분위기를 타고 주가가 상승 기류에 있었기 때문에 그런대로 여러 번 재미를 보았다. 그러나 바다는 결코 늘 잔잔할 수는 없는 법이었다. 다시 시작하고 육 개월 만에 큰 파도가 닥쳤다. 선물과 옵션 만기일이 겹치는, 그래서 두 마녀가 설친다는 소위 더블 위칭데이에 주가가 죽을 쑤고 있는데 미국의 스탠더드 앤드 푸어스(S&P)와 무디스 두 신용 평가 기관들이 한국의 신용 등급을 다시 생각해 보아야 한다는 말을 해서 주가가 가을 낙엽처럼 우수수 떨어졌다.

다시 큰 상처를 입고 며칠을 헤매고 있는데 주가는 다시 올라가 주었다. 가장 먼저 쓰러지고 가장 먼저 일어나는 것이 금융주라고 했는데 과연 그랬다. 그때 금융주 아니었다면 원금 회복이 그만큼 더 느렸을지도 모른다. 그는 다시 한 번 주식의 묘미를 경험했다.

가사 상태에서 기사회생했을 때의 기쁨이란 참으로 컸다. 번지 점프를 할 때의 묘미와 같다고나 할까. 전율과 안도감이 뒤섞인 고농도의 희열을 그는 은연중에 맛보았다. 그는 이제 자신감이 생겼다. 그의 자신감에 때맞추어 코스닥 열풍이 불어닥치면서 주가는 연일 천정부지로 솟아올랐다. 그가 사 두었던 벤처기업의 주가는 등록 세 달

반 만에 열 배로 치솟는 진기한 기록을 세웠다. 앞뒤 분별 없이 몰려든 묻지 마 투자로 날마다 대박의 기쁨을 누렸다. 참으려 해도 절로 웃음이 흘러나왔다. 언제 그랬느냐는 듯 아내의 태도는 완전히 달라졌다. 과연 이 여자가 자신의 아내가 맞나 싶을 정도로 얼굴에 홍조를 띠면서 부드러워져 밤마다 야한 잠옷을 입고 잠자리로 기어들었다. 돈이 있으니 마음이 너그러워졌다.

아내에 대한 서운함이나 분노도 눈 녹듯이 사라졌다. 그러나 대박 뒤엔 쪽박이 있는 법이었다. 코스닥 등록 회사인 서울금융의 주가 조작 사건과 D그룹 부도설이 함께 전해지면서 주가가 거래소에서 50포인트, 코스닥에서 12포인트 하락한 그 날은 월요일이었다. 그래서 또 한 번의 블랙 먼데이가 되고 말았다.

그 날 증권 시장이 문을 열자마자 무섭게 팔자 주문이 쏟아지면서 불과 15분 만에 거래소 종합지수가 이십 포인트가 빠지면서 서킷 브레이크를 발동하는 상황이 벌어지더니 마침내 검은 월요일이 되고 만 것이다.

토요일 일요일 이틀 동안 장이 열리지 않으면서 쌓인 악재가 한꺼번에 반영되면서 블랙 먼데이 현상이 일어나게 되는 것으로 알려져 있다. 그래서 증시에선 월요일에 사서 금요일에 팔아도 손해는 보지 않는다는 말이 있을 정도로 월요일은 주가 하락의 위험성이 높은 날이다. 그러나 그 날 주가 폭락은 다른 월요일 주가 폭락과는 성격이 다른 것이어서 그만큼 더 충격적이었다.

세상 만사가 다 비슷하겠지만 악재는 혼자 오는 것이 아니었다. 월요일의 충격에서 헤어나지 못하고 있는데, 그 주 마지막 장인 금요일에 다시 주가가 55포인트나 폭락하는 사태가 벌어지면서 소위 피의 금요일이라 일컬어지는 브라디 프라이데이가 되고 말았던 것이다.

그 날 주가 폭락은 그 다음 주 월요일 주가에 대한 불안감과 장 후반에 H기업 자금 유동성 위기가 돌출하면서 일어난 현상이었다.

그 날 장이 마감될 무렵 실의에 빠진 투자자들이 할 말을 잃고 폭락으로 시퍼렇게 변한 전광 시세판을 바라보고 있는 모습은 전쟁터에서 폭격을 받고 쓰러져 있는 부상자들의 모습과 같아 보였다. 한마디로 초상집 분위기였다.

'왜 주식을 손댔는지 모르겠다'는 자탄의 소리가 넘치고 정부의 경제 정책과 위기 관리 능력을 비판하는 소리가 욕설에 섞여 터져 나왔다. 일주일에 두 번이나 주가 폭락의 직격탄을 맞고 경악과 충격 속에서 벗어나지 못하고 있을 때 희망의 빛으로 다가온 것은 미국 뉴욕 증시 소식이었다. 주가 대폭락이 있고 나서 일주일 뒤 미국 다우존스와 나스닥의 폭등 소식이 전해졌다. 주가는 다시 오르기 시작했다. 국내 시장의 여러 악재에도 불구하고 외부적 요인에 의한 반등이었다. 외국인의 투기장이 돼 버린 우리 증시의 의미를 다시 한 번 맛보는 순간이었다. 미국의 경제적 종속을 뼈저리게 실감하게 되었다.

미 연방준비제도 이사회 의장인 그린스펀이란 사람이 기침만 한 번 해도 주가가 미친 듯이 춤을 추고 모든 면에서 미국 증시와 동조화 현상이 뚜렷해져 미국인의 손안에서 허우적거리고 있는 우리 경제가 얼마나 종속적이고 나약한가를 뼈저리게 느꼈다. 거기에 외국의 얄궂은 단기 투자성 자금인 헤지 펀드가 들어와서 가을 들판의 들쥐처럼 설쳐 대다가 빠져나가면 뒤죽박죽이 되고 마는 것을 보면서 그는 미국의 힘을 알게 되었다. 경제적 속국과도 같은 이 나라에서 미국을 모르고 증시를 한다는 것은 눈감고 징검다리 건너기와 다를 게 없다고 판단하게 되었다.

그래서 그가 아침에 일어나면 가장 먼저 문안 인사를 드리는 것이 미국 증시 상황이었다. 미국 증시가 편해야 가정이 편하고 마음이 편했다. 밤사이 미국 증시가 올랐는지 내렸는지가 제일의 관심사가 되고 말았다. 그의 마음속에 미국이란 실체가 확고하게 자리를 잡으면서 모든 촉각은 미국 쪽으로 향해지게 되었다.

오늘과 내일의 말이 다르고, 한다 안 한다 말 바꾸기가 일쑤이며, 국내 경기가 죽을 쑤고 있는데도 한강수 타령이나 하고 있는 정부의 경제 정책을 믿느니 미국을 믿어야겠다는 생각을 하게 되었다.

그것은 놀라운 변화였다. 학창 시절 미국을 제국주의니 신사대주의의 대상이니 하여 반미 데모를 하곤 했던 그가 미국의 힘을 신봉하게 된 것은 자신이 생각해도 놀라운 변화였다. 미국의 정세가 어떻게 변하느냐에 따라서 자신의 생존 방향이 달라지는 상황에서 생각해 보니, 학창 시절 반미 데모를 한다고 미 대사관 앞에까지 가서 화염병을 던지곤 했던 자신의 모습이 가소롭게 여겨져서 씁쓰레한 웃음이 나왔다.

흔히 외국인으로 일컬어지는 그들. 그들이 사면 오르고 그들이 팔면 내리는 상황이 되다 보니 회사 이름을 미국식으로만 바꾸어도 주가가 올라가는 현상까지 생겨났고, 쭉정이뿐인 기업들도 이름은 그럴듯한 영어로 포장되어 밤거리의 꽃뱀처럼 혀를 날름거리고 있었다.

그때쯤이었을까. '반도체 경기가 끝나면 시장은 썰물이 될 것이다'라는 말과 함께 기술주에 대한 '비참한 종말'이 예언되기도 했다. 그러나 괜찮다고 했다. 펀드매니저도 텔레비전 경제 해설자나 이 나라 경제 관리라는 자들도 다들 괜찮다고 했다. 유리알 같은 우리 경제를 놓고도 수치만 내세운 채 괜찮다고 했다.

고유가, 엔 강세, 원자재 상승에 대한 아무런 대비도 없으면서 주가가 내리꽂히는 상황에서도 경제 관리들은 우리 경제의 기반은 튼튼하다는 펀더멘털 타령만 하고 있다가 당한 것이 바로 블랙 먼데이에서 브라디 프라이데이로 이어지는 대폭락이었다.

나스닥 폭등에 힘입어 손실액의 일부는 회복했으나 그 뒤에 주가는 다시 한번 내리꽂혀 게걸음을 계속했다. 그는 다시 숨이 콱콱 막히고 가슴이 답답해지기 시작했다. 그가 답답한 가슴을 안고 눈이 빠지게 기다려도 주가는 올라가 주지 않았다. 심지어 증권, 재운 전문 사주와 운세를 족집게처럼 본다는 증권가 사주 골목에까지 가서 사주와 운세를 보고 부적까지 써 와서 지갑 속에 넣고 다녔지만 소용이 없었다. 하락 장세 속에서는 속수무책으로 바라볼 수밖에 없었다.

지루한 장마 속에서도 햇볕이 나듯 폭락 장세 속에서도 가끔씩은 주식이 오르곤 했다. 잔 파도를 탈 생각으로 데이 트레이더들을 따라 단타 매매를 했으나 오히려 손해만 더 보았다. 날이 새면 객장으로 달려가서 전광판과 씨름하다 장이 끝나면 다시 지옥으로 떨어지는 기분으로 천근 같이 무거운 몸을 이끌고 거리로 나서곤 했다. 끼니를 걸러도 먹고 싶지도 않았고 친한 사람이 연락이 와도 만나고 싶지 않았다. 길을 걸어가다가도 오줌을 누다가도 문득문득 떠오르는 것은 오직 본전 생각뿐이었다.

그 구렁이 알 같은 투자금 9천만 원 중에서 날려 버린 7천 5백만 원에 대한 생각뿐이었다. 장이 끝나고 집으로 가는 길이 형장으로 끌려가는 것과 같은 기분이었다. 아내 얼굴 보기가 두려웠다. 마냥 피하고 싶었다. 모든 것을 포기하고 산 속의 절로 들어가 버릴까, 물에 빠져 죽어 버릴까, 집을 나와 버릴까, 수만 가지 생각을 하면서 혀를 깨물어 보아도 길은 보이지 않았다.

빈 속에 깡소주를 마시고 돌아와 누운 날도 술기운이 전신에 퍼져 몸은 무너져 내릴 것 같은데, 정신은 말똥말똥하여 어떻게 하면 잃어버린 돈을 다시 건질 수 있느냐는 생각뿐이었다. 문을 잠그고 잠자리에 누워도 잠은 오지 않고 감은 눈 위로 전광판 숫자만 빠르게 움직일 뿐이었다.

그는 잠시 감았던 눈을 뜨고 크게 숨을 내쉬었다. 지난 일들은 생각하면 할수록 가슴 아프고 어리석게 여겨졌다. 그는 갑갑한 가슴을 쓸어 내리며 시계를 보았다. 12시 20분. 주가는 상승세가 끝났는지 끝자리 수에서 등락을 거듭하고 있었다. 전자 종목뿐만 아니라 금융, 화학, 건설 등의 업종에서도 사자와 팔자가 팽팽히 맞서고 있었다. 순간 가슴이 철렁했다. 오늘도 틀렸구나, 하는 생각이 들자 다시 가슴이 두근거리면서 마음이 불안해졌다. 약세 장에선 쉬는 것이 투자라는 말을 수없이 듣고도 바닥을 점치기 어려운 상황에서 값싸 보여 물타기 매수를 한 것이 또 하나의 과오였다.

정부가 성급하게 내놓은 증시 부양책도 한나절 약발로 끝날 모양이었다. 수급 불안정으로 빌빌거리고 있는 시장에 경기 둔화에 대한 우려가 선반영되어 자금이 이탈되면서 사정은 더 악화되고 있는데 이미 신용을 잃은 정부의 말이 먹혀들 리가 없었다.

후장 중반 무렵이 되었을 때 시세 전광판은 블루칩이고 옐로우칩이고 할 것 없이 온통 시퍼렇게 변했다. 시퍼렇게 변한 금광전자의 현재가가 아래로 움직일 때마다 구토가 날 것만 같았다. 그는 이를 악물며 두 손으로 얼굴을 감쌌다. 며칠 동안 깎지 않은 수염이 까칠하게 손바닥에 와 닿았다.

생각해 보니 그랬다. 모든 것이 어쩌면 자업자득인 것 같았다. 주식 투자란 어차피 집단 도박이고 심리전인데, 그래서 집단 심리에 어떻게 편승하고 또 어떻게 그 심리를 이용하느냐에 따라서 승패가 갈라지는 것인데, 헛된 욕심과 본전 생각이 가장 큰 화근이었다. 작은 것을 버리지 않으면 더 큰 것을 잃는다는 단순한 게임의 법칙을 무시했기 때문에 얻은 결과라고 생각하면서 그는 다시 몸을 떨었다.

시간이 지날수록 낙폭은 깊어져 아득한 계곡 속으로 추락하고 있는 것 같았다. 장이 끝나기 한 시간을 남겨 두고 불과 10분 여 동안에 20포인트 가까이 하락하면서 또다시 서킷 브레이크가 발동되어 절규와 같은 비명이 터져 나왔다. 설마 설마 하며 마지막까지 기대감을 버리지 않았던 사람들도 망연자실한 모습으로 멍하니 전광판을 바라보고 있었다. 의자에 기대어 맥없이 누워 버린 사람, 근심 어린 표정으로 멍하니 창 밖을 보고 서 있는 사람, 기름에 튀겨진 새우처럼 무릎에 얼굴을 처박고 있는 사람, 이 모든 사람들은 그것이 뜨거운 줄 알면서도 불을 찾아 모여들었다가 깊은 상처를 입고 나동그라져 있는 불나비처럼 처참하게 보였다.

다시 기운을 차려 고개를 들었을 때 이미 전광판엔 명멸하던 불빛이 멈추고 장은 끝나 있었다. 현실이 아니기를 바랐지만 모든 것은 현실이었다. 사람이 썰물처럼 빠져나가고 불이 꺼지자 객장은 포성이 멎은 전쟁터와 같았다. 공허함이 밀려왔다. 무서울 만큼 고요해진 객장엔 쓰다 버린 호가지와 신문 조각들이 스산하게 흩어져 있었다. 악마의 투전판과 같아 보이는 전광판을 등지고 문을 나서는 순간 온몸을 덮쳐오는 허탈감에 그는 잠시 눈을 감았다.

거리로 나섰을 때 아직도 비가 내리고 있었다. 여름 내내 푸르게 가꾸어 왔던 잎들을 떨구고 앙상히 속살을 드러낸 나뭇가지들이 찬비에 젖고 있었다. 아름다워 보였다. 비 내리는 가을 강변 어린이공원에서 빙빙 돌아가는 롤러코스터가 한 폭의 그림처럼 보였다. 그는 넋을 잃고 강변의 풍경을 바라보았다. 한참 동안 그러고 섰다가 비로소 얼굴을 때리는 빗줄기가 차갑게 느껴졌다.
 '그래, 지금 나는 저처럼 아득한 낭떠러지로 떨어지고 있는지 모른다. 소름끼치는 전율을 느끼면서 말이다……. 그러나 곧 다시 올라가겠지 저 롤러코스터처럼 말이다. 내리막이 있으면 오르막도 있겠지. 성공적인 투자자도 백 번 중 쉰한 번은 이기고 마흔아홉 번은 잃는다고 하지 않던가. 그래. 다시 한 번 기다려 보는 거다, 오르막이 있을 때까지.'
 그는 얼굴에 흘러내리는 빗방울을 훔치며 지그시 이를 물었다. 그리고는 빗물을 뒤집어쓴 채 어지럽게 뒹구는 노란 은행나무 잎들을 밟으며 성큼성큼 집 쪽으로 걸어갔다.

(한국소설 2003년 8월호)

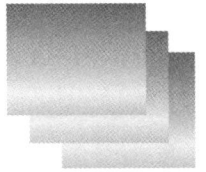

개를 찾습니다

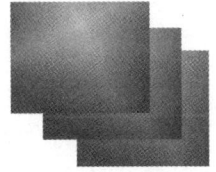

개를 찾습니다

 22년 만에 그를 다시 만나던 날, 나는 세상이 너무 좁고 세상의 인연이란 참 묘하구나, 하는 생각에 얼마 동안 일손이 잡히지 않았다.
 군대 생활 28개월 중에서 20개월 동안 나를 지배했던 선임 하사 박희조. 그는 계급과 고참이라는 절대적 질서가 요구되는 군대란 집단 속에 존재하는 독버섯과 같은 존재였다. 같은 중대 사병들이라면 모르는 사람이 없었던 '미친개'라는 그의 별명은 그의 특성을 한 마디로 나타내 주는 말이었다.
 제대 신고를 하고, 그와 마지막 인사를 나눌 때도 나는 이제 자유의 몸이 된다는 생각보다는 다시는 그를 보지 않아도 된다는 생각 때문에 속으로 쾌재를 불렀다. 중대 본부에 들러 인사를 하고 나올 때 그는 자신의 집 주소와 전화 번호를 적어 주면서 사회에 나가서 한

번 만나자고 했다.

'정말 웃기는 놈이군! 꿈에 보일까 겁나는 너 같은 인간을 만나다니.'

나는 속으로 이렇게 중얼거리며 그와 헤어졌다. 군 복무 중에 그 밑에서 개보다 못한 취급을 당하며 피를 말리던 세월을 다시 돌아보고 싶지 않았기 때문에 마치 분풀이라도 하듯 부대 앞 탄천리 정류소에서 그의 주소와 전화 번호를 갈기갈기 찢어서 쓰레기통에 버리고 버스에 올랐다. 그 뒤 누군가로부터 그가 하사관 장기 복무를 끝내고 남쪽 어느 공업 도시에 내려가서 공단의 여러 식당에서 나오는 음식물 찌꺼기로 개를 사육한다는 말을 들은 적은 있지만 곧 잊어버렸다.

그런데 그를 만나다니, 재수 없는 놈은 뒤로 넘어져도 코를 깬다더니 내가 그 꼴이었다. 22년 만에 그를 다시 만나던 날, 나는 마치 집 앞에서 뱀을 밟은 것 같은 기분으로 하루를 보냈다. 나의 능력이 출중해서 본사에서 승승장구하였더라면, 그래서 지방 공장으로 밀려나지만 않았더라면 그와 대면하는 일은 일어나지 않았을지 모른다.

아세아 자동차 기획실에서 15년을 근무한 나는 기획팀의 성과 부실에 대한 책임을 지고 지방 공장으로 밀려났다. 일이 안 되려고 그런지 지방 공장으로 자리를 옮긴 지 한 달이 채 안되어 노동 쟁의가 발생했고 그 과정에서 그를 만났다.

노동 쟁의가 발생했을 때 생산 관리 팀장으로 생산성 향상과 노사 관계의 협력 업무를 맡게 되었던 나로서는 당황하지 않을 수 없었다. 업무가 생소한데다가 노동 쟁의까지 발생했으니 내 처지가 말이 아니었다.

발등에 불이 떨어진 나는 휴일은 물론 퇴근 시간까지도 반납한 채 밤늦게까지 일에 매달리지 않을 수 없었다. 노조 측의 요구에 대비해 회사 측의 답변과 대응 방안을 준비하고, 대책 회의를 여느라 발에 쥐가 나도록 뛰어다녀야 했다. 뿐만 아니라 노조 간부들의 면면을 익히기 위해 사진을 들여다보며 이름을 외우기도 하고 그들의 고향과 성장 배경, 그리고 사회적 성향 등을 파악하기 위해서 인사 카드를 뒤져야 했다. 전임 팀장이 기록해 놓은 노조 대의원들에 대한 특기 사항 등을 읽는 것도 빠뜨릴 수 없는 일 중에 하나였다.

그의 인사 카드도 분명히 읽었다. 그런데도 그를 알아내지 못했다. 과다한 업무량과 한 번에 소화해야 할 정보가 많았기 때문에 그의 인사 카드를 보고도 그 사람이 우리 부대의 선임 하사였던 박희조란 것을 알지 못했다. 그에 대한 기억이 오랫동안 머리에서 지워져 있었기 때문에 그를 떠올리지 못했을지도 모른다.

내가 그를 대면한 것은 노동 쟁의 사항에 대해 단체 교섭을 하기 위해 노사 대표가 만난 공식 석상에서였다. 대의원들 모두가 삭발한 머리에 단결, 투쟁이란 글씨가 박힌 붉은 띠를 두르고 붉은 조끼를 입고 있어서 처음엔 쉽게 그를 알아보지 못했다. 회의가 진행되면서 떼를 쓰듯 막무가내로 자기 주장만을 해 대는 태도에서 오래 전에 잊혀졌던 그의 모습을 떠올릴 수 있었다.

그의 모습은 투지에 불타는 늙은 전사처럼 보였다. 세월이 지났지만 별로 변하지 않은 음성이 기억 속에서 그를 불러내었다. 그 순간 선명히 떠오르던 이름, 박희조. 분명 그였다. 회의를 마치고 나서면서 여유 있게 웃어 보이던 그의 입 속에 드러나던 18K 누런 앞니를 보는 순간 나는 어디엔가 감전되듯 부르르 몸을 떨었다.

군 생활 동안 그의 수족처럼 나를 부리며 때로는 능멸하듯 징그럽게 미소를 지을 때 드러나던 18K 그 누런 앞니를 보는 순간 못 볼 것을 본 것처럼 가슴이 철렁했다.

내가 손을 내밀어 인사를 청했을 때 그도 놀라는 표정이었다. 정말 의외라는 표정이었다. 그러나 그는 곧 사무적인 자세를 취했다. 그리고는 마치 나를 만날 것을 예측이라도 한 것처럼 애써 덤덤한 표정을 지으며 노조 사무실 쪽으로 걸어갔다.

그 다음날 2차 단체 교섭 날짜 변경 관계로 내가 노조 사무실로 찾아갔을 때 그는 개를 어루만지고 있었다. 그는 한 팔로 개 등을 싸안은 채 앉은자리에서 나를 쳐다보았다. 얼굴엔 그 특유의 유들유들함이 그대로 드러났다.

"아, 이 개 말인가요? 내가 데려다 놓은 겁니다. 이 사무실에서 서류 분실 사고가 벌써 두 번이나 일어났습니다. 우린 그것이 누구 짓인지 잘 압니다. 보나마나 그것은 경찰이거나 회사측의 사주를 받은 노조 내부의 누군가의 짓이라는 것을 우리는 다 알고 있습니다. 몰래 우리 노조의 서류나 비밀 사항을 빼내가는 것을 막기 위해서 이렇게 데려다 놓은 겁니다."

나는 고개만 끄떡였다. 내가 말이 없자 그는 멋쩍게 씩 웃더니 다시 입을 열었다.

"미국산 코커스패니얼이란 놈인데 성질이 불같아서 불법 폭력 패거리를 보면 못 참는 놈입니다. 불의를 맹렬히 추격하는 아주 전통적인 놈입니다. 우리의 민중 노조의 노선에 어울리는 아주 투쟁적이며, 먹이를 물면 결코 놓지 않는 끈질기고 고집 센 놈입니다. 이곳에 데려다 놓은 지 얼마 되지 않았는데 벌써 우리 노조의 마스코트가 되었습니다."

그는 자랑스러운 표정으로 개를 바라보았다. 나는 그의 말이 일면 이해가 되었다. 그러나 아무리 노조 사무실이 그들의 독립 공간이라 하더라도 사무실에 개를 데려다 놓은 것은 좋게 보이지 않았다.

군 생활 동안 줄곧 미주알고주알 다 간섭하며 나를 제 수족 다루듯 했던 그였지만 이제 위치가 바뀐 만큼 존댓말을 쓰는 것을 잊지 않고 있었다.

"근무 시간 단축과 성과급 30%의 지급은 한 발도 물러설 수 없는 과젭니다."

그의 말은 매우 기계적이고 투박했다. 목에 뻣뻣이 힘을 주고 나를 쳐다보는 그의 얼굴은 백전 노장처럼 투지로 불타고 있었다.

본격적으로 노사 교섭이 진행되면서 노조 사무실이 있는 건물에는 '성과급 30% 쟁취!' '투쟁! 쟁취!' ' 임금 인상!' '위대한 노동의 승리를 위해!' 등 살벌한 구호가 적힌 대형 현수막들이 내걸렸다.

노조 소식지에선 연일 강경 투쟁을 부추기는 공격적이고 선동적인 내용들이 손바닥만한 크기의 활자로 쏟아져 나왔다.

"배신자의 목숨을 내가 끊는다!"

"노동자의 피를 빨아먹는 흡혈귀 사장을 처단하자!"

"착취 재벌 배때지는 우리 손으로 갈라놓자!"

하나같이 살벌하고, 호전적인 구호들이 어지럽게 박혀 있었다. 정말 어수선하고 혼란스러웠다.

직장 생활이 이렇게 길고 힘들었던 적은 없었다. 수시로 협상 자료를 준비하고 밤늦게까지 사무의 대책 회의를 열고, 또 휴일까지도 반납한 채 비상 근무를 해야 했기 때문에 몸은 파김치가 되어 벌써 두 번이나 코피를 쏟았다. 노조원들의 과격하고 비인간적인 태도에 때로는 실망하고, 때로는 분노하다가 입은 마음의 상처 때문에 가슴이 답답하고 잠이 잘 오지 않는 것이 벌써 일주일째였다.

그들은 모든 것을 아전인수격으로 해석하고, 오직 자기들의 주장과 입장만 펴고 떼를 쓰는 데 이골이 나 있었다. 온갖 정성을 들여 이루어 놓은 노사 합의 사항도 자고 나면 언제 그랬느냐는 듯 뒤집어 버린 경우가 한두 번이 아니었다. 그러다 보니 그들의 행태에 대항할 마땅한 방법을 찾기란 여간 어려운 것이 아니었다.

쟁의 발생 후 한 달 동안 회사 분위기는 마치 용광로와 같았다. 투쟁 일변도인 노조의 노선 중심에 그가 있었다. 그가 맡은 직책은 노조 홍보부장이었지만 실제론 행동 부장이라고 해야 옳을 정도로 노조를 선동하고 있었다. 여러 차례 거듭된 협의 중에도 그의 태도는 늘 경직되어 있었다.

삭발한 머리에 붉은 띠를 두르고 거친 말을 쏟아대는 그의 태도는 협상자의 태도가 아니라 항복 문서를 받으러 온 점령군의 태도와 같았다. 날카롭게 날이 선 그의 말에는 협상 상대자에 대한 배려 따윈 찾아 볼 수 없었다.

회의 중에도 자신의 주장을 반박하는 회사측 대표를 향해 삿대질을 하고 고성을 지르는 일을 서슴지 않았다. 회의 중 손으로 테이블을 치는가 하면 상대방 테이블에 물병을 던진 일도 한두 번이 아니었다. 안하무인이었다. 회의 도중에도 자신의 주장이 밀린다 싶으면 '그것을 양보하느니 차라리 여기서 배를 가르겠다'는 말로 배수진을 쳤다.

협상장에서 내가 맡은 일은 전년도의 복지비 지출이나 퇴직자 수, 생산 원가의 상승과 같은 자료를 제공하는 일이었다. 나는 아직 현장 사정에 밝지 않은 데다가 노조원들의 고압적이고 투쟁적인 자세 때문에 회의장에 들어설 때마다 가슴이 답답했다.

협상은 노조측의 일방적인 요구와 회사측이 제시한 내용이 접점을 찾지 못한 채 지루한 줄다리기만 계속되고 있었다.

토요일 오후 육체적으로 피곤하고 그들의 비인간적인 행태에 화가 치밀어 나도 모르게 '개새끼들!'이란 말이 튀어나왔다. 그때 전화가 왔다. 아내였다. 전번에 붙인 교미가 잘못되었는지 개가 다시 암내를 내어 설쳐대니 회사 일로 바쁘겠지만 시간을 좀 내어 애견원에 한 번 데려다 달라는 것이었다. 아내는 애견원 주인이 너무 능글맞고 눈길이 끈적끈적해서 혼자 가고 싶지 않다는 말까지 덧붙이며 도움을 요청했다.

'이런 소갈머리 없는 여편네. 회사가 이 지경인데 개 교미라니 …….'

분별력 없는 아내의 말에 좀 화가 났지만 그 말을 거절했다가는 또 무슨 소란이 벌어질지 모른다는 생각이 들어 집으로 달려갔다. 아내는 목이 빠지게 기다리고 있었다.

아내와 개를 데리고 애견원으로 가는 길에도 회사 일에 대한 생각으로 마음이 편치 않았다. 그런데 가는 날이 장날이라더니 그 '애견의 집'은 문이 닫혀 있었다. 오후 5시 이후에 찾아오는 고객은 애견의 집 사육장으로 오라는 안내문이 앞문에 붙어 있었다. 그곳의 위치와 전화번호가 상세히 적혀 있었다.

사육장은 도심에서 북쪽으로 4킬로미터쯤 벗어나서 시민 체육공원 맞은편 기슭에 있었다. 느릅나무가 듬성듬성 서 있는 언덕을 넘어서니 여러 동의 개집이 나타났다. 백 마리는 좋게 되어 보이는 가지각색의 개들이 한 동에 십여 마리씩 묶인 채 사육되고 있었다.

낯선 사람이 나타나자 개가 짖기 시작했다. 처음엔 몇 마리가 짖어대더니 이내 백여 마리의 개들이 한꺼번에 짖어 댔다. 매우 날카롭게 들렸다. 놈들은 마치 그들 앞에 나타난 낯선 방문객을 물어뜯어 놓기라도 하겠다는 듯 사나운 이빨을 드러낸 채 으르렁거리며 짖어 댔다.

섬뜩한 살기와 피에 굶주린 놈들의 야성이 나를 향해 달려드는 것 같았다. 순간 소름이 돋고 아찔한 전율이 온몸을 훑고 지나갔다. 온건하고 양순한 개의 모습은 찾아볼 수 없었다. 탐욕과 살육의 근성을 이빨에 드러낸 채 짖어 대고 있는 놈들의 모습에는 살벌한 야성과 집단의 광기가 뒤섞여 있는 것 같았다. 만약 그들이 동시에 우리에서 뛰쳐나온다면 세상에 어떤 동물도 살아남지 못할 것 같은 환상이 어른거렸다.

개 사육장 한쪽 옆에 한 채의 관리 동이 있고 종견 관리실이 그곳에 있었다. 관리 동으로 갔을 때 안에서 문이 열리더니 주인이 나왔다. 그였다. 나는 입이 다물어지지 않았다.

세상은 과연 부처님 손바닥이었다. 어렵게 돌고 돌아 외진 언덕 너머까지 갔는데 그곳이 그의 집이었다. 기막힌 일이었다. 나는 재수 없다고 침이라도 뱉고 싶었는데, 그는 마치 내가 찾아오기를 기다리고 있기라도 했다는 듯 여유 있게 웃으며 나를 맞았다. 회사에서 그의 모습과는 사뭇 다른 모습이었다.

"쥐꼬리만한 회사 월급으로 살기 힘들어 여편네더러 부업으로 애견원을 해보라고 했더니 어떻게 하다가 사육까지 하게 되었습니다."

여느 때와 마찬가지로 말을 하면서 그의 상징 마크나 다름없는 그 누런 금니를 드러내어 능청맞게 씩 웃었다. 삭발한 머리에 중절모를 쓰고 개량 한복 입은 그에게선 노조 대의원의 모습 같은 것은 찾아볼 수 없었다.

주인이 미우면 개도 미운 법, 얄미운 그놈의 종견은 우리 집 개의 꽁무니에 주둥이를 대고 몇 번인가 냄새를 맡더니 물건을 드러내어 일을 해냈다. 비록 짐승이라지만 나는 좀 민망스러웠으나 그는 만족스런 표정으로 개의 목덜미를 어루만지며 나를 쳐다보았다.

"이번엔 아마 확실할 겁니다. 요즘 놈의 물건이 얼마나 실하던지

개를 찾습니다 | 147

말입니다…….''

 그는 차안에 앉아 있는 아내에게까지 다가가서 의미 있는 미소를 지으며 같은 말을 되풀이했다. 개를 다루는 그의 기술이나 버릇은 변한 것이 없었다.

 우리의 필요에 의해서 찾아간 것이지만 우리집 개가 털이 북슬북슬하고 몸집이 큰 수놈 아래에 깔리는 모습이 마치 능멸을 당하는 것 같아서 마음이 편치 않았다.

 이틀 밤낮을 낑낑거리며 서성대던 개가 신기하게도 수놈에게 한 번 눌리고 나더니 이내 잠잠해졌다. 돌아오는 차 안에서는 아내의 팔에 안겨서 잠들어 있다. 아무리 짐승이라 하지만 금세 이렇게 달라질 수 있는가 생각하니 슬그머니 개가 얄미워져서 머리를 쥐어박고 싶었다.

 더구나 그 놈의 개 때문에 개 사육장에까지 찾아가서 그를 만났다는 사실에 자존심이 상했다. 뒤를 돌아보지도 않고 언덕을 넘어왔지만 마음이 무겁기는 마찬가지였다. 그에 대한 온갖 기억들이 떠올라 머리를 메웠다.

 내가 그를 처음 만난 것은 군에서 복무할 때, 대대 본부 중대의 군견 관리병으로 차출되면서부터였다. 사단 군견 훈련소에서 기초 훈련을 받고 본부 중대에 도착했을 때 그는 이글거리는 눈으로 나를 훑어보았다. 뱀 꼬리처럼 섬뜩하게 나를 휘감는 그의 눈초리와 마주치는 순간, 나는 그곳에서의 생활이 순탄치 않으리라는 것을 직감했다.

 그곳에서의 생활은 한 마디로 개와의 일심 동체, 개의 수족 노릇, 선임 하사인 그의 노리개감으로 시작되었다. 배치 이틀 만에 개에게 소홀하다는 이유로 개집 앞에서 소위 '원산 폭격'과 '올챙이 포복'을 하며 벌을 받아야 했다.

그는 나를 보고 '개는 나의 상관이고 고참이다'는 말을 수십 차례나 복창시키고 개에 대한 태도가 되먹지 못했다며 워커발로 사정없이 내 종아리뼈를 걷어찼다. 속수 무책이었다. 나는 뼈가 떨어져 나가는 것 같은 고통을 참으며 '네, 알겠습니다. 시정하겠습니다!'를 외칠 수밖에 없었다. 그는 목소리가 작다는 이유로 들고 있던 막대기로 내 어깨를 내리쳤다. 등에 축축하게 땀이 배이고 숨이 찼다. 그는 나에게 엎드려 뻗친 상태에서 개에게 신고식을 시켰다.

"이병, 구 창 동, 6월 24일자로 본부 중대 군견 관리병으로 복무를 명 받았습니다. 이에 신고합니다!"

그러나 결과는 뻔했다. 이미 작정하고 시작한 일인데 그만둘 리가 없었다. 태도가 불량하다고 다시 한 번, 목소리가 작다고 다시 한 번, 군인으로서 말에 절도가 없다고 다시 한 번, 상급자인 개에게 존경심이 없다고 다시 한 번씩 신고를 해야 했다.

엎드려서 복창, 부동 자세로 복창 등 네 번씩이나 복창을 반복하고 나서 개의 앞발을 잡고 악수하는 것으로 신고식을 끝냈다. 신고식을 끝내고 그는 그럴듯한 일장 훈계를 했다.

"사람은 눈으로 세상을 읽지만, 개는 코로써 세상을 읽고 만물을 냄새로 기억한다는 것을 알아야 해. 에— 그리고 개를 체벌해서는 안 되겠지만 만약 개에게 체벌의 효과를 거두려면 잘못된 행동과 거의 동시에 체벌을 가해야 한다는 것도 잘 기억해야 한다. 개라는 놈은 몇 초만 지나도 자신의 행동과 체벌을 연결시키지 못하는 짐승이기 때문에 타이밍을 놓친 체벌은 개를 당황하게 만든다. 이런 체벌이 반복되면 개는 아무것도 못하는 이른바 학습된 무력감에 빠지게 되는 거다. 그리고 개를 개의 입장에서 보고 그 행동을 이해해야 한다. 개의 기이한 행동은 개에게는 너무 자연스러운 것인데 인간이 그것을 문제 삼으면 안 된다는 것은 군견 관리병이라면 필수적으로 알아야 하는 사항이다. 이를테면 개들은 처음 만나면 꽁무니 냄새를 맡는데 그것은 사람들이 처음 만나 악수를 나누는 것과 같다."

선임 하사인 박희조, 그가 중대 본부에서 하는 여러 가지 일 중에 하나가 군견 관리를 총괄하는 일이었다. 그는 밤새 개에게 어떤 일이 있었나를 확인한 후에 개의 건강 상태와 청결 상태, 먹이는 충분히 주어졌는가, 막사의 청결 상태를 점검했다. 좆 빠진 강아지 모래밭 싸대듯 그는 시간만 나면 내가 관리하는 개 막사 앞에 나타났다.

군견 막사 앞에 붙어 있는 패찰에 기재된 군견 번호 : 790429xx / 견명 : 도깨비(영어 명 : 팬텀) / 체중 : 49kg / 신장 65㎝ 등까지 일일이 읽고 확인했다. 개의 관리상태가 좋지 않을 땐, 개 앞에서 사정 없이 조인트를 깠다.

군인에게 주특기가 있듯 군견은 보통 수색견, 추적견, 경계견, 탐지견으로 나뉜다. 내가 맡은 개는 미국산 세퍼트 잡종으로 경계견이었다. 미군에서 기르던 것이었기 때문에 우리말보다는 영어 명령에 더 잘 따르는 특성이 있었다. 시간만 나면 그는 개를 몰고 나와 각측 행진(사람의 다리 옆에서 함께 걸어가는 것), 다운(엎드려), 크롤(기어라), 싯(앉아), 스테이(머물러), 힐(따라와) 등의 시범을 보이며 이미 군견 훈련소에서 신물나도록 교육받은 것을, 그것도 초보적인 기초 명령 복종 훈련을 반복시키게 했다.

그런 날이면 그는 으레 나에게 개밥 주는 것에서 목욕시키는 일까지, 심지어 개를 칭찬하고 보상하는 방법으로 목을 쓰다듬거나 성감대 만져 주기, 어떤 땐 교미 시키는 방법까지도 반복해서 들려 주었다. 그러다 기분이 나면 개와 관련된 음담 패설까지 몇 마디 덧붙이곤 했다.

"개가 그것을 할 땐 암놈 후체위에서 시작해서 상방 후체위로 변하는 거야, 수놈이 암놈을 애무할 때 어메이징 버터플라이, 그러니까 놀라운 나비라는 자세를 취하기도 하거든. 암놈이 활짝 다리를 벌려 두 다리를 수놈 어깨 위에 올려 놓는 놀라운 방법이야."

그는 어디에서 주워들었는지 그럴 듯하게 개의 애무 자세를 직접 자세를 취해가며 설명하기도 했다. 장단을 맞추느라 내가 재미있다는 표정으로 웃으면, 그는 스스로 만족스러운 듯 누런 18k 앞니를 드러내어 씩 웃고는 돌아갔다.

밥 주는 것에서 샤워시키는 일까지, 군견 관리병으로서의 나의 일과는 기상과 더불어 점호 체조를 마치고 군견 막사로 달려가는 것으로 시작되었다. 막사 주변을 둘러보며 이상 유무를 확인한 뒤, 개의 건강 상태를 점검하고 연병장이나 근처 유격장으로 몰고 나가 아침 운동을 시킨다. 처음에는 천천히 연병장을 네 바퀴 정도 돌게 하고 스피드 훈련으로 빠르게 뛰어가는 훈련과 앉아, 엎드려, 기어, 따라와 같은 동작을 반복시키고 장애물 뛰어 넘기 등의 운동을 시킨다. 간단한 아침 운동이 끝나면 다시 막사로 데려와서 묶어 두고 개가 먹을 아침밥을 챙겨야 했다.

군견의 먹이는 아침과 저녁 하루에 두 끼를 주는데, 8주에서 12주 어린 군견은 분유와 소화 효소제를 먹이지만 성견은 아침과 저녁 1일 2회 고급 사료 급식을 한다. 여름에는 냉수, 겨울에는 온수를 공급한다. 때로는 일반 병사들이 먹는 것과 같은 밥, 이른바 짬밥을 받아다 먹이기도 하지만 간이 들어가지 않도록 특히 주의해야 한다. 관리병이 먼저 식사를 하고 나서 개 사료를 받아와서 먹인다.

군견 막사는 부대에서 소음이 가장 적은 곳이어야 하고 관리병은 막사를 매일 물로써 청소하고 주변에 잡초를 제거해야 할 뿐만 아니라 주2회 소독과 여름철에는 모기장과 차광막을 설치해야 한다.

개가 먹이를 잘 먹지 않는다든지 감기 같은 병에 걸려 몸에 조금만 이상이 있어도 그 책임은 관리병인 나에게로 돌려졌다. 내가 관리를 잘못했거나 먹이에 소홀히 해서 병이 난 것으로 단정했다.

그는 배운 사람에게 무슨 원한이라도 있는지 아니면 열등감 때문인지 입만 열었다 하면 분풀이라도 하듯 '배운 놈이 개보다 생각하는 것이 못하다'는 말을 버릇처럼 해 댔다. 심하면 '개 씹으로 낳아도 너보다는 낫겠다'는 등의 모욕적인 말로 나를 깔아뭉개곤 했다.

그는 심지어 개 막사 주변의 청결 상태가 좋지 않아도 나에게 벌을 주곤 했다. 쪼그려 뛰기, 팔 굽혔다 펴기, 올챙이 포복, 콩깍지 끼고 엎드려 같은 벌은 다 힘든 것들이었지만, 그 중에서도 개 안고 연병장 돌기는 정말 힘들었다.

체중이 40킬로그램이 넘는 개를 안고 연병장을 돌다 보면 놈은 무슨 신기한 일이라도 만난 듯 팔에 안기어 눈을 깜박거리며, 틈틈이 혀로 내 얼굴을 핥았다. 끈적끈적한 놈의 타액과 땀이 범벅이 되어 연병장을 돌다 보면 '이게 아무리 군대라지만 개보다 못한 내가 과연 사람인가?' 하는 생각이 들어 견디기가 힘들었다.

온몸이 땀투성이가 되어 숨을 헐떡이며 연병장을 돌 때면 선임 하사인 그는 팔짱을 낀 채 나를 지켜보고 있었다. 그런 그의 태도에는 짓궂은 장난기가 섞여 있는 것 같기도 하고 부하 사병의 고통을 통해서 묘한 희열 같은 것을 느끼고 있는 것 같기도 했다.

어쩌면 나에게 가해진 그러한 고통들이 낯선 환경과의 친화의 과정으로써 필요한 것이었는지도 모르겠지만, 군견 관리병으로서의 첫 일 개월은 인간으로서 가장 비참하고 참기 힘든 시간이었다. 시간이 지나면서 나의 일과는 개 중심으로 변해갔다. 인간으로서 내 자신이 아니라 개를 우선으로 생각하고 배려하는 생활 방식에 익숙해져 갔다. 어떤 때에는 어린애처럼 부드럽게, 어떤 때에는 유리 그릇처럼 조심스럽게, 또 어떤 때에는 냉정하고 단호하게 대해야 하는 것이 개라는 동물이란 것을 알게 되었다. 흔히들 '열 길 물 속은 알아도 한 길 인간의 속은 모른다'고 하는데 개는 때로는 인간의 마음조차도 읽어내는 능력을 가진 것 같기도 했다. 눈치가 빠르고 분위기에 따라서 알아서 기는 속성과 강자에게 쉬 굴복하는 속성을 가지고 있다는 것도 알게 되었다.

규정상 군견 관리병은 개에게 부속된 부속물이다. 따라서 나의 존재는 철저히 개의 하위 개념일 뿐 독립된 병사로서 아무런 의미가 없는 듯했다. 개가 없으면 군인으로서 나의 존재도 의미가 없는 것이 된다는 생각과 개가 2급 장비인 반면 관리병인 나는 4급 장비에 지나지 않았다는 생각이 늘 나를 따라다녔다. 일류 대학을 졸업하고, 해외 어학 연수에, 토플 900점이란 나의 능력도 직급 앞에서는 무의미할 수밖에 없었다.

군견 관리의 업무를 맡은 지 2개월 만에 나는 코피를 쏟고 말았다. 뼈 속까지 떨려오는 심한 오한과 고열로 몸을 가눌 수 없게 되었다. 그때 공교롭게도 개가 병이 났다. 나는 휘청거리는 몸을 오기로 지탱하며 개를 관리하기 위해서 하루에도 몇 번씩 막사로 달려가야 했다. 나는 이럭저럭하다 몸이 나았는데 놈은 며칠이 지나도 상태가 좋아지지 않았다. 할 수 없이 전문 수의사가 있는 전문 병원으로 후송시켜야 했다. 개를 안고 앉아 있는 트럭의 뒷자리는 바람이 살을 파는 것 같았다. 등골을 파고드는 바람을 참으며 나는 개를 보호하기 위해서 전투복 파카를 벗어 놈의 등을 감싸 주어야 했다.

선임 하사를 제외하고는 군견을 관리하는 일을 간섭하는 사람은 없었다. 중대장마저도 군견 관리는 내가 알아서 하게 했다. 그러나 선임 하사인 그는 자신이 군견 훈련소에서 훈련을 받고 개를 관리해 본 경험이 있었기 때문에 사사건건 나를 간섭하려 들었다. 내가 관리하는 개는 도깨비라는 이름값이라도 하듯, 내가 선임 하사 앞에서는 언제나 전전긍긍하고 안절부절못한다는 것을 잘 알고 있는 듯했다. 놈은 때로 신참인 나를 무시하기라도 하듯 나의 지시에 행동이 뜨고 일부러 음식을 흘린다거나 밥 그릇 물어뜯는 것과 같은 행동을 보이기도 했다. 놈은 기분이 뒤틀리면 용변을 볼 때도 규칙을 잘 지키지 않는다거나, 사료를 갖다 주어도 뻣뻣하게 고개를 쳐들고 냄새를 맡고는 멍하니 산 쪽을 쳐다보는 행동을 하기도 했다.

놈의 이러한 행동이 나를 골탕 먹일 요량으로 시위를 하는 거라는 것을 내가 알게 된 것은 놈을 관리한지 6개월이 지나서였다. 군견 훈련소에 1개월 동안 보충 교육을 갔을 때 일이다.

훈련 통보를 받고 나서 나는 놈의 관리에 더 많은 신경을 써야 했다. 혹시 놈이 다치거나 어디에 병이라도 나서 훈련을 못 받으러 가는 상황이 된다면 그 책임은 전적으로 내가 져야 할 것이기 때문이었다. 말할 것도 없이 그렇게 되면 개의 관리 잘못에 대한 책임을 지고 반성문을 쓰거나 재교육을 받아야 할 것이며, 선임 하사로부터 당해야 할 수모가 눈에 선했기 때문에 특별히 신경을 쓰지 않을 수 없었다.

날마다 몸의 체중을 체크하고 건강 상태를 점검하고 신상 기록을 정리했다. 기록부에는 놈의 출생일과 생후 45일 만에 군견으로 등록되고 12주째에 견번(犬番)을 부여받았다는 것과 혈통 분석, 외모와 훈련 능력 검증, 종합 검진의 단계를 거쳐서 정식 군견이 되었다는 것이 기재되어 있었다. 몇 월 며칠 예방 주사 접종, 후송, 평소의 상태들도 보충 기재되어 있었다. 놈은 경계견으로 기록상에는 군견 훈련 받은 내용까지도 상세히 기록되어 있었다.

놈은 이를 테면 나보다 짬밥 수가 많은 고참병이었다. 군대 생활의 햇수로 보아서는 신참병인 나와는 비교가 되지 않는 세월이었다. 그러다 보니 놈은 내가 하는 행동을 보고 이미 훈련소에 입소하는 것을 알고 있는 듯했다.

군견 훈련소로 출발하는 날 놈은 자신의 훈련소 행을 알고 있기라도 한 듯 집 밖에 나오지 않았다. 하루 종일 바닥에 배를 간 채 눈만 껌벅거리며 움직이지 않았다. 나는 짐짓 모른 체하고 출발을 서둘렀다. 우리 중대에서 최고참인 놈과 3년차 불독 한 마리, 그리고 2년차 프랑스산 포인트 두 마리 등 네 마리와 각각의 관리병 네 사람이 군용 트럭을 타고 훈련소로 향했다. 영내의 다른 사병들은 우리가 마치 특별 휴가라도 얻어 떠나는 것처럼 부러운 눈으로 쳐다보았다.

군견 훈련소 위병소에 출입 신고를 하고 안으로 들어가려는 순간 놈은 꼬리를 내리고 낑낑거리더니 오줌을 쌌다. 용변 보는 것을 잘 훈련 받은 놈으로서는 평소에 있을 수 없는 일이었다. 훈련소에 대한 거부감 때문이거나 항변의 짓임이 분명했다. 나는 놈의 행동이 평소의 습관에서 벗어난 것으로 자신의 감정을 나타내 보이기 위한 것이라고 생각했기 때문에 전혀 반응을 보이지 않았다. 말없이 눈살을 찌푸린 채 놈을 노려보았다. 나의 이러한 행동에 놈은 무안한지 꼬리를 흔들면서 내 군화를 슬슬 핥았다.

다른 부대에서 온 개들과 함께 연병장에 도착해서 소속 부대와 교육명을 확인하고 막사를 배정 받았다. 군견 막사는 하나하나가 독립된 동으로 되어 있어 놈은 24번 막사를 배정 받았다. 막사는 연병장에서 20미터쯤 떨어진 곳에 두 줄로 1.5미터 간격으로 늘어 서 있었다. 100여 개의 막사 앞에서 관리병들은 만일에 대비해서 각자의 개와 함께 사진을 찍었다.

훈련은 명령 복종 훈련과 경계 훈련, 그리고 추격 훈련과 공격 훈련으로 구성되어 있었다. 놈은 경계견이었기 때문에 기초 반복 운동으로 주로 복종 훈련과 경계 훈련을 많이 받았다. 놈은 원래 미군에서 교육을 받았기 때문에 '앉아!' '엎드려!' '기어!' '서!' '머물러' '따라와!' 등 우리말 기초 훈련을 받고 '스테이(머물러)!' '다운(엎드려)!' '크롤(기어)!' '힐(따라와)!' '싯(앉아)' 등의 영어 명령 훈련도 별도로 받아야 했다. 그리고 장애물 통과와 표적물 물어 오기를 비롯하여 폭탄 탐지, 헬기에서 줄 타고 내려오는 헬기레펠 등 강도 높은 훈련을 받는다.

추격 훈련이나 공격 훈련은 야외 훈련장에서 이루어졌다. 관리병들은 자신의 개와 함께 모든 과정의 훈련의 참가해야 하며 때에 따라선 교대로 특수 제작된 옷을 입고 대항군 노릇해야 하기 때문에 긴장을 늦출 수 없었다. 그리고 훈련이 끝나면 막사로 몰고 가서 사료를 받아와 먹여야 한다. 훈련소에선 모든 일과가 철저하게 개 중심으로 짜여 있어서 그만큼 더 힘들고 지루하여 하루의 일과가 끝나고 나면 몸은 파김치가 되는 기분이었다.

1개월 동안 보충 교육을 마치고 부대로 돌아왔을 때, 선임 하사는 개와 더 가까워져 돌아온 내가 아니꼬운지, 아니면 자칭 중대 내에서 유일한 개 전문가인 자신에 대한 견제자가 생겼기 때문인지 더 자주 군견 막사 주변에 나타났다. 그리고는 뭐 꼬투리 잡을 것이 없나 해서 눈에 불을 켜고 어슬렁거렸다.

그는 늘 그랬듯이 개를 통해서 나를 괴롭힐 명분을 찾고 있는 것 같았다. 군에서의 얼차려는 군기 확립 차원에서 필요하다고 생각하고 있었기 때문에 모든 것을 각오하고 있는 나였지만 그의 행동은 분명 도를 넘고 있었다. 그는 자신의 부하인 나를 괴롭힘으로써 다른 곳에서 받은 스트레스를 풀고 있는 것 같았다. 분풀이나 한풀이가 아니라면 병적인 것일지 모른다는 생각이 들기도 했다.

개 밥그릇을 들고 피티 체조하기, 완전 군장에 자동차 타이어를 끌며 연병장을 돌게 한 것은 그래도 약과였다. 개 밥그릇이 깨끗하지 못하다는 이유로 툭하면 개 밥그릇을 입에 물려 쪼그려 뛰기를 시키고, 그 개 밥그릇을 깨끗이 씻었는가를 확인하기 위해서 혀로 개 밥그릇을 핥게 하는 것은 인간으로서 존엄성을 무너뜨리는 일이었다.

그는 남을 학대하는 행동으로 위안을 느끼고 있음이 분명해 보였다. 그것이 성장 과정에서 형성된 비뚤어진 인성 때문인지 타고난 성격 때문인지는 알 수 없었으나, 그는 남의 고통을 통해 희열을 느끼는 뒤틀린 성격을 가지고 있는 것이 분명해 보였다.

어쩌면 인격 장애에서 생겨난 보상 심리 때문에 내가 당하고 있는 것은 아닌가 생각하니 더 억울하게 느껴졌다. 아무리 군대라지만 개 취급도 당하지 못하고 있다는 자괴지심이 무겁게 나를 짓눌렀.

나를 괴롭히는 그의 행동은 언제나 개를 빌미로 해서 이루어졌기 때문에 그가 미운 만큼 개도 미워졌다. 아무리 군대 생활이라지만 인간과 동물의 입장이 이렇게 뒤바뀌어서 개보다 못한 취급을 당해야 하는가 하는 생각에 치를 떨었다.

상급자에겐 늘 꼬리를 바짝 내리고 갖은 아양을 떨다가도 신참병들에겐 폭군처럼 군림하며 온갖 욕설과 신체적 학대를 서슴지 않는 그의 행동은 정말 치가 떨리는 일이었다.

그러나 그 시대는 군에서의 위계 질서와 상명 하복의 가치가 절대시되던 시대였기 때문에 나는 말 한 마디 못하고 그의 말에 복종하지 않을 수 없었다. 복종만이 탈 없이 그곳에서의 생활을 마치고 나갈 수 있는 유일한 길이란 것을 잘 알고 있었기 때문에 나는 그의 말대로 '밤송이를 가지고 좆을 까라면 까는' 식의 생활에 적응해 나가지 않을 수 없었다. 그러다 보니 나의 생활은 말이 아니었고, 심지어 먹는 것도 내 의지대로 할 수 없었다.

한 번은 부대 일로 그를 따라 외출했다가 시간이 남아서 밖에서 식사를 하게 되었는데, 그는 무슨 돈이 있었던지 보신탕 집으로 나를 끌고 갔다. 개고기를 싫어하고 먹어 본 적이 없다는 나를 보고 '이상한 놈 다 있네'라는 말 한 마디로 내 의사를 일축하고 개장(보신탕) 두 그릇을 시켰다.

"개에 대한 사랑은 개고기를 먹음으로써 완성된다."

그는 그렇게 말했다. 그의 행동 앞에서 나는 마치 빠져나갈 수 없는 덫에 걸린 한 마리 산 짐승처럼 고개를 꺾었다. 나는 모처럼 그의 호의를 거절했다간 무슨 일이 일어날지 모른다는 두려움 때문에 질끈 눈을 감고 우물우물 개고기를 씹고 말았다.

부대를 돌아왔을 때 우리가 밖에서 무슨 짓을 했는지를 다 안다는 듯 놈은 킁킁 냄새를 맡더니 우리를 보고 컹컹 몇 번 짖어 댔다. 그는 군홧발로 사정없이 놈의 옆구리를 걷어찼다. 군견 관리상에 중대한 규정 위반이었다. 상급자가 보았다면 그는 최소한 남한산성은 가야 할 일이었지만 나는 그의 폭력을 지켜볼 수밖에 없었다.

그가 행정반으로 돌아가고 난 뒤 나는 화장실로 달려가서 먹은 것을 토해내고 말았다. 손가락을 목구멍에 쑤셔 넣어 몇 번이나 토했지만 마음이 편치 않았다. 마치 인육을 먹은 것과 같이 가슴이 답답하고 마음이 불안해서 일손이 잡히지 않았다.

그런데 공교롭게도 선임 하사와 내가 부대 밖에서 개고기를 먹고 난 뒤 사고가 일어났다. 우리 부대가 맡고 있는 철책선이 뚫리는 사고였다.

그날은 마치 내가 개를 데리고 경계 근무를 서는 날이었는데 철책선이 뚫린 것이었다. 그 사고로 인해서 경비 책임자인 중대장은 경질되고 나는 10일 동안 영창에 가게 되었다. 차가운 영창에 갇혀 밤을 새우자니 어머니의 말이 생각났다.

"불심이 깊은 자가 개고기를 먹으면 추기를 맞는대이."

어머니는 수없이 그런 말을 하곤 했다. 이웃 마을에 어떤 사람이 정초에 개고기를 먹고 추기를 맞아 죽었다는 말을 했을 때도 나는 그것이 허무맹랑한 이야기는 아닐 거라고 생각했다.

동물에게도 함부로 할 수 없는 영적인 어떤 힘이 있다고 느낀 것은 집에서 키우던 개가 죽은 것을 보고 나서였다.

그 때 산간마을이었던 우리 마을엔 집집마다 개가 있었다. 우리 집에는 아주 듬직한 황구 한 마리가 있었다. 어머니는 개를 부를 때 '워리'라 했고, 우리들은 '누렁이'라고 했다.

그 누렁이는 반지르르하게 윤이 나는 누런 털에 눈이 크고 선하게 생겨서 마을의 견공들 중에서 귀골이었다. 누렁이는 자식이나 동물들에게 늘 덤덤했던 아버지에게까지 사랑을 받았다. 아버지는 외출했다가 돌아올 때면 어떻게 알았는지 동구 밖까지 뛰어나와서 반긴다고 개를 매우 귀여워했다.

물론 아버지에게만 그런 것은 아니었다. 간혹 내가 밤늦게 집에 돌아오다가 시험 삼아 오리는 좋게 될 거리에서 약한 기침 소리를 내면, 누렁이는 용케도 나의 소리를 알아채고 뛰어왔다. 뛰어와서는 꼬리를 흔들며 나의 구둣발을 핥아 대는 모습이 가슴을 찡하게 할 정도로 감동적이었다.

누렁이는 주인인 우리에게 너무나 충실해서 주인의 잘못된 행동도 이해해 주었다. 어디 가서 뺨 맞고 어디에서 눈 흘긴다고 만만한 게 놈이어서 식구들은 화가 나면 개에게 화풀이를 하곤 했다.

좋다고 달려드는 개에게 발길질을 하고 화를 내면 놈은 머쓱해져 꼬리를 내린 채 깽깽거리며 달아났다가 얼마 뒤 다시 부르면 금방 꼬리를 흔들며 달려왔다. 논밭에 따라가서는 둑에 앉아서 일이 끝나기를 기다려 주기도 했고, 어두운 밤길에 마중을 나오거나 동행해 주기도 하며 심지어 빨래터에까지 따라가서 일이 끝날 때까지 기다려 주기도 하는 우리집 식구의 친구고 충직한 종이었다.

그런데 어느 날 어머니는 갑자기 개를 장에 내다 팔라고 했다. 개는 한 집에서 7년을 넘기면 요물이 된다고 했다. 그래서 주인의 마음까지도 다 알아서 무슨 일이 생길지 모른다며 장에 내다 팔아야 한다고 했다.

우리는 개를 내다 팔기가 너무 아쉬워서 망설이고 있었다. 그런데 얼마 뒤 어머니의 말을 증명이라도 하듯 이웃 마을에서 집을 뛰쳐나온 도사견 한 마리가 주인집 딸아이를 사정없이 물어뜯다가 신고를 받고 출동한 경찰의 총에 맞아 죽는 일이 있었는가 하면, 종류를 알 수 없는 개 한 마리가 발정만 하면 그 집 안주인과 과년한 딸아이에게 물건을 드러내고 자꾸 뛰어오르는 바람에 그 집 주인 남자에게 몽둥이로 맞아 죽은 일도 있었다.

그때에도 어머니는 혀를 끌끌 찼다. '왜정 시대에 우리나라에 나와 있던 한 일본인 여자가 남자가 오래 집을 비우는 사이에 개를 데리고 잤다가 개를 낳았다 안 카나'는 말을 하면서 개를 내다 팔라고 했다.

"개는 귀신도 볼 수 있는 눈이 있다고 안 카나. 야야, 개는 늙으면 요물이 된대이."

　그때는 어머니의 말이 허황하게만 들렸지만, 그 뒤 많은 세월이 지나고 서양의 어느 상징학자가 쓴 책에서 '개는 보이지 않는 것, 잠재의식과 무의식을 알아보는 능력을 지녔다'고 말한 내용을 읽으면서 놀란 적이 있었다.

　세계의 여러 나라 원신 신화에서, 개를 낮엔 인간의 친구로 밤엔 죽음의 안내자로 보고 있는 요망스런 개의 전설에 대한 글을 읽었을 때도 어머니의 말이 떠올랐다.

　어머니의 말이 있은 뒤 누렁이는 마치 그간의 이야기를 다 알고 있다는 듯 사람을 보면 슬슬 자리를 피하거나 마루 밑으로 숨어서 모습을 잘 드러내려 하지 않았다. 장날이 되어서 우시장에 몰고 가려 하자 누렁이는 꽁무니를 빼면서 끌려가지 않으려 발버둥을 쳤다.

　지금까지 그에게 밥을 주었던 형수는 아쉬운 듯 잠시 눈물을 글썽였다. 형수가 정을 떼려는 듯 부엌에서 부지깽이를 들고 와서 엉덩이를 내려치자 누렁이는 체념한 듯 꼬리를 내린 채 집 밖으로 끌려 나갔다.

　누렁이는 이웃동네 개장수에게 팔렸다. 그 개장수의 집은 내가 학교를 가는 길 옆에 있었기 때문에 그 다음날 철창 속에 갇혀 있는 누렁이를 볼 수 있었다. 누렁이는 나를 보고 꼬리를 흔들었다. 그런데 창살 속에 갇힌 그의 눈은 모든 것을 체념한 듯 너무나 슬프게 보였다. 원망하듯, 체념한 듯 담담히 나를 쳐다보던 그의 눈이 마음에 걸려서 나는 날마다 그 집 앞에서 발길을 멈추었다 오곤 했다.

　그런데 며칠 뒤 학교를 마치고 누렁이가 궁금하여 그 집 앞으로 달려갔는데 사람들이 모여 있었다. 아버지의 모습도 보였다. 누렁이가 갇혀 있던 우리는 비어 있고 개 한 마리가 나뭇가지에 축 매달려 있었다. 우리 집 개였다. 핑 눈물이 돌았다. 잘은 알 수 없었지만 나는 그때 처음으로 산다는 것의 허망함 같은 것을 어렴풋이 느낄 수 있었다.

그 집 주인이 시퍼런 칼을 가져와서 입에서부터 껍질을 벗기기 시작했다. 껍질이 칼에 의해 벗겨질 때 나는 마치 내 껍질이 벗겨지는 것 같은 아픔과 애처로움을 느꼈다. 배가 갈라지고 내장이 쏟아져 나오는 것을 보고 나는 더 이상 볼 수가 없어 눈물을 흘리며 집으로 뛰어왔다. 비어 있는 개 집이 너무나 허전해 보였다. 그리고 온 집이 텅 비어 있는 것 같은 공허가 밀려왔다.

아버지가 동네 사람들과 함께 섞여서 개고기를 먹고 있을 거라는 생각을 하니 아버지가 미워졌다.

어머니는 아버지에게 밖에서 개고기를 먹지 말라고 했으나 아버지는 상관하지 않았다. 그런데 묘하게도 아버지는 그 다음날 밭에 나갔다가 발을 헛디디는 바람에 언덕 아래로 떨어져 허리를 다친 일이 일어났다. 나는 다시 한번 어머니가 했던 말들이 미신만은 아니라는 생각을 했다.

남한산성의 밤은 춥고 어두웠다. 고통스럽게 영창의 벽에 몸을 기대고 있을 때 그날 애처롭던 우리 집 개의 모습이 떠올랐다.

영창에서의 열흘 동안은 줄곧 개에 대한 생각을 하면서 보냈다. 영창 생활을 마치고 부대로 돌아왔을 때, 개는 나를 보고도 눈을 멀뚱거리며 입이 째지도록 하품을 했다.

놈의 행동을 못마땅하게 쳐다보고 있는데 그때 마침 내가 없는 동안 먹이를 가져다 준 옆 견사의 관리병이 왔다. 놈은 연방 꼬리를 흔들어댔다. 아무리 동물이지만 그럴 수 있나 싶어 슬그머니 놈이 미워졌다.

 개라는 놈은 저렇구나. 내가 없는 열흘 사이에 놈은 자신에게 먹이를 자져다 준 사람에게 친숙해져서 연방 꼬리를 흔들고 있는 모습에서 놈에 대한 배신감을 느꼈다.

 개라는 동물은 인간과 마찬가지로 때로는 간사하고 때로는 교활하며 눈앞의 이익에 매달리는 속성을 지니고 있는 것 같았다. 옳고 그름을 판단하지 못한 채 오직 권력자인 주인의 말에만 복종해 무모하게 다른 동물을 쫓는다. 그러다 결국은 충성을 바쳤던 주인에게서 죽음을 당하는 것이 운명일지 모른다.

 함께 살던 노부부가 죽자 며칠 동안 짖어 대며 밥도 먹지 않다가 집을 나가 버렸다는 순정적인 놈도 있기는 하지만, 대부분의 개들은 현실적이며 맹목적이기 때문에 권력 지향적이다. 그래서 권력에 아부하는 속성과 오직 욕망에만 충실한 탐욕의 화신으로서 진흙탕 속에서 서로를 물고 뜯는 근성을 지니고 있다. 온건하고 평화적인 것보다는 먹이를 쫓고 그것을 사냥해 피를 보고 희열하는 늑대의 야성을 피 속에 갖고 있을 것 같았다.

 "개의 영역을 떠날 때는 침착하라. 돌아서서 뛰지 마라. 계속 개를 지켜보면서 서서히 뒤로 물러나라. 만약 등을 보이고 걸어간다면 개는 그것을 나약함으로 이해할 수도 있다는 것을 명심해라. 만약 개가 따라오는 것 같으면 개와 얼굴을 마주보고 그 자리에서 움직이지 마라. 그리고 크고 화난 목소리로 '꺼져!'라고 외쳐라. 결코 몸을 뒤로 젖히지 마라. 뒤로 움직이는 어떤 행동도 개에게는 두려워하는 것으로 보일 것이기 때문이다."

 군견 관리병 교육을 받을 때 교관이 누누이 강조하던 말이 생각났다.

'인간에게 사육 당하면서 인간이라는 권력자에 순종해 삶을 살아가는 간사한 아부의 근성과 우둔한 충직성이 굳어졌을지도 모른다. 놈에 따라서 더 기회주의적인 놈이 있고 욕구에만 충족한 놈이 있는가 하면, 한번 물면 놓지 않는 미련한 놈도 있다. 내가 관리하는 저놈도 마찬가지다. 저놈이 무슨 지조가 있고 의리가 있겠는가, 저놈의 지금 저 행태에서 볼 수 있듯이 만약 상황이 바뀌어 놈이 다른 사람의 손에서 길들여진다면 놈은 주인인 나를 향해 이빨을 드러내고 나의 몸을 갈기갈기 찢어 놓으려 할지도 모른다. 오직 먹을 것에만 충실한 것이 놈의 야성이 아닐까?'

여러 가지 생각이 머리를 훑고 갔다. 나는 그날 놈에게서 받은 배신감을 삭이면서 참으로 많은 생각을 했다. 그리고 세월은 흘렀다. 나는 놈과 함께 울고 웃으면서, 나의 직속 상관이었던 박희조 선임 하사에게서 시도 때도 없이 개보다 못한 수모를 당하면서 세월은 흘러갔다.

마침내 복무 기간도 끝났다. 제대 신고를 하고 부대를 떠나던 날 부대가 있는 쪽으로는 돌아보지도 않겠다는 생각을 했다. 그래서 선임 하사 박희조가 그의 주소와 전화 번호를 적어준 쪽지를 부대 앞 정류소에서 갈기갈기 찢어 버리고 고향으로 가는 버스에 몸을 실었다.

그런데 이 무슨 인연인가, 그를 같은 회사에서 다시 만나다니. 그것도 개로 인한 무슨 인연이 있어서 오늘 오후에 재현되고 있다는 말인가. 그것도 내 발로 암내 난 개를 데리고 이 살벌한 개사육장에까지 와서 교미를 붙여야 하는 상황이 벌어져야 했다는 말인가, 참으로 묘한 인연이다.

인간의 인연이란 참으로 질기구나, 하는 생각을 하면서 차를 몰았다. 창 밖으로 어둠이 내리고 멀리 산들은 어둠 속으로 하나 둘씩 몸을 감추고 있었다. 집으로 돌아오는 길에 마음이 편치 않았다. 도심으로 접어들면서 오고가는 사람들이 온통 개의 환상으로 뒤덮였다. 지난 밤 암내 난 개 때문에 잠을 설쳤는지 아내는 잠든 개를 안고 뒷자리에 기대어 졸고 있었다.

순간적이기는 하였지만 교미를 붙일 때 내뱉던 미끈거리는 박희조의 어투가 불쾌해서 약간은 화가 나 있는데 개마저 그놈의 수캐에게 눌리고 나서 조용해진 것을 보니 은근히 미워졌다. 마치 자신이 낳은 아이마냥 개를 다정히 안고 있는 아내의 모습을 보니 그 동안 개로 인해서 겪었던 일들이 다시 머리에 떠올랐다.

어린 시절 구석구석 묻어 있는 누렁이와의 진한 추억에도 불구하고 군에서 개에 대한 기억 때문에 다시는 개를 쳐다보기도 싫었다.

그런데 어느 날 한 마디 상의도 없이 아내와 딸아이가 어디에서 개를 얻어다 놓았을 때 나는 매우 언짢은 표정을 지으면서 아내의 경솔함을 나무랐다. 그러나 아내와 딸은 합세하여 오히려 나를 나무라며 역정을 냈다.

나는 아내와 딸아이의 항변에 밀려 원치 않는 개와의 동거가 시작되었다. 토종개들은 그래도 우리 것이라 친숙함이 있었는데 '퍼거'란 이름을 가진 이놈은 털이 북슬북슬한데다가 볼이 축 처지고 심술궂게 생겨 정이 들지 않았다.

아파트에서 개를 기른다고 이웃집으로부터 눈총을 받아야 했고, 우리 집을 찾아오는 사람들로부터 이상한 냄새가 난다는 말을 듣곤 했다. 개 알레르기가 있는 사람은 현관문을 열기도 전에 재채기를 해

대곤 했다.

　나는 다른 사람들에게 좋지 않은 인상을 줄 수 있으니 개를 키우지 않는 것이 좋겠다는 말을 했으나 아내는 '그런 비정상적인 사람들 때문에 우리가 왜 개를 키울 수 없느냐?'며 거세게 대들었다. 딸아이는 언제 개하고 그렇게 정이 들었는지 개를 키우지 말자는 말에 눈물까지 글썽이며 개를 데리고 제 방에 들어가서 나오지 않았다. 말을 꺼냈다가 본전도 못 찾고 꼴만 이상하게 되었다.

　아내와 딸아이는 개 키우는 재미에 빠져서 집안일은 뒷전이었다. 봄 가을 일 년에 두 번씩 털갈이를 할 때면 털을 깎아 주기도 하고 날마다 빗질을 해 주면서 야단을 떨었지만, 온 집안에 털이 날렸고 식기에까지 털이 묻어 나왔다. 심지어 놈이 침실에까지 들어와 잠을 잤지만 나는 말 한 마디 못하고 속으로만 끙끙거려야 하는 일이 한두 번이 아니었다.

　아내는 무엇이 그리 신명이 나는지 외출했다가 돌아올 때는 개 먹을 것을 먼저 생각했고, 어쩌다 부부 동반 모임에 가거나 회사 가족들 야유회 같은 데 가게 될 때도 아내는 채신머리없이 식사가 채 끝나기도 전에 남은 고깃덩이를 주섬주섬 챙겨 비닐봉지에 넣는 바람에 남편으로서 낯뜨거운 일이 한 두 번이 아니었다.

　아내는 때론 남편인 나의 와이셔츠 한 벌 사는 것도 아까워 벌벌 떨면서 한 벌에 4~5만원이 넘는 옷을 사다가 개에게 입히는가 하면 뼈다귀 대용으로 씹으라고 개껌을 사다가 씹히고, 하루가 멀다고 목욕을 시키는 꼴이 좀 심하다 싶어 눈살이 찌푸려졌지만, 개를 기르는 것이 아이들에게 동물을 사랑하는 마음을 길러 주고 건전한 생활에 도움이 될 것 같아서 이해하려고 노력했다.

　하지만 개에 대한 아내의 행동은 분별력을 잃고 있었다. 그 중에서 가장 기분이 상한 것은, 아침잠이 많아 출근 때에 남편의 아침밥은 잘 챙겨 주지도 못하는 사람이 자다가도 개가 끙끙거리면 잽싸게 일어나서 오줌을 누이고 먹을 것을 챙겨 주곤 하는 것이었다.

내가 놈을 싫어하는 이유 중에 하나는 놈이 수놈이다 보니 발정을 하면 아내 곁에 머물며 아내에게 뛰어오르곤 하는 것이었다. 퍼거란 놈은 원래 모양새가 입이 쫙 벌어지고 볼이 축 처진 것이 심술궂고 흉측스럽게 생긴데다가 애완견치고는 비교적 덩치가 큰 편이었다. 그러다 보니 몸이 점점 커지면서 그 모습도 더 징글맞고 흉측해서 놈을 보는 마음이 편치 않았다. 그런데 못된 개 부뚜막에서 뭐 내어 놓는다더니, 놈은 발정만 하면 물건을 늘어뜨린 채 끙끙거리며 아내의 다리를 핥고 무릎 위에 뛰어오르는 행동을 하는데 보기가 참으로 민망스러웠다.

놈은 내가 그를 좋아하지 않는다는 것을 용케도 알고 있었다. 나만 보면 눈치를 살피고, 불러도 슬슬 꽁무니를 빼면서도 딸아이나 아내만 보면 달라붙어 살살거리며 꼬리를 흔들어 댔다.

식사 때에도 아내와 딸아이만 식탁에 있을 때는 놈은 먹을 것을 달라고 그 주변을 맴돌다가도 내가 식탁에 앉으면 꼬리를 내린 채 제자리로 돌아갔다. 그것을 보고 아내는 '개도 사람을 알아보아서, 인정머리 없는 당신에게는 접근하지 않는다'며 빈정거렸다.

놈이 집에 들어온 지 2년이 지난 어느 날이었다. 아내가 놈을 데리고 재래 시장에 가서 제 놈에게 줄 생선 몇 손을 사는 사이 암놈을 따라 가 버린 거였다. 그날 밤 늦게까지 아내는 시장 구석구석을 뒤졌지만 놈을 찾지 못했다. 아내는 매우 실망하는 눈치였다. 마치 믿고 사랑했던 사람이 자신을 버리고 가 버린 것처럼 괴로워하며 잠을 이루지 못했다.

나는 마치 앓던 이를 빼 버린 것처럼 속이 시원하였지만 내색은 못하고 아내의 표정만 살피고 있었다. 이 기회에 다시는 집에 개를 들여놓지 말아야겠다고 생각하고 있는데, 딸아이가 어디에서 또 요크셔테리언가 뭔가 하는 개 한 마리를 얻어왔다. 눈과 입이 온통 부숭부숭한 털 속에 묻혀 요망스러운 모습이었다.

암놈이라서 관리가 좀 쉽지 않겠나 생각했는데 그게 아니었다. 암놈이라서 생리 때가 되면 누가 채워 주었는지 꽁무니에 생리대를 차고 뒤뚱거리는 모습은 보아 넘기기 힘들었다. 그러던 것이 이번에는 우리가 지방으로 이사를 하고 나서 일주일이 채 안 되어 암내를 냈다. 이리 저리 전화를 해서 요크셔테리어 수놈이 있는 곳을 찾았는데 그곳이 바로 '애견의 집'이었다. 첫 교미는 아내가 개를 데려가서 붙였는데 잘못되어 다시 그 집을 찾게 된 것이다.

차들이 많은 거리로 나와서도 나는 그에 대한 생각을 떨치지 못했다. 안내문만 보고 덜컥 그 개 사육장을 찾아간 것이 후회스러웠다. 생각지도 않았던 장소에서 그를 만나 당혹스러웠던 그 순간이 다시 뇌리에 떠올라 마음이 어두워졌다.

집으로 돌아와서도 개는 교미 후의 나른함 때문인지 먹을 것을 주어도 입에 대지 않은 채 바닥에 엎드려 움직이지 않았다.

월요일 아침 며칠 만에 또 비가 내렸다. 지루하던 장마가 끝났나 했는데 또 비가 내렸다. 비 때문에 차들이 거북이걸음을 하고 있었다. 회사 정문 앞에는 과격 노조원들이 벌써부터 길을 막은 채 구호를 외치고 있었다.

그가 보였다. 박박 깎은 머리에 두른 붉은 띠를 두른 그가 선두에 서서 노조원들의 행동을 선동하고 있었다. 행동으로 보아 직장 폐쇄

든 파산이든 끝까지 가보자는 모양이었다.

　휴일을 지내고 왔으나 사무실의 분위기는 무겁게 가라앉아 있었다. 다른 업체에서도 파업 사태는 타결의 기미가 보이지 않고 더 깊은 수렁 속으로 빠져들고 있는 것 같았다. 고속 도로를 막고 선 화물차의 긴 행렬과 노조원들이 회사 사무실에 신나를 싣고 돌진해 폐허가 되다시피 한 어느 업체의 참혹한 현장이 신문마다 크게 실려 있었다. 노조와 맞서던 외국계 회사가 한국에서 공장을 철수했다는 기사도 실려 있었다.

　오후 무렵 우리 회사의 부품 납품 업체 중에서 과격 노조의 공장을 폐쇄했다는 소식이 전해지면서 사무실 분위기는 더 어둡고 우울한 분위기에 싸였다.

　시간이 지나면서 사무실 건물 앞 광장은 마치 전쟁터를 방불케 할 정도로 무질서하고 광란적인 분위기로 바뀌었다. 일부 노동자들은 자신이 만들던 제품 위에 올라가서 그것을 밟고 부수는가 하면 심지어 해머로 생산라인의 기계를 부수기도 하였다. 파업의 팽팽한 줄다리기가 며칠째 계속되면서 노조원들은 더 난폭해졌다.

　"독재 재벌 김구태 회장은 자폭하라!"

　"악덕 재벌 처단하여 평등 분배 이룩하자!"

　"노동자의 피를 빠는 흡혈귀 사장놈을 처단하자!"

　섬뜩하고 살기를 띤 원색의 구호들이 적힌 현수막과 대형 걸개 그림이 내걸려 있는 사무실 건물 앞 광장에는 고성능 스피커가 회사를 비방하는 성난 음성을 토해내고 있었다.

　회사측의 여러 차례 양보와 후퇴에도 불구하고 노조측에선 그들이 정해놓은 선을 한 치도 양보하지 않았다. 그들은 양보 없이 회사측의 굴복만을, 양보만을 주장하며 앵무새처럼 같은 말을 반복하다 보니 모든 것은 제자리에서 맴돌 뿐이었다.

어렵사리 합의 사항에 접근했다가도 노조의 상급 단체에서 마련한 투쟁 일정에 따라서, 다시 합의 사항을 뒤엎기 일쑤였고, 기본급 20% 인상, 상여금 100% 인상, 성과금 200% 고정 지급 등의 임금 인상 요구 외에 근무 조건은 후퇴 없는 주 40시간 근무 및 노조의 경영 참여, 고용 안정 협약 체결 등을 요구하며 연일 강경 투쟁으로 이어 갔다.

점심 시간 동안 잠시 조용하던 광장은 오후 2시쯤 다시 소란해졌다. 갑자기 더 왁자지껄해진 소리가 나서 밖으로 뛰어나갔다. 현관 앞 광장에 사람들이 뼁 모여 서 있고 모두가 본관 건물 옥상을 올려다보고 있었다. 누군가가 옥상 난간에 올라가서 투신 소동을 피우고 있었다. 아차, 하는 급한 마음에 자세히 쳐다 보니 놀랍게도 박희조였다. 그는 미리 준비해 간 유인물을 뿌리며 손을 높이 들어 만세 삼창을 했다.

"위대한 노조 만세! 결사 투쟁! 죽는 날까지 투쟁하자!"

그는 금방이라도 뛰어내릴 듯한 자세로 계속 구호를 외쳐 댔다. 기본금 5천만 원에 잔업 수당까지 합치면 연 7-8천만 원은 좋게 받는 그가 마치 노동 착취의 대상, 피해의 당사자인 양 악을 쓰고 있는 것이 이해되지 않았다.

그는 이성을 잃고 있었다. 마흔아홉이란 나이에 그는 앞뒤를 구별 못하는 성난 개처럼, 오직 기선 제압, 상대방을 먼저 물어 기선을 제압하려는 투견처럼 사나운 이를 드러내고 울부짖고 있었다. 마치 '물어라!'는 주인의 말 한 마디에 자신의 온몸을 던져 투신하는 투견의 광기를 보여 주고 있는 것 같았다.

'물어라! 그러면 너희들의 세상이 될 것이다!'라는 주인의 말 한 마디에 스스로를 던지는 맹렬한 그 투견의 근성으로 허공을 바라보고 있었다.

"위대한 노동자 만세!"

구호와 함께 두 손을 치켜들더니 허공에 몸을 던졌다.

허공을 주시하는 수많은 노동자들의 입에서 비명이 터져 나왔다. 순간적으로 노동자들의 함성이 악을 쓰듯 더 거칠어졌다.

뒤통수를 얻어맞은 것 같이 아찔해지면서 현기증이 일어났다. 개는 주인을 닮는다고 했는데, 그때의 그 개와 그가 닮았다는 생각이 들면서 며칠 전에 그의 개 사육장에서 보았던 사나운 개떼의 환상이 겹쳐왔다. 그리고 노동자의 함성과 개 짖는 소리가 뒤섞였다.

한 놈이 짖으니 덩달아 짖어 대던 사육장 개들의 집단주의적 살육의 광기를 떠올리며 고개를 들었을 때 노동자들은 어디론가 우르르 몰려가고 있었다.

생각해 보니 그랬다. 어린 시절 시골집에서 기르던 그 순진한 누렁이도 동네 개들과 무리를 지어 뛰어놀 때는 내가 불러도 잘 오지 않던 그 떼거리 근성이 떠올랐다. 사무실로 돌아오는 계단을 오르면서도 나는 박희조의 행동에서 오직 본능에만 충실한 개의 환상을 지울 수 없었다.

그가 병원에 실려 가고 노동자들의 구호와 시위는 더 거칠어졌다. 엎친 데 덮친 격으로 그 날 오후 노조 사무실에 그가 키우던 경비견 한 마리도 노조원들이 던진 화염병에 놀라 노조원을 물고 달아난 일이 일어났다. 화난 개가 누구를 또 물지 모른다는 우려에서 개를 찾아 나섰으나 개의 행방은 묘연했다.

며칠이 지나도록 개는 나타나지 않고 노조 사무실 앞에는 '개를 찾습니다'라는 전단만 나붙어 있었는데, 나는 그 전단지를 볼 때마다 그 말이 마치 옥상에서 투신한 박희조를 대신할 충직한 강성 노조 대의원을 찾는다는 말 같기도 해서 마음이 씁쓸해졌다.

(문예운동2006년 가을호)

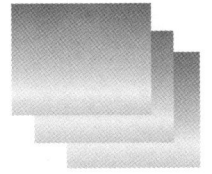

잔상, 그 비탈에 서다

잔상, 그 비탈에 서다

 이주 문제로 상의할 것이 있으니 급히 다녀가라는 연락을 받은 것은 밤늦은 시간이었다. 이런 저런 생각으로 밤잠을 설친 나는 오전 근무를 끝내자마자 서둘러 서울역으로 향했다.
 서울역에서 울산역까지 새마을호 기차를 타고 오는 다섯 시간 반 동안 나의 머리를 떠나지 않은 것은 고향집에 대한 생각이었다. 역에 내려 공단으로 가는 버스를 탔다. 버스가 강을 건너서 탁 트인 산업도로로 접어들 때 산자락을 끼고 누운 바다엔 이미 땅거미가 깔리고 있었다.
 마을은 이주 사업이 시작되어 시든 풀잎처럼 쓸쓸했다. 이미 이주를 해간 집들은 포탄이 스쳐간 참호처럼 무너져 콘크리트 벽 사이로 앙상한 골조들이 여기저기 입을 벌리고 있었다.
 철지난 수숫대들이 바다 쪽으로 고개를 숙이고 선 밭길을 지나니 나의 고향집은 언제나 그랬듯 나직이 바다 쪽으로 엎드려 있었다. 바다 내음이 진득하게 배어 있는 돌담을 돌아 문 앞에 섰을 때 골목에서 불어오는 찬바람이 내 몸을 휘감았다.
"야야, 잘 왔대이, 글찮아도 난 행여 니가 몬 오는 거나 아닌가 하고 있던 참이다. 내일은 마을 골매기 천도제를 올리는 날이고 해서 너거 아부지 몰래 니한테 연락을 한기다."
어머니의 말은 여느 때처럼 분명했지만 희미한 백열등 아래 드러난 잔주름 뒤엔 가늠할 수 없는 수심이 묻어 있었다.
이주가 시작되기 전까지만 해도 어머니는 이주 문제에 대해서 크게 걱정하는 기색을 보이지 않았다. 그래도 어떻게 되겠지 설마 산사람을 쫓아내기야 하겠나, 하는 것이 어머니의 생각이었다.
그러나 막상 보상비가 지급되고, 한 집 두 집 이주를 시작하고 나서부터 어머니로서도 초조해지는 마음을 어쩔 수 없었던 모양이다. 비록 자진 철거 마감일까지는 아직 몇 개월이 남았다 하더라도 아버지의 고집에 눌려 이러지도 저러지도 못하고 있다 보니 어머니의 수심은 깊어질 수밖에 없었다.
전답깨나 가졌던 사람들은 이주 보상비로 적어도 몇 억씩은 받을 수 있어서 별로 문제될 것이 없었다. 그들은 가까운 울산이나 부산 등지로 나가서 그런대로 구멍가게 하나는 구입할 수 있었다. 빌딩이나 목욕탕을 구입할 수 있을 정도의 자금이 되는 사람도 더러 있었다.
그러다 보니 개중에는 '차라리 잘 되었다. 그 따분하고 일에 진저리나는 촌놈의 땟물을 훌훌 벗어 던지고 늦게나마 손에 흙 안 묻히고 살 수 있어 차라리 잘 되었다'고 생각하는 사람도 있었다.
그러나 물려받은 것이라곤 조그만 집 한 채와 문중 묘답 몇 마지기뿐이었던 아버지는 이주 보상비만으론 전세방 하나 제대로 마련할 수 있는 처지가 되지 않았다. 게다가 대추씨 같이 꼬장꼬장한 성질을 가진 아버지에게 이주 사업 그 자체부터가 성미를 건드리는 일이었고, 더구나 선산의 조상들을 일으켜야 한다는 데 분을 삭이지 못하고 있었다. 설령 잡혀 가는 일이 있더라도 선영이나 집을 비워줄 수 없다고 완강하다 보니, 아버지의 성질을 손바닥 같이 알고 있는 어머니로선 속으로 애만 태울 뿐 어찌할 수가 없었다.

　더구나 자식으로서 마땅히 부모를 모셔야 함에도 불구하고 거기에 대한 일언반구도 없이 처가 그늘에 묻혀 제 여편네 눈치나 흘금흘금 살피고 있는 나를 보고 어머니는 적잖은 실망을 했을 것이다. 그러나 어머니는 내 앞에서 단 한 번이라도 그로 인해 서운해 하는 표정을 보인 적이 없었다.

　거기엔 어머니대로의 다른 어떤 현실적 판단을 하고 있었기 때문인지는 알 수 없었지만, 삭막한 도시 바닥에 끌려가 유리알 같은 도시 며느리 밑에서는 단 하루도 지낼 수 없다는 생각을 갖고 있었던 것만은 분명해 보였다.

　나도 사실은 부모님의 이주 문제만큼 걱정스러운 것이 없었고, 그래서 여러 가지로 생각해 보았지만 별 뾰족한 수가 없었다. 부모님의 반대는 그렇다치더라도 문제는 마누라였다. 어쩌다 부모님의 이주 문제에 대한 말을 꺼내면 자다가 송충이라도 씹은 표정을 짓곤 하는 마누라의 성깔에 밀려 했던 말을 도로 주워 담기 일쑤였다. 그러다 보니 부모님 앞에서 헛말이라도 속 시원하게 내가 모시겠다는 말 한 마디 하지 못 하는 처지고 보니, 집으로 향하는 발걸음은 언제나 무거울 수밖에 없었고, 부모님을 뵙기가 여간 면구스러운 것이 아니었다.

　그런데 어쩌다 기어들어가는 소리로 말이라도 꺼낼라치면 어머니는 내 마음을 먼저 읽기라도 한 듯 나의 말을 막았다.

"야야, 도시에선 하루도 몬 산다. 뭐니뭐니 캐싸도 지 살던 땅에 뼈 묻는 게 최고 복이대이."

어머니는 늘 그런 식으로 내 말의 핵심을 피해갔다.

이번에도 예외는 아니었다. 멀리 서울에서 이곳까지 몇 백 리를 달려왔어도 그저 어머니의 말을 듣고 있을 수밖에 없었던 것이 내 처지였다.

"니 생각은 어떤지 모르겠다만, 너거 돌엄마도 이번 천도제에 함께 모셔 드릴라 칸다. 산은 하루가 다르게 헐리어 가고…… 인자 어쩔 수 있어야제."

전에도 언젠가 어머니로부터 돌엄마의 처리 문제에 대해서 들은 바 있어서 별 놀라운 일은 아니었지만, 나는 왠지 모르게 심장이 굳어지는 것 같은 무거운 마음에 입을 열 수가 없었다. 말은 하지 않았지만 마을 앞 불모산 일대의 공단 부지 확장 사업이 착수되면서부터 어머니의 또 다른 걱정은 불모산 돌엄마에 대한 것이었다. 돌엄마라고 해보았자 그것이 한낱 바윗덩이에 지나지 않았지만, 어머니에겐 오랜 세월 동안 깊은 신앙의 대상이었기 때문에 생명처럼 숭엄한 것이었다.

마을 앞 불모산은 오래 전부터 마을의 영산으로 알려져 왔다. 불모산신은 마을의 수호신으로서 마을을 재난으로부터 막아준다는 것이 마을 사람들의 한결 같은 믿음이었다. 신라 때 어느 임금이 나라에 창궐하는 질병을 물리치고자 이 산에 와서 제사를 올리고 가서 백성을 구했다는 전설이 있는 것을 보면, 마을 사람들의 이러한 믿음을 결코 터무니없는 것이라 할 수는 없었다.

또 한 가지 신기한 것은 마을에 어떤 변고가 있을 때에는 이른 새벽이나 늦은 달밤이나 산은 온통 운무에 가려지고 그 속에서 산이 운다는 것이었다. 태풍 사라호가 불어왔을 때도 마을의 가옥이나 한 사람의 인명도 피해를 입지 않았던 것은 불모산 때문이었다고 믿고 있는 사람이 많았다.

그러한 불모산이고 보니 마을 사람들이 불모산의 공단 편입을 반대하고 나선 것은 당연한 일이었다. 불모산 공사 착공을 반대하는 마을 사람들의 시위가 몇 번이나 벌어졌지만, 그때마다 공권력에 밀려 마침내 불모산 공사는 시작되고 말았다.

누구보다도 불모산 개발에 경악과 우려를 금치 못한 사람은 어머니였다. 어머니는 불모산 공사로 인해 마을에 덮칠 재앙을 깊이 우려하고 있었던 것이다. 사실 불모산이 헐리고 나서 이러한 어머니의 우려는 현실로 드러나고 말았다. 신기하게도 공사가 시작되고 나서 마을에 크고 작은 사건이 연이어 일어난 것이 그것이었다.

아비가 누구인지 모르는 무당의 딸 진숙이가 나일론 공장 타이어 코트더미에 깔려 죽은 것이나, 나의 당숙 학수 아재가 현대 조선소 골리앗 크레인에서 떨어져 변을 당한 것도 불모산이 헐리고 난 한 달 사이에 일어난 사고였다.

사람들은 무당의 딸이 부정을 탔느니, 학수 아재가 친구의 장례식에 갔다가 '나도 곧 따라갈 테니 잘 가라'라고 한 말이 입방정 맞아 죽었다느니 수군거렸지만 어머니의 생각은 달랐다.

"너거 당숙은 추기를 맞은 거대이. 너거 아재가 죽을라꼬 씌었던 기 분명한 기라. 분잰가 뭔가 한다꼬 불모산 산신당에 있던 돌을 가져다 화분 받침대로 썼다 안 카나. 죽을라꼬 씌어도 지지리도 씌었째…."

어머니의 말처럼 그러한 일들이 부정을 탔거나 추기를 맞아서 일어난 참변이라고 단정할 수는 없었지만, 언제부턴가 자연엔 보이지 않는 어떤 영적인 힘이 있을 것이라고 믿고 있었던 나로서는 그것을 부정하고 싶지는 않았다.

그러한 사고가 난 뒤부터 마을의 민심은 극도로 흉흉해졌다. 마을에 남아 있다간 혹시 자신도 변을 당할지 모른다는 생각에서 서둘러 마을을 떠나는 사람들이 늘어났고, 그러한 분위기로 해서 마을은 퇴락해 가는 흉가의 뜨락과 같았다.

괄괄한 성질로 말대가리란 별명을 가진 무당 병산댁은 입에 거품을 물고 만나는 사람마다 열을 올렸고, 해거름에 흰옷 입은 노인이 바다 쪽으로 울고 가더라는 등, 그녀의 입을 통해 나온 말은 아낙네들의 입을 건널수록 부풀려져 마을은 온통 벌집 쑤셔놓은 듯 뒤숭숭했다.

그러나 단 한 사람 김판수의 아들 헌배만은 사정이 달랐다. 그의 아버지 김판수는 어려서부터 이 집 저 집 전전하며 머슴을 살았었는데, 서른이 넘어 마을의 과수댁 월선네와 배 맞아 낳은 아들이 바로 헌배였다. 야간 공고를 졸업하고 공사판을 전전하던 그가 몇 해 전 공단 관리 사무소에 자리를 얻은 것은 마음씨 좋은 이장 어른의 추천이 있었기 때문이었다.

헌배는 나보다 두 살 연배였지만 어린 시절부터 고추친구로 한때는 나와 아주 친했다. 그래서 나는 누구보다 그를 잘 이해하고 있었다. 그러나 그는 근래에 태도가 많이 변해 있었다.

무당의 딸 진숙이가 죽었을 때는 몹시 서운해하더라는 이야기는 들은 바 있었다. 그러던 그가 달포 전 공단 사업소 직원들과 함께 아버지를 찾아와 공사에 지장이 된다며 산소를 이장해 달라고 조르다 아버지가 던진 놋재떨이에 손등이 맞아 피를 흘리며 돌아갔다는 말을 듣고는 고소를 금치 못 한 적이 있었다.
　그것도 그럴 것이 조상의 산소와 묘답 지키는 것을 자신의 마지막 의무로 생각하고 있었던 아버지로선 무례하기 이를 데 없는 헌배가 눈엣가시와 같이 여겨졌을 것이기 때문이다.
　그러나 사실은 아버지의 헌배에 대한 미움은 그가 공단의 앞잡이가 되어 나쁜 짓을 도맡아 하고 다닌다는 데 더 기인하고 있었다. 그가 공해 감신가 뭔가 한답시고 공장을 돌아다니며 하라는 공해 감시는 안 하고 자기 잇속만 챙긴다는 소문이 나면서부터 아버지에게 밉보이기 시작했다.
　"그놈이 공해 배출을 눈감아 주고 흥정을 벌린다는군 그랴. 그러니까 밤만 되면 저놈의 공장들이 낮에 가두어 두었던 공해를 저렇게 내뿜고 있는 거 아이가. 비가 오면 폐수를 무단으로 방류허지를 않나. 그래 저놈들이 짜고서 공해 측정 컴퓨턴강 뭔강 하는 것도 조작을 한다고 안 카나."
　어쩌다 헌배에 대한 말만 나오면 아버지는 당장 요절이라도 내놓고 싶다는 표정으로 눈에 핏발을 세웠다. 이러한 아버지의 분노가 커짐에 따라 아버지의 마음은 더 요지부동으로 굳어지고 있는 듯했다.
　하나 둘 이주를 해 가기 시작했을 때도 아버지는 막무가내였다. 공단 사무소로부터 이주 보상금을 찾아 가라는 연락이 왔을 때도 아버진 수령을 거부했다.
　"저놈들 땀새 조상의 뼈를 옮길 수는 없다. 내 눈에 흙이 들어가기 전에는 절대로 안 된다. 절대로 안 돼."
　아버지는 단호했다. 사무소 직원들이 이주 동의서를 들고 와서 온갖 권유와 협박을 해도 아버지는 끝내 도장 찍기를 거부했다고 어머니는 나에게 몇 번이나 말한 적이 있었다.

어머니로부터 그간의 이야기를 듣느라 시간은 벌써 자정을 넘어서고 있었다. 답답한 가슴을 식힐 겸 담배나 한 갑 사 와야겠다는 생각으로 마을 구판장 쪽으로 나갔을 때, 거기엔 서너 명 낯선 사람들이 술에 취해 음성을 높이고 있었다. 몇 그루 해송이 꾸부정히 서 있는 방파제 쪽으론 물결이 밀려와 달빛 아래 은비늘을 번쩍이고 있었다.

언덕길이며 동백꽃이 붉게 타던 밤섬, 그 사이로 얽힌 숱한 사연들이 회상의 잔물결을 타고 밀려와서 포말처럼 흩어지고 있었다.

마을은 언제 이렇게 변해버린 것일까. 마치 부러진 난간에 몸을 기대고 선 것 같이 불안하고 쓸쓸해서 눈물이 핑 돌았다.

천도제를 지낼 당집은 음산했고 금줄이 드리워진 당산목은 마치 어느 바다의 원혼이 머리를 풀고 서 있는 것 같았다. 삼백 년이나 마을을 지켜 왔다는 당산목인 물푸레나무의 앙상한 가지 사이로 달빛만 교교하고 공단 쪽에선 매캐한 매연이 마을 쪽으로 밀려오고 있었다.

공단이 들어서기 전까지만 해도 마을은 평온하고 아름다운 곳이었다. 불모산을 동으로 안고 뒤로는 운취산, 그리고 앞으론 온산 바다를 안고 농업과 어업을 반반으로 하는 풍요로운 마을이었다.

그러나 국내 최대 비철금속 단지인 온산 공단이 들어서고 나서부터 마을은 하루가 다르게 황폐화되어 갔다. 대기 오염은 말할 것도 없고, 온갖 폐수가 바다를 오염시켜 거의 죽음의 바다로 만들어 놓고 말았다.

지난해만 하더라도 앞 바다에서 다섯 차례나 떼 죽음을 당한 물고기들이 허옇게 밀려와서 마을 사람들을 경악케 했는가 하면, 지난 가을엔 동보 재단 이사장이 묘제 참석차 마을 생가에 들렀다가 밤중에 알 수 없는 악취에 실신해서 병원으로 급송되는 일이 있었다는 것은 신문을 통해서 널리 알려진 일이었다.

　재종동생 민수만 해도 그렇다. 공고를 졸업하고 아연 공장에 다니던 그가 작년 이맘때부터 시름시름 앓으며 지금까지 병원 신세를 지고 있는 형편이었다.

　처음엔 병원에서도 그의 병명조차 알지 못 했으나, 들은 말로는 일본에 그와 똑같은 증세의 환자가 있어 이따이 병인가 하는 것으로 알아내게 되었는데, 환자 자신도 무슨 이따위 병이 있느냐고 성을 내곤 한다는 것이었다.

　공해병이다 뭐다 해서 신문 기자들이 달려와서 취재를 해 가고 그의 딸 연숙이가 학교에 갔다가 자기 아버지의 기사가 실린 신문 조각을 들고 왔다는 이야기는 들은 바 있지만, 아직까지 회사측과 직업병 문제로 줄다리기를 벌이고 있는 모양이었다.

　잇따른 재난으로 마을 사람들의 마음은 불안할 수밖에 없었다. 이러한 일련의 재난은 바로 불모산 산신당이 헐렸기 때문이라는 믿음이 마을 사람들에게 퍼져 나가게 되었다. 그런 연유로 해서 마을 사람들이 모여 불모산 산신뿐만 아니라 마을 수호신인 골매기신 천도제를 올려야 한다고 했다. 천도제란 거처를 잃고 떠도는 신이나 곧 거처를 잃게 될 마을 수호신을 편히 하늘로 올려드리는 행사였다. 비록 주민들이 곧 마을을 떠난다 하더라도 그것이 그들 자신과 마을의 안녕을 위해서 할 수 있는 최선의 일이라는 데 이의가 있을 수 없었다.

　그래서 젯날은 음력 시월 열아흐레 손 없는 날로 정해졌고, 준비는 병산댁이 맡았다. 마을 앞 바닷가에 있는 당집엔 금줄이 쳐지고 그 주변에 황토가 뿌려져 외인 출입을 막았다. 풍어제나 동제를 지낼 때와 마찬가지로 화주와 임원은 부정이 없어야 하고, 부부간에도 잠자리를 해서는 안 된다는 것은 불문율이었다.

　다음날 오후 2시가 되자 당집 주변에 많은 사람들이 모여들었다. 제는 당집의 문을 열고 좁은 마당에 잿물을 뿌리는 것으로 시작되었다. 이장과 새마을 지도자, 그리고 어촌계장 세 사람이 번갈아 술을 올린 제사가 끝나자 곧 굿이 이어졌다. 굿은 본풀이, 맞이, 놀이로 나누어졌는데 신령을 맞아들이기 위해서 노래를 부르고, 신령이 좌정하고 나서 신무가 시작되면서 제물이 헌정되는 순으로 이어졌다.

　굿을 주제하는 병산댁은 눈빛부터가 평소의 모습이 아니었다. 그녀의 몸은 마치 고무판 위에서 뛰고 있기라도 하듯 탄력적이었다. 그녀의 작은 체구 어디에서 그런 힘이 솟아나는지 그녀의 동작 하나 하나에는 힘이 넘쳐 있었다.

　그녀 손가락의 움직임은 마치 눈에 보이는 것에서 보이지 않는 것을 가리키기라도 하는 것 같은 암시적 힘을 지니고 있는 듯해 보였다. 그 손끝의 힘을 더 확대시켜 주는 역할을 하는 것은 손에 들려진 방울이었다.

　병산댁이 빙빙 도는 춤과 방울 울림에서 뜀으로 이어지는 춤 동작이나 붉은 띠로 장식된 그녀의 무복은 그녀가 신령의 경지에 들어갔거나 아니면 자신의 인격이 변신한 것 같은 분위기를 주고도 남았다. 무당이 헌제하는 동안은 변제된 정신 상태에 놓이게 된다는 것은 들은 바 있었지만 확실히 병산댁의 말과 행동, 그리고 음성까지도 일상적인 것에서 훨씬 벗어나 있었다.

　시간이 지날수록 굿은 더 무르익어 가고 있었지만, 마을 사람들의 표정은 해마다 마을의 안녕과 풍어를 빌며 올리던 풍어제 별신굿을 지켜보던 때와는 사뭇 달랐다. 이제 폐허가 된 마을을 떠나야 할 사람들이 그들의 수호신을 떠나 보내는 의식이고 보니 너나없이 마음이 어두울 수밖에 없었다.

 나는 초반부터 뒤쪽에 자리를 잡고 앉아 있었으나 마음은 고무줄에라도 감긴 듯 편치 못했다. 제 중에는 자리를 떠나지 말라는 어머니의 특별한 당부가 있었기 때문이기도 하였지만, 돌엄마의 천도가 곁들여진 행사에 경건한 몸가짐을 갖는 것이 적어도 돌엄마에 대한 나의 마지막 예의일 것 같아서 고개를 숙인 채 앉아 있었다.

 어머니 말로는 이번에 하늘로 올려지는 신은 불모산신과 골매기신 그리고 돌엄마의 영, 세 위라고 했다. 마을 천도제에 돌엄마의 천도를 곁들이게 된 데는 어머니의 숨은 노력이 있었던 것 같았다.

 사전에 마을 사람들과 병산댁의 동의를 얻어내는 데 어려움이 많았을 것은 분명해 보였지만, 어머니는 그 점에 대해선 말하지 않았다. 말할 것도 없이 어머니가 그토록 돌엄마의 천도를 위해서 신경을 썼던 것은 우리 가정을 지켜주던 돌엄마를 그냥 내팽개침으로 해서 가정에 화를 입지나 않을까, 하는 두려움 때문이었을 것이다.

 착잡한 마음에 잠시 눈을 감았을 때, 표독스런 아내의 얼굴은 거기에까지 따라와 나에게 멸시의 눈길을 던지고 있었다. 병산댁과 아내의 얼굴이 여러 번 겹쳐지더니 끝에는 하나가 되어 나를 지켜보고 있었다.

 바로 그때였다. 갑자기 사설이 뚝 끊어지는가 싶더니, 병산댁의 방울채가 누군가를 내리치는 소리가 들렸다. 눈을 떠보니 놀랍게도 그것은 헌배였다.

 "이 부정탄 놈아, 써—억 물러가라!"

 병산댁은 헌배를 사정없이 내리치고 있었다. 참으로 순식간에 일어난 일이었다. 옆으로 쓰러져 손을 허우적거리던 헌배가 병산댁의 방울채를 움켜잡고 일어선 것은 그 다음 순간이었다. 맞고 있을 헌배가 아니었다. 그러나 헌배는 놀라울 정도로 이성적이었다. 다만 불쾌한 표정을 몇 번 지어 보이고는 별 반항 없이 슬슬 그 자리를 피했다.

병산댁은 울고 있었다. 병산댁의 이러한 우발적 행동으로 해서 굿판은 소란해졌고 사람들은 일어서서 웅성거리기 시작했다.

그 팔팔한 성질의 헌배가 무당 병산댁에게 봉변을 당하고도 슬슬 자리를 피했던 것도 이해가 되지 않았지만, 병산댁이 뚜렷한 이유 없이 헌배를 내리치고 소란을 피운 것은 더 이해할 수가 없었다. 어떤 개인적인 미움이 있었다고 하더라도 병산댁은 자신의 감정을 주체하지 못할 정도로 선무당은 아니었기 때문에 더 그러했다.

그녀는 어쩌다 무당이 된 것이 아니라, 대가 내려 무당이 된 내림무당이었기 때문에 마을 사람을 대신해서 공단 확장 사업에 대한 분풀이를 헌배에게 했을 리는 만무했다.

굿은 마치 달아오르던 불꽃이 물벼락을 맞아 순간에 꺼져버린 것 같았다. 그러나 이장과 어촌계장 그리고 어머니가 나서서 자리를 정돈하고 얼마 뒤 굿은 다시 시작되었다.

그 날 밤 열시가 가까워서 종이로 만든 꽃과 고리, 그리고 종이배를 불사르는 것으로 굿은 마무리되었다. 어머니는 소지를 올리며 열심히 손을 비비고 있었다. 제기와 사용된 도구들도 불 속에 던져졌다. 불은 활활 타면서 형상을 지우고 한 시대의 상념마저 태우며 밤의 저편으로 사위어 갔다.

밭길을 지나 집으로 돌아왔을 때는 멀리서 개 짖는 소리만 들릴 뿐 마을은 다시 밤의 침묵 속에 빠져 있었다. 장지문 창호지 위로 비친 달빛 탓으로 불을 켜지 않아도 방은 훤했다. 문고리를 잡고 방 안으로 들어선 순간부터 어머니의 얼굴엔 눈물이 비쳐 있었다.

긴 회한의 터널을 더듬고라도 있는 듯 얼마 동안 말이 없던 어머니가 나직이 입을 열었을 때는 다시 동구 밖 쪽에서 컹컹 개 짖는 소리가 들렸다.

"인자 니도 자주 올 필요가 없대이. 니가 다시 올 때까지 마실이 남아 있을진 모르겠다만 걱정할 것 없다. 일전에도 면서기와 공단 관리소장인가 하는 사람들이 왔더구나. 그러나 너거 아부지가 보통 고집을 부려야제, 그 사람들이 너거 아부지와 싱강만 부리다 안 갔나. 너거 아부진 이주 말만 나와도 저리 펄펄 안 뛰나. 너거 할배 산소 이장도 좌향이 맞는 데가 없다고 저리 버티고 있으니 나로선 어쩔 수가 있어야제……."

어머니가 잠시 말을 멈춘 것은 다시 멀리서 사납게 짖어 대는 개 소리 때문이었다. 개 소리는 분명 병산댁 집 쪽에서 들려왔다. 도둑이라도 든 듯 개는 사정없이 짖어대고 있었다.

"오늘따라 개들이 와 저리 짖어대누……. 니 돌엄마도 인자 편히 하늘로 오르실 게다. 그래도 내일은 마지막으로 그곳에 한 번 들렀다 가도록 해라. 뭐라뭐라 캐싸도 니가 지금 이렇게까지 된 것은 다 돌엄마의 음덕이 컸던 기다."

'그러나 그 돌엄마의 음덕도 결국은 어머니의 극진한 치성 때문에 가능한 일이 아니었겠습니까'라는 말을 하고 싶었지만 속 보이는 소리 같아서 입이 떨어지지 않았다.

사실 돌엄마에 대한 어머니의 치성은 초목을 감동시키고도 남을 정도로 극진했었다. 열여덟에 시집와서 낳은 첫 아이를 잃고 어렵게 얻은 아들 하나를 키우면서 그 자식이 어떻게라도 될세라 오매불망 불안한 마음을 버리지 못했던 어머니였다. 바로 그 어머니가 돌미륵 신앙에 그토록 의존하게 된 것은 어쩌면 인간으로서 가장 간절한 자식 보호 본능에서 비롯되었을 것이다.

어머니가 열여덟에 경주 모화에서 이곳 온산면으로 시집을 왔을 때 아버지는 산림조합 서기로 근무하고 있었다고 했다. 어린 시절 기억을 되돌려 보면, 어머니는 하얀 얼굴에 수심이 가득 차서 온종일 말이 없었다. 이러한 어머니의 모습이 며칠씩 집을 비우는 아버지의 행적과 무관하지 않다는 것을 알게 된 것은 내가 열 살이 훨씬 넘어서였다.

아버지가 집을 비운 날이면 어머니는 밤늦게까지 무슨 낡은 책을 웅얼웅얼 읽곤 했다. 어머니가 읽던 그 책이 지장경이란 것과 그 많은 세월 동안 어머니의 수심은 아버지의 작은댁 봉선네와 그리고 첫 아이를 잃은 그 참담한 악몽이 어머니의 마음 깊은 곳에 어둠이 되어 고여 있었기 때문이란 것을 알게 된 것은 내가 철들고 나서였다.

어머니는 그 많은 날들 동안 마음속에 그 참담한 기억의 잔흔들로 고통받고 있었던 것이다. 벗어날 수 없는 마음속의 그 고통 때문에 어머니의 돌미륵 신앙은 더 깊어질 수밖에 없었을 것이라는 추측을 쉽게 할 수 있었다.

어머니는 낡은 사진첩을 들추듯 지난날의 기억을 더듬더듬 털어놓기 시작했다.

"니가 태어난 지 두 칠 만에 부정을 탔던 기라. 너거 아부진 그 잘난 놈의 산림 조합 서긴가 뭔가 한답시고 맨날 술집을 쏘다니다 보니 칠 안에 가선 안 될 곳을 갔던기라. 직원들과 어울려 돼지를 잡아먹으러 갔다고 안 카나. 그 다음날인가부터 니가 돼지 소리를 내면서 우는데, 그때 내 심정이란 이루 말로 할 수가 없었대이……. 내사 짐작은 했었다만, 니 외할매가 도선사에 달려가서 물어 보니 삼신 부정을 탔다 카더란다. 나는 그때 다 살았는 줄 알았대이. 니 외할매가 도선사 삼신당에 가서 삼칠일 기도를 드리고 마지막 칠이 지나자 씻은 듯이 나왔다만, 그 뒤에 스님이 하는 말이, 살다가 니 명에 한두 번의 고비가 있다 안 카나. 스님은 일곱 살 먹는 해에 돌엄마를 정해 니를 팔아야 한다고 신신 당부를 하였다. 그 해가 병진년 정월 대보름이었제. 칭얼칭얼 우는 니를 데리고 불모산으로 갔던기라……."

내 기억으로도 분명한 것은 그때 어머니가 며칠 동안 무엇인가 분주히 준비하고 가마솥에 물을 끓여 나의 몸을 씻기던 일이었다.

이른 아침 큰 함지박에 음식을 담아 인 어머니의 뒤를 따라 산으로 가던 기억이 아직도 생생하다.

겨울 나목이 줄지어 선 비탈을 지나니 바다 쪽으로 모양 좋은 바위들이 여기저기 자리하고 있었다. 아마 어머니는 혼자 몇 번인가 산에 와서 돌을 고른 모양이었다. 어머니는 금줄이 쳐진 큰 바위 앞에 함지박을 내려놓았다. 그리곤 촛불을 켜고 가지고 간 음식을 차렸다. 제물은 해어류와 김, 나물, 유과, 과일 등이었다. 어머니가 먼저 세 번 절하고 나에게 절을 시켰다. 그리곤 어머니는 꿇어앉아 두 손을 비벼댔다. 손을 비비면서 알 수 없는 말들을 중얼댔다. 그 중에 기억에 남는 말은 '어짜든동 이 아이 거두시어 동에 가든 서에 가든 그저 건강하고……' 하는 것들이다.

그러한 축원이 끝나면 한지에 불을 붙여 올리는 소지가 있었다. 재가 높이 올라가야 악귀가 멀리 간다면서 소지를 올리던 어머니의 자세는 참으로 진지했다. 어쩌다 밑으로 처지는 재가 있으면 위로 올려 손을 받쳐 대곤 하는 것이었다.

난 그때 어머니의 그러한 행동이나 한갓 바위덩어리를 보고 엄마라고 부르라는 말을 도저히 이해할 수 없었다.

그 뒤 매년 정초가 되면 마치 벌이라도 받으러 가는 기분으로 어머니를 따라 산으로 가기는 했지만, 혹시나 동네 아이들이 알고서 놀려 대지나 않을까 하는 것이 가장 큰 고민거리였다. 그러나 그러한 내색을 할 수 없었던 것은 돌엄마에 대한 어머니의 태도가 너무나 진지했기 때문이었다.

그러나 세월이 지나면서 나도 돌엄마에게 가는 것이 그다지 싫지 않게 되었다. 그것은 돌엄마에게 갈 때는 언제나 푸짐한 음식이 준비되었고, 축원이 끝나면 그 음식들을 먹을 수 있었기 때문이기도 하였지만, 그동안 알게 모르게 생겨난 돌엄마에 대한 친근함 때문이었다. 어떤 땐 소풀을 먹이러 갔다가도 혼자 돌엄마에게 뛰어가 본 적도 있었으니 말이다.

돌엄마의 영험 때문이었는지 몰라도 나는 어린 시절 별 병치레 없이 자랐다. 군대나 회사 생활도 다른 사람에 비해 별 어려움이 없이 할 수 있었던 것 같은 생각이 들 때가 많았다.

나는 어머니만큼 독실하게 돌엄마를 믿은 것은 아니다. 그러나 신기하게도 나는 돌엄마로부터 영적인 어떤 힘이 나에게 와 닿고 있다는 경험을 여러 번 한 적이 있었다.

돌엄마가 꿈에 보이는 날에는 어김없이 집안에 무슨 일이 생기곤 하는 것이었다. 당숙 학수 아재가 사고를 당했을 때도 그랬다. 저녁 무렵 들길을 걸어가는 꿈이었는데, 돌엄마가 있는 산 쪽에서 비명 소리가 났다. 그래서 산 쪽으로 뛰어가다 꿈이 깼다. 그런데 바로 그날 밤 사고 소식을 듣게 되었다. 불모산 일대가 편입된다는 발표가 있기 전에도 그랬다. 폭우 속에 돌엄마가 떠내려가는 꿈이었다. 그리고 며칠 뒤 불모산 일대가 공단에 편입된다는 발표가 있었다.

그러나 나는 이러한 경험을 누구에게도 말할 수 없었다. 그것은 돌엄마에 대한 아내의 노골적인 불만 때문이었다.

연애 시절 아내가 기독교 신자라는 사실을 알았지만 그것이 가정 불화의 근원이 되리라고는 생각조차 하지 못 했다. 그러나 아내가 결혼 일 년 만에 어머니에게서 돌엄마의 내력을 듣고 나서 문제가 생겼다. 아내는 한 마디로 어머니나 내가 가소롭다는 식이었고, 미신이니 우상 숭배니 하면서 어머니와 나를 깔보기 시작했다.

성격 자체가 쌀쌀하고 언제나 자기 중심적이었던 아내는 사소한 일에도 화를 내는가 하면, 나에게 촌놈의 아들이라는 등 원색적 용어를 늘어놓기가 일쑤였다. 아내의 유일한 이론은 배운 사람이 돌덩이나 섬긴다는 것이었고, 나는 나대로 아내를 도시 바닥에서 멋대로 자란 막돼먹은 인간이라고 몰아붙이곤 하였다.

때로는 재떨이가 날아가고 서로 치고 받는 일들이 일어났다. 나는 아내로부터 받은 모멸감에 밤늦게까지 담배를 피우며 분을 삼켜야 하는 날들이 늘어났다. 그로 인해 둘 사이의 애정은 급속도로 식어갔고, 아내와 나는 서로의 일에 관여하지 않게 되었다.

그러던 중 몇 번인가 못 이기는 척 아내를 따라 교회에 가 보기도 했으나, 나는 돌엄마에 대한 오랜 기억과 정을 쉬 끊을 수 없었다. 아내의 처신은 어머니 눈 밖에 날 수밖에 없었고, 그래서 어머니는 아예 며느리에 대한 말은 입에 올리려 하지도 않았다.

밤은 꽤 깊었다. 밤은 점점 더 깊은 시간의 단층 속으로 빠져들고 있는 듯했다. 멀리서 공장의 기계 소리가 간간이 바닷물 소리에 섞여 들려오고 방파제 쪽에선 잠을 설친 바닷새 한 마리가 끼룩끼룩 울고 있었다.

그 옛날 동백이 군락을 이루던 남매섬도 방파제의 돌무더기에 묻힌 지 오래다. 공업 입국이란 기치 아래 인근의 조용한 산과 들이 불도저에 밀리고 하루가 다르게 공장들이 우뚝우뚝 들어섰다. 마을 사람들은 화학 공장의 저장 탱크와 밤낮으로 타오르는 정유 공장의 불꽃을 신기하게 바라보며 공단 주변에 산다는 것을 자랑으로 여겼다. 그러다가 언제부턴가 공장은 마을 사람들의 원성의 대상이 되었고, 허옇게 말라 버린 벼 포기를 멍하니 바라보며 둑에 앉아서 한숨짓는 횟수가 늘어갔다.

어느 해 갑자기 소들이 새끼를 배지 않게 되고, 그것이 결국 풀밭에 내려 앉은 공해 때문이라는 것을 알게 되었을 때 마을은 이미 황폐화되어 있었다. 마을 사람들이 삽과 괭이를 움켜잡고 공장 사무실로 찾아 가서 싸움을 벌인 일이 열 손가락으로도 다 꼽을 수 없는 정도였다.

아랫마을 범식이란 청년은 아버지가 공장 경비원들에게 얻어맞아 코뼈가 부러졌을 때도 공장측의 맞고소로 깨끗이 손들고 말았다. 그 때 마을 사람들은 죄 없는 소주만 축내며 얼마나 울분을 삼켰는지 모른다.

마을과 공단은 갈수록 더 팽팽한 대결의 관계가 되었다. 그러나 승자는 언제나 공단 쪽이었다. 무슨 놈의 수질 검사니 아황산가스 대기 측정이나 하는 것은 언제나 기준치 이하였고, 농작물 피해 보상 시비에서도 증거 불충분으로 판판이 마을 사람들의 패소로 돌아왔다.

공장을 보는 마을 사람들의 마음은 혀로 땅바닥을 핥는 기분이었고 공단을 원한의 대상으로 여기게 되었다. 그러던 마을이 이제 공단의 확장 사업으로 영영 그 자리를 비워주게 된 것이었다.

어머니는 잠이 들었는지 숨소리가 깊어졌다. 내일은 해가 뜨기 전에 불모산 돌엄마에게 마지막으로 들렀다 가야 한다는 생각으로 잠이 들었는데 악몽을 꾸었다. 높은 나뭇가지에 걸려 버둥거리다 잠을 깼다. 장지문이 훤해 오고 있는 것으로 보아 날이 밝아오고 있는 모양이었다. 사랑채에선 아버지의 헛기침 소리가 길게 들렸다. 어머니는 벌써 일어나 새 옷으로 갈아입고 있었다.
 밖으로 나왔을 때 불모산의 아침은 이미 밝아 있었다.
 산으로 가는 길엔 서리가 내려 잎을 떨군 앙상한 나목들이 잔잔히 떨고 있었다. 멀리서 보아도 산은 이미 상당 부분 공사가 진척되어 그 모습을 잃어가고 있었다. 산기슭에서 불과 백여 미터 떨어져 있는 무당 병산댁 집 앞을 지났을 때였다. 길가 볏짚 무더기 위에 던져져 있는 옷가지 같은 것이 눈에 띄었다. 고개를 돌려 자세히 보니 사람이었다. 섬뜩한 기분이 들었으나 달려가 보니 그것은 헌배였다.
 헌배는 술에 취해 있었다. 그의 손과 얼굴엔 흘러내린 피가 엉겨 붙어 그 몰골은 처참했다. 다행히도 두툼한 외투와 볏짚 때문에 그는 서리를 견딜 수 있었던 모양이었다. 내가 황급히 흔들어 깨웠을 때 헌배는 뭔가를 말하려 하다가 그냥 볏짚 속에 얼굴을 파묻고 말았다.
 나는 헌배를 잡고 있을 수 없었다. 마을 이장에게 뛰어가서 사실을 알리고 혹시나 하는 생각에 병산댁 대문 앞으로 가 보았다. 병산댁은 집에 없었다. 아무렇게나 열려 있는 문이며 흩어져 있는 옷가지 등으로 보아서 한판 소란이 있었던 게 분명했다.
 간밤 동네 사람들이 돌아간 뒤 헌배가 이 외딴집, 병산댁을 찾아가자 한바탕 소란이 벌어졌던 모양이었다.
 어머니는 몇 번이나 혀를 찰 뿐 별 놀라는 기색은 하지 않았다.
 "옷이라도 덥게 입었으니 망정이지, 저 불쌍한 것! 다들 지 업이 두터워서 그런 걸 어짜겠노. 저 짓거리들이 다 죽은 진숙이년 때문인 기라. 헌배란 놈이 공장에 다니는 진숙이를 꾀어 몹쓸 짓을 했다는 것을 내사 진작부터 알고 있었다. 둘이서 같이 밤길을 가는 것을 내 눈으로도 몇 번이나 보았다 카이. 그러다가 진숙이가 죽자 지 에미는 헌배에게 원한이 쌓였겠지……."

헌배가 병산댁을 찾아간 것은 죽은 진숙이에 대한 그리움 때문이었는지 아니면 병산댁에게 자신의 오해를 풀기 위해서였는지는 알 수 없었다. 그렇지만 헌배가 병산댁을 찾아가자 싸움이 벌어질 수밖에 없었던 모양이었다.

산을 오르면서도 헌배에 대한 생각이 무겁게 가슴을 눌렀다. 여름이면 바닷가에서 함께 고기를 잡고 가을이면 불모산 기슭에서 산 과일을 따던 그가 어떻게 하다 이렇게 변했을까. 나는 이해할 수가 없었다. 그러나 아무리 이해할 수 없다 해도 변모된 헌배의 모습은 현실이고, 황량한 바다며 마을도 모두 현실일 뿐이었다.

거기 피투성이가 되어 쓰러져 있는 헌배의 모습이 바로 우리 마을의 현실인지도 모른다는 생각에 마음은 더욱 무거워졌다. 고개를 드니 산 아래 바다엔 밤새 밀려와 낮게 깔려 있던 매연이 햇빛 속에 흩어지고 있었다.

"세월이란 참으로 덧없쩨. 그 살기 좋던 마실은 다 어디로 가고……."

어머니는 말을 잇지 못 했다. 눈엔 눈물이 맺혀 있었다. 어머니는 지난 세월의 기억을 더듬고 있는 듯 눈물을 글썽이며 마을을 내려다보고 있었다. 시든 풀잎처럼 쓸쓸히 마을을 바라보는 눈엔 숱한 세월의 아픈 잔상들이 스쳐가는 듯 어머니는 오랫동안 말이 없었다.

(월간문학 1994년 11월호)

재 회

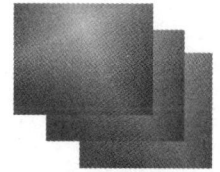

재 회

　김재록, 그가 고향에 돌아왔다는 소식을 들은 것은 지난해 크리스마스 때였다. 그는 어떻게 나의 주소를 알았는지 편지를 보냈다. 몇 장의 크리스마스 카드와 함께 배달되어 온 그의 편지를 보는 순간 젊은 날의 아련한 추억들이 낡은 필름처럼 나의 머리를 훑고 지나갔다.
　졸업 이태 뒤 결혼을 한다는 연락을 보내온 뒤 실로 이십여 년 만의 연락이었다. 그의 편지는 늦은 밤까지 오랜 감회에 젖게 했다. 그 잘나가던 대학교 교수 자리를 미련 없이 버리고 고향으로 돌아왔다는 내용은 나를 놀라게 하고도 남았다. 그 내용의 충격뿐만 아니라 그가 어떤 연유에서 철밥통처럼 생계와 지위가 보장된 대학 교수직을 버리고 고향으로 돌아왔는지 궁금해서, 그 날 밤은 잠을 잘 이루지 못했다.
　그 뒤 그와 한 번의 전화 통화는 했었지만, 전화상으로 깊은 사연을 묻기에는 무리인 것 같아서 서로의 안부와 육성만 확인하고 다른 이야기는 나누지 못했다. 언제 시간을 내어 한번 찾아가 보아야겠다는 생각을 하고는 있었지만 좀처럼 시간이 나지 않았다.

그런데 그 기회는 우연하게 찾아왔다.

가을이 깊어 가는 지난 10월 마지막 토요일이었다. 그 전날 저녁 아내와 말다툼을 하고 난 뒤라서 집에 있기가 편치 않아 무작정 밖으로 나왔다가 그를 떠올리게 되었다.

도심을 벗어나자 산과 들은 온통 가을빛이 만연했다. 울산에서 밀양으로 연결되는 24번 국도를 따라가서 가지산을 넘고 다시 운문산을 만나는 정상에 차를 세웠을 때 한 시간은 좋게 달려온 길이 저 멀리 계곡 끝으로 가느다랗게 이어져 지렁이처럼 꿈틀거리고 있었다.

산정 휴게소에서 칡차 한 잔을 마시고 다시 차에 올랐다. 억새꽃이 눈발처럼 날리는 구비를 돌고 돌아 울긋불긋 옷을 갈아입은 산의 속살을 뚫고 가는 길은 한 사람의 낯선 길손에게도 가을의 비경을 아낌없이 드러냈다. 떡갈나무와 억새, 단풍나무와 굴참나무, 그리고 또 이름을 알 수 없는 수많은 나무들을 가슴에 안고도 산은 마치 잠자는 사람처럼 고요했다.

산길을 벗어나서 30분을 더 달려 청도에 도착했다. 청도에서 다시 대구시 달성군으로 이어지는 길을 택했다. 거기서부터는 사과밭과 끝없이 펼쳐진 황금 들판이 장관이었다. 차가 험준한 팔조령을 넘어서자 숨가쁘게 달성군 가창면을 가리키는 키 큰 이정표들이 군데군데에서 길을 막고 서 있었다. 가창군 초입에서 국도를 벗어나 작은 길을 달려가니 마을은 수줍은 듯 산 속에 몸을 숨기고 있었다.

내가 그 마을에 도착한 시간은 그 날 오후 다섯 시가 좀 지나서였다.

가창면 우록리, 멀리 비슬산에서 황학산으로 달려와 굽이치던 산

줄기가 사방으로 흘러내려 겹겹이 둘러싼 마을. 다 익은 벼들이 황금 물결을 이룬 마을은 고요하고 아늑했다. 길가에 줄지어 선 은행나무 가지에도 가을의 기운이 만연해 서늘한 석양을 배경으로 노란 잎들이 바람에 날리고 있었다.

그의 집은 마을 회관이 있는 곳에서 개울을 따라 걸어서 10여 분 거리, 서쪽 계곡 쪽으로 굽어진 길가에 위치해 있었다. 그는 집 옆 논에서 볏단을 묶고 있었다. 모자를 눌러 쓴 뒷모습을 보고도 난 그를 알아 볼 수 있었다. 예고 없는 방문에 그는 못할 짓을 하다 들킨 사람처럼 멋쩍고 당혹스런 표정으로 한참 동안 나를 쳐다보았다.

그의 노모가 차려 준 저녁밥을 먹으면서도 그는 멋쩍은 듯 '참 오랜만이다'는 말만 여러 번이나 되풀이 할 뿐 별다른 말을 하지 않았다. 20년이란 세월 때문이었을까. 만나면 주고받을 많은 이야기가 있을 것 같았는데 막상 마주 앉고 보니 서먹서먹하고 어색한 분위기가 쉬 가시지 않았다. 마치 무엇에 쫓기는 사람처럼 안절부절못하는 모습을 보면서 사전에 아무런 기별도 없이 기분에 따라 불쑥 몸을 내민 나의 처신이 경솔했다는 생각이 들었다.

불시의 방문이 그를 불편하게 하고 있음이 분명했다. 무슨 볼일이 있는 사람처럼 여러 번이나 들락거리던 그는 한참만에야 어렵게 말을 꺼냈다. 마을 회관에서 조상의 향사에 대한 문중 회의가 있어서 잠시 갔다올 테니 좀 쉬고 있으라고 했다. 그는 이부자리까지 내려주고는 죄 지은 사람처럼 문을 나섰다.

나는 주인 없는 방에 우두커니 앉아서 시간을 보낼 수밖에 없었다. 서가에 꽂힌 책들을 빼서 훑어보기도 하고 신문을 보기도 하면서 그를 기다렸으나 그는 두 시간이 넘도록 돌아오지 않았다. 한 시간이 지날 때까지는 피치 못할 사정 때문일 걸로 이해했으나 두 시간이 넘어서자 갑자기 생각이 바뀌면서 서운한 생각이 들었다.

'아무리 중요한 조상의 향사가 있어도 그렇지, 이십 년 만에 찾아온 친구를 혼자 이렇게 기다리게 하다니' 하는 서운한 생각이 들었다. 시계를 보았다. 9시 25분. 아직은 집으로 돌아가고도 남을 충분한 시간이었다. 갑자기 집으로 돌아가야겠다는 생각이 들었다.

돌아가야겠다는 생각을 하고 나니 여기까지 왔던 수백 리 길이 아득히 떠올랐다. 울산 바닷가에서 태화강을 따라 백 리 길을 달리고 수목 울창한 산과 산을 넘어 꼬불꼬불한 길을 돌고 돌던 운문 준령과 가을 우수에 젖어 있던 운문댐 수몰 지구, 황금색 벌판을 배경으로 열을 올리던 청도의 민속 투우장, 그리고 또 이름 모를 들과 마을을 지나서 팔조령을 넘었던 수백 리 길이 다시 떠올랐다.

집으로 돌아가야겠다는 생각을 굳히고 있을 때 그가 왔다. 두 시간 삼십 분이 훨씬 지난 뒤였다. 얼굴이 아직 벌겋게 달아 있는 것으로 보아 종중 회의의 분위기가 그리 밝지는 않았으리라는 짐작을 쉽게 할 수 있었다. 생각과는 달리 그가 와서 미안해 하는 모습을 보자, 그냥 가겠다고 일어설 수가 없었다.

그러는 사이에 그가 밖으로 나가더니 술상을 차려 왔다. 부엌으로 나가 손수 술상을 차려 들고 오는 그의 모습엔 한때 잘나가던 대학교수의 흔적 같은 것은 찾아보기 힘들었다. 그의 모습은 흙에 몸을 묻고 살아가는 여느 촌부의 모습이나 다를 바가 없었다.

"이건 뒷산 사슴 목장에서 버린 녹각을 주워다 담은 술이야. 한잔 들어보시게."

"아니, 집으로 가야 할 것 같아서……."

나는 집으로 돌아가야겠다는 생각 때문에 망설이듯 엉거주춤한 자세로 술잔을 받았다.

"이 밤에 가긴 어딜 가?"

그는 의아한 표정으로 나를 쳐다보았다. 공손히 술을 다루는 그의 태도는 변한 것이 없었다. 학창 시절 친구들끼리 소주 한 잔을 마실 때도 주도가 늘 분명하고 공손했던 그 태도는 예나 마찬가지였다. 처음 조심스럽게 몇 잔의 술잔이 오고 간 뒤 우리는 목말랐던 사람처럼 연거푸 술잔을 주고받았다.

"자네, 아직도 술 실력은 여전하겠지. 그때 신입생 환영 파티에서 기라성 같은 선배 술꾼들을 다 잠재우고 신성처럼 등장했던 그 실력 말이야."

말을 하면서 그는 조용히 웃었다. 굳어 있던 그의 표정도 이제 풀려 여유를 찾고 있었다.

"그래, 자네는 어떠했는가, 미스터 매너라는 그 별명 기억하고 있겠지?"

미처 생각지도 않았던 말이 튀어 나왔다. 미스터 매너, 우리는 그를 종종 그렇게 부르곤 했다. 수업 시간이면 늘 미리 강의실에 와서 흑판을 닦아 두는가 하면, 땡땡이를 치느라 미처 과제를 하지 못한 학생들에게는 자신의 과제를 빌려주는 것도 마다하지 않았고, 어느 비 오는 날 여학생에게 우산을 씌워 보내고는 자신은 장대 같은 겨울비를 맞으며 집으로 갔다가 독감에 걸려 근 열흘이나 고생을 했던 신입생 시절의 일화가 만들어 낸 별명이었다.

사실 그랬다. 그 당시 그는 이십대 초반의 젊은 사람들 중에서는 보기 드물 정도로 예절과 친절이 몸에 배어 있었다. 사고가 논리적이면서도 결코 자신을 내세우지 않았고 화를 내는 일도 거의 없었다. 그러한 태도는 타고난 것 같으면서도 다분히 습관적이며 예절에 뿌리 깊은 가정의 분위기나 가정 교육에서 비롯된 것처럼 보였다.

"자당께서는 연세에 비해 아직 건강해 보이시더군."

"어머니 말인가. 아직은 건강하신 편이야. 일평생을 이 산골에서만 사셨으니 세월을 잃어버린 분이나 마찬가지지."

그의 음성은 차분했다.

"어부인께서는?"

혹시나 그의 심기를 건드릴까 봐 나는 더듬듯 부인의 안부를 물었다.

"어부인? 아, 아내 말인가? 아이들 교육 때문에······."

그는 말끝을 흐렸다. 그의 표정이 씁쓸하게 느껴졌다. 나는 직감적으로 그 말이 사실 그대로 받아들여지지 않았다. 그것이 핑계이든 사실이든 아이들 교육 때문에 아내는 서울에 남고 자신만이 고향으로 돌아왔다는 그 말 뒤에는 가려져 있는 부분이 더 많을지도 모른다는 생각이 들었다.

어느 집이나 마찬가지로 여자들의 주장과 권리가 세어져 남편의 뜻대로 따라 주지 않는다는 말 같기도 하고, 낙향의 어려운 결정을 놓고 부부간에 서로 다투어 결국 자신만 혼자 내려왔다는 말 같기도 했다.

맞지 않는 비유라는 것을 알면서도 내가 아내와 다투고 집을 나왔기 때문에 내 눈엔 그도 혹시 아내와의 불화 때문에 고향에 내려온 것은 아닐까, 하는 엉뚱한 생각이 들기도 했다.

내가 가장 궁금했던 것은 어떤 연유에서 학교를 그만두고 고향으로 내려왔느냐는 것이었다. 고향에 돌아오기 위해서 학교를 그만두었는지, 학교를 그만두었기 때문에 고향으로 돌아왔는지를 물어 보고 싶었다. 그러나 앉자마자 그것을 물어 본다는 것은 너무 단도직입적인 것 같아 차마 입이 떨어지지 않았다.

어느 쪽이라 하더라도 아내와의 사이에 의견의 차가 있었으리라는 것은 쉽게 짐작할 수 있는 일이었다. 그의 후줄근한 옷차림이나 집안의 썰렁한 분위기로 보아서 아내가 자주 내려와 돌봐 주고 가는 집이라기보다는 팔순이 가까워 보이는 노인네와 중년 홀아비가 그냥 그렇게 살아가는 집처럼 보였다. 방구석에 아무렇게나 쌓아둔 생활품이나 여느 농가와 마찬가지로 집안 곳곳에 흩어져 있는 농기구 등으로 보아서도 그의 생활이 그리 편안하지만은 않은 것 같은 느낌이 들었다.

어쩌면 한두 시간의 대면으로 20년이란 세월 동안 다른 것을 생각하고 다른 길을 걸어왔던 두 사람을 동질적인 끈으로 이어 주기를 기대했던 것이 무리였을지 모른다. 둘 사이엔 중간 중간에 말이 끊어지고 침묵이 흘렀다.

"자네가 작가가 되었다는 것은 알고 있었어. 어느 신문에서 자네의 글을 읽은 적이 있어."

한참만에 그는 다시 입을 열었다.

"글도 못쓰면서 이름만 얻었어. 그저 반풍수야. 작자라는 이름이 부끄러워……."

"자넨 예나 지금이나 너무 겸손해서 탈이야. 난 자네가 미국으로 간 줄 알았어……. 작가적 재능이야 그때도 다 인정하는 바였지만 자넨 미국에 더 열중하지 않았어?"

할 말이 떠오르지 않았다. 칭찬인지 핀잔인지 알 수 없는 그의 말에 말문이 막힌 나는 대답 대신 겸연쩍게 웃으며 술잔을 집어 들었다. 그의 말은 젊은 날 내 꿈의 좌절을 일깨우듯 가슴 깊은 곳을 치고 가면서 옛 기억 속으로 나를 던져 놓았다.

그와의 첫 만남, 싱그러운 5월의 교정, 늦은 밤 도서관, 가을날 잔

디밭, 그리고 숱한 밤 도시의 뒷거리에서 많은 날들을 함께 했던 기억들이 가을 빗줄기처럼 머리를 때렸다.

사실 그랬다. 미국은 그와의 만남, 그 출발점이었다. 미국에 대한 꿈을 안고 지방 대학이었지만 그래도 그 당시 미국 진출이 두드러졌던 K대학 영문과에서 그를 처음 만났기 때문이다. 많고 많은 대학 중 내가 왜 그 대학에 들어가게 되었는지 가끔 잘 이해가 되지 않을 때도 있었지만, 그 당시 그 대학의 영문과는 그런 대로 이름값을 하고 있었기 때문에 내가 그곳을 선택하게 되었다.

그러나 대학 시절은 그리 행복하지 못했다. 지방 대학에 다닌다는 사실이 나의 자존심을 많이 상하게 했기 때문이다. 좀 더 눈을 떴더라면, 좀 더 서두르지 않았더라면 그래도 내로라하는 대학에 진학할 수 있을 텐데, 하는 후회와 자괴지심이 늘 나를 따라다녔다.

즐거워야 할 신입생 시절은 방황으로 이어졌고, 그것이 간혹 자조와 과음으로 이어지곤 했다. 모든 것이 마음에 차지 않고 시시하게만 보였던 그 시절 교정에서 그를 만났다.

한국인의 비문화적인 식생활과 국민적 습성을 꼬집어 비유하면서 '한국인은 쌀벌레다'는 말을 자주 하곤 했던 철학 교수의 말에 내가 반론을 제기하면서 교양 철학시간을 격론의 장으로 만들어 놓은 적이 있었다. 그때 그 행동으로 교수의 눈 밖에 나서 보기 좋게 그 학기의 철학 점수는 C를 받았지만, 많은 학생들에게 나를 부각시킨 계기가 되었다.

그 날 강의가 끝나고 그가 나에게 와서 어깨를 두드렸다. 공감한다는 말을 몇 번이나 하면서 나를 추켜세웠다. 그때부터 그와 나는 매우 친하게 되었다. 학과 시간과 서클 활동은 물론이거나 도서관, 운동장, 심지어 화장실까지도 함께 다녔다.

그는 수더분하고 말이 적으면서 매사에 세심했다. 남에 대한 배려심도 있었다. 그러나 어딘지 모르게 그는 늘 외로워 보였다. 그가 나의 마음을 끌었던 것은 외로워 보이는 그 표정 속에서 느껴지는 진실함이었다. 그는 키도 크고 얼굴도 준수했다.

그의 말대로 과연 나의 눈 속에 감추어진 우수가 그의 마음을 끌었는지는 모르겠지만, 그가 나를 매우 신뢰하고 있었던 것만은 분명해 보였다. 70년대 중반에 대학에 다닌 사람들은 다 그러했겠지만, 유신 반대니 무슨 무슨 데모니 하여 휴교가 거듭되는 가운데 학교를 다녔기 때문에 시국 강연회나 비밀 집회 같은 것을 접하거나 참여할 기회가 그 만큼 많았다.

한 번은 그와 함께 학교 산악회 신입생 모임에 나갔는데 운동권 학생 단체였다. 나는 그 단체에 관심이 있어 참여하고 싶었으나 그가 원치 않았기 때문에 결국 그 단체에 가입을 포기하고 말았다.

그 당시 내가 국제 정세뿐만 아니라 국내 정치에 관심이 많았던 것은, 내가 다니던 대학의 대표적 반체제 교수였던 신동렬 교수의 반정부적인 발언과 사상에 영향 받은 바 컸다. 때문에 나는 반체제 학생 조직에 참여하기를 주저하지 않았다.

그는 나의 그러한 태도에 동경심을 갖고 있는 것 같았다. 그러나 그의 시국관은 중도적이었고 행동은 매우 조심스러웠다. 시국에 대해서 많은 점에서 공감하고, 국내 정치에 대해서도 상당히 깊은 관심을 가지고 있으면서도 그는 시국과 관련성이 있는 학생 서클이나 행사에는 참여하기를 꺼렸다.

나는 그의 그러한 행동이 이해되지 않았다. 그의 가슴엔 분명 정의의 혈기 같은 것이 흐르고 있는 것 같은데도 그것이 자신의 의지에 의해서 늘 눌려지고 있는 것처럼 보였다.

처음 얼마간은 그의 소심하고 신변 안전적인 태도가 좋게 보이지 않았다. 그래서 농담 반 진담 반으로 젊은 사람이 땅 짚고 헤엄치기 식으로 너무 그렇게 몸을 엎드려 살지 말라고 말한 적도 있었다. 그 때 그는 자신도 그러고 싶지 않은데 소심함 때문인지 행동이 따라 주지 않는다며 죄지은 사람처럼 부끄러워하곤 했다.

지나칠 정도는 아니었지만 내가 학생 운동에 참여하고 싶었던 것은 내가 그래도 국난 공신의 자손, 그것도 나라의 운명이 백척간두와 같은 시기에 나라를 구하기 위해 온몸을 던진 임란 공신의 자손이라는 자부심과 뼈대 의식, 그리고 그 조상의 피를 받은 자손으로서 부끄럽지 않게 살아야 한다는 생각 때문이었다.

나는 까마득히 어린 시절부터 사랑방에서 아버지와 함께 기거했기 때문에 어른들의 이야기를 통해서 선조들의 위업과 곧고 떳떳했던 삶에 대한 이야기를 들을 수 있는 기회가 많았다. 그래서 자연적으로 사회를 위해 봉사하고 떳떳하게 살아야 한다는 뼈대 의식 같은 것을 일찍부터 가지게 되었는지도 모른다.

그에게도 나와 비슷한 유교적 가문 의식과 사회 의식 같은 것이 있어 보이는데도 그의 행동은 늘 소극적이었다.

그러던 어느 날이었다. 2학년 가을 학기였는데 전국적인 대규모 시위로 시끌벅적하던 저녁이었다. 학교 앞 작은 주점에서 그를 만났다. 만나자는 전화를 받고 나간 자리였는데, 그는 같은 영문과에 다니는 여학생 장은령과 함께 나타났다.

그때 난 참 묘한 기분이었다. 많은 학생들이 나라의 장래를 생각하며 거리 시위를 하다 잡혀가고 거리 곳곳엔 깨어진 보도 블록과 돌멩이들이 뒹굴고 최루탄 냄새가 배어 매캐한 전쟁터와 같은 그 상황에 그가 여학생과 노닥거리며 여유작작하게 나타난 것에 실망감을 느꼈다.

　더구나 많고 많은 여학생 중에서 하필이면 한때 호감을 가지고 나를 따라다녔던 그 여학생과 함께 나타났다는 사실 때문에 그만큼 더 실망했고 배신감까지 느꼈는지 모른다.
　그 날 또 하나 나를 놀라게 했던 것은 그가 영문학과에서 일문학과로 전과를 하겠다는 것이었다. 이미 일문학과 지도 교수의 동의를 얻었다고 했다. 나는 마음이 매우 언짢았다. 그러한 문제라면 적어도 나에게 미리 이야기 할 수도 있었을 텐데, 그러지 않았다는 것은 그가 나에게 마음을 닫고 있었다는 것으로밖에 받아들여지지 않았다.
　그 날은 화가 나서 도망치듯 그 자리를 떠났다. 그러나 며칠 지나서 생각해 보니 그의 그러한 행동에는 그럴만한 연유가 있지 않았을까 하는 생각이 들었고, 어쩌면 내가 이해심이 부족한 것은 아니었을까 하는 생각도 들었다.
　그 날 그에게 보인 나의 행동이 미안하게 여겨졌다. 그래서 며칠 만에 내가 먼저 그에게 전화를 했다. 우린 아무 일도 없었던 것처럼 다시 만났다. 그 다음 학기부터는 전공을 달리하는 사이였지만, 학과 시간을 제외하고는 만나는 시간이 별로 변하지 않았다. 장은령과 그의 관계에 대해서는 서운한 점이 많았지만 한 발 물러서서 바라볼 수밖에 없었다.
　그러다 군대에 갔다. 제대와 더불어 같은 학기에 복학을 하고 우린 많이 성숙한 자세로 다시 만났다. 그러나 장은령은 이미 졸업을 하고 없었다.
　복학을 하고 나서도 유신 반대 데모는 계속 되었지만 나는 이제 복학생답게 좀 더 침착하게 행동하며 시위대의 앞에는 나서지 않았다. 그리고 궁정동에서 총성이 울린 그 해를 마지막으로 대학 마치고, 군인들의 총칼이 국민들을 향한 흉기가 되어 살기를 번쩍이는 그 해 겨울 고향으로 돌아왔다.

한때 정들었던 학우들을 기업체로, 대학원으로, 또 얼마는 외국으로 뿔뿔이 떠나보내고 나는 어머니가 쓰러졌다는 소식을 듣고 집으로 돌아왔다. 그 날 그는 고속버스 터미널까지 나와서 나를 배웅해 주었다. 그것이 학창 시절 그와의 마지막 만남이 되고 말았다.

고향으로 돌아온 날 밤, 나는 어머니의 모습을 보고 오랫동안 비어져 있던 먼지 쌓인 찬 방에 엎드려 울고 또 울었다. 끝없는 나락으로 떨어진 것 같은 참담한 그 밤을 뜬눈으로 새우며 나의 꿈도 접었다.

겨울비가 내렸다. 찬 비가 내리는 그 며칠 동안 나는 방안에 갇혀서 꿈도 출세도 좋지만, 어머니 곁에 머물러 있는 것이 어쩌면 더 중요할지 모른다는 생각으로 스스로를 위로했다. 사실 그 당시 미국에 대한 나의 꿈은 출세와 동경 때문만이 아니라, 한국 사회에서의 인간을 구속하는 법과 제도, 그리고 체면과 안면 같은 너무나 숨 막히는 듯한 사회적 관습으로부터 자유롭고 싶었기 때문이기도 했다.

한국 사회에서 나를 묶고 있는 여러 가지 구속에서 벗어나 진정한 자유의 정신으로 아메리카에서 날개를 펴고 싶었던 나는 꿈을 접고 결국 모교의 영어 교사가 되어 주저앉았다.

그는 대학원에 진학하고 때마침 대학 팽창의 열기 속에서 학위도 채 받기 전에 대학 교수의 자리를 잡았다는 소문을 들었다. 그것과 거의 동시에 장은령과 결혼한다는 연락을 받았다.

그러나 나는 축전만 한 장 달랑 보내고 결혼식에는 참석하지 않았다. 그 날 집안에 행사가 있어 시간이 나지 않은 이유도 있었지만, 그보다는 울적한 마음을 가지고 그들의 결혼식에 참석하고 싶지 않았기 때문이다.

그러나 종래 궁금했던 것은 장은령과 교제를 반대해 왔던 그의 부모를 어떻게 설득하여 결혼하게 되었느냐는 것이었다. 모든 일에 신중하고 유순하던 그가 장은령과의 사랑에선 친구를 무시하고, 또 부모의 반대도 뿌리칠 정도로 강인했던 것은 과연 어디에서 연유된 것일까, 그리고 그것이 과연 사랑의 힘이었을까, 하는 것이 그들의 결혼 소식을 들었을 때 떠오른 생각이었다. 솔직히 그들의 결혼에 대해 축복보다는 부러움과 한편으론 냉소적인 생각이 먼저 떠올랐다.

세칭 출세한 그의 결혼식에서 내 자신이 어쩌면 초라해질지도 모른다는 얄팍한 계산과 알량한 자존심 때문에 결혼식에 참석하고픈 생각이 선뜻 들지 않았던 것이다.

"자, 이 술은 황학산 모과로 담은 술인데 어디 한번 마셔 보게."

그가 다시 한 병의 술을 들고 와서 내놓을 때까지도 나는 옛 생각에서 벗어나지 못하고 있었다. 급하게 술을 마셨기 때문인지 그의 얼굴은 벌써 벌겋게 달아올라 있었다.

아직도 우리를 묶고 있는 서먹서먹한 분위기에서 벗어나기 위해서 우린 그만큼 더 빨리 술을 마셔야 했는지 모른다. 희미한 백열등 불빛 아래 그의 얼굴의 잔주름이 세월의 흔적처럼 드러났다.

그의 얼굴에 드리워진 그늘을 보아서도 교수로서의 생활이나 고향으로 돌아온 이후의 생활이 그리 순탄하지는 않았으리라는 짐작을 할 수 있었다. 하긴 산다는 것이 다 그렇고 그런 것인데 어찌 힘겹고 마음 아픈 일이 없었겠는가, 하는 생각을 하니 그의 얼굴은 더 어두워 보였다.

"자넨 휴머니스트였지. 아직도 인간적이었던 그 자세는 여전해 보이는군. 가끔 우리를 놀라게 하곤 했던 자네의 박식함이나 예리함이 난 늘 부럽고 때론 존경스러웠어……. 그리고 말이야, 난 자네가 은령을 따라다닌 나의 행동을 이해해 주었을 때 정말 감동했어."

그는 아직 격식과 체면의 허울을 완전히 벗어 버리지 못하고 있는 나의 태도를 꼬집기라도 하듯 의미 있는 말을 던지며 다시 술잔을 채웠다.

"지난날 자네가 했던 말은 오랫동안 나의 행동을 옭아매는 것들이 많았어. 술에 약은 자는 인생에 약은 자라던 자네의 말 아직도 유효하겠지?"

그는 감회에 젖어 옛 시절의 말을 들추었다. 이제 그의 자세는 많이 흐트러져 있었다.

"아! 아직도 그 말을 기억하고 있었어? 청춘의 객기에서 해 본 말들일 따름이야. 지금 생각하면 유치하고 부끄럽기 짝이 없어. 내가 아니라 자네야말로 노숙하고 무게가 있었지. 정말이야, 내가 부러워한 것은 자네였어. 자네의 완숙함 같은 태도 말이야. 그리고 자넨 사회적 지위도 얻고 좋은 아내도 얻고, 안 그런가? 사랑에도 성공하고 학문에도 성공했으니 말이야. 한때 난 정말 자네가 부러웠어."

"천만에. 난 처음부터 재능이 부족했어. 다만 시대의 흐름을 잘 탔을 뿐이야. 자넨 작가가 아닌가."

"작가도 작가 나름이지, 난 무명일 뿐이야."

난 겸연쩍은 마음에서 손을 저었다.

"그런데 자넨 정말 어떻게 된 거야?"

나는 비로소 묻고 싶은 말을 꺼냈다. 그는 한참 동안 입을 열지 않았다. 대답 대신 술을 비우고 그 잔을 나에게 건넸다.

"부끄러워…… 그렇게밖에 할 수 없었어……. 자넨 아마 이해할 수 없을 거야."

그는 고개를 떨구었다. 술 때문에 그의 의지가 약화되어 자제력을 잃고 있는 듯했다. 그는 잠시 괴로운 표정을 지었다. 다른 사람에게 선망의 대상이 되는 대학 교수라는 자리를 너무 쉽게 훌훌 벗어 던졌던 자신의 결정에 대한 후회 때문인지, 아니면 사회와 화합하지 못했던 자신에 대한 자조 때문인지는 몰라도 그는 괴로워하고 있었다.

"아내와는 별거 중이야. 반이혼 상태지. 아내조차도 나를 이해해 주지 않았어."

나는 말문이 막혔다. 뭐라고 더 물어볼 수도 어떠한 말로 위로할 수도 없었다. 집안의 썰렁한 분위기로 보아 자녀들의 교육 문제로 아내가 서울에 남아 있다는 그 말을 그대로 받아들이기에는 뭔가 좀 석연치 않다는 생각은 했었지만, 그가 아내와 반이혼 상태라는 말은 충격적이었다. 젊은 날 이것저것 볼 것 없이 사랑에 빠져 부모의 반대를 뿌리치고 결혼했던 그들이 반이혼 상태에 있다는 말은 다시 나의 머리를 어지럽게 했다.

사랑도 결국은 이기적이란 말이 실감났다.

'사랑은 사랑으로만 남지 않는다. 사랑은 시간이 지나면서 상처가 되기도 하고 증오가 되기도 한다'고 나는 그에게 농담삼아 말하곤 했는데, 그 말이 그의 삶에서 현실이 되고 만 것이 믿어지지 않았다. 한때 무작정 따라다녔고, 그래서 하나로 결합했던 그들의 사랑이 세월에 퇴색되어 별거중이라는 사실에 나는 말을 잃고 멍하니 그를 쳐다볼 수밖에 없었다.

"야. 기철이."

그는 내 이름을 불렀다. 정말 오랜만에 그가 부르는 나의 이름이었다. 그것은 그만큼 그가 가식을 벗고 있다는 뜻이기도 했다.

"정말 나를 찾고 싶었어. 내가 학교를 그만 둔 것은 나를 찾아 돌아온 과정일 뿐이야. 교수라는 것은 나를 묶는 허울 좋은 굴레에 지나지 않았어······. 사랑도 마찬가지였어, 감정의 유희에 지나지 않았어. 난 자유롭고 싶었어."

그는 취해 있었다. 취함으로써 그는 더 자유로워 보였다. 적어도 사회라는 굴레 속에서 자신의 의지와 시간이 구속당하는, 그래서 늘 내일에 대한 생각과 그 굴레 속에서 벗어나지 못하고 있는 내 자신과는 달라 보였다. 그는 마음이 자유롭기 때문에 그 만큼 술도 빨리 취할 수 있는지 모를 일이었다.

자정이 가까워 자리에 누웠다. 술상을 치우고 자리에 눕자마자 그는 잠이 들었다. 곧 코고는 소리가 났다. 나는 많은 양의 술을 마셨는데도 아직 정신은 말짱했다. 잠자리가 바뀌면 잠이 잘 오지 않는 오랜 버릇 때문이기도 하였지만, 그가 뱉어 놓은 말의 충격 때문에 잠이 오지 않고 정신은 점점 말똥말똥해졌다.

코 고는 소리를 피하려고 몸을 모로 세워 누웠으나 코 고는 소리는 여전히 귀를 때렸다. 그는 세상 모르게 잠에 빠져 있었지만 그가 한 말은 아직도 내 가슴을 흔들고 있었다.

"아내는 나보다는 자네를 더 좋아했는지 모른다. 몸 속에 일본인 피가 흐르고 있는 나보다는 같은 동족인 자네를 말이야. 그녀는 나의 사랑의 공세에 멋도 모르고 끌려왔지만, 마음속엔 늘 자네에 대한 동경 같은 것이 남아 있는 것 같았어. 동족 의식 같은 거 말이야······."

그는 마치 남의 말을 하듯 담담히 자신의 내면을 쏟아 내었다. 그의 아내가 나를 잊지 못하고 있다느니, 그의 몸 속에 일본인의 피가 흐르고 있다느니 횡설수설하는 말이 이해되지 않았다.

늘 예절 바르고 주도가 분명했던 그도 술이 취하니 이렇게 주정을 하는구나 하는 생각이 들었다. 그러나 다시 생각해 보니 술기운에 하는 소리라고 보기엔 그의 표정이 너무 진지했다.

장은령과의 관계도 그랬다. 비록 그녀가 나에게 호감을 가지고 있었다 하더라도 그들이 사랑에 빠져 결혼까지 하고 까마득한 세월이 지난 지금 와서 동경심이 남아 있느니 없느니 하는 말은 참으로 거북하게 들렸다.

그가 장은령에게 적극적인 구애 작전을 펼치기 전 그녀는 나를 따라 다녔다. 시험 기간 동안에는 일찍 나와 도서관에서 나에게 자리를 잡아 주는가 하면, 전공 과목의 공부를 도와 달라고 요청하기도 했다. 나는 그녀의 그런 태도가 싫지 않았고, 그러는 과정에서 정도 들었지만 나는 그녀에게 소극적이었다. 그녀는 내가 좋아하는 스타일이 아니었을 뿐만 아니라, 너무 도회적인 사고와 생활 방식이 시골 출신인 나에게는 부담스럽게 여겨졌기 때문이었다.

사랑의 환상은 짧지만 현실은 길다고 생각하고 있었을 뿐만 아니라, 사랑도 자유를 구속하는 장애가 될 수 있다고 생각했기 때문이다.

그러나 그는 장은령에게 적극적이었다. 다른 면에서 신중하던 평소 태도와는 달리 그는 그녀에겐 적극적이었다. 사랑엔 후회가 없는 것이다. 그는 그렇게 말하며 보란 듯이 그녀를 품안에 넣었다. 그래서 그들은 결합했다. 그런데 반이혼 상태라니, 그리고 그녀가 아직도 나를 생각하고 있다니 이해되지 않는 일이었다.

그러나 그의 그 다음 말을 듣고 나서야 나의 머리 속에 어리둥절하게 뒤엉켰던 생각과 의문점들은 어느 정도 가닥을 잡게 되었다.

그의 입향조는 사야가(沙也可). 임진왜란 당시 22세의 젊은 나이로 가토 기요마시(加藤淸正) 좌선봉장이 되어 내침하였다가 내침 3일 만에 휘하 병사 500여 명을 거느리고 경상도 병마절도사 박진에게 귀순하였고, 그 뒤 조선군에 가담하여 영남 일대의 전투에서 큰 공을 세웠을 뿐만 아니라, 조선군에게 조총과 화약의 제조법을 전수했던 신화적 인물 사야가. 국가에서 하사한 사패지(賜牌地)마저 사양하고 이곳 우록리로 칩거하였던 사야가 장군이 바로 그의 입향조라는 것이었다.

만난 지 30여 년 만에 털어놓는 조상의 내력이었다. 나는 그가 한 말의 충격에서 헤어나지 못하고 있는데, 그는 세상 모르게 잠에 빠져 있었다. 자리에 누운 지 한 시간이 좋게 지났는데도 잠이 오지 않았다. 이리저리 몸을 뒤척여 보았으나 잠이 오지 않긴 마찬가지였다.

그의 조상이 일본에서 귀화한 사야가 장군이란 것도 그랬지만, 아내와의 별거, 그리고 고향으로 돌아오는 과정이 마치 하나의 끈으로 옭매어져 있는 것 같아서 그 생각에서 쉬 벗어날 수 없었다.

그가 교수의 자리마저 버리고 홀연히 고향으로 돌아올 수 있었던 용기와 결단이 어쩌면 사야가 장군의 귀화의 용단과 끈이 닿아 있는지도 모른다는 생각이 들자 사야가 장군에 대한 생각이 갑자기 머리를 메웠다.

'일본의 대영주이자 그 나라에서 장래가 촉망되던 패기만만한 젊은 장군이었던 사야가. 토요토미 히데요시 이후 일본 차세대의 패권을 꿈꿀 수도 있었던 그가 조국을 배신하고 귀화하여, 그것도 전쟁 중에 투항하여 그 총부리를 동포 가슴으로 돌렸던 동기가 무엇이었을까?

조국에 대한 배신자였을까? 사무라이 세계에서 죽음보다 더 치욕적인 반역의 길을 택한 이유는 무엇이었을까. 순박한 조선 백성들에게서 감동 받았다는 강화 동기가 견강부회는 아니었을까. 그는 과연 토요토미 히데요시의 명분 없는 침략 전쟁에 반기를 든 것이었을까. 아니면 가토 기요마사와 대립 관계였을까. 그렇다면 그가 꿈꾸었던 것은 무엇이었을까. 그것이 국제 평화였을까. 아니면 전쟁 없는 사회, 야만인과 같은 그들 동포의 가슴에 총부리를 돌린 것이 진정 유교 문화에 대한 숭배 때문이었을까?'

아무리 생각해 보아도 그럴듯한 답은 떠오르지 않았다.

나는 방문을 열고 밖으로 나갔다. 마을은 온통 교교히 쏟아지는 달빛에 묻혀 고요하기만 했다. 사명대사가 군사 훈련을 하던 황학산 기슭에 흰 사슴이 나타나 그 사슴과 벗하며 살았다하여 붙여졌다는 우록 마을. 옹기종기 어깨를 맞댄 작은 집들이 마을을 둘러싼 병풍 같은 산들의 품에 안겨 조용히 잠이 들어 있었다.

옷 속을 파고드는 서늘한 밤 기운에 몸을 움츠리며 개울 길을 따라서 마을 아래쪽으로 내려갔다. 큰 나무들의 긴 그림자가 짙게 깔린 작은 다리를 지날 때 멀리 서쪽 웅숭깊은 계곡 사슴 목장에서 사슴 우는 소리가 간간이 들려 왔다. 굴참나무 가지 사이에 달빛이 으스스 떨고 있는 사당 앞에 이르러서 나는 다시 발을 돌렸다. 어둑한 나뭇가지 사이에 가려진 사당 어디에선가 귀기 같은 서늘함이 느껴져서 더 가까이 접근하기가 싫어졌다.

다시 방으로 돌아와 자리에 누웠으나 잠은 오지 않았다. 이 집의 주인인 그는 코가 막히는지 가끔 푸—푸 숨을 토하며 잠에 빠져 있는데 나는 잠이 오지 않았다. 다시 사야가 장군에 대한 생각이 떠올랐다.

사야가 장군이 참가한 동부 영남 지역에서 전투라면 나의 13대조 이한남(李翰南) 공이 지역 의병을 모아 왜군과 맞붙어 치열한 백병전을 거듭하던 바로 그 전투였다. 훈련원(訓鍊院) 부정(副正)으로 7년 전쟁 동안 많은 공을 세워 선무원종공신(宣武原從功臣) 공신록에 오른 전후 사정으로 보아서도 두 사람이 어떤 식으로도 만났으리라는 추측은 어렵지 않았다.

    가토 기요마사를 울산성에 고립시킨 조선 관군과 의병들은 연합 전선을 펼치고 있을 때 이한남 장군과 사야가 장군도 거기에 있었다. 장수들 간의 전략적 협력이 필요했다. 그래서 명나라의 마귀와 같은 장군도 관군과 전략을 협의해야 했다.

    그때 이한남 장군은 자신의 사재를 털어 군량미를 제공하고 있는 상황이었으니 사야가 장군이 이한남 장군과 합동 작전을 펴지 않을 수 없었던 상황이 된다. 울산성과 서생성 전투에서 두 사람이 세운 큰 공적만 보더라도 그때의 상황을 짐작할 수 있었다.

    참으로 묘한 인연이었다. 임란 공신의 후손인 내가 이 머나먼 사야가의 마을에 와서 그 후손을 통해 다시 조상을 떠올리고 있다는 사실은 역사의 우연치고는 참 묘한 일이라는 생각이 들었다.

    이런 저런 생각으로 몸을 뒤척이다 겨우 잠이 들었는데 눈을 뜨니 창문 가득 햇살이 스며들고 있었다. 그는 밖으로 나가고 없었다. 마당 한 구석에서 그의 기침 소리가 들리는 것으로 보아 오늘 할 일을 준비하고 있는 듯했다.

    아침 식사 후 집을 나서면서 나는 먼저 사야가 장군의 유적지를 둘러보고 싶다고 했다. 그는 쾌히 그러자고 했다.

    성급하게 잎을 떨군 키 작은 감나무에 익어가는 감들이 빨갛게 알몸을 드러내고 있는 골목을 지나 마을길을 따라 내릴 때 길가 논에서 벼를 베는 사람들의 모습이 매우 한가로워 보였다.

    사야가 선생의 뜻을 기리기 위해서 유림들에 의해서 설립되었다는 녹동(鹿洞)서원은 울창한 고목 사이에 몸을 숨기고 있었다. 키 큰 나무들 사이에 키를 낮추어 서 있는 것 같은 서원에 들어설 때 마치 400년 전의 정원에 들어서는 것 같아 고개가 숙여졌다.

사당에 들러 간단히 참배를 하고 잠시 서원 마루에 걸터앉았을 때 그는 말없이 앞산을 바라보기만 했다.

새로 지은 충절관에는 사야가의 일대기와 그 마을로 들어온 내력, 그리고 후손들에서 이르는 말들이 현판에 걸려 있었다. 그리고 향약과 때묻은 유품들, 그리고 그가 직접 만들었다는 조총도 전시되어 있었다. 그 중에서 가장 인상적이었던 것은 강화의 사유를 적은 효유서(曉諭書)였다.

아아, 이 나라 모든 백성들은 나의 이 글을 보고 안심하고 직업을 지킬 것이며 절대로 동요하거나 떨어져 흩어지지 말라. 지금 나는 비록 다른 나라 사람이고 침략군의 선봉장이 되어서 이 땅에 오기는 하였으나 차마 예의의 나라를 범할 수 없었으며 중화다운 민족을 해칠 수 없었다. 이 나라 백성들은 나를 이 땅을 침범하러 온 외국 사람으로 생각하지 말고 늙은이를 안심시키고 어린이를 보호하라. 밭갈이 할 사람은 밭에 가고 저자를 볼 사람은 저자에 가라. 나를 이 나라 사람과 같이 보고, 숨거나 피하지 말 것이며, 일손을 멈추지 말고 안심하고 농사짓고, 글을 읽어서 위로는 임금과 어버이를 섬기고 아래로는 처자를 보호하라. 그리고 한 사람의 군인이라도 횡포하거나 노략질하거나 난잡한 일을 하거든 나에게 고발하라. 만일 그런 자가 있다면 군율에 의하여 죽일 것이다. 동요하지 말고 안심하라. 그리고 나의 참 뜻을 알아주기 바란다.

조국을 버린 한 반전주의자의 고뇌와 인간애가 배어 있는 것 같은 한 구절 한 구절에서 마치 사야가 장군의 육성이 울려 오는 것 같은 기분이 들어 친구의 얼굴을 쳐다보았다. 그러나 그의 표정은 매우 어두워 보였다.

　해 묵은 소나무들이 우거진 서원 뒷산 묘소로 오르면서도 그는 무엇을 생각하고 있는지 말이 없었다. 삼란의 공신으로서 나라에서 하사 받은 사패지마저 사양하고 이 첩첩산중으로 들어와 소리 없이 묻혀 지내면서 후손들에게 '나서지 말고 은인자중하라'고 일렀던 조상의 말 뜻을 다시 새기고 있는지, 임금으로부터 김충선(金忠善)이란 성과 이름을 하사 받고 정이품 자헌대부에 올랐으면서도 몸을 낮추어 산 속으로 은둔했던 현실과 고뇌를 다시 짚어 보고 있는지 그는 말이 없었다.

　전쟁이 끝나고 사색당파의 각축 속에서 자칫 잘못 줄을 섰다가는 어떤 모함을 당해 목이 날아갈지도 모르는 정치 세계의 비정함을 사야가 장군은 뼈저리게 느끼고 있었던 것은 아닐까. 아니면 비록 귀화하였지만 피마저 조선인으로 바꿀 수 없다는 엄연한 자연의 이치를 너무나 잘 알고 있었기 때문에 귀화인으로서 스스로 은인자중하는 길을 택할 수밖에 없었던 것은 아닐까, 하는 생각이 들었다.

　묘소 앞에서 예를 갖추어 두 번 절하고 일어섰을 때 할아버지가 생각났다. 임란이 끝난 후 나라에서 내리는 관직을 사양하고 조용히 고향에 칩거했던 13대 할아버지의 처신이 사야가 장군의 전후 처신과 너무나 닮았다는 생각을 하면서 마을을 내려다보았다. 마을은 고요하고 아름다웠다. 마을을 내려다 보고 있는 그의 옆모습도 쓸쓸해 보였다.

　소나무 가지 사이로 마을로 기어오르는 버스 행렬이 보였다. 하루에도 몇 번씩 대형 버스가 들락거리며 일본인 관광객들이 몰려온다며 한숨을 쉬었다. 관광객을 맞기 위한 식당 촌으로 변해 가고 있는 마을의 현실이 안타깝다고 했다.

나는 그의 얼굴을 보면서 문득 4백 년의 세월이 지난 아직도 그들이 한국인으로 완전히 정착하지 못한 것은 아닐까 하는 생각을 했다.

그는 일본인 관광객들이 이 마을에서 무엇을 보려고 찾아오는지 모르겠다고 했다. 그들 역사 속의 배신자 후손들이 어떻게 살아가고 있는지 보고 싶어 찾아오는 것인지, 아니면 과거야 어떻든 한국에서 씨족 마을을 이루고 살아가는 동족의 후손들과 재회를 꿈꾸며 찾아오는 것인지 모르겠지만, 그들의 잦은 방문이 이곳 사람들의 뿌리를 들추어내서 삶을 흔들어 놓는 것 같아서 마음이 편치 못할 때가 많다고 했다.

산을 내려와 마을 입구에서 나는 그와 작별의 악수를 나누었다. 20년 만인 우리의 재회는 거기에서 끝났다. 그의 눈엔 뭔가 할 말을 다 하지 못한 것 같은 표정이 남아 있었다. 아쉽게 바라보는 그에게 언제 다시 한 번 오겠다는 말을 하고 차에 올랐다.

차에 오르는 그 순간까지도 나는 그가 왜 직장을 버리고 혼자 고향에 돌아왔는지에 대해서 더 이상 물어 보지 못했다. 다만 짐작컨대 그가 직장을 버리고 고향으로 돌아온 데에는 정체성이란 말로는 채 해명될 수 없는 깊은 고뇌와 심적 갈등이 있지 않았을까 하는 것이었다.

그는 조상 사야가가 그랬듯이 명예와 사회적 지위, 그리고 밥벌이가 보장된 자리를 버리고 자신을 낮추어 조용히 산골 마을로 돌아와 은인자중하며 살고 싶었는지 모르는 일이었다.

온갖 술수와 모략, 그리고 아부가 횡행하는 이 사회에서 그는 심적으로 좌절했을지도 모르고. 아니면 조상 대대로 은인자중하며 살던 생활 방식이 현실과 타협하지 못했기 때문인지도 모르는 일이었다.

학창 시절 시국과 관련된 일에는 그렇게 몸을 사렸던 것이나 아내와의 별거, 그리고 낙향에 이르기까지 모든 일들이 어쩌면 하나의 뿌리에서 연유되었을지 모른다는 생각을 하면서 길을 달렸다.
   대구와 청도를 가르는 험준한 팔조령을 넘어서 황금의 융단을 펼쳐 놓은 것 같은 넓은 들판과 많은 마을들을 지나고, 울긋불긋 옷을 갈아입고 있는 산줄기와 계곡들을 따라 돌면서도 나의 마음은 아직 그와의 재회를 끝내지 못하고 있었다.

(월간문학 2002년 4월호)

동계장과 신데렐라

똥계장과 신데렐라병

　야회복 심사가 끝나고, 제2부 수영복 심사에 이르자 분위기는 터질 듯 달아오르고 있었다. 25인조 시립 관현악단이 연주하는 환희의 찬가가 울려 퍼지면서 마침내 제2부의 막이 올랐다.
　잠시 어둑하던 공간에 오색 조명이 터지자, 무대는 갑자기 바람을 탄 듯 시선의 중앙에 떠올랐다. 벌집처럼 엉킨 조명등에서 쏟아져 나온 휘황찬란한 빛들이 입체적으로 뒤섞이면서 무대는 더 환상적인 분위기에 싸였다. 무대 옆에서 한 쌍의 남녀 사회자가 뛰어나와 마이크 앞에 가서 섰다. 그와 동시에 음악이 멎었다.
　여자 사회자가 입은 소매 없는 과일 무늬 홀터네크 블라우스와 미니스커트가 조명을 받아 매우 육감적으로 보였다. 탁구공을 튀기듯 톡톡 튀는 여자의 음성을 들으며 황도수 씨는 고개를 들어 다시 한 번 무대 주변을 살펴보았다.
　반원형으로 중앙이 돌출된 무대에 사회자를 중심으로 왼쪽에 대형 분수와 가로등 장식이 있고, 그 오른쪽은 심사위원석이었다. 심사위원석에는 이 대회의 명예 대회장인 시장과 대회장인 한국신문 지사장, KBC방송국장, 그리고 닥터 김 성형외과 원장의 모습이 보였다. 이들은 미인 선발 대회가 있을 때마다 거의 빠지지 않고 심사위원으로 참석하는 이른바 지방 유지들이다.

검은 양복 부대라고도 불려지는 이들은 속이야 어떤지 몰라도 겉으로 보기엔 진지한 표정으로 앉아 있었다.

"우리 시의 최고 미녀를 뽑는 미스 우리시 선발 대회, 오늘의 하이라이트인 수영복 심사가 있겠습니다. 자, 여러분, 끝까지 눈을 떼지 마시고 오늘밤 이 아름다운 미녀들을 지켜 봐 주십시오. 그럼, 제일 먼저 참가 번호 24번, 미스 중앙구 김자혜!"

유들유들하면서도 다소 저음인 남자 사회자의 말이 떨어지자마자 무대 뒤에 엷게 드리워져 있던 커튼이 올라가면서 환상 행진곡이 울려 퍼졌다. 이윽고 무대 뒤 자그마한 아치형 문을 통해 호명 받은 아가씨가 나타났다. 그녀는 로마네스크식 원형 계단을 내려와서 무대 중앙으로 걸어나왔다. 박수가 터졌다. 휘파람을 불어 대는 사람도 있었다. 아가씨의 표정이 상기되었다. 아가씨는 나팔꽃같이 활짝 웃으면서 관중석을 향해 손을 흔들어 답례를 했다.

이번엔 여성 사회자가 다시 다음 참가자를 호명했다. 사회자의 호명에 따라서 참가자들은 마치 자석에라도 끌려오듯 차례차례로 무대 앞으로 걸어나왔다. 그리곤 심사위원석 앞을 빙 돌아서 다시 무대 중앙에 가서 한 줄로 섰다. 그들은 하나같이 심사위원석 앞을 지날 땐 고개를 숙여 인사를 했다.

꽃들의 잔치였다. 하나같이 얼굴이 예쁘고 몸이 싱그러워 보였다. 아마 이 자리에 같은 부서에 근무하는 나이 든 박 주사가 있었더라면 볼 것도 없이, '아 저 귀여운 것들! 보기만 해도 오늘밤은 회춘을 하겠네'라고 떠들어 댔겠지만, 황도수 씨는 자신이 그 자리에 있다는 것이 어쩐지 쑥스럽고 어색하게 생각되어 마음이 편치 않았다.

그는 무대 바로 앞에서 벌거벗은 젊은 여자들을 빤히 쳐다보고 있는 자신을 누군가가 보고 있을 것 같기도 하고, 자기 딸과 같은 처녀들의 벗은 몸을 쳐다보고 있다는 것이 왠지 멋쩍고 점잖지 못한 일로 생각되어 한 곳에 눈을 두고 있을 수가 없었다.

그는 눈을 옆으로 돌려 관중석을 훑어보다가는 다시 의자 아래 자신의 신발을 내려다보았다. 그리고 얼마 뒤 다시 고개를 들어 무대 위로 눈을 던졌다. 벌써 여덟 번째 참가자가 걸어 나오고 있었다.

참가자들은 등이 깊게 패이고 엉덩이가 과감히 노출된 파란색 수영복을 입고 있었다. 야회복과는 달리 수영복은 색상과 형태가 통일된 지정복이었다.

그는 여자 수영복에 대해서 별로 아는 게 없었지만, 참가자들이 입고 있는 수영복이 파란색 바탕에 노란색 꽃 무늬가 섞여 있어서 역동적이면서도 화사한 이미지를 강조하고 있는 것 같은 느낌을 받았다. 어찌 보면 시스루 소재를 활용하면서 레이스와 작은 리본으로 낭만적인 멋을 한껏 살리고 있는 것 같기도 하고, 꽃 무늬 소재와 등 부분에 교차되는 끈으로 관능미를 최대로 살리는 데 역점을 두고 있는 것 같기도 했다.

그러고 보니 그랬다. 비단 수영복뿐만 아니라 참가자들의 걸음걸음이나 손을 흔들며 웃고 있는 모습까지도 모두가 어찌하면 조금이라도 더 관능적으로 보일까 하는 데 초점을 모으고 있는 것 같았다.

호명 순서에 따라 참가한 아가씨들은 속속 무대로 나왔다. 이름과 참가 번호가 호명될 때마다 장내엔 떠나갈 듯이 박수가 터져 나왔다.

그리고 이들이 무대 중앙을 지나갈 때는 마치 경쟁이라도 하듯 여기 저기서 플래시가 터졌다.

이럴 땐, 물 오른 여체들의 퍼레이드라고 해야 옳은 말일까? 무대는 벌거벗은 젊은 처녀들의 몸으로 점점 더 뜨거워지고 있었다. 냉정해지려고 했는데 이게 어찌된 일인지, 하나같이 윤곽이 뚜렷한 얼굴에 터질 듯이 부풀어오른 가슴, 그리고 미루나무처럼 미끈하게 뻗은 아가씨들의 다리를 보자, 황도수 씨는 자신도 모르게 자꾸만 가슴이 뛰었다.

그는 아내로부터 이 자리에 꼭 참석해야 한다는 말을 들었을 때 여간 거북하지 않았다. 왠지 쑥스럽고 민망스런 생각이 들어서 마지막 순간까지 망설였다. 그러나 막상 와서 보니 달랐다. 마치 환상의 세계에 와 있는 것같이 황홀한 무대에 열광적인 환호를 받으며 막 물에서 튀어나온 인어처럼 사뿐사뿐 걸어가는 젊은 미녀들을 보고 있으니 '과연 청춘은 좋은 것이로구나!' 하는 생각이 들었다.

그러나 그러한 생각은 잠시였고, 딸아이의 차례가 가까워지자 그는 다시 마음이 불안해지기 시작했다.

'잘 해낼 수 있을까? 저렇게 늘씬한 아가씨들 사이에서 창피를 당하는 것은 아닐까? 그러나 어쩌겠는가 이미 엎질러진 물인데, 아무튼 잘 되어야 될 텐데.'

짧은 순간에 많은 생각들이 머리를 헤집고 지나갔.

사실 그는 이 자리에 오기 전까지만 해도 다 큰 처녀가 많은 사람들 앞에 벌거벗고 나가서 소위 심사위원들이란 사람들에게 심사를 받는다는 것 자체가 도저히 이해가 되지 않는 일이었다. 수영복을 입는다고는 하지만 그것이 중요한 부분만 살짝 가릴 뿐이고 그저 다 내어놓는 것이나 마찬가진데, 그걸 입고 어디에 나선다는 말인가.

그는 처음 딸아이가 '모델 메이킹'인가 하는 학원에 등록해서 미인 선발 대회에 나가 보겠다는 말을 했을 때, 하도 기가 차는 일이라서 일언지하에 거절해 버렸다.

그는 딸아이의 말이 하도 어이가 없는 일이라서 그 다음날 출근을 했으나 온종일 일이 손에 잡히질 않았다. 아무리 생각해도 해괴망측한 일로 여겨졌다.

'조선왕조 오백 년 동안에 2 정승 5 판서를 배출한 해주 황씨의 뼈대있는 집안에 이 무슨 일이란 말인가……. 망신살이 뻗쳐도 분수가 있지!'

그는 이렇게 생각하며 마음의 문을 굳게 닫아걸었다. 아내가 문제일 것 같았지만 이번 일은 물러설 수 없는 일이었다. 그래서 그는 어떤 일이 있어도 딸아이가 미인 대회에 참가하는 것을 허락해 줄 수 없다고 단호하게 마음을 굳혀 먹었던 것이다.

그러나 그 결과는 뻔했다. 한판 싸움이었다. '안 된다'는 그의 말이 떨어지기가 무섭게 아내는 벌겋게 달아서 막말을 퍼부어댔다.

"당신 같은 남자와는 이제 더 못 살면 못 살지, 절대 우리의 뜻을 굽힐 수 없어!"

첫마디가 반말짓거리였다. 언제나 그랬듯이 아내의 말은 따발총 같았다.

"그 쥐꼬리만한 월급으로 당신이 딸아이를 평생 먹여 살릴 거야? 지 인생 지가 살아가게 해주어야지, 왜 아이의 인생길을 가로막고 성취를 방해하고 있나 이 말이야? 그 고리타분하고 케케묵은 촌놈의 사고 방식을 가지고 있으니 그 말단 공무원에 만년 계장, 그것도 나이 오십이 넘어서 그 잘난 놈의 똥공장 계장 딱지 하나 떼지 못하고 있지!"

아내의 말이 비수처럼 그의 가슴에 와 꽂혔다. 늘 그랬듯이 이런 순간이 되면 아내에겐 이성이나 체면 따윈 찾아 볼 수 없었다. 그냥 생각나는 대로, 혀 돌아가는 대로 말하면 그만인 여자였다.

그녀가 자신의 생각에 빠져 있을 땐 말이란 것이 상대적인 것이 아니라 철저하게 자기만의 감정을 쏟아내는 도구에 지나지 않았다.

그녀는 아무리 감정이 격해도 부부 사이엔 해서는 안 되는 말이 있다는 것을 몰랐다. 그녀는 자신의 말이 남편에게 얼마나 치명적인 상처를 주며 삶의 의욕마저도 상실케 하는가 따윈 상관하지 않았다.

말끝마다 샐쭉거리거나 삐쭉거리며 변덕이 심하고, 화가 나면 자기 감정에 빠져 물불을 못 가리는 여자와 맞붙어 봤자 소리만 나고 치고 받는 소란이 벌어질 것이 뻔한 일이었다. 그래서 될 수 있으면 아내가 하는 일에 무관심하거나 체념한 채 살아 왔다. 그런데 이번에는 딸아이와 관련된 일이라서 사정이 달랐다.

"미스 코리아란 한국 여성의 최고의 명예이자 가장 빠르고 가장 확실한 출세가 보장된 자리란 것을 몰라서 그래? 거기엔 돈과 명성, 그리고 여자로서 당당한 성취와 보람, 뿐만 아니라 여자로서 누릴 수 있는 모든 것이 다 있는 자리란 것을 어찌 당신만 모른단 말이야! 모든 사람의 선망의 대상이 되는 그 자리, 생각만 해도 가슴이 뛰는데 당신만 언제까지 그런 숙맥 같은 소리나 하고 궁상을 떨 거야! 내 참, 이봐요 당신, 아니 황도수 똥계장님!"

아내는 이제 입가에 야릇한 미소까지 머금은 채 그를 쳐다보았다.

"아니, 이 여자가 정말 죽으려고 환장을 한 거야!"

그는 아내를 노려보았다. 똥계장이란 시 하수과 하수 종말 처리장 담당 계장인 그를 두고 친구들이 농담 삼아 붙여준 이름이었다.

'그러나 아무리 그렇기로서니 남편을 보고 똥계장이라니.'

그는 심한 모멸감에 눈이 뒤집혀질 것 같은 기분을 느꼈다.
"아니, 그 쥐꼬리만한 봉급으로 여기까지 살아온 게 다 누구 덕인 줄 알고나 있어? 꼴에 여자 알기를 또 우습게 알고 말이야! 내가 무슨 당신의 종이나 되는 줄 알아, 응?"
아내는 탁자 위에 놓은 신문지에다 퉤— 침을 뱉으며 발딱 자리에서 일어났다.
황도수 씨는 둔기로 정수리를 얻어맞은 것처럼 앞이 아찔했다. 순간 몸을 주체할 수 없을 정도로 분노가 치밀어 올랐다.
"이 못된 여자가 입이 뚫렸다고 어디에다 감히 나오는 대로 내뱉고 있어! 닥치지 못해!"
그는 치가 떨렸다. 움켜쥔 주먹으로 두어 번 허공을 내리치다가 아내에게서 얼굴을 돌려 버렸다. 지그시 어금니를 깨물었다. 그러면서 그는 참아야 한다고 생각했다. 등뒤에 쏟아지는 아내의 앙칼진 소리가 마디마디 칼날이 되어 자신의 몸에 난도질을 하고 있는 것 같았다. 그는 가슴을 누르며 부엌으로 갔다. 마시다 둔 소주병을 찾아 선 채로 꿀꺽꿀꺽 몇 모금을 마시고 옆방으로 갔다.
벽에 기대어 담배를 빼물었으나 좀처럼 마음이 가라앉지 않았다. 가만히 생각해 보니 자신의 모습이 초라하고 못나 보였다.
"딸년이나 여편네 모두가 이미 허파에 바람이 들어 저 모양인데, 내가 말린다고 무슨 소용이 있겠어……."
그는 지그시 눈을 감았다. 수많은 생각들이 밀려왔다.
'아내가 언제 이렇게 변했을까?'
생각할수록 아내는 너무나 변한 것 같았다.
'고등학교를 졸업하고 지방직 행정 공무원이 되어 오늘에 이르기까지 박봉에 시달리면서도 근 이십 몇 년 동안을 나는 그래도 공무원이라는데 긍지와 보람을 느끼며 앞만 보고 달려왔는데. 그래서 늦게나마 계장이라는 직책까지 달았는데, 그까짓 계장이라니.'

아무리 생각해도 어이가 없었다. 이건 딸아이의 문제가 아니었다. 그는 자신을 형편없이 깔아뭉개고 있는 아내에게서 심한 배신감을 느꼈다.

'아내가 왜 이리 변했을까? 신혼 초부터 못된 성깔은 좀 있었으나 이 정도까지는 아니었는데.'

가만히 생각해 보니 아내가 눈에 띄게 달라지기 시작한 것은 '여성의 자리 찾기 모임'이라는 단체가 운영하는 '여성 대학'인가 뭔가 하는 곳에 나가면서부터였던 것 같았다. 그곳에 나가면서부터 아내는 가정을 돌보기보다는 밖으로 나돌아다니는 시간이 더 많아졌다. 첫째 딸아이를 키울 때도 그랬고, 둘째 딸아이를 키울 때도 그랬다. 그 잘난 '여성 자리 찾기 모임'에 자원 봉사를 한다고 파출부에게 월 30만 원을 주면서 아이를 양육시켰고, 둘째 아이는 친정 어머니가 절반을 키우다시피 했다.

여성도 자신의 일을 가져야 한다는 것이 그녀의 주장이었다. '남편도 가사를 분담해야 되고, 여자들은 가정에만 들어앉아 있을 것이 아니라 사회에서 자신의 자리를 찾아가야 한다'는 것이 그녀가 여성 대학과 기타 여성 단체의 행사에 나돌아다니면서 배운 것이었다.

어디에서 주워들었는지, 그녀는 걸핏하면 '우리 사회의 규범과 제도 모든 것이 남성 중심으로 되어 있기 때문에 여자들이 앞장서서 그것을 분쇄하고 남성과 싸워나가야 한다'고 말하곤 했다.

"남녀간의 이 불평등한 사회의 모순을 타파하고 지금까지 억눌려 온 여성들의 권익을 찾기 위해선 가정이나 자식과 같은 굴레를 깨고 나가야 한다, 이 말이에요."

아내는 이런 말을 서슴없이 해댔다. 어찌 보면 아내는 억압받던 시절의 민주 투사와 같아 보였다. 타고난 고집에다가 어설프게 주워들은 몇 마디 말을 좌우명 삼아 악다구니를 해대는 아내를 보고 있으면 정말 치가 떨리는 때가 많았다.

"지 속곳도 못 꿰매 입는 것이 관청 바느질 나간다더니!"

한 번은 그가 이 말을 했다가 새파랗게 변해 달려드는 아내에게 또 한 차례 곤욕을 치러야 했던 적이 있었다.

천지가 없어도 그녀가 해야 하는 일은 아침 늦게까지 늘어지게 자는 것이었다. 피로가 쌓이면 병이 된다는 이유에서였다. 잠자리에서 일어나선 보통 세수도 안한 채 텔레비전 채널을 이리저리 돌려 '여성 시대'인가 뭔가 하는 프로그램을 보거나, 아니면 십중팔구가 왜곡된 사랑 이야기를 다루고 있는 아침 드라마를 본다.

몇 명의 젊은 여자들이 나와서 시시콜콜 남편의 약점을 들춰내거나, 심할 경우엔 남편의 성기 크기까지 운운하면서 남성을 깔아뭉개고 희화의 대상으로 삼는 소위 '여성 프로그램'을 보면서 박수를 쳐대는 것도 아내의 일과 중 하나였다. 오후엔 차를 몰고 백화점이나 패션쇼 장을 둘러보고 시간이 남으면 황토방이나 찜질방에 가서 땀을 빼야 한다.

황도수 씨는 아내의 이런 생활 태도를 잘 알고 있었다. 처음엔 도저히 이해가 되지 않았으나 살면서 많은 것을 이해하게 되었다. 그는 '아내에게 별로 해준 것이 없는데 그것쯤은 이해해야 되지 않겠나'라고 생각했다.

그러나 그가 정말 이해되지 않는 점은, 아내가 그렇게 남성 타도, 남녀 평등을 외쳐 대면서도 정작 자신의 딸아이를 인간 차별화와 여성 상품화의 상징인 미인 선발 대회에 내보내겠다는 것이었다.

결혼 십년 만인가, 30대 중반이었던 그녀가 난데없이 어느 방송국에서 주최하는 미시 선발 대회에 나가겠다고 했을 때는 그런 대로 이해를 했었다. 그때 그녀는 그 나이에 몸매를 가꾼다고 아침부터 수영장에 가고, 낮 시간엔 우유 마사지, 저녁엔 이스트 팩, 몸이 늘어난다고 남편과의 잠자리 기피 등 그냥 웃어넘길 수 없는 촌극을 많이 벌였지만, 그는 젊은 여성들이 겪는 히스테리거나 열병일 걸로 생각하고 넘어갔다.

그런데 그녀에게 잠들어 있던 병, 신데렐라 콤플렉슨가 공주병인가 하는 그 병이 자신의 딸아이를 통해 다시 나타나고 있다는 사실에 그는 울컥 울화가 치밀었다.

그러나 그는 딸아이의 미인 대회 참가를 막겠다던 그 싸움에서도 결국 아내에게 지고 말았다. 그래서 그 다음날부터는 딸아이는 본격적으로 학원에 등록해 미인 대회를 준비하게 되었던 것이다.

"참가 번호 32번, 황미자!"

그는 번쩍 정신이 들었다. 딸아이의 이름이 들려왔기 때문이다. 딸아이의 이름을 부르는 남자 사회자의 목소리가 고압의 전류처럼 그의 몸을 타고 돌면서 구석구석 신경의 올을 일으켜 세웠다. 마치 고무줄로 조르듯 몸이 탱탱하게 긴장되어 왔다. 그는 불안한 표정으로 무대를 올려다보았다.

딸아이는 무대 뒤쪽 붉은 카펫이 깔린 로마네스크식 계단을 사뿐사뿐 내려오고 있었다. 여느 참가자들과 마찬가지로 푸른색 수영복에 뒷굽이 높은 흰색 에나멜화를 신고 있었다. 걸음걸이는 안정되어 보였다. 무대 중앙을 돌아갈 땐 오른손을 흔들어 관중석에 인사를 하고 다시 무대 중앙에 가서 섰다.

그는 딸아이의 여유 있는 모습을 보니 다소 마음이 놓였으나 불안하기는 마찬가지였다. 그는 고개를 돌려 옆 자리에 앉아 있는 아내를 쳐다보았다. 얼굴이 긴장되어 있기는 아내도 마찬가지였다. 그녀는 엉덩이를 들었다 놓았다 안절부절못하더니 급기야 일어서서 손을 흔들어대기 시작했다.

"예쁘게 입술을 당기며 웃어!"

그녀는 손을 흔들어 딸아이에게 뭔가 신호를 했다. 주변 사람이 보고 있다는 것 따위는 아랑곳하지 않았다.

황도수 씨의 눈에는 무대에 서 있는 참가자들의 체격이나 몸매, 그리고 얼굴 모양이 우열을 가릴 수 없을 정도로 비슷비슷해 보였다. 큰 키에 균형 잡힌 몸매, 거기에 한껏 부풀려 올린 퍼머넌트 머리까지 어떻게 그렇게 하나같이 비슷비슷한지 구별하기 어려웠다. 어느 아가씨를 보아도 자신의 딸아이보다는 더 균형 잡힌 몸매에 얼굴도 예쁘고 똑똑해 보였다.

그는 조마조마한 마음에 가슴이 하도 답답하여 휴— 하고 한숨을 내쉬었다.

여성 신체에 매력의 포인트가 어디에 있는지도 잘 모를 정도로 미적인 감각이 둔한 그의 눈으로 얼른 보아도 알 수 있었던 것은 참가자들이 하나같이 성적인 매력을 최대로 강조해 보이고 있다는 점이었다.

가슴은 풍만하게, 허리는 잘록하게, 그리고 엉덩이 선은 부드러우면서도 볼륨 있게 하여 보는 사람으로 하여금 충동이 일게끔 소위 섹스어필에 중점을 두고 있었다.

'이게 무슨 미스 코리아 선발 대횐가? 색기 많은 여자를 뽑기 위한 대회지!' 하는 생각이 잠시 그의 머리를 훑고 갔다.

생각해 보니 딸아이부터가 그랬다.

아내가 딸아이를 섹시하게 만들기 위해서 쏟아 부은 노력은 가히 눈물겹다고 해도 지나친 말은 아닐 것 같았다.

아내는 몸에 군살이 붙는다고, 돼지고기, 닭고기는 물론이고, 쇠고기도 기름기가 많다 싶은 것은 딸아이의 식탁에 올리는 법이 없었다. 아침 일찍 출근하는 남편의 식사는 열흘에 한두 번 챙겨줄까 말까 하면서도 딸아이의 식사만은 자신이 철저히 관리하였다. 생선 중에서도 못 생긴 갈치, 아구, 쥐고기 같은 것은 먹이지 않는 것은 물론, 제 할머니 제사를 지내고 가져온 떡이나 과일, 심지어 큰집에서 가져온 음식은 촌스럽다고 먹이지 않았다.

제 애비는 자랄 때 한 번이라도 마음놓고 실컷 마셔 본 적이 없는 우유를 욕조에 풀어 목욕을 시키는 일이 허다한가 하면, 섹시 업 브라, 섹시 메이크 로션, 섹시 큐 블라우스, 섹시 마일드 파운데이션, 섹시 파티 란제리, 섹시 칼라 마스카라 등 그녀가 딸아이를 위해 구입한 화장품이나 내의 등 생활용품 중에 섹시란 말이 들어 있지 않은 것은 찾아 보기 힘들 정도로 딸아이를 섹시하게 만드는 일에 돈과 노력을 쏟아 붓고 있었다.

책이라면 벽을 쌓은 것이나 다름없는 그녀가 어디에서 보았는지 리차드 덴전가 하는 한 무명 작가가 쓴 『섹시한 돼지』라는 책을 사들고 왔을 때는 감각이 무딘 그도 탄복해 입이 다물어지지 않았다. 그러나 그건 약과였다.

이 대회가 있기 불과 보름 전이었다. 미국 포르노 잡지에서 잘 벗는다고 어떻게 인기를 좀 얻은 이승희인가 하는 누드 모델이 한국에 온다는 소식을 듣고는 직접 한 번 보아야 한다며 딸아이를 데리고 김포공항에까지 달려가는 열성을 보였을 때는 정말 그도 어안이 벙벙했다.

딸아이를 섹시하게 만들기 위해서 아내는 정말 눈물겹다 할 정도로 혼신의 힘을 쏟아 왔다. 그러나 황도수 씨의 눈에는 아내의 이러한 행동이 한 마디로 분수를 모르는 행동으로 보였다. 어찌 보면 그것은 극성을 넘어 일종의 병적 증상으로 보이기까지 했다.

그러나 아내의 이 극성스러움에 어떻게 제동을 걸 수 있는 방법이 없었다. '아내에게 바른 말은 곧 부부싸움'이라는 경험에서 얻은 등식이 이미 머리 속에 깊이 박혀 있는 그로서는 쓴 소리하여 싸우고, 말 안하고 며칠을 속 아프게 지내느니, 차라리 피해 가는 것이 현명한 일이라고 판단할 수밖에 없었다. 참견의 불화보다는 방관의 평화를 위한 체념이었다.

그가 오랜 세월 동안 겪어 왔던 아내와의 갈등은, 돌이켜 보면 진저리쳐질 정도로 지긋지긋한 상처가 되어 가슴 깊은 곳에 도사리고 있었다. 그러다 보니 딸아이에게 아내가 하는 일을 그저 바라만 보고 있을 수밖에 없었다.

아내를 급격하게 바꾸어 놓은 것은 여성 단체였지만, 목련회라는 여고 동창모임도 빼놓을 수 없는 역할을 했다고 그는 생각했다.

여고 시절 가깝게 지내던 친구들이 한 달에 한 번씩 모여 동창계를 하면서 아내는 남편에 대한 불평불만이 점차 늘어갔다. 32평 아파트가 비좁고 초라하다며 48평으로 옮긴 것도, 구입한 지 2년밖에 안 되는 신형 소나타를 신형 그랜저로 바꾼 것도 다 여고 동창계에 나가고 나서 일어난 일이었다.

내려다 볼 줄은 모르고 올려다 볼 줄만 아는 아내가 동창계에 갔다 온 날엔 이유 없는 화를 내고 혼자 욕을 해대거나, 아이들을 볶아대는가 하면 심지어 '밥 처먹는 모습까지도 지애비를 닮아서. 아유, 지겨워!'하는 말을 서슴없이 뱉어 내곤 했다.

남의 아이들이 학급에서 상을 탔다는 말이라도 듣는 날이면 괜히 속이 상해서 아이들에게 분풀이를 해 댔다. 끝에서 겨우 몇 번째 하는 딸아이 때문에 자존심이 상했던 모양이었다.

딸아이가 많고 많은 아이들이 다 들어가는 4년제 대학을 두 번이나 낙방했을 때, 아내의 얼굴은 데쳐 놓은 푸성귀와 같았다. 몇 번의 실패 끝에 한심전문대학에라도 들어가게 된 것은 아내의 입장으로 보아선 불행 중 다행이었다. 그것도 고등학교 시절까지 사진 한 장 제대로 찍어 본 적이 없는 딸아이가 사진과에 들어간 것은 전적으로 아내의 노력 때문이었다고 황도수 씨는 생각하고 있었다.

그런데 일의 발단은 전문대학을 졸업하고 몇 개월 동안 하는 일이 없이 집에서 빈둥거리고 있던 딸아이가 우연히 제 에미를 따라서 동네 미장원에 들른 데서 비롯되었다. 미용사가 치레 말로 '할 일 없으면 미스 코리아 학원에나 한 번 다녀 보지'라고 한 것이 에미와 딸아이의 마음을 들뜨게 했던 모양이었다.

미용사에게서 추천 받은 학원은 '모델 메이킹'이라는 곳으로 한때 연예인 뚜쟁이 사건으로 세상을 놀라게 했던 도민봉인가 하는 영화배우가 운영하는 모델 전문학원이었다.

그 학원에 문의차 들렀다가 무슨 얘기를 들었는지 그 날 저녁 딸아이는 눈빛이 달랐다. 물론 그는 반대했다. 여느 때와 달리 그의 반대는 단호했다. 반대 이유도 분명했다.

"그 나이에 미스 코리아가 뭐며, 또 다 큰 처녀가 정숙치 못하게 뭇 사람들 앞에 벌거벗고 나가서 '내가 이렇게 생겼습니다' 하는 것이 그 무슨 망측한 일이냐"며, 그리고 '사람이 자신의 분수를 알아야 한다'는 것이 반대 이유였다.

그러나 그 결과는 뻔했다. 단단히 벼르고 시작했던 싸움이 한 판에 끝나고 말았다. 아내의 악다구니와 거기에 딸년까지 문을 걸어 잠그고 시위를 벌이는 바람에 그는 깨끗이 두 손 들고 말았던 것이다.

"에라, 모르겠다! 죽이 되든 밥이 되든, 너희들 마음대로 해라!"

그는 아내와 싸움으로 또다시 마음에 상처만 입고 물러서고 말았다. 일단 그가 양보하자 아내는 언제 그랬느냐는 듯 헤헤거리며 엉덩이로 바람을 날렸다.

학원의 한 달 교습비가 자그마치 이백만 원이었고, 거기에 개인 특별 교습비가 오십만 원, 의상 사용비가 오십만 원이었다. 교재비와 특별 행사가 있을 때마다 내는 실습비는 별도였다. 학원과는 별도로 수영을 배우는 데 이십만 원, 가야금을 배우는 데 삼십만 원의 교습비가 들었다.

딸아이는 아침밥을 먹고 학원에 가서 워킹과 자세 교정, 화법, 화장법, 맵시 있게 옷 입기 등 기본 기술을 익히고 오후엔 수영장과 가야금 교습소에 들렀다. 집에 와서는 거울 앞에서 워킹 연습, 바디 메이킹으로 하루를 보냈다.

그런데 학원에 다니고 나서 8개월 뒤엔가 이웃 군(郡)에서 개최한 호박꽃 선발 대회가 있었다. 그 고장의 명물인 호박을 특산품으로 개발하여 농민의 소득을 올리고 생산을 장려한다는 취지에서 군 기획실과 농협이 중심이 되어 개최한 '제1회 호박꽃 아가씨 선발 대회'에 그 학원에서 세 명이 참가하게 되었다.

운이 좋았기 때문인지 참가자가 적었기 때문인지는 몰라도, 딸아이가 어떻게 미스 호박꽃 미(美)로 선발되었다. 부상으로 받은 백만 원은 의상비와 화장비의 절반도 되지 않지만, 아내와 딸아이는 너무나 기뻐했고 마치 하늘에라도 오른 표정들이었다. 그것도 그럴 것이 딸아이가 학원에 다니기 시작한 지 2개월 뒤부터 국내의 크고 작은 미인대회에 출전하여 거둔 첫 수확이었기 때문이었다.

딸아이는 지방마다 거의 하나씩은 다 있는 미인 선발 대회에 참가하기 위해 세 차례나 허위로 주민등록을 옮겨 다녀야 했다. 제주도 감귤 아가씨, 하동의 차(茶)여인, 금산의 인삼 아가씨, 진영의 단감 아가씨, 영양의 고추 아가씨 선발 대회가 다 딸아이가 참가한 대회였다.

그러나 그 많은 대회에서 영양의 고추 아가씨 선발 대회를 제외하고는 거의 예선에서 탈락하고 말았기 때문에 '호박꽃 아가씨' 미(美)로 선발된 것은 참으로 기쁜 일이었다.

황도수 씨는 호박꽃이라는 명칭이 썩 마음에 들진 않았지만, 그래도 그간 많은 돈과 노력을 쏟은 대가로 딸아이가 미스 호박꽃 미로 선발된 것에 다소의 위안이 되었다.

그러나 그 위안도 잠시고 곧 마음이 상하는 일이 또 일어났다. 어느 날 퇴근을 해서 집에 돌아왔을 때였다. 딸아이는 검은 안경을 끼고 식탁에 앉아 있었다. 이유인즉 쌍꺼풀 수술을 하고 수술 부위를 보호하기 위해 검은 안경을 끼고 있다는 것이었다.

굳은 표정으로 앉아 있는 딸아이의 모습이 흉측하게 느껴졌다. 정말 속이 상했다. 그러나 이해하고 넘어가야 할 것 같아서 혀 안에 맴도는 말들을 담배 연기에 섞어 삼키며 못 본 척 아무런 말도 하지 않았다.

그런데 어느 날 아내는 딸아이의 가슴 확대 수술을 하는데 돈이 필요하다며 정기 적금을 해지해야겠다고 했다. 그리고 다음날 바로 서울로 가서 '옥유두 성형외과'에서 가슴을 부풀리는 수술을 했다.

아내가 딸아이의 유방 확대 수술을 해야겠다고 생각하는 것은 아마 울산의 '배꽃 아가씨' 선발 대회에서 진으로 선발된 유방미라는 아가씨의 풍만한 가슴을 보고 나서였던 것 같았다. 가슴이 빈약해선 심사위원들의 눈길을 끌 수 없다는 것이 아내의 생각이었다.

수술을 받고 일 주일 만에 집에 돌아온 딸아이의 가슴은 평소 입고 다니던 티셔츠가 터질 것 같아 보일 정도로 커져 있었다. 그러나 애비가 이렇다 저렇다 말할 수 있는 성질의 것이 아닌 것 같아서 이번에도 그냥 모른 체 넘어갈 수밖에 없었다.

딸아이는 불과 몇 개월 사이에 몰라보게 달라졌다. 눈과 가슴이 다 달라졌다. 아내의 눈으로 보아 조금이라도 부족하다 싶은 부분은 다 고친 셈이었다. 그러나 아내가 못내 안타깝게 생각하는 것은 치아였다. 다른 부분은 그런 대로 서구형으로, 아니면 역대 미스 코리아의 수준으로 뜯어고칠 수 있었으나 치아만은 어떻게 손을 써 볼 수가 없었다. 그렇다고 생니를 뽑고 의치를 해 넣을 수도 없는 일이었다. 그래서 아내는 또 속이 상했던 모양이다.

아내는 이제 딸아이의 이가 약간 앞으로 튀어나온 것은 '애비를 닮아서 그렇다'며 그를 보고 노골적으로 화를 내기 시작했다.

황도수 씨는 정말 기가 찰 노릇이었다.

'타고난 남의 이를 가지고 생트집을 잡다니.'

기분 같아서는 살이 찢어지도록 뺨이라도 때려 놓고 싶었지만 꾹 참으며 아무런 내색을 하지 않았다. 담배를 빼물고 돌아서면서 생각하니 참으로 분하고 억울한 생각이 들었다.

'이런 소리까지 들어가며 이 여자와 살아야 하는가?'

가정이란 것에 대한 깊은 회의가 밀려왔다. 하지만 그는 치솟는 분노를 누르며 담배를 물고 창 밖을 내다보았다. 그는 곰곰이 생각해 보았다. 아내의 말대로 딸아이의 이가 다소 자신을 닮은 것은 사실인 것 같았다.

그가 보기엔 딸아이의 이가 얼굴의 미적인 균형을 깨뜨릴 정도로 못나 보이지는 않았다. 명모호치(明眸皓齒)라 했던가, 미인이 되려면 눈동자가 맑고 이가 희어야 한다는 말 정도는 그도 알고 있었다. 그렇지만 딸아이의 이가 오히려 개성있는 매력의 포인트가 될 수 있을 것 같기도 했다.

그러나 아내의 생각은 달랐다. 현대 여성의 이는 길고 희며 섹시해야 한다는 것이었다. 그런데 딸아이의 이는 길이가 짧은 데다가 끝이 약간 앞으로 튀어나와서 성적 매력을 떨어뜨리고 있다는 거였다.

처음 학원에 갔을 땐 원장도, 딸아이의 이가 예쁘게 생겼다고 하다가, 요즘 와선 어찌된 영문인지 딸아이의 이를 보고 너무 한국적으로 생겨서 서양식 기준으로 미인을 뽑는 미스 코리아 선발 대회 같은 데선 다소 불리할 수밖에 없다는 말을 했다는 것이다.

남편의 말이라면 콩으로 메주를 쑨다 해도 믿지 않지만, 남의 말이라면 팥으로 메주를 쑨다 해도 믿을 정도로 귀가 얇은 아내에게 그 말이 충격적으로 들렸을 게 뻔했다. 유방이나 코, 눈꺼풀 같은 것은 채점 기준에 맞추어 뜯어 고쳤지만 치아는 어떻게 손을 써 볼 수가 없었던 것이다. 그러다 보니 아내는 수시로 속이 끓어올랐을 것이다. 일이 잘 되지 않는 것이 딸아이가 애비의 못생긴 이를 닮았기 때문이라고 생각하니 남편의 모습이 찌그러진 냄비만큼이나 보기 싫어졌을 것이다.

'치아만 잘 생겼더라면 미스 코리아쯤은 어떻게 잘 하면 되고 남았을 텐데 말이야. 되는 길이 좀 어려워서 그렇지, 되기만 하면 그 많고 많은 화장품, 란제리, 백화점 전속 모델에 해외 여행, 방송 출연, 그리고 인기 프로의 MC와 탤런트로 탄탄대로를 달려갈 수 있을 텐데 말이야!'

아내는 이런 생각이 들 때마다 억울하고 속이 상해서 남편이 미워졌을 것이 뻔했다.
늘 불만에 차 있던 아내도 딸아이가 호박꽃 아가씨 선발 대회에서 미로 선발되고 난 뒤 표정이 많이 밝아졌고, 전보다 더 열심이었다.

아내의 표정이 다시 침울해 보였다. 얼마 전까지만 해도 들떠서 안절부절못하던 아내의 표정이 갑자기 침울해져 있었다.
'또 그놈의 이 때문에 걱정을 하고 있는 건가?'
그는 슬쩍 아내를 훔쳐보았다. 아내가 딸아이를 따라 대기실에 들어가지 못했기 때문일 것 같기도 했다. 그녀는 주최측에다 보호자 자격으로 대기실에 들어가게 해달라고 몇 번이나 애원했으나 규정상 그럴 수 없다고 거절당하자 기분이 상한 모양이었다.
남양군 호박꽃 아가씨 선발 대회에서는 그래도 미용사 자격으로 대기실에까지 들어가서 딸아이를 도와줄 수 있었는데, 이번 대회는 처음부터 참가자 본인을 제외하고는 누구도 대기실에 들어갈 수 없게 되자 아내는 힘이 빠진 모양이었다.
어떻게 해서라도 그녀가 대기실에 들어갈 수 있었더라면 딸아이에겐 큰 도움이 되었을 것이다. 화려한 무대 뒤에 있는 대기실이란 곳은 어찌 보면 인간의 모습이 가장 적나라하게 펼쳐지는 곳이었다. 아무런 부끄럼 없이 옷을 벗고, 입고, 화장을 고치고, 팬티를 끌어내린 채 테이프를 붙여 엉덩이를 당겨 올리는가 하면, 심지어 진행 요원들이 지켜보고 있는 데서도 거리낌 없이 옷을 갈아입어야 한다. 그러다 보니 참가자들은 허둥대기 마련이다. 그래서 누군가가 들어가서 함께 있어 준다면 딸아이에게 크게 도움이 될 것이다. 그러나 대회 규정상 출입을 통제 당하자 아내는 힘이 빠졌고, 무대 뒤에서 허둥거릴 딸아이를 생각하니 마음이 놓이지 않는 모양이었다.
 그는 다시 한 번 아내의 얼굴을 쳐다보았다. 아내는 엉덩이를 들었다 놓았다 하며 안절부절못하고 있었다.
 "이제 마지막으로, 35번 김양자!"
 남자 사회자는 마지막이라는 말에 힘을 주었다. 35번을 마지막으로 호명은 끝났다. 참가자들이 줄을 서서 무대를 한 바퀴 돌고는 다시 에어로빅을 추는 자세로 가볍게 몸을 흔들어 보였다.
 딸아이는 무대 중앙을 돌아갈 때 표정이 다소 긴장되어 보이긴 했으나 걷는 자세도 유연하고 춤을 추는 자세도 자연스러워 보였다.
 '저 처녀들 중에서 과연 누가 미스 진으로 선발될까? 딸아이가 진이 될 수 있을까? 운만 따라 준다면 될 수도 있겠지. 그러나 힘들 거야. 그래도 대회에 참가한 것만으로도 그게 어딘가. 진·선·미로 선발되지 않는다 하더라도, 참가한 그 자체만으로도 만족해야지. 하긴 저기 저 자리에 서기까지 쏟은 노력과 돈은 아마 집에서 여기까지 오는 도로에다 깔아도 얼마는 남을 액수이겠지만, 돈이란 게 뭐 그리 중요한가. 다 쓰기 위해서 버는 것인데, 그것도 자식을 위해 쓰는 것인데…….'
 그는 갑자기 딸아이가 대견스럽다는 생각이 들었다. 어릴 때부터 얼굴이 예쁘다는 이야기는 들어왔지만, 그래도 내로라하는 저 미녀들 사이에 딸아이가 서 있다는 것이 자랑스러워졌다. 처음 미인 대회에 나가 보겠다는 말을 했을 때 반대했던 일들이 다시 머리에 떠올랐다. 아내와 다투던 아픈 기억들이 화려한 조명 속에 떠올랐다 지워졌다.
 수영복 심사에 뒤이어 연예인이 함께 하는 참가자들의 장기 자랑이 있었고, 그것이 끝나자 잠시 멀티비전 화면에 대기실의 장면이 비쳤다. 참가자들은 양 옆으로 배치된 의자에 앉아 있었다. 화장을 고치거나 고개를 숙인 채 가만히 앉아 있는 아가씨도 있었고, 카메라를 의식해서 억지로 웃음을 짓고 있는 아가씨도 있었다.

왼쪽 중앙에 앉아 있는 딸아이의 모습이 화면에 나타났다. 옆에 앉은 사람과 뭔가 이야기를 나누고 있었다. 웃고 있었으나 불안한 표정이었다. 지금 이 초라한 순간에도 그 초조함을 숨긴 채 억지로 웃음을 짓고 있는 딸아이의 모습이 안쓰러워 보였다.

화면에 딸아이의 모습이 비치자 아내는 다시 엉덩이를 들썩이며 좌불안석이었다. 뭔가를 이야기라도 할 듯 손을 입가에 가져가 뗐다 붙였다 하더니 갑자기 고개를 돌렸다. 그리곤 바로 뒷줄 오른쪽에 앉아 있는 모델 메이킹 학원장을 쳐다보았다. 학원장은 덤덤한 표정으로 웃고 있었다. 그녀는 여유 있게 아내의 눈길을 받아냈다. 그리곤 다시 시선을 무대 쪽으로 던졌다. 그때 심사 결과를 들고 온 남자 사회자가 마이크 앞에 섰다.

"자, 그럼 우리시의 최고 미인을 뽑는 미스 우리시 선발 대회, 오늘의 입상자를 발표해 드리겠습니다!"

끝말에 힘을 준 사회자는 잠시 뜸을 들이더니 다시 입을 열었다.

"먼저 장려상! 참가 번호 26번, 김미선!"

호명과 동시에 멀티비전 화면엔 대기실에서 벌떡 일어나 기뻐하는 아가씨의 모습이 비쳤다. 팡파르에 이어 행복 행진곡이 울려 퍼졌다. 뒤이어 포토제닉상이 발표되었다. 그리고 매너상, 인기상, 미스 태평양, 미스 해태백화점, 미스 한국신문, 미스 에스콰이어 등으로 이어졌다.

딸아이의 이름은 호명되지 않았다. 이럴 때 기분은 참 묘했다. 딸아이의 이름이 빨리 호명되었으면 하는 조급한 마음과 될 수 있으면 더 늦게 상위권에서 이름이 불려졌으면 하는 마음이 묘하게 뒤섞였다.

멀티비전 화면엔 계속해서 대기실에서 기다리고 있는 참가자들의 모습이 비쳤다. 한 명씩 호명되어 무대로 뛰어나갈 때마다 남아 있는 아가씨들은 한결같이 호명되어 뛰어나가는 아가씨의 모습을 부러운 눈으로 쳐다보고 있었다.

"미스 우리시 미! 참가 번호 21번, 이영란!"

황도수 씨의 귀엔 부드러우면서도 톡톡 튀는 듯한 여자 사회자의 목소리가 이젠 매정하게 들렸다. 하나씩 부를 때마다 마치 날카로운 바늘이 귀를 꿰뚫고 지나가는 듯 온몸이 오싹해졌다. 아내의 표정은 더 초조해 보였다. 아내는 마치 금방이라도 숨이 막혀 넘어갈 듯 긴장된 표정이었다. 그녀는 뚫어지게 사회자의 입을 바라보고 있었다.

멀티비전 화면엔 방금 미스 미로 호명되어 무대로 나오던 아가씨가 대기실 입구에서 넘어지는 모습이 비쳤다. 이제 호명되지 않고 남은 사람은 다섯 사람이었다. 총 34명 중 29명이 그런 대로 하나씩은 다 상을 받았다. 남은 다섯 명 중에서 한 명이 진이 되고 나머지는 탈락된다.

시간이 지날수록 아내의 얼굴은 더 창백해졌다. 두 손을 모으고 다소곳이 앉아 있는 모습이 마치 순진한 어린 소녀의 모습처럼 보였다. 이 사람에게도 이런 면이 있었나 싶을 정도로 아내는 기가 죽어 있었다. 황도수 씨 자신도 초조하기는 마찬가지였다.

"그럼, 이제 오늘의 최고 미인인 미스 우리시 진을 발표해 드리겠습니다."

남자 사회자는 일부러 자신의 음성이 떨리게 하고 있었다. 장내는 잠시 조용해졌다. 아내는 고개를 들어 다시 무대를 올려다보았다. 마치 성단을 올려다보며 심판을 기다리는 노 사제의 모습처럼 엄숙하고 진지해 보였다.

황도수 씨는 그 날 처음으로 아내의 새로운 모습을 보았다. 성격이 표독스럽고 교만과 아집으로 똘똘 뭉쳐져 있는 것 같던 그녀의 모습에서 순간적이나마 인간적인 면을 보는 순간 가슴이 뭉클해졌다.

"미스 진! 참가번호 22번 김유선!"

결과는 아내의 바람 따위는 아랑곳하지 않았다. 아내의 바람이 무엇이든 기분이 어떻든 상관없이 음악은 흘러나왔다.

아내는 고개를 갸우뚱했다. 그리곤 믿어지지 않는 듯 몇 번이나 무대를 향해 고함이라도 내지를 듯한 자세를 취했다. 그리곤 울음을 터뜨렸다. 억울하다는 표정이었다. 어깨를 들먹이고 발을 동동 구르며 소리내어 울었다. 마치 사회자가 쪽지에 적힌 딸아이의 이름을 다른 사람의 이름으로 바꾸어 읽어 버리기라도 한 것처럼 아내는 결과를 믿으려 하지 않았다.

"내 돈! 내 도온……"

앞 의자의 등받이를 잡고 울먹이던 아내가 갑자기 이상한 말을 신음처럼 흘렸다.

'돈이라니? 똥이 아니고?'

그는 얼른 이해가 되지 않았다. 처음엔 아내가 뭔가를 착각하고 있는 것으로 생각했다. 이상하게 돌아가는 분위기에 어안이 벙벙해 있던 그는 한참만에야 비로소 일주일 전엔가 아내가 하던 말이 불현듯 생각났다. 진·선·미에 들어가려면 심사위원들에게 큰 것으로 한 장씩은 써야 한다던 말이었다.

'그렇다면, 이 여자가 심사위원에게 돈까지 썼단 말인가?'

그는 온몸에 힘이 쭉 빠졌다. 그러나 관중석에서 터져 나오는 환호

소리에 자신의 신음 소리는 묻혀 버리고 말았다.

팡파르가 울려 퍼지면서 미스 진으로 뽑힌 아가씨가 무대 위에 뛰어나왔다. 박수 소리가 요란했다. 아가씨는 감격해서 울고 있었다. 멀티비전 대형 화면 위에 비친 아가씨의 눈물이 매우 행복하게 보였다.

그러나 황도수 씨의 귀엔 팡파르가 장송곡만큼이나 구슬프게 들렸다. 그는 앞이 캄캄했다. 딸아이가 탈락한 것이 문제가 아니라 그로 인해서 가정에 어떤 불화가 닥칠지 모른다는 생각이 머리를 할퀴고 갔다.

보나마나 아내는 오늘의 이 화풀이를 자신에게 해댈 것이며 그래서 또 한판 싸움이 벌어질 것이 뻔했기 때문이었다. 아내가 딸아이의 탈락이 제 애비의 이를 닮았기 때문이라고 생떼를 쓰며 성화를 부려댈 것을 생각하니 그는 온몸에 소름이 돋았다.

이제 무대에 화려하던 조명이 꺼지고 작고 초라한 형광등 몇 개가 희미하게 텅 빈 무대를 비추고 있었다. 행사의 끝을 알리는 '올드 랭 자인'도 끝나고 사람들도 거의 자리를 떴다. 그러나 아내는 무엇을 생각하고 있는지 주인 없는 의자의 등받이를 잡고 엎드려 움직이지 않았다.

황도수 씨는 흔들리는 몸을 가누며 일어났다. 그는 천천히 출구 쪽으로 발을 옮겼다. 구내 매점 어디쯤에서 흘러나온 폴모리아 악단의 구성진 선율이 잔잔히 귀를 때렸다.

그가 출구 문 앞에 섰을 때 기둥에 부착된 장식용 스테인레스 판 위에 자신의 모습이 비쳤다. 거울처럼 반들거리는 스테인레스 판 위에 비친 자신의 모습이 작고 초라해 보았다. 얼굴은 많이 일그러진 모습이었으나 치아는 분명 그대로였다.

오십 년이라는 세월 동안 자신의 몸에 영양을 공급해 준 고마운 이, 태어나서 한 번도 불평해 본 적이 없는 이가 죄스럽게 느껴졌다.
"더러운 세상, 부모님이 물려준 이 고맙고 튼튼한 이가 죄가 되다니!"
그는 손가락 끝으로 두어 번 꾹꾹 죄 없는 치아를 눌러 보았다.

(월간문학 97년 10월호)

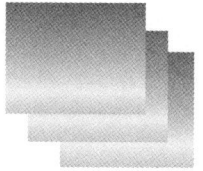

처용을 아십니까

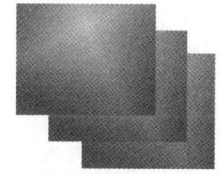

처용을 아십니까

김철용 씨는 거실 벽 시계의 뻐꾸기 소리를 듣고 잠을 깼다. 눈을 뜨자 온 몸이 얼얼하게 쑤시고 아파서 움직이기 어려웠다. 그는 머리맡에 놓여 있는 담뱃갑을 잡으려고 팔을 뻗치다가 온통 피로 얼룩진 손을 보고 적이 놀랐다. 이부자리며 베갯잇에도 군데군데 피의 흔적이 선연했다.

그는 습관적으로 고개를 돌려 옆 자리를 보았다. 아내의 자리는 비어 있었다. 터지고 찢어져 핏자국이 굳어 있는 모습을 아내가 보았더라면 엎어진 사람 되밟는 격으로, 할 말 안 할 말 다 하며 괴롭힐 것이 뻔한 일이었다. 그런데 마침 집에 없으니 그나마 불행 중 다행이었다.

장수 생명 보험의 생활 설계사 부장인 그녀는 무슨 무슨 교육이다, 사원 관리다 하여 늘 바쁘다. 오늘도 그렇다. 그녀는 서울 본사에 교육을 받으러 가고 벌써 이틀째 집을 비우고 있다.

잦은 출장으로 가끔 다투곤 하였지만 오늘은 아내가 집에 없다는 것이 오히려 마음이 놓여 푸— 하며 크게 숨을 내쉬었다.

아무리 생각해 보아도 이해할 수 없는 일이었다. 너무나 순식간으로 일어나는 일이라서 어떻게 생각하니 한 판 몹쓸 꿈을 꾼 것 같기도 하고, 가늠할 수 없는 어떤 환상의 늪에 빠졌다 나온 것 같기도 했다.

그는 피 묻은 손을 보면서도 어젯밤 일이 도저히 자신의 일로 받아들여지지 않았다. 지난 가을 이웃집에 사는 최성도 씨가 강남 클럽 영상 주점에서 술을 마시고 집으로 돌아오던 길에 불량배들에게 삼십만 원이 든 지갑과 백금 반지를 빼앗겼다는 말을 들은 적은 있지만 자신이 이렇게 봉변을 당하리라고는 생각도 하지 못했다.

'어떤 놈들일까?'

그는 다시 한 번 곰곰이 짚어 보았다. 놈들의 언행으로 보건대 그들이 노린 것은 금품이 아닌 것은 분명해 보였다. 놈들은 분명 누군가의 사주를 받거나, 아니면 놈들이 직접 처음부터 그를 노린 계획적이고 보복적인 테러였을 것 같은 생각이 들었다. 순간 그도 모르게 등골이 오싹해졌다.

그러니까 일이 일어났던 것은 어젯밤 11시를 좀 지나서였다. 저녁 7시 처용 문화원에서 주최하는 처용 미술 세미나 준비 모임에 참석하고 돌아오는 길이었다. 그런데 모임이 있었던 바로 그 호텔 로비에서 뜻밖에 직장 후배 박준석을 만나는 바람에 시간이 늦어지고 말았다.

저녁 이른 시간이었는데 준석은 이미 반술이나 되어 있었다. 준석은 그를 보더니 매우 반가워했다. 준석은 자신이 막 술을 마시고 나온 바로 그 호텔 바로 그의 손을 끌었다. 딱 한 잔만 하자는 것이었다. 그래서 둘은 호텔 바 '리도'에서 양주 한 잔씩을 시켰는데 결국

한 병을 비우고 말았다.

　성격이 사교적이고 호탕해 술이 취하면 흰 까마귀 검은 까마귀 안 가리고 누구하고나 어울려 한 잔만 더 하자고 팔을 잡아당기는 준석이었다. 그런데 어젯밤엔 그답지 않게 자리에 앉자마자 아내에 대한 불만과 흉을 털어놓기 시작했다. 그러더니 그는 급기야 부들부들 치를 떨면서 다짜고짜로 '다 죽여버리겠다'며 들고 있던 술잔을 테이블로 내리쳤다.

　준석의 이야기인즉 그의 아내가 같은 아파트에 사는 젊은 아주머니들과 계를 한다며 몇 번 밤 나들이를 하더니, 어느 날은 새벽녘에야 집에 들어와서 품안을 파고드는데 가만히 보니, 몸에서 온통 술 냄새가 나더라는 것이다.

　"여자도 사람인데 그럴 수도 있지 않겠나 싶어 그 날은 없었던 일로 하고 그냥 넘어가 버렸지요. 그런데 말입니다. 그 뒤 가만히 보니 이게 유별나게 옷차림에 신경을 쓰는가 하면 슬슬 잠자리를 빼는 것이 아무래도 이상하더라구요. 그렇게 생각하지 않으려 해도 어딘지 모르게 자꾸 뒤돌아보이는 데가 있어서 말입니다.

　하루는 큰맘 먹고 출장을 간다고 해 놓고 집 근처 비디오방에 앉아서 거의 한나절을 기다렸는데, 아니나 다를까 그것이 말입니다. 오후가 되기 바쁘게 꼬리를 살랑거리며 집을 나오더니 바로 그 비디오방 앞에 대기중이던 어떤 놈의 차에 올라타는 게 아닙니까.

　내 참 기가 막혀서 말입니다. 혹시 내가 잘못 본 게 아닐까 싶어, 눈을 닦고 다시 봐도 그건 분명 내가 날마다 안고 자는 내 마누라더라구요. 육감이랄까요, 분명히 이런 일이 있을 것 같아서 나를 드러내지 않기 위해서 미리 준비해 둔 렌트 카를 타고 뒤따라 가 보았더니 말입니다. 그것들이 그랜드 호텔 뒷골목에 있는 어느 카바레 앞에 가서 내리는 게 아닙니까. 그러더니 남자의 팔짱을 딱 끼고 그 안으로 쑥 들어가더라구요. 당장 달려들어 머리채를 낚아채 버릴까 하다가 그냥 따라 들어가 보았지요.

그런데 그것이 어느새 남자의 품에 안겨 춤을 추고 있는 게 아닙니까. 그 순간 정말 피가 거꾸로 흐르는 것 같더라구요. 기분 같아선 당장 때려죽이고 싶었지만, 잘못 건드렸다간 내 창피만 당할 것 같고, 하는 수 없이 꾹 참고 집으로 돌아올 수밖에 없더라구요."

준석은 잠시 말을 멈췄다. 그리곤 술잔을 들어 입으로 가져갔다. 그의 얼굴이 우울해 보였다.

"그때 기분이란 정말, 보일러 통이 가슴 속에서 끓고 있는 것 같더라구요. 그런데 말입니다. 그것이 새벽녘에야 집에 돌아와서 한다는 말이 걸작이더라구요. 친구의 남편이 외국 출장을 가는 바람에 친구 집에 모여 놀다가 그만 늦어지고 말았다고 말을 꾸며 대면서 사주에 없는 애교까지 부려 대는 게 아닙니까. 빤히 알고 있는 사실을 입에 침도 안 바르고 꾸며 대는 것이 하도 기가 차서 말이 안 나오더군요. 가만히 노려보고 있으니 그런 일이 한두 번이 아니었을 것 같은 생각이 들더라구요."

준석의 말은 충격적이었다.

"뭐 부인이 춤바람이 났다고?"

그는 어안이 벙벙했다. 준석과 그의 아내 선화는 그가 막 과장으로 진급하여 근무하던 동진 건설 업무과 사내 커플로 맺어졌다. 준석은 전문 대학을 졸업하고 신입 사원으로 입사한 새내기 선화를 손때 문기 전에 자기 사람으로 만들어 버린 일로 사내에 화제를 뿌렸다. 그들은 같은 또래의 사내 동료들로부터 부러움과 눈총을 함께 받으며 사랑의 드라마를 펼쳐 마침내 결혼에 성공했다.

준석은 결혼 후에도 회사 일을 참으로 열심히 했다. 그는 결혼한 지 3년 만에 회사가 선정한 '자랑스런 동진인, 설계 명장으로 선정되어 또 한 번 화제를 뿌렸다. 준석은 전 사원들의 선망의 대상이 되었다. 그것도 그럴 것이 준석은 입사한 지 불과 7년 만에 회사 초유의 자랑스러운 동진인, 설계 명장으로 선정되어 장래가 불보다 밝은 사람이 되었으니 말이다.

'그는 외국어에 능통하다', '기사 자격증이 열 몇 개다' 하는 따위의 말들이 준석의 이름 뒤에 늘 따라다녔다. 더구나 준석은 그가 받은 연간 상여금 50퍼센트를 노사 협력 기금으로 내놓아 신문에까지 그의 이름이 오르내리게 되었다.

그러나 그런 일이 있고 나서 일 년 뒤 충격적인 사실이 밝혀지면서 준석은 회사를 떠나야 했다. 자랑스런 동진인, 설계 명장이라는 화려한 명칭과 그를 따라다니던 숱한 신화들이, 회사가 필요로 하는 하나의 전형적인 사원상(像)을 만들기 위해서 본사 기획부에 의해서 조작되었다는 것이었다.

그것을 처음 밝혀낸 것은 노조 소식지 편집부였다. 많은 사람들이 충격을 받았다. 그러나 준석은 담담하게 대처했다. 그는 능력 있는 사람이었기 때문에 곧 다른 회사에서 일자릴 구할 수 있었다.

다른 회사로 옮겨간 뒤에도 준석은 일 년에 두세 번씩은 꼭 철용 씨를 찾아오는 일을 잊지 않았다.

그런데 언제 보아도 양순해 보이던 그 준석의 아내 선화가 바람이 났다는 것이 철용 씨는 좀처럼 믿어지지 않았다. 준석은 술잔을 들고 끝내 눈물까지 보였다.

"예끼, 이 처용보다 못난 사람! 여편네 때문에 울다니."

그는 안타까운 생각이 들어서 그렇게 말을 하고 자리에서 일어났다. 남의 일인데도 가슴이 공허하고 씁쓸했다. 준석을 보내고 돌아서면서 생각해 보니 자신의 아내는 거기에 비하면 그래도 순하고 착하다는 생각이 들었다. '코가 좀 센 것이 흠이긴 하지만 준석의 아내에 비하면 얼마나 다행인가' 하는 생각을 하면서 터벅터벅 택시 승강장 쪽으로 발을 옮겼다.

현대 빌딩 자동차 전시장 앞을 막 지날 때였다. 주차장 빈터에 서서 뭔가 이야기를 나누고 있던 네댓 명의 청년들이 갑자기 그를 둘러싸더니 각목 같은 것으로 어깨를 내리쳤다. 너무나 순간적으로 일어난 일이었다. 자신도 모르게 입이 딱 벌어지면서 비명이 나왔다. 비틀거리며 한 발 뒤로 물러서려는데 또 한 녀석이 그의 복부를 걷어찼다. 그는 숨이 막혀 그 자리에 쓰러지고 말았다. 놈들은 쓰러져 있는 그의 머리 위에 쓰레기통 같은 것을 덮어 씌웠다.

"이 새끼 주둥아릴 찢어 버려. 다시는 입을 열지 못하게!"

날카로운 목소리가 들렸다. 그러자 한 놈이 구둣발로 그의 오른팔을 내리밟았다. 뼈가 으스러지는 것 같은 고통에 다시 비명을 질렀다. 말로만 듣던 밤거리 불량배들로부터의 피습이었다. 사람이 쓰러져 있는 것을 보고도 행인들은 말없이 슬슬 피해서 갔다. 온갖 오물을 다 뒤집어쓰고 얼굴과 손에 피범벅이 되어 집에 돌아왔던 때가 자정이 좀 넘어서였다.

대충 몸을 씻고 자리에 누웠으나 온몸이 욱신거려 잠이 오지 않았다. 별의별 생각이 머리를 스쳐갔다.

'돈을 노린 것은 아닌 게 분명한 것 같은데……. 그렇다면 준석이 녀석과 관련된 일일까? 그의 아내 선화를 둘러싸고 벌어지고 있는 어떤 일에 내가 봉변을 당한 것은 아닐까?'

그러나 그것도 아닌 것 같았다. 많은 생각을 했다. 그러다 잠이 들었다.

그는 전날 밤 그 악몽의 순간을 이리저리 떠올려 보다가 몸을 일으켜 거울을 보았다. 꼴이 말이 아니었다. 얼굴엔 온통 피가 굳어 있었다. 이마가 엄지손가락만큼이나 벗겨지고 입술이 두 곳이나 터져 벌겋게 상처가 드러난 것이 흉측스런 몰골이었다.

한숨이 나왔다. 그는 다시 자리에 누워 지그시 눈을 감았다. 다시 많은 생각들이 몰려왔다.

'대체 놈들의 정체가 무엇일까? 뭣 때문에 나를 노렸을까? 이제껏 이 바닥에 살아 오면서 원한을 살 만한 일이라곤 한 적이 없는데, 이 무슨 봉변이란 말인가.'

그는 몸을 돌려 누우며 재떨이를 당겨 들고 있던 담뱃불을 껐다.
'그렇지 않을지도 모르지!'

순간 섬광처럼 머리를 스쳐가는 것이 있었다. 운포성지(雲浦城地) 보존 운동, 바로 그것이었다. 운포성지 보존 운동이란 그가 회장을 맡고 있는 '향토 역사회'가 개운포 일대 운포성지의 역사적 의의와 문화재로서의 가치를 주장하면서 펼치고 있는 문화재 보존 운동이다. 이 단체가 운포성지 인근 지역까지도 문화재 보존 지역으로 지정할 것을 시 당국에 건의함으로써 지상에 알려지게 되었다.

향토 역사회의 이러한 주장에 그 주변 지주들이 거세게 들고 일어남으로써 문제가 커지게 되었다. 그러나 사실 그것은 두용정유가 석유 비축 기지를 만든다고 운포성지 인근의 토지를 매입하는 과정에서 이미 제기된 문제였다.

'강세팔! 그 자의 짓인지 모른다!.'

그는 비로소 잡히는 데가 있었다. 머리 속에 강세팔의 얼굴이 불현듯 떠올랐다.

'그래, 그자의 짓임이 틀림없다!'

실마리가 잡히자 일은 눈에 보일 듯 풀려 나갔다. 아시아일보 지국장인 그가 두용 정유와 손잡고 운포성지 일대에 골프장을 건설하려 한다는 소문을 듣고 향토 역사회가 운포성지 보존 운동을 펼치고 나왔던 것이 일의 발단이었다. 강세팔은 철용씨가 눈엣가시처럼 보였을 것이 뻔한 일이었다.

그러나 철용씨가 강세팔과 처음 대면하게 된 것은 그 일이 있고 나서 3개월 뒤에 처용 문화원에서 주최한 처용 학술 심포지엄에서였다. 그때 그는 처용 문화원 초청으로 향토 역사회 대표로 주제 발표에 참가하게 되었고, '처용 사랑회' 대표인 강세팔은 처용 학술 심포지엄 후원회장 자격으로 그 자리에 참석하게 되었다.

소문대로 그는 매우 작달막한 키였으나 어깨가 딱 벌어진 것이 매우 다부져 보였다. 하지만 눈자위가 푹 팬 그의 인상은 매우 거칠고 거만해 보였다. 그는 한때 시내 극장가를 무대로 악명을 날리던 건달이었다. 그는 주먹잡이들을 내세워 극장 주변의 주점, 룸사롱, 음식점, 심지어 포장 마차에까지도 돈을 뜯어 그들의 조직을 유지하고, 그의 명의로 '거성유통'이라는 유통업체까지 경영하여 돈을 긁어모았다는 것은 이미 알 만한 사람은 다 알고 있는 사실이었다. 그러다 그는 삼청교육대에 끌려갔고, 거기서 몇 개월 동안 고초를 겪고 나와서 새 길을 걷는다고 시작한 일이 아시아일보 영남지국장이었다.

지국장이 되고 나서, 그는 거동이 점잖아지고 아무 데나 모습을 드러내지 않는 등 여러 면에서 변화를 보였다. 아시아일보 지국장을 맡은 후 제일 먼저 시작한 일이 청소년 선도 사업이었다. 그 다음에 양로원 후원회에 뛰어들어 난로와 의류를 기증하는 등 사회 봉사에 모범을 보여 왔다. 그는 또 '처용 사랑회'를 결성하여 학술 심포지엄을 후원하고 나섰다. 많은 사람들로부터 칭찬이 자자했다. 이번 학술 심포지엄도 그가 경비를 상당 부분 부담하여 이루어지게 되었다.

그가 후원한 제1회 처용 학술 심포지엄은 총 여섯 명의 토론자가 차례로 주제를 발표하고 질의 토론하는 식으로 거행되었다.

첫 주제 발표는 한국대학교 김양식 교수였다. 그는 망해사(望海寺) 창건에 대한 신성성과 호국 불교의 위력을 암시하기 위해서 널려 있는 설화를 습합시켰을 것이라는 불사연기담(佛寺緣起譚)을 제기했다. 그 다음 발표자는 국문학계에서 처용 연구의 대가인 단성대학교 황윤국 교수가 처용 설화에서 호국, 호불(護佛)의 용신사상을 주장했다.

김택수 교수는 샤머니즘 측면에서의 처용을, 신라대학교 김영욱 교수는 반신반인(半神半人)의 무당론을 각각 들고 나왔다. 그리고 사회자는 양주동의 치음, 제웅설을 잠시 상기시키고 나서 단성대학교 교수인 아랍인 유수프 카리를 소개했다.

까무잡잡한 얼굴에 테가 둥근 안경을 쓰고 콧수염을 기른 카리는 매우 이지적으로 보였다. 그는 자신의 이름이 소개되자 자리에서 일어나 90도로 허리를 굽혀 깍듯이 인사를 하고는 다시 자리에 앉았다. 그는 먼저 아랍-무슬림의 신라 내왕에 대한 몇 가지 예를 들었다.

"신라가 황금의 나라로 알려지고, 신라와 당·송간의 무역이 활발히 전개되어 인삼, 자기, 비단을 비롯한 신라 문물이 아랍이나 페르시아에까지 수출되고 있던 시기에 불원만리 중국에까지 대거 침투하여 무역에 몰두하던 아랍—무슬림 상인들에게 있어서 신라는 직접 무역대상이 되지 않을 수 없는 일이었습니다. 따라서 상역을 통해 아랍—무슬림들이 신라에 오갔을 것입니다.

울산 개운포가 신라 융성의 지주적 역할을 담당할 수 있었던 것은 이곳이 신라의 관문으로서 유리한 지리적 여건과 함께 풍부한 물산과 이에 따르는 국제 무역의 번성에 기인하였다고 할 수 있을 것입니다. 이것이 바로 신라로 중세 아랍-무슬림들을 유치하는 것을 가능하게 한 요인이었던 것입니다. 이러한 사실은 처용이 곧 아랍 상인이었다는 가정을 가능케 해 주는 것입니다."

카리의 표정은 매우 진지하고 학구적으로 보였다. 적당한 용어가 떠오르지 않을 땐 버릇인 듯 간간이 미간을 찡그렸으나 그는 매우 달변이었다. 그가 제기하고 있는 내용도 있었지만 아랍인이 한국말을 그렇게 훌륭하게 구사할 수 있다는 데 사람들은 놀라는 눈치였다.

카리는 약간 여운을 남긴 채 말을 맺었다. 서역사의 개척자답게 그는 방대한 자료와 지식을 들먹이고도 여운을 남김으로써 자기 주장에 대한 반론의 기회를 주었다.

황윤국 교수와 김양식 교수는 좀 어이없다는 표정으로 그를 바라보고 있었고, 김택수 교수는 물을 한 모금 마시고는 유인물에 죽죽 줄을 그으며 설레설레 고개를 저었다.

가장 못마땅한 표정을 지은 사람은 물론 강세팔 후원회장이었다. 그는 사회자의 양해도 않고 대뜸 일어서서 카리를 쏘아붙였다.

"에, 교수님이 아마 아랍 사람이기 때문에 그런 말씀을 하는지 모르겠지만, 그거야 어디 오늘의 행사에 어울리는 주장이라고 할 수 있겠습니까? 차라리 억지라고 하는 것이 낫지."

강세팔은 노골적으로 불쾌한 표정을 지었다. 사회자는 강세팔의 마음을 다소 진정시키려는 듯 카리의 주장에 대한 자신의 소견을 덧붙였다.

"사람에 따라선, 처용이 아라비아 상인이라는 주장은 지나치게 서역 교류사에 의존한 것이 아닌가, 하는 생각을 할 수도 있을 것입니다. 역사를 한갓 가정으로 풀어 나간다는 것은 학문적 논고의 부족이나 논리적 전개에 허점을 낳을 수 있기 때문에 처용—아라비아 상인설은 그 설득력이 부족한 게 아닐까 생각되기도 합니다. 더구나 처용이 아라비아 상인으로 실제 처용가를 지어 부른 인물이었다면 그 미묘한 의미를 지닌 정형의 향가를 읊을 정도의 언어 구사력을 지닐 수 있었겠느냐는 의문도 제기되고 말입니다."

사회자의 말에 대해서 카리 교수는 별다른 대응을 하지 않았다. 그래서 다음 발표자에게 마이크가 넘어갔다. 이번엔 강원대학교 김선태 교수의 처용 무당론이었다. 아라비아 상인설의 여운 때문이었는지는 몰라도 처용이 무당이라는 주장에 대해서 사람들은 별 관심을 보이지 않았다. 그리고 마지막으로 김철용 씨 차례가 되었다.

"자, 이제 오늘 심포지엄의 마지막 순서는 우리 고장의 향토 역사회 회장직을 맡고 있으신 김철용 선생의 주제 발표가 있겠습니다."

사회자는 마지막 순서라는 말에 힘을 주었다. 철용 씨는 자리에서 일어나 가볍게 인사를 하고 다시 자리에 앉았다.

"오늘 저는 처용 여론 조작설이라는 주제로 말씀드리겠습니다. 앞에서 여러 교수님들께서 처용에 대한 좋은 말씀을 해 주셨습니다만, 그 당시의 상황이나 설화라는 황당무계함을 놓고 보더라도 처용이 과연 실존 인물이었겠느냐는 의문을 제기하지 않을 수 없습니다.

시대적 상황으로 볼 때 처용 설화가 생겨났던 때의 신라는 경문왕의 뒤를 이어 왕위에 오른 헌강왕이 나라를 끌고 가던 시대였습니다. 흔히들 그 시대를 태평 성대를 누린 시기라고 하지만, 실제로는 그렇지 않았습니다. 왕실 내부의 정치적 불안, 그리고 오랜 가뭄으로 인한 경제의 피폐, 옛 백제 지역을 중심으로 일어난 토호 세력이 국가 공권력에 공공연하게 도전하고 있던 시기였습니다.

뿐만 아니라 곳곳에서 도둑이 들끓고 민심이 흉흉하여 시쳇말로 나라에 '도둑과의 전쟁'이라도 선포해야 할 처지에 놓여 있었던 시기가 바로 그때였던 것입니다. 더구나 국정 최고 책임자인 대통령의 무능과 왕실 내부의 부패, 그리고 권력 암투 등으로 권력의 누수 현상이 생겨 통치권의 기반이 흔들리기 시작한 시대였습니다."

철용 씨가 대통령이라고 말하는 바람에 청중석에서 잠시 웃음이 터졌다.

"아, 죄송합니다. 제가 흥분해서 그만 실수를 한 것 같습니다. 이해해 주십시오. 다시 말씀드리겠습니다. 임금의 무능, 거기다 왜구의 침입 등으로 왕은 잠을 제대로 잘 수 없었을 것입니다.

그리고 처용 설화에 담겨 있는 간과할 수 없는 또 한 가지 사실은 그 시대의 도덕적 타락성입니다. 통일신라 이백여 년 동안 왕실이 놀고 즐기는 데 치중하다 보니 백성들도 덩달아 놀기 좋아하고 걸핏하면 잔치다 화전놀이다 하여 가무를 즐겼을 것입니다.

이런 과정에서 남녀의 만남이 잦아지고 그것은 필연적으로 성의 문란을 불러왔던 것입니다. 그들에게도 물론 간음이나 불륜에 대한 죄의식은 있었겠지만, 혼외정사를 즐기는 풍조가 만연했던 것으로 보입니다.

처용가에 나타나 있는 내용은 관용의 정신이 아니라, 그 당시의 성의 문란과 사회의 타락상을 적나라하게 보여주고 있다고 할 수 있을 것입니다.

인간의 본능으로 볼 때, 자신의 아내가 외간 남자와 놀아나고 있는 것을 그냥 보고 있을 남자가 어딨겠습니까? 자신의 아내를 지키겠다는 것은 인간의 본능이며 생명 보존을 위한 노력으로 어떻게 보면 자연 섭리와도 같은 것입니다. 그런데 어떻게 처용과 같은 방관자적 자세가 가능했겠습니까? 자신의 아내가 당하는 것을 보고 기쁨을 느꼈을 변태성욕자도 아닐 테고 말입니다.

말할 것도 없이, 그것은 그 시대에 만연해 있던 혼외 정사의 실상을 상징적으로 나타내 주고 있는 대목이라 할 수 있을 것입니다."

철용 씨는 숨을 돌리기 위해서 잠시 말을 멈추었다. 그가 테이블 위에 놓인 물 컵을 집어 목을 축이는 동안 청중석이 다소 소란해졌다. 그는 다시 말을 이었다.

"여러 가지 어려운 시대 상황 속에서 왕실은 국민들의 시선을 그들 쪽으로 돌리기 위한 수단이 필요했던 것입니다. 그 당시에도 국가 비상 기획부 같은 부서가 있어서, 그 방법을 찾던 중 '동해 용왕의 아들 출현'과 같은 획기적인 방안이 떠올랐을 것입니다. 시쳇말로 '깜짝 쇼'를 생각해 내었던 거지요. 신라와 그 왕실을 지켜 주는 절대적인 힘이 있다는 과시가 필요했으니까 말입니다. 그래서 왕은 서라벌에서 울산 개운포, 그러니까 지금의 황성동 바닷가까지 백 리가 넘는 길을 행차했던 것입니다.

한 번 돌이켜 생각해 보십시오. 동서 고금 어느 시대를 막론하고 집권자들에게 국민 의식을 호도하기 위한 방법이 필요하지 않을 때가 있었는가를 말입니다. 우리의 눈으로 지켜 보아왔던 가깝고 비근한 예로 유신 공화국이나 5공화국을 한 번 생각해 보십시오. 걸핏하면 '남침 가능성이 있다. 어디 어디에서 간첩이 출몰했다' 심지어 '영일만 어디에서 석유가 발견되었다'는 등 여론을 조작하여 우리의 눈과 귀를 다른 쪽으로 돌렸던 일이 얼마나 많았는가를 말입니다.

또 한 가지 재미있는 것은 고려 말 '송도의 불가사리' 같은 역 여론 조작도 시대에 따라선 가능했다는 것입니다. 시대가 어둡고 정치 상황이 불투명할수록 조작되는 사건이 더 충격적인 경우가 많은 법입니다……."

그는 잠시 말을 멈추고 청중석을 바라보았다. 그는 거기에서 말을 맺을까 하다가 내친 김에 몇 마디 말을 덧붙이고 말았다.

"그리고 주제에서 좀 벗어나는 이야긴지 모르겠습니다만, 설령 처용이 실존 인물이었다 하더라도 뭐 그리 대단한 인물이었다고 야단을 떠는지 모르겠습니다. 말이야 바른 말이지, 일본이 이구라 신베이의 향가급이두연구(鄕歌及吏讀研究)의 열쇠가 되었던 것이 처용가였기 때문에 처용이 유명해진 것 아닙니까.

향가 25수 중 처용가가 고려 속요로 고려 470년 동안 구전되어 오다가 조선 성종 때 집대성한 악학궤범에 훈민정음으로 기록되었기 때문에 그 연구가 가능했던 것입니다. 그래서 나머지 향가가 해독의 열쇠가 되어 주었던 것은 다 아는 사실 아닙니까? 양주동 박사의 조선고가(朝鮮古歌) 연구도 따지고 보면, 이 오구라 신베이 교수의 연구서에 나타난 오류를 조선 사람의 입장에서 수정한 것에 지나지 않는다고 할 수도 있을 것입니다……."

철용 씨는 말을 끝냈다. 테이블에 놓인 원고를 집어들면서 청중석을 향해 가볍게 목례를 보냈다. 박수가 터져 나왔다. 황윤국 교수와 김양식 교수는 '무슨 만담 같은 소리냐'는 듯 어이없다는 표정이었다. 카리 교수도 고개를 갸우뚱하면서 유인물을 이리 저리 훑어보고 있었다.

그러나 오늘 행사의 후원회장인 강세팔은 몹시 불쾌한 표정을 짓고 있었다. 그는 이글거리는 눈으로 철용 씨를 노려보았다. 그는 벌떡 자리에서 일어났다.

"죽 쑤어 놓은 데 재 뿌리는 것도 분수가 있지. 이건 도대체 말이 되지 않는 일입니다. 우리가 우리 고장의 표상적 인물로 처용을 기리고, 그 정신을 계승하기 위해서 마련한 처용제(處容祭)의 이 학술 심포지엄이 오히려 처용을 깔아뭉개고 그 정신에 먹칠을 하는 행사가 되고 말았으니 하는 말입니다.

 방금 발표한 김철용 씨는 숭고한 처용의 관용 정신을 모독하는 내용으로 오늘 행사를 의도적으로 망치려 한 것이 아닌가 하는 생각이 듭니다. 여러분이 너무나 잘 알다시피, 처용은 동해 용왕의 아들로 우리 고장의 표상적 인물 아닙니까. 삼척 동자도 알고 있는 이 사실을 여론 조작이니 뭐니 하는 말로 처용을 깔아뭉개겠다는 것은 정말 천부당 만부당한 일입니다.

 더구나 전국의 유명한 교수님들이 다년간 연구하여 처용의 업적과 생애를 기리는 이 마당에 한 아마추어 향토사학자가 그런 근거 없는 말을 한다는 것은 있을 수 없는 일로서 당장 그 말을 취소해야 합니다."

 강세팔 회장은 얼굴이 벌겋게 달아올라 있었다. 그는 말을 끝내고 자리에 앉았다. 그는 화를 못 참겠다는 듯 씩씩거리는 표정이었다. 강세팔이 너무 세게 나오는 바람에 다른 사람들은 질문할 생각도 하지 못하고 강세팔 회장과 철용 씨의 얼굴을 번갈아 쳐다보고만 있었다.

 청중석은 다시 웅성거리기 시작했다. 후원회 회원들의 얼굴이 많이 보였다. 강원물산 강성만 회장, 영흥기계 김두손 사장, 태화건설 유상도 사장, 동해공업 박태실 사장 등 강세팔의 눈 도장을 찍으려고 나온 사람들이 많이 보였다. 그들은 영문도 모른 채 앞자리에 앉아 있다가 일이 묘하게 꼬이자 어리둥절한 표정을 지었다.

 그들은 대개 처용의 이름자가 龍인지 容인지도 모르는 마당에 그저 처용 사랑회 후원 회원이 되라기에 후원금을 내고 심포지엄에 내

빈으로 참석하였을 뿐이다. 그런데 소란이 벌어졌고, 내용이야 어떻든 강세팔이 화를 내는 바람에 자기들까지도 그저 미안해하고 있었다.

사회자가 분위기를 진정시키기 위해 다른 발표자에게 질문을 돌렸으나 분위기는 제대로 회복되지 않았다.

심포지엄이 끝나고 연회가 마련되었다. 연회장에서도 강세팔은 줄곧 굳은 표정이었다. 술잔을 들고 지나치다 마주친 그의 눈길엔 섬뜩하리 만큼 살기가 차 있었다. 그러나 그 일은 더 이상 비화되지 않고 거기에서 끝났다.

그런데 다시 불씨가 되었던 것은 운포성지 개발 문제였다. 처용 학술 심포지엄이 있고 얼마 뒤, 철용 씨는 그들이 다시 운포성지를 개발하려 한다는 소문을 듣고 철용 씨가 지방 신문인 '태화일보'에 '운포성지의 보존 당위성을 말한다'는 글을 기고하여 개발 반대하고 나섰다.

그것은 그의 개인 의견인 동시에 향토 역사회의 의견이기도 했다. 두용정유와 손잡고 운포성지 일대를 개발하여 골프장을 건설하려는 꿈에 젖어 있던 강세팔은 철용 씨가 눈엣가시처럼 보였을 것이 뻔한 일이었다. 그런데 철용씨가 다시 제2회 학술 심포지엄 주제 발표자에 포함되어 있었으니 강세팔은 그냥 두고 볼 수 없었을 것이 분명했다.

"가증스러운 놈!"

철용 씨는 천천히 몸을 일으켰다. 시간이 지날수록 몸은 더 쑤시고 아팠다. 그는 이제 손바닥을 들여다보듯 강세팔의 정체와 행동 동기까지도 짐작해 낼 수 있었다. 한편으론 가증스럽고, 또 한편으론 그들이 다시 어떤 테러를 더 가해 올지 모른다는 생각이 들어 마음이 불안해졌다.

그는 자리에서 일어섰다. 고개를 들고 싶지 않았다. 그는 발코니 창 쪽으로 발걸음을 옮기면서 생각해 보았다.

강세팔과의 일이 생기고 난 이후에 집안일도 더 꼬여 왔던 것 같았다. 아내의 귀가 시간이 점점 늦어졌는가 하면 서울 출장도 더 늘어났고, 그로 인해 아내와 다투는 일이 많아졌던 것이나, 부부 싸움을 빌미 삼아 아내가 처음으로 밖에서 밤을 새우고 돌아온 것도 다 그 무렵에 일어난 일이었다.

생각해 보니 그랬다. 그 무렵부터 아내의 옷차림은 유별나게 화려해졌다. 아내는 그것을 고객 관리의 비법이라고 했다. 그러나 아내를 탓할 수 없었다. 아내는 한눈 팔지 않고 열심히 일하여 '올해의 보험왕'으로 선정되었을 뿐 아니라, 그녀의 수입이 가정 경제에 기여하는 바가 컸기 때문이다.

보험왕, 그것은 확실히 아내를 바꾸어 놓았다. 보험왕으로 선정되고 나서부터 아내는 자신이 하는 일에 더 열정적이었다. 그러다 보니 집안일은 소홀히 될 수밖에 없었다.

아내는 밤에 잠을 자다가도 자신이 관리하는 고객들에게서 전화가 오면 간지러운 목소리로 아양을 떨고 마치 쓸개라도 빼줄 것처럼 행동하였다. 그때 철용 씨는 퇴직금으로 시작한 인쇄업이 경제 침체로 죽을 쑤고 있었기 때문에 아내에게 가타부타할 수 있는 처지가 아니었다.

그러던 차에 카리 사건이 터졌다. 그러니까 제1회 처용 학술 심포지엄이 있고 나서 정확히 6개월째 되는 어느 날 저녁이었다.

그 날도 그는 아이들에게 저녁을 먹이고 혼자서 텔레비전 앞에 앉았다. 마침 저녁 뉴스 시간이었다. 광고가 끝나자마자 터져 나온 뉴스는 유수프 카리 간첩 사건이었다. 단성대학교 사학과 교수인 카리가 간첩 혐의로 체포되었으며 그의 이름이 전강일로 밝혀졌다는 내용이었다. 공작원에게 정보를 보내기 위해 호텔 팩스기에 접근하다 폐쇄 회로 TV에 잡힌 그의 모습이 몇 번이나 텔레비전 화면에 비치고 있었다.

"아, 이럴 수가!"

철용 씨에게는 정말 충격적인 일이었다. 철용 씨는 그렇게 속을 수 있다는 사실이 믿어지지 않았다.

"어떻게 한국인이 아랍인의 행세를 하며 감쪽같이 사람을 속일 수 있었단 말인가?"

정말 사람의 속이란 알 수 없는 일이었다. 이를 두고 '열 길 물 속은 알아도 한 길 사람 속은 모른다'고 하였을 것이라는 생각이 들었다. 카리가 처음 그를 찾아왔던 일이 생각났다. 카리가 처용 출현지인 처용암을 둘러보겠다며 울산에 내려와서 철용 씨에게 전화를 했다. 그래서 '한월'이라는 식당에서 그를 처음 만났던 기억이 났다.

그는 다소 더듬거리는 듯한 어투였으나 매우 예의 바르고 친절했다. 어떻게 보니 인상이 다소 어리숙해 보였으나 시종 진지한 자세였다.

식사를 마치고 맥주집에서 술을 몇 병 마시고 나서도 '지방에서 무슨 돈이 있느냐?'며 술값을 자기가 지불하겠다고 했다. 그 뒤에도 그는 몇 차례나 울산에 내려 와서 함께 처용암과 개운포성지 일대를 답사했다. 한 번은 '기름 값이나 하라'면서 삼십만 원을 철용 씨에게 주었다. 여러 번 사양했으나 그는 기어이 철용 씨의 주머니에 그 돈을 찔러 넣어주고 떠난 적이 있었다.

텔레비전을 끄고 가만히 생각해 보니, 속은 것은 속은 것이지만 그로부터 받은 삼십만 원이 마음에 걸렸다. 돈의 액수를 보아선 별 것 아니지만, 만약 문제를 삼으면 큰 문제가 될지 모른다는 생각이 들었다. 갑자기 마음이 불안해졌다.

아니나 다를까, 며칠 뒤 저녁 늦게 전화가 와서 받으니 처용 사랑회 간사라고 했다.

"그보라구요, 카리가 엉터리 아랍인 행세를 하면서 '처용이 아라비아 상인'이라는 등 처용을 모독하며 돌아다니더니 꼴좋게 되지 않습니까? 이봐요, 김 선생, 이런 말을 드려야 할지 모르겠지만, 듣자니 카리가 현지 답사를 한답시고 이곳 울산에 내려왔을 때는 김 선생과 어울려 지냈다던데, 혹시 그가 가짜 아랍인 첩자라는 걸 김 선생은 이미 알고 있었던 건 아닙니까?"

간사라는 사람의 음성은 유들유들했다. 그의 말에는 거만함과 은근한 협박이 깔려 있었다.

"뭐라구요?"

철용 씨는 벌컥 역정을 내었다.

"아, 뭐 꼭 그렇다는 건 아니고, 혹시나 해서 말이오."

간사라는 자는 일방적으로 전화를 끊었다. 가뜩이나 불안하던 마음이 종잡을 수 없을 정도로 초조해졌다.

'설마 내가 삼십만 원 받은 것은 모르겠지. 괜히 내 마음을 떠보려고 그럴 거야.'

몇 번이나 그에게 유리한 쪽으로 생각을 고쳐 먹었다. 그러나 도둑이 제 발 저린다더니, 그는 왠지 마음이 불안하고 초조해서 견딜 수가 없었다. 안절부절못하여 몇 번이나 아파트 발코니에 나가 서성거렸다. 발코니 새시 창문을 열고 밖을 내다보았으나 불안하기는 마찬가지였다. 이럴 땐 아내라도 곁에 있으면 좋으련만, 아내는 아직 돌아오지 않았다. 그는 부엌으로 가서 술병을 찾아 식탁에 앉았다.
"같은 시대, 같은 땅덩어리에, 같은 민족의 피를 나누어 가지고 태어난 사람을 두고도 우리는 이렇게 감쪽같이 속아왔는데, 하물며 수십 세기를 거슬러 올라가 어떻게 처용을 말할 수 있단 말인가. 그가 일개 사기꾼이었는지, 외교관이었는지, 아니면 유수프 카리와 같은 첩자였는지 어떻게 알 수 있단 말인가. 제기랄!"
알알한 술기운과 함께 수많은 생각들이 밀물처럼 밀려 왔다.
그가 볼 때 카리 사건은 처용 설화에 대한 하나의 상징적인 일이었다. 그것은 철용 씨 자신이 생각하고 있던 '처용 조작 가능성'을 더 믿게 해주는 계기가 되었다.
세상에 믿을 사람이 없다는 생각이 들었다. 자식도 아내도 결국 자기 자신까지도 믿을 수 없다는 생각이 들었다.
벌써 열한 시가 되었는데도 아내는 아직 돌아오지 않았다. 보험 회사 사무실에 있는지, 분위기 좋은 어느 주점에 앉아 고객 상담을 하고 있는지 모를 일이었다. 보험왕 장영숙. 아내를 따라다니는 그 명칭. 그러고 보니 그랬다. 보험왕이라는 아내의 그 명칭도 의심스러워지기 시작했다.
'고향도 아니고 일가친척, 동창도 한 명 없는 이곳에서 그녀가 어떻게 보험왕이 될 수 있었을까? 그렇다면 혹시 그것이 조작된 것은 아닐까? 누군가를 등에 업고 말이다.'
그는 웃고 말았다. 생각이 걷잡을 수 없이 흘러가고 있는 것 같아서 그는 스스로를 탓하며 자리에서 일어났다.
그 날 저녁 열두 시가 넘어서 아내는 돌아왔고, 며칠이 지나자 카리 사건으로 인해 불안하던 마음도 가라앉았다. 그리고 몇 개월 동안은 조용히 지나갔다. 그런데 제2회 처용 학술 심포지엄을 앞두고 어제 일이 터진 것이었다.
 가만히 생각해 보니 그랬다. 카리가 가짜 아랍인으로 밝혀지고 나서 그의 학문도 빛을 잃고 말았다. 인간이 허위였으니까 그의 학문도 허위일 수밖에 없었다. 처용 사랑회측 입장에서 볼 때는 쾌재를 부를 일이었을 것이다. 그러다 보니 이제 철용 씨 자신이 그들의 타깃이 되었을 것이라는 생각이 들었다.
 '이제 남은 것은 나의 입을 막는 일뿐이었을 것이다. 그래서 택한 방법이 테러라는 말인가? 이 비열한 놈!'
 생각할수록 치가 떨렸다. 그는 부르르 몸을 떨면서 자리에서 일어났다. 가슴속에 불덩이 같은 것이 끓어올랐다. 그는 다시 담배를 집어 물었다. 막 담뱃불을 붙이려는데 전화벨이 울렸다. 팩스 겸용 전화기였다. 받고 싶지 않았다. 그러나 팩스기는 받을 사람의 의사와는 상관없이 삐— 삐 몇 번 소리를 내더니 쓱쓱 종이를 밀어 올리고 있었다. 아내가 관리하는 고객에게 온 연락일 것으로 생각했다.
 그냥 두려다 그는 팩스기 앞으로 가서 종이를 찢어 올렸다. 한 장의 사진이었다. 한 쌍의 남녀가 수영복 차림으로 바닷가에 나란히 누워 있는 사진이었다. 가만히 보니 아내의 사진이었다. 선글라스에 삼각 수영복을 입은 건장한 사십대 초반의 남자 옆에서 아내는 웃고 있었다. 설마 설마 하면서 다시 보아도 아내가 분명했다. 그리고 거기엔 분명 다리가 넷 있었다. 둘은 아내의 것이고 둘은 그 남자의 것이었다. 그는 피가 거꾸로 흐르는 것 같은 기분을 느꼈다.
 "이 찢어죽일 년놈들!"
 그는 부르르 몸이 떨렸지만 발이 떨어지지 않았다. 아연실색해 멍하니 그 자리에 서 있는데 또 한 차례의 신호가 울렸다. 윙— 하며 또 한 장의 사진이 팩스기에 실려 왔다. 그는 다시 한 번 가슴이 철렁했다. 이번엔 철용 씨 자신의 사진이었다.
"아니, 내가 언제?"
그는 고개를 갸우뚱했다. 그러나 그것은 분명 자기 자신의 모습이었다. 호텔 바였다. 뻘건 조명 아래 아가씨의 허벅지를 만지고 있는 그의 모습이 아주 선명하게 박혀 있었다. 정말 기가 찰 노릇이었다. 어젯밤 호텔 바 '리도'에서 바텐더 아가씨가 옆 자리에 앉아서 자꾸 그에게 몸을 기대는 바람에 자기도 모르고 아가씨의 허벅지 위에 그저 슬쩍 손을 한 번 얹은 것밖에 기억이 나지 않는데, 어떻게 사진이 찍혔는지 쉽게 이해가 되지 않았다. 그러나 그는 곧 그것이 준석의 짓임을 알 수 있었다.
"이 죽일 놈, 준석! 니 놈도 결국 한패였구나! 이 더러운 놈, 지 아내까지 팔아가면서 나를 속였단 말인가."
철용 씨는 떨리는 손으로 다시 아내의 사진을 집어 들었다. 사진 속의 아내는 아직도 웃고 있었다. 매우 여유 있고 행복한 표정이었다. 그 표정으로 보아 적어도 이 사진은 조작된 것이 아닐 것이라는 생각이 들었다.
그는 그때서야 비로소 아내가 이 낯선 바닥에서 단시일에 어떻게 보험왕이 될 수 있었는가를 이해할 수 있었다. 이 모든 것이 강세팔이란 놈이 그를 물 먹이기 위해서 만들어 온 짓이라는 것을 알 수 있었다. 그것은 강세팔이 그에게 가해온 가장 잔인한 보복이었던 것이다.
철용 씨는 그 자리에 주저앉고 말았다. 그 순간 그가 어떻게 할 수 있는 방법이 없다는 것을 알았다. 아내에게도 자신이 술집 아가씨의 허벅지를 더듬고 있는 추악한 모습이 담긴 사진이 팩스기를 타고 날아갔을 것이 분명했기 때문이었다.

팩스기가 괴물처럼 보였다. 부숴 버리고 싶었다. 그는 팩스기가 놓인 탁자를 발로 걷어찼다. 팩스기는 요란한 소리를 내면서 발코니 바닥에 떨어졌다. 분을 참지 못한 채 씩씩거리며 몸을 돌렸을 때 화장대 위에 놓인 화장품 병들이 비웃듯 그를 쳐다보고 있는 것 같았다. 그는 화장품 병을 집어 발코니 창 쪽으로 던졌다. 유리창이 깨어지면서 요란한 소리를 냈다.

철용 씨는 천천히 창가로 갔다. 볼썽사납게 깨어진 유리창 사이로 태화강이 보였다. 언제 보아도 푸르고 묵묵한 6월의 강물 위로 처용제(處容祭)를 알리는 애드벌룬이 하늘 높이 두둥실 떠 있었다.

(시대문학 97년 가을호)

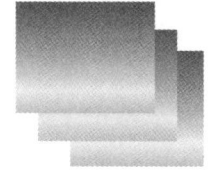

IMF공화국에 부침

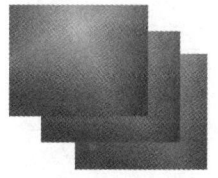

IMF공화국에 부침

지금 내가 탄 기차는 서울역을 떠나 남쪽으로 달려가고 있습니다. 창 밖엔 어느덧 어둠이 깔리고 있군요. 마치 유리고기 내장처럼 낮 동안 낱낱이 드러났던 건물과 건물 사이로 어둠의 입자들이 풀리면서 도시는 어둠 속에서 다시 하나씩 자신의 내부를 지워 가고 있군요.

오늘 내가 자리를 정리하고 돌아섰던 사무실, 극동그룹 인사부 사무실에도 지금쯤 불빛이 지워지고 있겠군요.

온종일 분주하던 사무용 단말기에 하나 둘씩 전원이 나가고 하루 일과를 마감해야 할 무렵, 내가 마지막으로 서 있었던 사무실, 나보다 먼저 밀려나 비워져 있는 자리를 돌아보는 마음이 시리고 아팠습니다. 내가 몹쓸 짓을 했다는 생각도 들고, 그들은 지금 어떻게 지낼까 하는 생각이 들면서 마음이 걷잡을 수 없이 아파 오더군요.

내가 인사부장 대리자가 되어 그들을 해고시킬 때만 해도, 그 일은 회사와 사회를 위해서 누군가 해야 할 일이고, 또 인사부 차장인 내가 마땅히 해야 할 일로 생각했습니다. 그러나 막상 내가 밀려나는 입장으로 뒤바뀌고 보니 마음이 시리고 아프기 이를 데 없었습니다.

그런 일이 나에게 있으리라는 것을 전혀 예상하지 못했습니다. 나만은 예외일 걸로 생각하고 있었기 때문에 충격과 아픔이 그만큼 클 수밖에 없었습니다.

다들 인과 응보, 자업 자득이겠지요. 그들의 눈에 피눈물을 흘리게 한 그 화살이 내 가슴으로 되돌아 와 나를 이렇게 피 흘리게 하고 있으니까요. 그래서 내일이면 극동그룹 인사부 차장 김용식이라는 나의 이름은 영원히 지워지게 될 것이니 말입니다.

밀림과도 같았던 저 서울, 사육사에게 사육 당하며 그들을 위해 싸우다 이제 그들의 우리 밖으로 쫓겨나게 되었다고나 말해야 할까요. 밤마다 이를 갈고 세우며 물고 뜯고, 내가 살기 위해서, 내가 살아남기 위해서 남을 죽여야 했던 저 서울, 서울은 지금 저렇게 말이 없군요.

오랜 세월 동안 나의 조련사였던, 극동그룹의 인사부장 강재식, 지금 그는 떠나간 나의 빈 자리를 바라보며 회심의 미소를 짓고 있을지도 모르겠군요.

한때 삶의 동반자였으며, 젊은 날의 내 사랑에 상처를 안겨 주었던 강재식 부장, 나에게 정리 해고의 칼을 쥐어 주어 수많은 동료 직원들을 잘라 내게 하고는 마침내 그 칼을 뺏어 등 뒤에서 나를 찔렀던 그 사람은 지금 어떤 모습으로 나의 빈자리를 바라보고 있을까요. 아마 좀은 씁쓸하지만 만족한 얼굴이겠지요. 앓던 이를 빼 버린 기분으로 저 도심의 불빛을 여유 있게 내려다보고 있을지도 모르겠군요.

왜냐구요? 나도 한때는 그랬으니까요. 사원들의 근무 태도를 염탐

하고 그들의 비리를 캐내어 살생부를 작성하면서 칼의 힘, 가학의 즐거움을 맛본 적이 있었으니까 말입니다.

처음 한두 사람을 잘라 낼 때, 왠지 미안하고 아프던 그 마음이 몇 사람을 더 잘라 내고 나선 대담해지고, 마음에 부담도 가책도 느끼지 않게 되었으니까요. 살려 달라고 울면서 애원하는 사원을 뿌리쳐 내보내면서도 나는 동정심이나 미안한 마음을 별로 느끼지 않았습니다. 그러한 일이 이 사회를 위해서 그리고 회사를 위해서 필요한 일이며, 어차피 누군가 희생자는 있어야 하지 않겠느냐는 생각으로 나의 행동을 합리화시키고 있었으니 말입니다.

그때 나에겐 극동 그룹의 일만여 사원의 인사를 책임진다는 자부심과 도도함뿐이었습니다. 숨겨진 인재를 찾아내어 적재적소에 배치하고 인력의 효율적인 관리를 통해 회사에, 나아가서는 이 사회에 기여한다는 생각으로 나를 합리화시키고 있었던 때였으니까요.

그러나 내가 휘두르던 그 칼날은 결국 나를 향하고 말았습니다. 꼭 일 주일 전이군요. 강 부장, 그 사람이 퇴근 길에 소주나 한 잔 하자는 것이었습니다. 무슨 일인가 궁금했지만, 비밀리에 의논할 일이 있거나 개인적으로 할 말이 있을 것으로 생각하며 회사 뒷골목에 있는 완도 낙지집으로 나갔지요.

30분이나 먼저 나가 기다렸는데 그는 약속 시간보다 10분 늦게 도착하더군요. 술을 시켜 마시면서도 그는 몇 분 동안 별다른 말을 하지 않았습니다. 그 동안 몇 번이나 멈칫거리며 뜸을 들이던 그는 거푸 오고 간 술잔으로 다소 취기가 오르자 물고 있던 가시라도 뱉어 내듯 나의 이름을 부르더군요.

그는 평소와는 달리 매우 어색하고 미안해하는 표정을 지어 보였습니다. 하지만 나를 쳐다보는 눈 속엔 음험하고 불길한 무엇이 깔려 있어서 서늘하게 나의 얼굴을 핥고 가더군요. 김차장, 미안해요, 라는 말로 그는 목소리를 깔더군요.
　나는 미안하다는 그 말을 듣는 순간 눈앞이 아찔해지더군요. 왜냐구요? 내가 수많은 사원들을 잘라 내면서 입에 발린 말로 했던 것이 바로 그 말이었기 때문입니다. 사약과도 같았던 그 말을 그가 나에게 하다니요, 믿어지지 않더군요. 나도 어쩔 수 없어요. 기획실로부터 지시니……. 그 말을 하던 순간 그의 얼굴이 굳어져 있었습니다. 피가 거꾸로 흐르는 것 같더군요. 치가 떨려 말이 나오지 않았습니다.
　내가 아연실색한 표정으로 그를 쳐다보고 있는데, 할 말을 끝낸 그는 라이터를 꺼내 담배에 불을 붙이더군요. 뭐라고요? 아니 뭐라고 하셨습니까? 나는 더듬거리며 벌레 씹은 얼굴로 그를 뚫어지게 쏘아보았지요.
　낸들 그러고 싶어 그러겠소. 마치 들고 있던 무거운 짐이라도 내려놓듯 퉁명스럽게 말을 던지고 그가 먼저 자리에서 일어서더군요. 거리로 나와 그는 다시 한 번 미안하다는 말을 하고는 몸을 돌렸습니다.
　나는 달려가 그의 팔을 잡았습니다. 부장님 안 됩니다. 저를 살려주십시오, 제발. 저를 이럴 수 있습니까?라며 나는 애원했습니다.
　그 사람은 안됐다는 표정으로 나를 훑어보더군요. 발버둥칠수록 서로 상처만 입어요. 그의 말은 냉정했습니다. 그는 다소 여유 있는 표정으로 나를 쳐다보더니 다시 돌아서더군요. 멀어져 가는 그의 뒷모습을 바라보고 있다가 나는 발길을 돌렸습니다.
　나는 그 술집으로 다시 들어가 혼자서 소주를 두 병이나 더 시켜 마시고 밖으로 나왔습니다. 울퉁불퉁 거리도 나와 마찬가지로 온통 취해 있더군요. 물체들이 아메바처럼 흐느적거리고 있었습니다. 흔들리는 불빛들 사이로 나는 고래고래 고함을 지르면서 걸어갔습니다.

　미친 서울, 미친 대한민국, 미친 인사부장 개새끼, 시팔놈! 하면서 나는 나오는 대로 고함을 지르며 걸어갔습니다. 을지로에서 동대문 옥수동 동호대교를 지나 잠원동에 있는 나의 집까지 걸었습니다. 강이 울고 있는 것 같더군요. 수많은 불빛을 낙조처럼 드리운 채 엎드려 조용히 울고 있는 것 같더군요.

　많은 생각을 하다가 잠이 들었습니다. 자고 나니 온몸이 얼얼하게 쑤시고 아팠습니다. 속도 쓰리고 억울한 마음에서 왈칵 눈물이 쏟아지더군요. 내가 쫓겨난다는 것이 도저히 현실로 받아들여지지 않았습니다. 이 세상에 어떤 직장보다도 든든할 것으로 믿고 있었던 나의 직장. 그 자리를 지키기 위해, 듣고도 못들은 체 알면서도 모른 체 더럽고 아니꼬워도 참고 참으며 그 많은 날들을 바쳐 왔는데, 그리고 그 많은 사람들로부터 따가운 눈총과 저주를 받으면서도 정리 해고라는 그 악역을 맡아 많은 사람들을 잘라 내는 어려운 일을 해 왔는데, 이제 와서 나를 잘라 내려 하다니, 정말 있을 수 없는 일이야, 있을 수 없는 일!

　나는 수없이 같은 말을 되뇌어 보았습니다. 몹쓸 한 마당 꿈을 꾼 것 같기도 하고, 미친개에게 물린 것 같기도 해서, 좀처럼 현실로 받아들여지지 않더군요. 금방이라도 그게 아니라고, 농담으로 해 본 말이라고, 어제의 말을 번복하는 부장의 전화가 올 것 같기도 하고 말입니다.

　시간이 지나 몸에서 술기운이 빠져 나가고 정신이 맑아지면서 차츰 분한 생각이 엄습해 오더군요. 그들이 나를 이용할 대로 이용해 먹고 헌신짝처럼 차버렸다는 생각이 들자 분하고 억울한 마음이 꾸역꾸역 목구멍으로 쏟아져 나오더군요.

치가 떨리고 그가 옆에 있으면 팔뚝이라도 물어뜯어 놓고 싶을 정도로 피가 끓어오르더군요. 그의 집 길목 어디쯤에서 기다리다가 몽둥이로 목뼈를 부러뜨려 버릴까, 아니면 그 놈의 집에 찾아가서 개판을 쳐버릴까 하는 별의별 생각이 머리를 들쑤시고 다니더군요.

정말이지 그때는 내가 회사를 떠나야 한다는 생각이나, 앞으로 어떻게 살아 갈 것인가, 가족은 어떻게 해야 하나 하는 생각보다는 배신감과 그놈의 인사부장에게 어떻게 하면 복수를 할 수 있을까, 하는 생각뿐이었습니다. 죽일 놈, 죽일 놈! 하며 악을 쓸수록 지난날 그와의 일들이 밑도 끝도 없이 떠올랐습니다.

그 수많은 날들 동안 놈의 뒤를 따라 이 술집에서 저 술집으로 옮겨 다니며 밤이 새도록 술을 마셨던 일이 먼저 생각나더군요. 그리고 내가 신입 사원으로 영업부에 첫 출근을 하던 날 메꽃처럼 싱싱한 얼굴로, 입사를 환영한다며 손을 내밀던 그의 얼굴이며, 온종일 황사를 동반한 꽃샘바람이 창문을 때려 대던 4월 어느 날 옆 자리에 앉아 당당하던 선배로서의 모습이며, 하얀 얼굴에 곧잘 앞니를 드러내고 웃던 모습이 매우 호감을 주었던 일, 그리고 회사 화장실 위치도 제대로 몰랐던 햇병아리 사원인 나에게 이것저것 일러 주며 선배로서의 역할을 하려 했던 그의 모습이 어제의 일처럼 떠올랐습니다. 그리고 또 많은 날들이 흐른 뒤 내가 차장으로 있는 인사부에 부장이 되어 돌아왔던 그의 모습이 떠올랐습니다.

부장으로 오고 나서 하루가 다르게 변해가던 그의 모습이 눈에 아른거렸습니다. 그리고 그와의 재회가 나의 삶을 바꾸어 놓았다는 생각도 들더군요. 평사원 시절, 그가 열을 올려 그렇게도 비판하던 상사들의 독선적 부서 관리 방식을 한층 더 강화시켜 사용하던 일을 떠올리면서 고소를 금치 못했던 적이 한두 번이 아니었습니다.

　기안 문건이 문법에 안 맞다고 여사원들에게 결재 판을 집어던지는가 하면, 인사과 고참 과장인 배 과장이 근무 시간에 업무 외의 전화를 했다는 이유로 사표를 쓰라는 말을 뱉어 놓던 일, 그리고 카리스마적 스타일로 부서 직원들을 늘 자기 수족 밑에 깔고 앉으려던 야비한 속성을 드러내던 일들은 생각할수록 머리를 때렸습니다.

　내가 보이지 않는 어느 곳에서 그가 나를 비웃고 있을 것 같은 생각도 들더군요. 동정과 멸시의 미소를 동시에 머금고서 말입니다. 다시 열불이 치솟더군요. 이중인격의 상징적 인물 같기도 하고, 자신의 입신양명을 위해서라면 물불을 가리지 않는 사람 같기도 해서 말입니다.

　그러나 나는 서서히 나도 모르게 그의 수족이 되어가던 과정을 머릿속에 떠올려야 했습니다. 팀워크, 무엇보다 팀워크가 중요하다고 그는 입만 열면 우리 부서원들에게 단합을 강조했고, 차장인 나를 언제나 그것을 실행하는 선두에 세우려 했던 일이며, 내가 아무런 생각 없이 그의 말에 북 치고 장구 치며 변죽을 울려 대던 일들이 참으로 부끄럽게 느껴졌습니다.

　그 시절, 나는 직원들이 잘 따라 주지 않는다는 생각이 들 때면, 문은 언제나 열려 있다는 말을 자주 하곤 했는데, 다시 돌이켜 보니 사원들에게 그보다 더 공공연하게 협박적인 말은 없었을 걸로 생각되어지더군요.

　때로는 그렇게 말해 놓고도 밸이 꼴리고 내 자신이 아니꼬워서 내 얼굴에 침이라도 뱉어 버리고 싶은 기분이 들 때도 있었습니다만 정말 부끄러운 일로 여겨졌습니다.

　그 시절 이 땅의 모든 부장·차장들이 다 그런 사람들이었는지는 모르겠지만, 그는 독선을 하나의 낙으로 즐기고 있었고, 부장인 자신이 하는 모든 일을 다 회사를 위해서 하는 일로 간주하고 있는 것 같았습니다. 그가 맡고 있는 업무는 말할 것도 없고 저녁에 회식을 하거나, 등산 야유회, 심지어 자기 처가 장인의 생일까지도 회사 일의 연장으로 간주하곤 했던 일이 어지럽게 내 머리를 흔들고 가더군요.

그 시절 내가 참으로 견디기 힘들었던 또 하나의 일은 토요일 오후나 일요일에 단체 행동의 강요였습니다. 인사부 단합 배구 대회, 인사부 팀워크 향상 등반 대회, 인사부 하계 수련 대회 등 내가 가장 싫어하는 단체 행동거지를 그의 지시에 의해서 내 손으로 만들어 내어야 하는 일이었습니다. 이러한 것들은 윗사람들에게 인사부가 다른 부서와 다르다는 것을 보여 주어 자신의 능력을 인정 받으려는 의도에서 비롯되었다는 것은 말할 필요가 없을 것입니다.

뭔가 특별한 것을 보여 주지 않으면 자리가 흔들리지 않을까 하는 불안한 마음에서 그는 늘 일거리 찾기에 열중하고 있었습니다.

그의 이기적이고 독선적인 행동에 부서 직원들은 서서히 길들여져 가더군요. 처음에 못마땅한 표정을 지으며 돌아가서 불평을 털어놓던 사람들도 차츰 당연히 그래야 하는 것쯤으로 알고 참여했습니다.

물론 처음엔 나도 그가 하는 일이 불만스러워서 한 번 대들어 볼 생각도 했었지요. 부장이면 다냐, 부장이라고 부서 직원들을 이렇게 취급해도 되느냐고 직원들을 위해서 차장인 내가 나서서 그의 독선적인 행동을 막아 보아야겠다고 말입니다.

그러나 막상 말해야 할 순간이 되면 말은 어김없이 목구멍에 걸려서 나오지 않았습니다. 내 능력의 부족, 내 그릇이 작고 옹졸했기 때문인지, 아니면 생존 본능적인 몸 사림 때문이었는지 모르겠지만 그의 앞에 서면 주눅이 들었고, 그래서 결국 나는 스스로 포기하고 말았던 것입니다.

　내가 살아갈 수 있는 방법은 모든 것을 참는 거다, 그냥 묵묵히 입 다물고 참아 내는 것이다. 부장의 이기적이고 불합리한 행동도, 회사 경영에 대한 불만도 그냥 그렇게 삼키며 참아 내는 것이 회사 생활이라는 생각이 들더군요. 가족과 내 자신을 위해서 어쩔 수 없다. 무조건 복종하고 따르는 것이다. 우리의 현실은 합리성이 아니라 순종이라는 생각이 나를 누르기 시작하였습니다.

　이제 그를 이해하려고 노력했습니다. 말단 평사원일 때, 그 자유분방하고 상사들이 보이지 않는 자리에선 늘 그들의 불합리한 방식을 씹어대곤 하던 그가 그렇게 놀랍게 변신한 것을 말입니다.

　그렇다, 그것이다. 그것도 능력이다. 그 놀라운 변신의 능력이 오늘의 그를 만들어 놓았는지 모른다. 그래 나도 이제 내 자신을 바꾸어 보자. 그래서 상사 앞에 가서 죽은 체하는 거다. 한 번 죽으라면 두 번 죽은 시늉을 하는 거다. 그가 부장이 되기 위해서 상사들에게 해 왔듯이 나도 그에게 그렇게 하는 거다. 그래, 그의 가려운 곳을 먼저 알고 긁어 주자. 헛말이라도 그의 앞에 가선 무조건 그를 추켜올리자고 생각하면서 나는 시간이 날 때마다 거울을 보며 웃는 연습을 하곤 했습니다.

　그의 앞에 가선 웃자. 일의 기준은 합리성이나 효율성이 아니라 인간 관계다. 그의 기분과 생각에 맞추어 일하는 것이 최선의 방법이라는 생각이 들었습니다. 그렇게 생각하자 비로소 마음이 편해지고 길이 보이기 시작했습니다.

　가고 싶은 회사, 머무르고 싶은 회사, 10분 먼저 오고 10분 늦게 퇴근하자. 이것은 내가 만들어 그에게 건의한 슬로건이었습니다. 인사부 직원들뿐만 아니라 잘만 실행한다면 웃사람들에게 좋은 반응을 얻으리라고 생각했는데, 과연 그 운동은 사내에 잔잔한 파문을 몰고 왔고 전사원 근무성 향상에 크게 기여했다는 찬사를 웃사람들에게 듣게 되었던 것입니다.

전무 이사로부터 칭찬을 듣고 온 날 아침 그는 얼마 동안 상기된 표정을 감추지 못하더군요. 그는 나의 능력을 인정해 주는 듯했고 나는 힘이 생기더군요. 그 뒤 나는 뭔가 기발한 아이디어를 찾아내려고 노력했고, 심지어 길을 가다가도, 어떻게 하면 웃사람들에게서 칭찬을 받을 수 있을까, 부장을 놀라게 할 좋은 아이디어가 없을까를 생각하곤 했습니다.

그러다 생각해 낸 것이 자기 직무 평가서였습니다. 부서 직원 각자가 주간 근무 계획서와 업무 시간 성과표를 만들어 근무 시간을 극대화하자는 내용이었습니다. 그리고 그 부수적인 일로 수시로 업무 관련 미팅을 갖고 토요일 오후 시간을 이용해 주간 업무 결과를 점검하는 부서 회의를 열자는 것이었는데, 그는 환하게 웃으며 나를 향해 엄지손가락을 치켜세우더군요.

그때 정말 기분이 흐뭇했습니다. 회사에 근무하고 나서 처음 느껴보는 희열이었습니다.

이러한 일들 외에도, 그 날은 참으로 많은 기억들이 떠올랐다 지워지더군요. 꼬리에 꼬리를 물고서 말입니다.

부서 직원들 앞에선 마치 목에 깁스를 한 것처럼 뻣뻣하고 오만하던 그가 이사나 비서실 근처에 가선 어떻게 그렇게 비굴하게 자신을 낮출 수 있었는지, 아무리 생각해도 신기하고 이해가 되지 않더군요.

사흘이 멀다고 서류 뭉치를 던져, 여사원들을 울리는가 하면 장인 회갑연이 있어 좀 일찍 퇴근하려는 직원을 전 직원 앞에서 면박을 주던 그가, 이사 상무 앞에 가서는 마치 뼈 없는 동물처럼 허리를 굽혀 인사를 하고, 아무개 이사의 마누라 생일이 언제고, 상무 전무 장모의 생일이 언제인지까지도 일일이 챙겨 꽃과 선물 상자를 보내곤 하던 너무나 대조적인 두 모습이 떠올랐습니다.

그러나 다시 생각해 보니, 그것이 바로 그의 힘이라는 생각이 들기도 했습니다. 평사원 시절 불평 많은 건달 같던 그 이미지를 씻고 그 수많은 선배들을 제치고 먼저 과장, 부장으로 승진할 수 있었던 힘이 바로 그것이었을 것이라는 생각이 말입니다. 정말 그날은 수많은 기억들이 실타래처럼 얽혀 아프게 나의 머리를 할퀴어 대고 있었습니다.

지금 생각해도 부끄럽군요. 지나온 나의 날들이 말입니다. 나에게 부끄러운 짓을 강요했던 저 서울. 허영과 출세욕에 눈이 뒤집혀 마치 내가 강 부장, 그의 수족처럼 설쳐대던 날들이 숨죽인 채 강물에 엎드려 흘러가고 있는 것 같군요. 저기 저렇게 휘황한 강변의 불빛이 쭉쭉 수심을 알 수 없이 주낙을 드리운 서울의 강물. 그러나 눈물뿐인 강이었습니다.

저기 국회 의사당 뒤로 여의도의 불빛이 보이는군요. 한때의 치욕, 눈물처럼 말입니다.

저기 은행이 많은 거리를 지나면 산부인과이든가요, 엔젤 산부인과 말입니다. 그의 처제가 아이를 낳는다고 같이 좀 가 달라는 말에 끌려 나가 기저귀 가방을 들고 분만실 앞에 서 있어야 했던 일이 눈물처럼 어른거리는군요.

제 마누라가 아이를 셋이나 낳는 동안 병원 문 앞에도 한 번 가보지 못했던 내가 그의 부하 직원이라는 이유 하나 때문에 그의 처제 아이 낳는 데까지 따라가서 기저귀 가방을 들고 서 있어야 했던 비참한 몰골이 저 강물 속에 엎드려 울고 있는 것 같군요. 그 위로 아내의 얼굴이 겹쳐오는군요. 아이들의 얼굴도 말입니다.

이야기를 하다 보니 생각나는군요. 아내가 아이를 낳았을 때 일 말입니다. 글쎄 그 잘난 놈의 회사 일을 하느라고 첫째 아이는 근무 중에 낳았고, 둘째는 지방 출장 중에, 그리고 셋째는 회사 중역들의 술시중을 드느라고 새벽 늦게 들어오던 날 낳았습니다.

그때는 호출기가 있었습니까, 휴대폰이 있었습니까. 그러다 보니 연락이 되지 않았던 거지요. 그들의 기분 따라 이리저리 끌려 다니며 술집 잡아 주고, 술값 계산하고, 거기에 여관까지 잡아주고 새벽에 돌아와 보니 아내는 혼자서 아이를 낳았더군요. 집에 전화라도 해 보았어야 했었는데 술집이어서 전화하기도 그렇고, 설마 오늘이야, 하는 생각을 하다 그 꼴이 된 거지요.

어디 그뿐이겠습니까. 아이를 낳고도 사흘이 멀다고 부장, 이사들의 술집 나들이 비서가 되어야 했고, 때론 부서의 술 상무를 하느라고 새벽녘에야 엉금엉금 기어서 집에 들어온 것이 어찌 한두 번이었겠습니까.

부장이니 이사가 술 고프면 나도 덩달아 술 고파야 하고, 그들이 여자가 고프면 나도 여자가 고파야 하는 것이 그 시대의 이 나라 직장의 풍속도였으니까요. 그때는 정말이지, 상사가 술자리에서 일어나지 않으면 부하 직원들은 화장실에 가서 토하고, 또 토하고, 다시 자리로 돌아와 술을 마셔야 하는 것이 당연시되던 시절이 아니었습니까?

부장, 이사가 떼씹을 하자면 떼씹을 해야 하고, 벌고 벗고 춤을 추자면 함께 벗고 춤을 추어야 하는 것이 그 시절 또 하나의 룰이었으니까 말입니다. 뿐만 아닙니다. 그들이 종종 직위를 이용해 상납을 받거나 공금을 유용하는 것을 보고도 못 본 체해야 하는 것도 불문율이었던 것도 다 아는 사실 아닙니까.

한 번 생각해 보십시오. 술 냄새, 여자 냄새를 풀풀 풍기면서 밤늦게 집에 들어온 남편을 어느 마누라가 좋아하겠습니까. 그때마다 미안하다, 미안하다. 조금만 기다려라. 내가 부장, 이사가 되면 좋은 때가 있을 거다. 그때 한 번 호강시켜 주겠다고 이리 달래고 저리 달래며 그 많은 날들을 그놈의 부장, 이사의 보이 노릇을 한다고 흘려 보낸 세월이 저 강물 속에 뒤돌아보이는군요.

때로는 목구멍에 차오르는 불덩이 때문에 모든 것을 던져 버리고 뛰쳐나가고 싶은 순간도 있었지만, 그때마다 나를 진정시키고 나의 발목을 잡는 것은 어린 새끼들이었습니다. 더구나 시든 풀잎 같은 몸으로 오늘 이 자리에 있게 해 준 고향의 늙은 어머님을 생각하면 나는 어쩔 수 없이 더 열심히 그들을 따라다니며 술 시중을 들고 뒷거리를 헤매고 다녀야 했습니다.

상사이기 때문에, 의리 때문에, 눈치 때문에, 그 허구한 날 술자리에서 빠져 나오지 못하고 아내를 아파트 문 앞에서 기다리게 했습니다. 그런데도 나는 내 청춘과 쓸개까지도 빼 바친 그 직장에서 쫓겨나게 되었습니다.

어찌 보면 그것은 사필귀정이었는지도 모르겠군요. 왜냐구요? 나의 잘못도 그만큼 많았기 때문이니 말입니다. 선진 인사 제도를 연수하기 위해서 부장과 함께 미국 스탠더드 퍼딩사에 갔을 때만 해도 그렇습니다. 하라는 인사 제도 연수엔 별 관심도 없이 뉴욕 공항에 내리자마자 어디 멋진 여자나 술집이 없을까 해서 이리저리 헤집고 다녔는가 하면 열흘 연수 기간 중에 6일을 골프장에서 보냈으니 말입니다.

국가 부도의 외환 위기 속에서도 환 투자를 하는 그를 따라 다녔던 일도 생각나는군요. 지금은 생각할수록 부끄럽고 혀를 깨물고 싶을 정도로 후회스럽지만 그때만 해도 나는 외환 위기가 뭐고, 또 그것이 우리에게 어떤 영향을 끼칠지 별로 생각하지 않았습니다.

그는, 내가 있어야 국가가 있는 것이지, 국가가 날 먹여 주겠느냐, 사회가 어려울수록 내 실속을 더 차려야 한다는 말을 자주 했고, 나도 그의 말에 동감하고 있었으니 말입니다.

사회에 돈이 귀해질수록 큰돈은 아니었지만, 내 수중에 있는 돈이 참으로 소중하다는 생각이 들더군요. 그래서 온 국민이 외화 모으기를 한다고 코 묻은 달러까지 내놓을 때도, 금 모으기를 한다고 아이들 돌 반지까지 내놓을 때도 나는 달러 한 푼, 금 한 돈도 내놓지 않았습니다.

날이 갈수록 그의 모습은 고무되어 갔고 나도 덩달아 마음이 들떠 있었습니다. 강 부장 그 사람은 재테크니 뭐니 하여 달러 사재기를 한다더니 달러 값이 폭등할 때마다 돌아서서 터져 나오는 웃음을 감추지 못하고 있었습니다.

그는 자신의 농 밑에 숨겨둔 돈으로는 직성이 풀리지 않았는지 부서 직원들에게 돈을 빌려서 달러 사재기를 하더군요. 그리고 한술 더 떠서 회사에다가 환 투기를 하게끔 아이디어를 제공해 주기도 했습니다. 나라 경제가 언제 주저앉을지 모르는 긴박한 상황에 고개를 돌린 채 국난을 자신과 회사의 재산 불리기의 호기로 삼아 열을 올리던 그를 따라 다녔던 일을 생각하면 정말 내 얼굴에 침을 뱉고 싶습니다.

IMF가 시작되고 정리 해고법이 제정되어 감원의 칼바람 앞에 사원들이 고개도 못 든 채 슬슬 기자, 극동 그룹의 인사 총책인 그의 어깨엔 여느 때보다 더 빳빳이 힘이 들어가기 시작하더군요. 매사 미운 오리 새끼 걸리기만 해 보아라는 식이었고, 그러면서도 그는 자신의 출구를 마련해 두는 치밀함을 보이기도 했습니다. 또 하나의 이중적 측면을 엿볼 수 있는 부분이었던 거죠.

어느 부서 누구누구를 잘라야 한다는 식의 쪽지를 적어 나에게 정리 해고자 명부를 작성케 하고는 자신은 뒤로 빠져 손에 피를 묻히지 않으려 했으니까요.

이 극동그룹 사원들의 생사 여탈권은 지금 김 차장 당신 손끝에 달려 있어요. 눈 딱 감고 자를 사람은 과감히 잘라요. 인정에 얽매이거나 그들의 반항에 밀리게 되면 자칫 우리가 죽게 돼요. 될 수 있으면 과감히 고비용 구조를 바꿀 수 있는 방법으로 말이에요. 급수가 높은 사람, 보수가 높은 사람, 그리고 부부 맞벌이하는 사람은 물론이고, 부업이 있는 사람을 먼저 명단에 올려 보세요. 그리곤 보수에 상관없이 개인적으로 정리해야겠다고 생각되는 사람이 있으면 과감히 명단에 넣으세요. 평소에 우리에게 비협조적이거나 뺀질거리는 사람들 손 좀 봐 줄 필요가 있지 않겠어요.

말이 나왔으니 하는 말인데, 우리 한국 사람들 말입니다, 고생 좀 더 해야 한다구요. 도대체 분수를 모른다니까요. 어쩌다 주머니에 돈 몇 푼 들었다고 흥청망청 천지를 모르고 껍죽거리며 깨춤을 춰대더니 꼴 좋게 된 거지 뭐 있겠어요.

이렇게 빈정거리는 그는 매우 냉소적이었습니다. 온 나라가 국가 부도니, 경제 파탄이니 하며 떠들어댈 때, 그는 극동그룹 인텔리젠트 빌딩 15층 인사부장 자리에 앉아서 여유 있게 서울 거리를 내려다보면서 이런 냉소적인 말을 뱉곤 했습니다.

나는 뭔가 잘못되어 가는구나 싶어 처음엔 한두 번 번민을 했습니다. 그러나 그의 앞에선 맞장구를 쳐주지 않을 수 없더군요. 몇 번 그렇게 맞장구를 치다 보니 어느덧 나도 그에게 동화되어 가더군요.
 그의 지시에 의해 정리 해고자의 명단을 작성할 때만 해도 그렇습니다. 처음 기분이 얼떨떨하고 죄스럽던 감정이 곧 둔화되어 가더군요. 좀더 시간이 지나자 아무런 죄의식도 미안한 감정도 없이 잘라낼 사람의 명단을 작성하게 되었습니다. 그 살생부의 제일 마지막에 내 이름이 올려지리란 것을 생각도 못한 채 말입니다.
 한 명이라도 더 잘라낼수록 나는 더 인정을 받고 나의 자리가 더 든든해질 것으로 생각했던 거죠. 그러나 그 결과는 토사구팽(兎死拘烹)이었습니다. 정말 보기 좋게 팽(烹)당한 거죠.
 말로만 듣던 그 팽(烹)이란 것 정말 비참하더군요. 회사의 자랑이니, 회사의 미래니 하며 진력을 다 빼먹을 때는 언제고, 이제 와서 나가라니, 나도 회사를 위해, 아니 부장, 이사, 그 사람들을 위해서도 할 만큼 했는데 이럴 수가 있단 말인가, 하는 생각에 치를 떨어야 했습니다.
 몇 해 전 그가 인사부 직원 해외 연수 명목으로 경비를 빼내 유용했던 일 말입니다. 액수가 자그마치 삼천 이백만 원이라는 큰돈이었습니다. 그가 치밀하게 서류를 조작해 놓았지만 연말 경비 결산 과정에서 드러났던 일이었지요. 그러나 나 혼자만 알고 덮어두었던 그 일이 마침 내 머리를 치고 가더군요. 나는 벌떡 자리에서 일어났습니다. 거실로 나와 미친 듯 옷을 꿰고 밖으로 나왔습니다.
 하늘이 묵직하게 밑으로 처져 곧 비라도 쏟아질 것 같았습니다. 당장 그에게로 달려갈 생각이었습니다. 달려가서 그를 떡사발로 만들어 놓거나 아니면 정리 해고자 명단에서 내 이름을 지우라고 말하고 싶었습니다. 동호대교를 지나서 얼마를 더 가다가 보니 시간이 늦었더군요. 비로소 제 정신이 든 거지요. 시간은 이미 퇴근 시간을 훨씬 넘어 9시에 가까워져 있었으니 말입니다.
 다시 힘이 빠지더군요. 나는 동대문 입구에서 차에서 내렸습니다. 걷고 싶었습니다. 그래서 무작정 걸었습니다. 방향도 목적도 없이 그냥 발이 옮겨지는 대로 걸었습니다. 얼마를 걸었는지 모릅니다. 빵빵거리는 자동차 소리와 왁자지껄한 사람들 소리가 들려 올려다보니 회사건물 앞이더군요.
 무의식적이었습니다. 거기까지 간 행동 말입니다. 그때서야 비가 내리고 있다는 것을 알았습니다. 포도가 번들번들 젖어 있더군요. 우산을 든 사람들이 총총걸음으로 지나가는 것도 보였습니다.
 그를 만나야 한다는 생각이 들더군요. 시계를 보았습니다. 10시 15분이더군요. 공중전화 앞에 가서 그의 번호를 눌렀습니다. 뚜뚜 몇 번 신호가 가더니 그의 음성이 들렸습니다. 그의 음성은 윤기가 있고 여유가 있어 보였습니다. 밤늦게 웬일이냐고 능청을 떨더군요. 나는 길게 말하고 싶지 않다고 말하고, 아닌 밤에 홍두깨 내밀 듯, 3년 전 그 일을 설마 잊지는 않았겠지요, 라는 말을 꺼냈습니다. 우리 인사부 직원 해외 연수 명목으로 돈을 빼내 유용한 그 일을 설마 잊지는 않았겠지요, 라고 말입니다. 불어 버리겠다고 했지요.
 내 말이 끝나기도 전에 그는 버럭 화를 내며 고함을 지르더군요. 이 미친 놈, 무슨 소리냐고 말입니다. 당장 무고죄로 처넣어 버리겠다고 큰 소리를 치는 게 아니겠습니까. 그리고는 다시 음성을 낮추어 사람이 그러면 못쓴다고 훈계조로 타이르는 게 아니겠습니까. 웃기지 마라고 말하고 나는 전화를 끊었습니다. 거리는 한층 더 어두워져 있었습니다. 거리와 빌딩, 가로등, 그리고 서울이라는 도시가 마치 하나의 미궁처럼 느껴지더군요. 강력한 힘으로 만물을 흡입해버리는 블랙홀 같은 미궁 말입니다.

갑자기 아이들 생각이 나더군요. 이제 나는 아이들에게 어떻게 돌아가야 하나, 다섯 식구가 나 하나만을 바라보고 있는데 내가 어떻게 그들에게 돌아가야 하나, 하는 생각에 앞이 캄캄해지더군요. 내가 처음 차장이라는 이름을 달았을 때 그렇게도 기뻐하던 아이들과 아내의 모습이 떠올랐습니다.

한 줄기 담배 연기 같은 인생에 영원한 것이 어딨으며, 만물이 유동하듯 인생도 촌각에 흘러가 버리고 말 것인데 슬퍼할 것이 뭐 있겠습니까만, 나는 마치 머나먼 어느 바닷가에서 어둠 한 자락을 잡고 서 있는 것처럼 외로워지더군요.

내가 사랑했던 아들과 딸, 이제 내가 그들에게 환하게 웃으며 돌아갈 명분과 아버지로서의 자질을 상실한 채 지척을 분간할 수 없는 어둠 속에 갇혀 있는 것처럼 외로워지더군요.

빗줄기가 굵어졌습니다. 비는 화살처럼 어둠 속에 내리꽂히고 있었습니다. 차라리 그 빗줄기의 화살에 맞아 쓰러져 삶을 흔적도 없이 지워 버리고 싶더군요. 어둑한 거리를 배회하던 홈리스들의 마음이 바로 이런 것이었겠구나, 하는 생각이 가슴을 저며 왔습니다.

나도 언젠가 저 홈리스들처럼 지하철 계단 아래 쓰러져 잠을 청하거나 골목을 헤매고 다녀야 할지 모른다는 생각도 들더군요. 거리에 불빛이 꺼지고 화려하던 쇼윈도에 셔터가 내려질 때 집 없는 부랑자가 되어 떠돌게 될지도 모른다는 생각 말입니다.

고향을 떠올려 보았습니다. 그러나 한 뙈기의 땅이라도 있어 돌아갈 수 있는 것도 아니고, 늙으신 어머니와 아픈 기억만 되살아나더군요.

다섯 살 때였다고 들었습니다. 집을 떠나는 아버지 상여 뒤에서 천지를 모르고 껑충거리며 뛰어다녔다는 아픈 이야기 말입니다. 내 유년 속에 묻혀 있는 흐릿한 그 기억이 명정처럼 나풀거리며 목을 감고 있었습니다.

　버스를 타고 오면서 참으로 많은 생각을 떠올리고 또 지워야 했습니다. 그러나 그 날의 일은 거기서 끝난 것이 아닙니다. 그가 아파트 입구에서 나를 기다리고 있더군요. 놀라운 일이었습니다. 그 시간에 그가 나의 집 앞에 와 있다는 것은 정말 나의 예상을 뛰어넘은 일이었습니다. 그것도 빗속에 말입니다. 마치 약속이라도 한 듯 우리는 한참 동안 말없이 서로를 뚫어지게 바라보았습니다.

　분노와 배신의 감정이 촉촉이 배인 눈으로 그를 바라보고 있는데, 그가 다가오더니 내 머리 위로 우산을 받쳐 들었습니다. 나는 우산대를 손으로 쳐버렸습니다. 뒤로 밀려났던 그가 다시 다가서며 미안하다는 것이었습니다.

　뺨을 후려치고 싶었습니다. 이 새끼가 사람을 놀리느냐고요. 그래 뭣이 미안하냐? 한 가족의 생명줄을 끊어 놓고 다시 미안하다고, 이 개자식, 빌어먹을 새끼, 배신자, 어디에서 말장난을 하고 있느냐고 뺨을 후려치고 싶었습니다만 차마 그럴 수는 없더군요.

　그가 고개를 떨구더군요. 자기도 어쩔 수 없었다고 말하면서 말입니다. 그의 말을 듣고 있으니 다시 속이 뒤집히면서 참았던 말이 폭죽처럼 터져 나왔습니다. 정말 나가야 한다면 왜 내가 나가야 하는가? 나보다 먼저 당신이 물러나야지 왜 내가 나가야 하느냐고 삿대질을 했지요.

　내가 당신 마음을 다 알고 있는데 그 따위 소리하지 마라, 나를 이용해 먹고 팽시키려는 계획을 당신이 처음부터 가지고 있었으면서 무슨 소릴 하느냐고요.

　그래, 말이 나왔으니 하는 말인데, 정리 해고, 그 허울 좋은 정리 해고, 제대로 한 것이 어딨느냐? 그게 순전히 회사에 대한 인사부장 당신의 충성심 보여 주기지, 그게 정리 해고냐? 사용자에게 만능의 칼인 정리 해고라는 그 시퍼런 칼을 들고 능력에 상관없이 마음에 들지 않는 사람을 쫓아내는 것이 정리 해고냐, 그래서 아부에 능하고 손바닥 잘 비비는 놈들, 하늘만 쳐다보는 해바라기 같은 놈들은 다 살아 남고, 묵묵히 일해 온 사람들만 칼바람을 맞아야 하는 그게 정리 해고냐고 따졌지요.

동쪽에서 바람 불면 서쪽으로 가서 몸피하고 서쪽에서 바람 불면 동쪽으로 가서 복지부동하는 놈들만 살아남는 게 정리해고냐, 선배·후배 고향의 연줄에 빌붙어 알랑거리는 놈들은 다 살아남고, 회사를 위해서 바르게 말하고 등 기댈 선배 한 사람 없는 놈만 밀어내는 게 정리 해고냐고요. 말해 보아라. 정직하게 일하고 회삿돈 한 푼 축 안내고 열심히 일한 것도 죄냐고요.

그래 구조 조정, 정리 해고, 다 좋다. 그런데 왜 말과 실제가 다르냐, 정리 해고도 하기 전에 우리 인사과에서만도 대기 발령이란 이름으로 사무실 복도에 책상을 옮겨 사람을 쫓아내게 했던 사람은 또 누구냐고 나는 분노에 찬 말을 퍼부어 댔습니다.

당신 같은 사람은 용서할 수 없다. 사람을 잘못 보아도 많이 잘못 보았다. 정말 이러고 싶지는 않았는데 당신의 부정한 그 일을 고발하지 않을 수 없다고 말했더니, 그는 다시 그게 아니다고 우기더군요. 사실과 다른 말을 하면 서로가 다친다, 제발 그 말은 하지 말아 달라는 것이었습니다.

끝까지 변명하고 있는 그를 보자 나는 다시 속이 끓어 오르더군요. 그래서 왜 왔느냐고 말했지요. 당신이 부정한 일을 저지른 적이 없다면 뭣이 답답해서 이 우중에 여기까지 왔느냐고 쏘아 주었더니, 그는 다시 제 아내와 노모를 들먹이더군요. 신장병을 앓고 있는 아내와 스물여덟에 청상과부가 되어 사십 년을 홀로 살아 온 노모를 들먹이면서 제발 살려 달라는 것이었습니다.

모든 것은 사필귀정이라고만 말하고 나는 몸을 돌렸습니다. 더 할 말도 더 듣고 싶은 것도 없었기 때문입니다. 아파트 현관까지 와서 돌아보니 그는 그 자리에 우두커니 서 있더군요. 집으로 돌아온 나는 개새끼, 비열한 놈, 배신자라고 수없이 되뇌며 이를 갈다가 잠이 들었습니다.

내가 어떠한 번민과 고통으로 잠을 잤던 아침은 밝아 왔습니다. 창밖에 아침 햇살이 빛나고 있었습니다. 언제 비가 왔느냐는 듯 화창한 아침이더군요. 나는 습관적으로 자리에서 몸을 세웠으나 어찌 해야 좋을지 막막하더군요. 그러다 회사에 가야 한다는 생각이 들더군요. 가서 떳떳이 일과를 마감하고, 책상도 정리하고, 그리고 내 주변에 있었던 작은 일들을 마무리지어야 한다는 생각, 그리고 이렇게 쫓겨나는 몸일수록 더 얼굴을 펴고 당당히 출근해서 일을 마무리지어야겠다는 생각 말입니다.

옷을 차려 입고 막 집을 나서려는 순간이었습니다. 누군가 벨을 울리기에 나가보니 강 부장 그 사람의 부인이었습니다. 나는 놀랐습니다. 아직 세수도 않고 있던 아내는 더 놀라는 눈치였습니다. 또 한번 황당한 순간이었습니다. 그의 아내가 나를 찾아오리라는 생각은 나로서는 하기 힘든 것이었으니까요.

발코니 창문을 등지고 앉은 그녀의 얼굴이 매우 어두워 보이더군요. 그녀의 첫마디도 미안하다는 말이었고, 그 다음엔 남편을 용서해 달라는 것이었습니다. 그리고 다시 고개를 떨구더군요. 잠시 침묵이 흘렀습니다. 나는 아무런 말도 할 수가 없더군요. 한참만에 고개를 들어 나를 쳐다보는 그의 아내, 선영의 눈은 이슬에 젖어 있었습니다. 그 눈물이 무엇을 말하고 있는지 알 수 없었지만, 그녀로서는 너무나 고통스러운 순간인 것만은 분명해 보였습니다.

나로서는 그녀의 그러한 모습이 충격적이었을 뿐이었습니다. 그녀가 나에게 결혼 통보를 해 주었을 때 받았던 그 충격만큼이나 나의 정신을 아찔하게 하는 충격이었습니다.

입사 동기, 신입 사원 연수원에서의 첫 만남, 그리고 자연스러운 데이트, 타인의 눈을 피해 나누었던 은밀한 대화와 뜨거웠던 사랑, 나의 지방 근무, 강 대리와 함께 일본 지사에 파견 근무를 하게 됐던 선영, 그리고 얼마 뒤 두 사람의 결혼. 이러한 일련의 사건들이 낡은 필름처럼 더듬더듬 머리를 훑고 지나가더군요.

그러나 나는 곧 이해할 수 있었습니다. 강 부장 그 사람은 충분히 그럴 수 있는 사람이라는 것을 말입니다. 목줄을 위해서라면 자신의 아내를 한때 연인이었던 남자 앞에 보낼 수 있는 인물이라는 것을 이해할 수 있었습니다. 다 자연의 뜻대로 될 테니 너무 염려하지 말라는 말로서 그녀를 돌려보냈습니다.

앓고 있는 병 때문이었는지, 문을 열고 나서는 그녀의 뒷모습이 그날 따라 너무 야위고 초라해 보였습니다.

그의 아내 선영에 대한 생각을 떨치며 나는 회사로 갔습니다. 평시와 마찬가지 자세로 말입니다. 그리고 많은 일들을 정리했지요. 경리부에 갔다가 퇴직에 따른 신상 서류를 정리하고 단말기에 입력된 비밀 번호를 지우고 책상을 정리했습니다. 그러면서도 나는 한 번도 그를 쳐다보지 않았습니다. 용서하겠다 안 하겠다는 아무런 말도 물론 하지 않았지요.

내가 17년 동안 근무했던 흔적을 지우는 데는 불과 몇 시간으로

족했습니다. 그러나 나는 마지막 순간까지 당당해야겠다는 생각에서 퇴근 시간이 되기를 기다렸습니다. 다섯 시 반이 지나고 여섯 시가 가까워 올 무렵 나는 자리에서 일어섰습니다. 창 밖에 수많은 빌딩과 거리의 차량들이 눈에 들어와 고이더군요. 이제 그곳이 내가 가야 할 광야일지 모른다는 생각에 잠시 고개를 숙였습니다.

모래알 같은 수많은 사람과 밤이면 휘황한 불빛에 휘청거리는 도시의 광야 말입니다. 수시로 비바람이 불고 눈이 내려서 옷과 몸을 흠뻑 적실 광야, 그곳을 절며 절며 가는 나의 모습이 겹쳐지더군요.

거기엔 아무도 없을 것 같았습니다. 한때 내가 사랑했던 사람도, 고향으로 가는 길도 없을 것 같았습니다. 다만 비에 젖어 흐느적거리는 실버들 같은 나무들만 있을 것 같더군요. 한때 혈기 탱탱한 몸으로 계단을 오르던 젊은 날의 얼굴이 어둠에 젖어 뒹굴고 있을 것 같기만 했습니다.

내가 믿어 왔던 나라, 내가 청춘을 바쳐 독재를 향해 돌을 던지고 비무장 지대의 싸늘한 철책을 지켰던 이 나라. 이 나라가 나에게 돌려 준 것이 고작 이것이냐는 생각 때문에 지난 기억들이 눈발처럼 눈 앞에 어른거리더군요.

더 이상 있을 수 없더군요. 있어야 할 이유도 없고 말입니다. 그래서 나는 문을 열고 회사를 떠나 왔습니다. 그 순간 누가 나에게 무슨 무슨 말을 하고, 또 누가 나에게 악수를 청했는지는 생각나지 않는군요. 너무나 많은 지난날의 생각으로 착잡했기 때문에 말입니다.

그러나 나에게 손을 내밀어 악수를 청하던 그의 모습은 너무나 선명합니다. 웬일인지 모르겠습니다만 그 순간 그가 왜소해 보였습니다. 예전에 그렇게 오만하고 불손하던 그의 어깨가 떨리고 있더군요. 불과 이틀 전까지만 해도 그렇게 교만하던 그가 떨고 있는 것을 보자

나는 인간의 상황과 이중성이 측은해지더군요.

등 뒤에서 나를 부르는 그의 목소리가 들리는 것 같았습니다. 그러나 나는 돌아보지 않았습니다. 그리고 건물을 내려와 곧장 거리로 걸어 나왔습니다. 거리에서 난 또 걸었습니다. 을지로에서 서울역까지 말입니다. 그리고 이렇게 기차를 탄 것이죠. 경부선 완행 열차를 말입니다. 무작정 그렇게 기차를 탔습니다. 아무런 목적도 없이 그냥 이렇게 고향 쪽으로 가는 기차를 타고 싶었습니다.

차는 아직 한강 철교를 벗어나지 못하고 있군요. 불빛이, 이 서울의 불빛이 너무 쓸쓸해 보입니다. 지금 나를 보내고 어디엔가 앉아 있을 강 부장 그의 머리에도 아마 많은 생각들이 오고 가겠지요. 그와 나 사이에 있었던 수많은 일들이 말입니다.

그가 한 말이 생각나는군요. 어린 시절 지지리도 못살아서 변두리를 떠돌 때, 이 세상이 가까이 갈 수 없는 먼 나라처럼 보였다던 그의 말, 말입니다. 그래서 그는 아마 생각했을지도 모르겠군요. 출세를 하자고 말입니다. 상사의 발바닥을 핥아서라도 출세를 하자고 말입니다. 출세야말로 어린 날 그 어둡고 추웠던 시절을 보상받을 수 있는 유일한 길이라고 생각하였을지도 모르겠군요. 그래서 그는 출세에 병들게 되었을 것 같다는 생각도 들더군요.

이 땅에서의 출세가 능력보다는 아부와 줄 잡기에 있다는 것을 간파한 그는 그 길에 온몸을 던져 오늘을 이루어냈을지도 모르겠군요. 관용도 아량도 사회도 국가도 모른 채 오직 자신의 것만, 자신의 입신양명만 꿈꾸면서 말입니다.

그러나 나는 그를 용서하기로 했습니다. 내가 회사를 떠나기 몇 시간 전에 용서하기로 마음먹었습니다. 젊은 날엔 내 사랑을 뺏어갔고, 그리고 내 인생의 중년에 와선 내 직업을 뺏어갔던 그를 용서하기로 했습니다.

바꾸어 생각해 보니 그는 그대로 이 시대의 왜곡된 방식에 자신을 대입시켜 열심히 살아왔던 사람일지 모른다는 생각이 들더군요. 그도 어쩌면 이 시대의 피해자일지 모른다는 생각 말입니다.

애증의 결핍이 가학적이고 편협한 인간을 만든다고 했던가요. 그가 아마 그러 했을지 모른다는 생각이 들고, 그가 살아야 했던 방법도 이 시대의 한 끝에 닿아 있다는 막연한 공존 의식 같은 것이 잔잔히 밀려오더군요.

강을 벗어나니 밤은 더 어두워진 것 같군요. 차는 이제 서울을 벗어나고 있습니다. 어둡고 시린 이 시대의 아픔을 철길에 날리며 남으로 남으로 달려가고 있습니다. 지금쯤 고향 마을엔 벚꽃이 지고 과수원에 배꽃이 분분히 날리고 있을지 모르겠군요.

그러나 이 차가 밤의 끝에 가 닿을 무렵 나는 어쩌면 그 그리운 고향을 보기도 전에 이 차를 되잡아 타고 다시 미궁 같은 서울로 돌아와야 할지 모르겠군요. 아직도 내가 버릴 수 없는 사랑과 미움, 그리고 내가 가야 할 수많은 길들이 저 미로 속에 놓여 있기 때문에 말입니다.

(월간문학 98년 9월호)

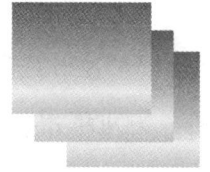

이충호의 작품 세계

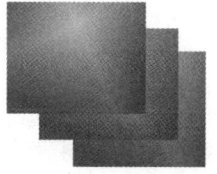

갈등의 구조에 담긴 '다성적 울림'을 찾아서
―이충호의 작품 세계가 추구하는 것

장경렬 (서울대학교 영문과 교수)

1

　이충호의 작품 세계는 세상이 끊임없이 변한다는 사실을, 단순히 우리 삶의 양상이 변할 뿐만 아니라 삶을 바라보는 사람들의 시각까지 변한다는 사실을 구체적 사례를 통해 보여 준다. 이같이 말했을 때 누군가 이렇게 물을 수도 있겠다. 소설 가운데 시대와 삶의 변화를 이야기하지 않는 것이 있는가. 물론 그렇지 않은 소설은 없다. 삶의 현장과 현실에 더할 수 없이 가깝게 다가가기 위한 문학 장르가 다름아닌 소설이라는 점에서 무릇 모든 소설은 삶과 삶의 현장이 변하고 있음에 대한 보고서일 수 있다. 하지만 변화의 어느 한 순간에 눈길을 고정함으로써 바로 그 순간의 진실―또는 바로 그 순간의 진실이라고 작가가 파악한 것―을 '영원한 것'으로 보이게 하는 예를 우리는 적지 않게 목격한다. 다시 말해, 순간의 진실 또는 일방의 진실이 영원의 진실인 것처럼 보이도록 독자를 오도하는 소설도 적지 않다. 또는 한 시대와 한 사회를 지배하는 가치관과 시각―또는 한 시대와 사회가 당연히 받아들여야 한다고 작가가 믿는 특정 가치관이나 시각—을 절대적이고 보편적인 것으로 내세우는 예도 적지 않다. 현실에 더할 수 없이 가깝게 다가가 있는 소설에서 때때로 삶과 삶의 현장의 변화가 좀처럼 읽혀지지 않는 경우가 있다면, 이는 바로 이런 이유 때문일 것이다.

따지고 보면, 미셸 푸꼬(Michel Foucault)의 지적대로 절대적이고 보편적인 가치관이나 시각은 어느 시대에도 존재한 적이 없다. 사람들이 절대적이고 보편적이라고 믿어 의심치 않는 가치관이나 시각은 특정한 시대의 특정한 사회적·정치적 이념이나 제도의 편에 서 있는 특정한 담론(discourse)의 반영물일 뿐이다. 이처럼 특정한 시대의 특정한 가치관이나 시각을 절대적이고 보편적인 것으로 보이도록 하는 담론을 우리는 '지배 담론'이라고 칭할 수 있는데, 이 지배 담론은 주관적인 것을 객관적인 것으로 믿도록 하는 '힘'(power)을 소유한 자 또는 집단이 만들어 낸 것이다. 문제는 지배 담론이 모든 사람에게 일종의 억압으로 작용한다는 데 있다. 하지만 지배 담론의 억압은 무의식적인 것이어서 그 담론 구조 속에 처한 사람들에게는 의식되지 않게 마련이다. 담론 구조 바깥에서 바라보지 않으면 결코 확인될 수 없는 억압을 파헤치고 드러내는 것이 바로 문학—오늘날에는 특히 소설—에게 주어진 역할이지만, 이 같은 역할을 제대로 수행하는 예가 얼마나 될까. 지나친 단언일지 모르나, 한 시대를 지배하고 있는 담론—또는 누구도 보편성을 믿어 의심치 않을 만큼 확고한 힘을 발휘하는 담론—을 되풀이해서 읊조리고 있는 것처럼 보이는 경우가 적지 않다.

사실 지배 담론이 행사하는 억압의 구조는 푸꼬의 말대로 시간이 흐른 다음 확인될 수 있는 성질의 것인지도 모른다. 하지만 시간이 흐른 다음 지나간 시대의 특정 담론을 검토하고자 하는 사람 역시 자신도 모르게 또는 무의식적으로 새로운 담론—그것이 지배적인 것이든 또는 그렇지 않든 관계없이—에 갇히게 마련이고, 따라서 이전 시대의 지배 담론에 대한 검토 역시 '보편적인 것' 또는 '객관적인 것'이 될 수 없다. 시간이 흐른 후의 사정이 그러하다면, 동시대의 지배 담론에 대한 관찰이 보편적이거나 객관적인 것이 되기는 더더욱 어려울 것이다. 설사 자신이 속해 있는 시대의 지배 담론 바깥에 설 수 있는 초월적 안목을 지닌 사람이라고 하더라도 지배 담론에 대한 그의 비판은 결코 객관적인 것이 될 수 없다. 왜냐하면 그의 '초월적 안목'이라는 것도 무언가 문제되는 담론을 초월해서 존재하는—또는 초월하고자 하는—담론의 구속에서 자유로울 수 없기 때문이다. 요컨대, 편파적이지 않은 시각의 제시란 어떤 형태로든 가능치 않다. 그럼에도 불구하고, 우리는 많은 작가들이 '자신에 찬 어조로' 무언가의 가치와 시각을 단호하게 내세우고 옹호함을 목격한다. 마치 그것이 절대적이고 보편적인 가치와 시각이라도 되듯. 바로 이 때문에 그들이 소설을 통해 재현하는 삶의 현실 또는 삶의 현장은 무언가 영원의 진리를 대변하는 듯 보이기도 하고, 또 그런 소설로 인해 세상은 변하지 않는 그 무엇으로 보이기도 한다.

이런 시각에서 이충호의 소설 세계가 갖는 의미를 밝힐 수 있거니와, 그의 소설에서 우리는 담론과 가치관의 충돌을 확인할 수 있고, 이를 대변하는 다양한 사람들의 다양한 목소리—지배 담론을 대변하는 사람들의 당당한 목소리뿐만 아니라, 조심스럽기는 하나 흔들리지 않은 채 이 지배 담론에 저항하는 사람들의 목소리—를 들을 수 있다. 이런 관점에서 볼 때, 일련의 제도, 믿음, 관습 등과 관련하여 오늘날 우리 사회에서 감지되는 '다성적(多聲的) 울림'을 담고 있는 것이 이충호의 소설 세계라고 할 수 있다. 다성적 울림을 담고 있는 이충호의 소설 세계와 만나다 보면, 우리의 삶이란 변화 속에 내던져져 있는 것임을, 우리가 몸담고 있는 사회 역시 부단한 변화 속에 놓여 있음을 실감하지 않을 수 없다. 또한 그의 소설 세계에서 우리는 사회와 가치관의 변화 한가운데 내던져진 채 망설이고 방황하는 우리들 자신의 모습을 읽지 않을 수 없다. 이제 우리에게 주어진 나머지 지면을 통해 작가 이충호의 작품 세계에 대한 우리의 이 같은 이해를 좀더 구체화하기로 하자.

2

무엇보다도 먼저 문제 삼을 수 있는 작품은 「메콩강에 지다」일 것이다. 이 작품의 주요 등장 인물은 "메콩 델타 지역 작전에 여러 차례 참전한" 적이 있는 베트남전 "참전 용사"이자 현재 "작가"로 활동하고 있는 '나'와 "호치민 대학 토목과 초빙 교수로 있는 [나의] 동생"이다. "함께 베트남을 여행하자는" 동생의 제안을 받았지만 "바쁜 일정 때문에 선뜻 승낙할 수가 없었"던 '나'는 "베트남 독립 60주년과 종전 30주년을 기념하기 위한 한·베트남 작가들의 행사에 동참해 달라는 초청"을 받고 마침내 여행길에 나선다. 소설은 과거의 베트남에 대한 '나'의 회상과 다시 찾은 베트남에 대한 '나'의 감회가 하나의 축을 이루고, '나'와 동생 사이의 갈등이 또 하나의 축을 이뤄 전개된다.

우선 '나'는 과거의 "아픈 기억"으로 인해 이번 여행이 결코 즐거울 수 없는 것임을 고백한다. "메콩 델타로 가는 보트"에서 '나'는 이렇게 자신의 심경을 밝힌다.

토이손 섬의 숲이 깊어지면서 마음도 더 무거워졌다. 다른 사람들은 즐거운 오지 여행이 되겠지만 나에겐 이 섬으로의 여행이 전쟁의 상처를 다시 밟아 가는 가슴 아픈 여정이 되고 말았다. 이곳으로의 여행이 이렇게 가슴의 상처를 들쑤시는 일이 될 거란 것을 알았더라면 오지 말아야 했었는데, 하는 후회가 가슴을 누른다.

'나'의 마음을 무겁게 하는 것은 "아픈 기억"만이 아니다. "베트남 사람보다도 더 열렬한 베트남 마니아가 되어 있는 것 같"은 동생의 태도 역시 '나'의 마음을 무겁게 한다.

　전날 구찌 터널을 둘러보면서도 내 마음이 착잡하기는 마찬가지였다. 전쟁 기념관에서도, 인민위원회 청사를 둘러보면서도 나는 마치 전범자가 되어 이 나라에 돌아온 기분이었다. 동생은 입만 열면 '침략자 미 제국주의'와 '잔혹한 한국군' 그리고 '위대한 호치민'이었다. 전쟁 기념관 방명록에도 그는 그렇게 썼다. '미 제국주의 전쟁광을 물리친 위대한 호치민!'이라고. 그는 마치 나에게 시위라도 하듯 붉은 이념이 묻어 있는 말들을 많이 사용했다.
　사실 나는 통일궁을 둘러보고 이어서 전쟁 박물관에 들렀을 때는 마치 다시 그때의 전쟁 속으로 돌아간 것 같은 착잡한 환상에 사로잡혔다. 그 수많은 종류의 살상 무기와 전투기, 들판마다 널려 있는 시신과 잔혹한 인명 살상 장면들을 보는 순간 잠시 현기증이 일었다. 보이는 것마다 미군과 그 동맹국 군이 잔혹하게 베트남인을 죽이는 사진들이었다. 사진은 현실보다 더 참혹하게 느껴졌다. 죽이고 죽은 전쟁이었건만 아군이 적을 죽이는 사진뿐이었다.
　"이것은 전쟁이 아니라 미군의 일방적인 학살이었습니다."
　동생의 말에는 분노가 섞여 있었다.

마치 "전쟁의 주범이라도 되는 것처럼" '나'를 쳐다보며 말을 잇는 동생 앞에서 '나'는 "심한 모멸감"을 느끼지만 "죄인 아닌 죄인이 되어 입을 다물고 있을 수밖에 없"다.

　작가는 이 두 인물 사이의 대화를 통해 서로 다른 두 가치관 또는 입장이 팽팽한 긴장 관계를 이루고 있음을 보여 준다. 우선 '나'는 "전쟁은 상대적"인 것이라는 입장에 선다. 그런 입장에 서서 '나'는 "베트남인의 죽음이 저렇게 처참하듯이 5만 6천 명의 미군의 죽음, 그 하나 하나가 처참하지 않은 것이 어딨겠는가"라고, "들판에 처참히 쓰러져 있는 북베트남 군인들이 싸운 것은 남쪽의 베트남 인민이고, 미군이고, 한국군이었지만 그들을 죽음의 땅으로 내몬 것은 하노이 정권의 집권자들이 아니었던가"라고 마음속으로 자문한다. 이에 반해, 동생은 위의 인용에서 확인되듯 베트남전은 "미군의 일방적인 학살"이라는 입장에 선다. 그의 입장에서 보면, 베트남은 "프랑스, 미국 같은 강대국을 줄줄이 물리친 위대한 나라"고, 호치민은 "베트남 인민을 위해 사회주의의 이상을 이 땅에 펼친 장본인"이자 "위대한 커뮤니스트"다.

　이처럼 '나'와 동생은 상반된 입장에 서 있는데, '나'는 자신의 입장을 쉽게 드러내지 못하는 반면, 동생은 자신의 입장을 밝히는 데 거리낌이 없다. 다시 말해 '나'는 "북측의 모순과 독재는 정당하고 남측의 부정과 부패는 꼭두각시의 놀음이 된다면 그것은 편향된 자가당착의 논리"라는 판단에도 불구하고, 자신의 논리를 동생의 논리 앞에 떳떳하게 마주 세우지 못한다. '나'는 앞서 인용한 것처럼 "입을 다물고 있을 수밖에 없"거나, 또는 "혀끝에서 맴도는 '말들을 씹어 삼"킬 뿐이다. '나'의 말문을 막는 것은 동생의 단호한 태도와 말뿐이 아니다. "한·베트남 작가들의 행사"가 거행된 자리에서 "우리측 대표의 인사말"도 '나'의 말문을 막기는 마찬가지다. "참으로 돌이켜 생각하고 싶지 않지만, 한때 미국의 하수인이 되어 전쟁의 광기로 이 아름다운 나라를 초토화시키고 무고한 사람을 사지로 몰아넣었던 그 무자비하고 야만적인 만행을 사죄하고 베트남과 하나가 되기 위해서 우리는 여기에 왔습니다"로 시작되는 그의 인사말에서 확인할 수 있듯, 넓게 보아 "우리측 대표"의 생각은 동생의 그것과 크게 다른 것이 아니다. 물론 행사장에서 "반미 선동 구호"나 다름없는 시를 낭송한 사람이나 "베트남 작가들"보다 그 시에 "더 열렬한 반응"을 보인 "우리측 작가들"의 경우 역시 생각이나 자세 면에서 '나'의 동생과 크게 다를 바 없다.

왜 '나'는 자신의 생각이나 입장을 동생이나 동료 작가들처럼 시원스럽게 밝힐 수 없는 것일까. 그가 현재 머물고 있는 곳이 베트남이기 때문일까. '나'의 동생이나 동료 작가들이 베트남에 머물고 있기 때문에 "미 제국주의 양키들"에 대한 비판에 열을 올리고 있는 것이 아닌 것처럼, '나' 역시 베트남에 머물고 있기 때문에 말문을 열지 못하고 있는 것은 아니다. 어찌 보면, '내'가 말문을 열지 못함은 '나'의 논리가 오늘날의 지배 담론에서 벗어나는 것이기 때문일 수 있다. '지배 담론'이라는 표현이 부담스럽다면 '시류'(時流)라는 표현을 쓸 수도 있겠다. 다시 말해, '나'의 입장이나 생각은 이미 시류에서 벗어난 것이다. 아니, '시류'에 몸을 맡긴 사람의 입장에서 보면 낡고 고리타분한 것, 따라서 폐기해야만 할 그런 것이다. 동생과 단둘이 있게 된 자리에서 '내'가 마음속에 담고 있는 생각을 드러내자 이에 대한 동생의 비판이 더할 수 없이 격렬해지는 것은 이 때문이다.

그 말은 이 나라, 이 나라 인민들을 두 번 죽이고 욕보이는 것이며 통일 정신을 모독하는 것입니다. 형이야말로 미 제국주의자의 앞잡이,

부르주아의 전형에 지나지 않습니다.

"미 제국주의자의 앞잡이, 부르주아의 전형"이라는 동생의 비판에 '나'는 어떻게 반응하는가. 물론 '나'는 동생이 보기에 여전히 낡고 고리타분하게 여겨질 법한 답변을 이어나간다.

뭐라고, 나보고 미 제국주의자의 앞잡이라고? 좋다. 그러면 너는 뭐냐? 너는 너의 손끝으로 스스로 일군 결실이 무엇이며, 이 나라 통일에 기여한 것이 무엇이냐? 너희들이 추구하는 공산의 논리, 사회주의 논리는 양두구육의 논리며, 이율 배반의 논리가 아니고 뭐냐? 자본주의의 자양으로 성장하고, 자본주의의 결실을 누구보다도 즐기면서 자본주의를 스스로 부인하는 그 위선을 어떻게 받아들여야 한다는 말인가? 너는 말끝마다 우리가 미국의 용병으로, 그 피를 팔아 우리나라의 경제 성장을 이룩했다고 말하는데, 그 전쟁은 우리의 피를 판 전쟁이 아니었다. 미국이 우리의 국방의 일부를 떠맡고 있는 상황에서 우리의 파병은 우방국으로서 공생공존의 국가적 선택이었다. 전쟁이 나쁘다고 모든 것을 상대방에게 넘겨주고 있을 수는 없지 않는가?

'나'의 논리 이면에는 "아버지를 동구 밖으로 끌고 가서 죽창으로 찌르던 광기에 찬 잔인한 얼굴"에 대한 아픈 기억이 자리잡고 있다. 지금의 동생이 옹호하는 "이념"을 도저히 용납할 수 없게 만드는 상처가 '나'의 마음 한 구석에 자리잡고 있는 것이다. '나'의 입장에서 보면, 동생은 "지금 아버지를 죽인 그 이념에 도취해 있"다고밖에 설명할 길이 없다.

두 입장 가운데 작가는 어느 쪽에 호의적인 눈길 또는 긍정의 눈길을 보내고 있는 것일까. 물론 이에 대한 대답은 너무도 쉬워 보인다.

이 소설의 끝에 가서 '나'의 동생은 놀랍게도 "비밀리에 중국이 주도하는 메콩강 유역 개발 프로젝트에 기술자문단으로 참여해 오면서 베트남 국가 이익에 피해를 주었다는" 이유로 베트남 경찰 당국에 연행된다. 설혹 '나'의 동생이 "사회주의의 열렬한 신봉자이자 호치민에 대한 맹신적 믿음으로 이 나라 베트남에 푹 빠져 있"다는 사실을 경찰이 몰랐다고 하자. 그렇다고 하더라도 "집 주변에 경찰이 자주 보이고 때론 낯선 사람이 집 주변을 서성거리다가" 가는 식으로 감시가 자행되는 나라라면, 또한 "그럴 듯"해 보이는 이유만으로 사람을 연행해 가는 나라라면, 베트남은 결코 동생이 생각하듯 "위대한 나라"일 수 없다. 베트남은 여느 "사회주의 국가"와 마찬가지로 여전히 "통제적"인 국가일 뿐이다. 바로 이 같은 암시로 소설을 마무리함으로써 작가는 '나'의 동생이나 "우리 측 작가들"이 거리낌없이 내세우는 친베트남적 입장이 결코 옳은 것일 수 없음을 말하고 있는 것처럼 보인다. 요컨대, 작가는 소설 속의 '나'와 생각을 공유하고 있는 것처럼 보이기도 한다.

하지만 이 같은 판단은 섣부른 것일 수 있거니와, 소설에 묘사된 '나'의 생각이나 논리도 동생이나 동료 작가들의 생각만큼이나 일방적인 것이기 때문이다. 말하자면, 동생이 세상사에 대한 극도의 단순화를 바탕으로 하여 논리를 펼치고 있는 것과 마찬가지로 '나' 역시 상대나 자신이 옹호하는 이념에 대한 극도의 단순화를 바탕으로 하여 논리를 펼치고 있기 때문이다. '나'는 예컨대 "호치민의 공산 세력이 없었다면 단일 정부가 들어설 수도 있었다"는 견해를 지지하고 있는데, 반대 입장에서도 똑같은 논리를 내세울 수 있다는 점에서 볼 때 이 같은 견해는 단순화라는 비판에서 자유로울 수 없을 것이다. 그런 단순화가 없다면, 결코 "미명의 환상 속에서 동생은 아직 이 나라의 진실을 보지 못했을지도 모른다는 생각"을 '내'가 할 수는 없었을 것이다. 누가 과연 '진실'을 볼 수 있단 말인가. 자신은 '진실'의 편에 서 있다는 투의 암시를 담은 이 같은 진술은 소설 속 화자인 '나'의 판단을 신뢰하기 어려운 것으로 만들고 있기도 하다. 따지고 보면, '나'는 "전쟁의 상처"에서 아직 벗어나지 못하고 있고, 따라서 "이 나라의 진실"을 볼 수 없기는 동생이나 다를 바 없다. 아니, 작가가 의도했든 의도하지 않았든 '나'의 시선도 마찬가지로 닫혀 있다고 할 수 있다. 바로 그런 '나'의 모습을 단적으로 추적할 수 있게 하는 것이 다음과 같은 부분이다.

동생이 경찰에 연행되었다는 사실도 그러했지만 한국 영사관에 자국민 신변 보호를 요청해 달라는 내용이 참으로 혼란스럽게 느껴졌다. 물론 그로서는 그만큼 급박했겠지만 그가 보여 주는 언행의 이율 배반에 쓴웃음이 나왔다. 인간의 존엄성이나 자유의 이념보다는 통제적인 사회주의 국가의 이상에 심취해 있던 그가 자신의 신변 문제에 대해선 그렇게 빠르게 자가당착의 모순된 행동을 보이고 있는 것이 이해되지 않았다.

어떻게 해서 "한국영사관에 자국민 신변 보호를 요청해 달라는 내용"이 "이율 배반"일 수 있는가. 동생은 비록 베트남을 찬양하고 베트남이 떠받들고 있는 이념을 옹호하지만 그는 어디까지나 한국인이다. 한국에 대해 비판적이고 베트남에 긍정적이라고 해서 그가 한국인으로서 누려야 할 권리를 주장할 수 없는 것일까. 아무튼, 한국인인 동생이 한국 영사관에 도움을 청한다는 사실과 한국에 대해 비판적이고 베트남에 긍정적이라는 사실이 모순되고 양립할 수 없는 별

개의 것이라는 생각은 지나친 단순화다. 이 같은 단순화에 얽매어 있기에 '나'는 동생의 행동이 "자가당착의 모순된 행동"이라는 식의 또 하나의 단순화에 빠져들 수 있었는지도 모른다. 자신은 "인간의 존엄성이나 자유의 이념"을 옹호하는 쪽에 있고, 타인은 "통제"를 "통제"로 인식하지 못한 채 그릇된 "이상"을 옹호하는 쪽에 있다는 식의 발상은 일종의 자기 도취가 만들어 낸 또 하나의 단순화일 수 있다.

그렇다면, 작가가 이 소설을 통해 긍정의 시선을 보내는 것은 '나'의 동생이나 동료 작가들의 입장인가. 물론 소설 자체가 증거가 되고 있듯이 그렇지 않다. 어떤 의미에서 보면, 작가는 두 시선, 입장, 생각을 하나의 지평에서 동시에 보여 준 채 그 어떤 판단도 유보하고 있는지 모른다. 작가는 다만 그 어떤 가치관도 영원할 수 없음을, 결코 양립할 수 없는 두 태도가 엎치락뒤치락하며 함께 공존하고 있음을, 그런 역동적 사회가 바로 우리 시대의 우리 사회임을 보여 주고자 했는지도 모른다. 우리가 「메콩강에 지다」와 같은 소설이 단순히 시류의 경박함에 대한 보고서로 읽지 말아야 한다고 생각하는 이유는 여기에 있다.

현실이 역동적 변화 속에 있음을, 또 이 변화를 이어가는 현실 속에서 서로 다른 생각과 심성을 지닌 두 종류의 사람이 엎치락뒤치락 갈등을 하면서 함께 살아가는 곳이 우리 시대의 우리 사회임을 보여 주는 이충호의 작품 가운데 또 한 편의 빠뜨릴 수 없는 문제작이 「개를 찾습니다」다. 이 소설에는 "아세아 자동차 기획실에서 15년을 근무"했지만 "기획팀의 성과 부실에 대한 책임을 지고 지방 공장으로 밀려"난 구창동과 "군대 생활 28개월 중에서 20개월 동안 나를 지배했던 선임 하사"이자 현재 그가 근무하게 된 지방 공장의 "노조 대의원"인 박희조가 등장한다. "계급과 고참이라는 절대적 질서가 요구되는 군대란 집단 속에 존재하는 독버섯과 같은 존재"였던 과거의 박희조는 "떼를 쓰듯 막무가내로 자기 주장만을 해대는 [현재의] 태도"가 보여 주듯 변함이 없다. 그런 박희조를 상대로 하여, 아니, "투쟁 일변도인 노조의 노선 중심"에 있는 그를 상대로 하여 구창동은 힘겨운 "협상"을 이어 나간다.

그동안 노사 갈등이라는 문제는 헤아릴 수 없을 만큼 많은 소설의 소재가 되어 왔다. 그리고 이 문제를 다룬 소설들 가운데 적지 않은 수가 뚜렷한 선악의 공식에 입각하여 이야기를 전개해 왔던 것도 사실이다. 즉, 한편에는 고통받는 무력하고 선한 노동자가 있고 다른 한편에는 횡포와 착취를 일삼는 악덕 자본가 및 자본가의 비열한 하수인이 있다는 공식에 입각하여 작품이 쓰여졌고, 그리하여 우리는 이 같은 공식에 너무도 익숙해져 있다. 물론 이 같은 공식이 현실의 상당 부분을 반영하는 것일 수 있음을 누구도 부정하지 못할 것이다. 하지만 어떤 사회도 이처럼 굳어지고 정체된 공식에 따라 움직이는 것은 아니다. 자본가 가운데도, 또한 자본가와 노동자 사이에서 중간자 역할을 하는 사람 가운데도 선한 사람이 있으며, 노동자 가운데도 비열한 사람이 있을 수 있다. 그것이 인간 사회다. 말하자면, 어떤 형태의 정형화(定型化)도 사회의 참 모습을 드러내는 데 방해가 될 수 있다. 그런 시각에서 볼 때, 작가 이충호가 「개를 찾습니다」에서 제시한 구창동이라는 인물이나 박희조라는 인물은 지극히 중요한 의미를 갖는다. 이른바 정형화를 깨뜨리는 인물들이라는 점에서 그러하다.

구창동의 입장에서 보았을 때 노조원들은 '선'과 거리가 먼 사람들이다. 그들은 "모든 것을 아전인수적으로 해석하고, 오직 자기들의 주장과 입장만 펴고 떼를 쓰는 데 이골이 나" 있는 사람들인 데다가

"온갖 정성을 들여 이루어 놓은 노사 합의 사항도 자고 나면 언제 그 랬느냐는 듯 뒤집어 버린 경우가 한두 번이 아"닌 사람들이어서, "그 들의 행태에 대항할 마땅한 방법을 찾기란 여간 어려운 것이 아니"다. 이들과의 협상 과정에서 구창동이 겪는 정신적 고통은 이루 말할 수 없다.

직장 생활이 이렇게 길고 힘들었던 적은 없었다. 수시로 협상 자료를 준비하고 밤늦게까지 사무의 대책 회의를 열고, 또 휴일까지도 반납한 채 비상 근무를 해야 했기 때문에 몸은 파김치가 되어 벌써 두 번이나 코피를 쏟았다. 노조원들의 과격하고 비인간적인 태도에 때로는 실망하고, 때로는 분노하다가 입은 마음의 상처 때문에 가슴이 답답하고 잠이 잘 오지 않는 것이 벌써 일주일째였다.

구창동의 정신적 고통을 가중시키는 인물이 다름아닌 박희조로, "투쟁 일변도인 노조의 노선 중심"에 바로 그가 있기 때문이다. 그에 대한 구창동의 비판은 이렇게 이어진다.

그가 맡은 직책은 노조 홍보 부장이었지만 실제론 행동 부장이라고 해야 옳을 정도로 노조를 선동하고 있었다. 여러 차례 거듭된 협의 중에도 그의 태도는 늘 경직되어 있었다. 삭발한 머리에 붉은 띠를 두르고 거친 말을 쏟아대는 그의 태도는 협상자의 태도가 아니라 항복 문서를 받으러 온 점령군의 태도와 같았다. 날카롭게 날이 선 그의 말에는 협상 상대자에 대한 배려 따윈 찾아볼 수 없었다. 회의 중에도 자신의 주장을 반박하는 회사측 대표를 향해 삿대질을 하고 고성을 지르는 일을 서슴지 않았다. 회의 중 손으로 테이블을 치는가 하면 상대방 테이블에 물병을 던진 일도 한두 번이 아니었다. 안하무인이었다.

회의 도중에도 자신의 주장이 밀린다 싶으면 '그것을 양보하느니 차라리 여기서 배를 가르겠다'는 말로 배수진을 쳤다.

물론 이 같은 비판은 어느 한쪽의 시각만을 담은 것일 수도 있다. 하지만 적어도 사용자와 노조원들 사이에 끼어 양자 사이의 타협을 이뤄 내려는 사람들의 입장에서 보면 그들의 고통은 그대로 현실일 수 있다. 바로 이 중간자의 고통에 눈길을 주고 있다는 점에서 이충호의 「개를 찾습니다」가 갖는 의미는 각별하다. 노동의 문제를 다룬 대부분의 소설이 노동자의 고통에 초점을 맞추다 보니 간과할 수밖에 없었던 현실의 또 다른 한 단면을 보여 주고 있거니와, 바로 이 점에서 볼 때 그의 소설은 우리 시대의 지배 담론—또는 대세를 이루는 가치관—의 역할에 대해 다시 한번 가늠해 볼 필요가 있음을 일깨우는 작품이라고 할 수 있다.

「개를 찾습니다」는 물론 노사 갈등만을 다루고 있는 소설이 아니다. 이는 박희조라는 특이한 인간에 대한 탐구의 소설로 읽히기도 하거니와, 노사 갈등으로 마음 편할 날이 없는 구창동은 아내와 딸의 성화 때문에 할 수 없이 기르고 있는 개의 실패한 "교미"를 다시 시도하기 위해 어느 날 아내와 함께 "애견원"을 찾는다. 그런데 그 애견원의 주인이 놀랍게도 박희조다. "개 교미"가 끝난 다음 "아내에게까지 다가가서 의미 있는 미소를 지으며" "이번엔 아마 확실할" 것이라고 말하는 박희조를 향한 구창동의 감정이 좋을 리 없다. "그 놈의 개 때문에 개 사육장까지 찾아가서 그를 만났다는 사실"에 "자존심이 상"한 구창동의 머리에 "온갖 기억들"이 떠오르는데, 이는 물론 군 복무 시절 선임하사 박희조와 관계되는 것이다. 구창동과 "군견 관리를 총괄하는 일"을 맡아하던 박희조 사이의 악연은 그가 "대대 본부 중대의 군견 관리병으로 차출되면서부터" 시작된다. "미친개"라는 별명의 선임하사 박희조는 구창동의 눈에 "남을 학대하는 행동으로 위안을 느끼고 있음이 분명해 보"이는 사람, 또는 "남의 고통을 통해 희열을 느끼는 뒤틀린 성격을 가지고 있는 것이 분명해 보"이는 사람으로, 그로부터 구창동은 "개보다 못한 취급"을 받으며 군대 생활을 해야만 했던 것이다. 구창동의 기억 속에 박희조는 "권력에 아부하는 속성과 오직 욕망에만 충실한 탐욕의 화신으로서 진흙탕 속에서 서로를 물고 뜯는 근성을 지"니고 있을 뿐만 아니라 "온건하고 평화적인 것보다는 먹이를 쫓고 그것을 사냥해 피를 보고 희열하는 늑대의 야성을 피 속에 감추고 있"는 개—말 그대로 "미친개"—다.

이 소설에는 사람이 개나 개보다 못한 존재에 비유되고 있는 동시에 다양한 종류의 개가 등장한다. 남한산성의 "영창"에 갇혀 있다가 "열흘"만에 부대에 복귀했을 때 구창동을 모르는 척하던 군견에서 시작하여 구창동이 어린 시절 집에서 길렀던 "누렁이"에 이르기까지, 또한 구창동의 집에서 그의 아내와 아이가 길렀거나 기르고 있는 개에서 박희조가 애견원에서 사육하고 있는 개나 노조 사무실에서 키우는 개에 이르기까지, 온갖 개들이 때로는 현실 속의 개로서, 때로는 비유적 의미를 담은 개로서 이 소설에 등장한다. 하지만 어떤 개도 구창동에게는 과거의 박희조만큼이나, 또 현재의 박희조만큼이나 "쳐다보기도 싫"은 존재다. 심지어 그가 어린 시절 그처럼 정을 주었던 "그 순진한 누렁이"조차도 "동네 개들과 무리를 지어 뛰어놀 때는 내가 불러도 잘 오지 않"을 정도의 "떼거리 근성"을 지니고 있다는 사실을 떠올릴 만큼 개에 대한 그의 감정은 좋지 않다.

바로 이 개들의 "떼거리 근성"을 구창동은 우연한 사건을 계기로 하여 노조원들의 모습에서 본다. 사건의 발단은 이렇다. 어느 날 박희조는 "옥상 난간에 올라가서 투신 소동을 피"운다. 그의 그런 모습을 보며 구창동이 떠올리는 것은 바로 "투견의 광기"다.

그는 이성을 잃고 있었다. 마흔아홉이란 그 나이에 그는 앞뒤를 구별 못하는 성난 개처럼 오직 기선 제압, 상대방을 먼저 물어 기선을 제압하려는 투견처럼 사나운 이를 드러내고 울부짖고 있었다. 마치 '물어라!'는 주인의 말 한마디에 자신의 온몸을 던져 투신하는 투견의 광기를 보여 주고 있는 것 같았다. '물어라! 그러면 너희들의 세상이 될 것이다!'라는 주인의 말 한마디에 스스로를 던지는 맹렬한 그 투견의 근성으로 허공을 바라보고 있었다.

박희조가 "허공에 몸을 던"지자 "수많은 노동자들의 입에서 비명이 터져 나"오고, "노동자들의 함성"은 "악을 쓰듯 더 거칠어"진다. 순간 구창동의 의식에 떠오르는 것은 "며칠 전에 그의 개 사육장에서 보았던 사나운 개떼의 환상"이다. 아울러, 구창동은 "박희조의 행동에서 오직 본능에만 충실한 개의 환상을 지"우지 못한다. 마침내 구창동은 "개를 찾습니다"라는 "노조 사무실 앞"의 "전단지를 볼 때마다 그 말이 마치 옥상에서 투신한 박희조를 대신할 충직한 강성 노조 대의원을 찾는다는 말 같기도" 하다는 착각에 빠져들기도 한다. "개를 찾습니다"라는 전단은 왜 나붙게 된 것일까. 박희조가 투신하던 날 "노조 사무실에 그가 키우던 경비견 한 마리"가 "노조원들이 던진 화염병에 놀라 노조원을 물고 달아났는데, 그 개의 행방이 묘연해졌기에 나붙게 된 전단이 "개를 찾습니다"다.

박희조와 그 외의 노조원한테서 구창동이 "개떼"의 속성을 보고 있음은 자본가나 경영진 쪽의 사람들이 과격 노조에 대해 갖는 부정적 시각을 대변하는 것일 수 있다. 한편, "노동자의 피를 빨아먹는 흡혈귀 사장을 처단하자!"라든가 "악덕 재벌 처단하여 평등 분배 이룩하자!" 등등 소설 속의 노조측 구호는 그쪽 사람들이 자본가나 경영진 쪽의 사람들에 대해 갖는 부정적 시각을 보여 주는 것이다. 또한, 노조 쪽의 입장에서 보면, "생산 관리 팀장"인 구창동과 같은 '하수인'들이 오히려 비열한 '개떼'의 속성을 지닌 존재로 비칠 수도 있다. 물론 예외는 적지 않겠지만, 이처럼 서로가 서로를 부정하거나 극복의 대상으로 보는 갈등 구조는 오늘날 우리 사회의 현실인지도 모른다. 아울러, 한때 자본가 및 자본가와 노동자 사이의 중간 계층에게 착취를 당하면서도 숨죽여 살아야 했던 노동자들이 이제 떳떳하게 제 목소리를 낼 수 있는 시대가 되었다는 점에서 볼 때, 지배 담론이 새롭게 바뀌거나 바뀌고 있는 것이 또한 오늘날의 우리 사회인지도 모른다.

「메콩강에 지다」와 「개를 찾습니다」가 이념적, 정치적 의미에서 서로 상반되는 담론 또는 가치관을 드러내고 있는 작품이라면, 「똥계장과 신데렐라병」은 사회적·미학적 의미에서 서로 상반되는 담론 또는 가치관을 드러내는 또 하나의 중요한 문제작이라고 할 수 있다. 「똥계장과 신데렐라병」의 이야기는 아주 단순하다. "시 하수과 하수종말 처리장 담당 계장"인 황도수 씨의 딸이 그의 아내의 열렬한 지원 아래 "미스 우리시 선발 대회"에 참가하여 아무런 상도 받지 못한 채 탈락한다. 문제는 황도수 씨의 가치관과 그의 아내의 가치관 사이의 충돌에 있다. 황도수 씨의 아내가 보기에 그는 "고리타분하고 케케묵은 촌놈의 사고 방식을 가지고 있"는 사람, 그런 사람이기에 "말단 공무원에 만년 계장, 그것도 나이 오십이 넘어서 그 잘난 놈의 똥 공장 계장 딱지 하나 떼지 못하고 있"는 사람이다. 하지만 황도수 씨는 자신이 "조선 왕조 오백 년 동안에 이 정승 오 판서를 배출한 해주 황씨의 뼈대 있는 집안"의 자손임에 자부심을 갖고 있는 사람이다. 그런 그의 입장에서 보면, "다 큰 처녀가 많은 사람들 앞에 벌거벗고 나가서 소위 심사위원들이란 사람들에게 심사를 받는다는 것 자체"를 "도저히" 이해할 수 없다. 그렇기 때문에 그는 또한 "무대 바로 앞에서 벌거벗은 젊은 여자들을 빤히 쳐다보고 있는 자신을 누군가가 보고 있을 것 같기도 하고, 자기 딸과 같은 처녀들의 벗은 몸을 쳐다보고 있다는 것이 왠지 멋쩍고 점잖지 못한 일로 생각되어 한 곳에 눈을 두고 있을 수가 없"어 할 만큼 이른바 시류 바깥의 사람이다. 그럼에도 불구하고 그는 아내의 히스테리에 견디지 못하여 딸을 각종 미인대회에 출전케 할 수밖에 없었고, 마침내 아내의 강요에 못 이겨 "미스 우리시 선발 대회"가 열리는 자리에 관객으로 참석하게 된 것이다.

"미스 코리아란 한국 여성의 최고의 명예이자 가장 빠르고 가장 확실한 출세가 보장된 자리"라는 확신에 황도수 씨의 아내는 딸을 엄청난 비용이 드는 "모델 메이킹"이라는 학원에 보낼 뿐만 아니라 성형수술 등등 "딸아이를 섹시하게 만들기 위해" "정말 눈물겹다 할 정도로 혼신의 힘을 쏟"는다. 하지만 "너무 한국적으로 생겨서 서양식 기준으로 미인을 뽑는 미스 코리아 선발 대회 같은 데선 다소 불리할 수밖에 없다는 말"을 듣는 "이"만은 어쩔 수 없다. 이 때문에 "아내는 이제 딸아이의 이가 약간 앞으로 튀어나온 것은 '애비를 닮아서 그렇다'며 그를 보고 노골적으로 화를 내기 시작"한다. 그리고 황도수 씨는 그런 아내의 "화"를 그대로 감수해야만 한다. 아무튼, "너무 한국적으로 생겨서 서양식 기준으로 미인을 뽑는 미스 코리아 선발 대회 같은 데선 다소 불리할 수밖에 없다"니? 이 말에서 확인되듯, 우리나라에서의 미인 선발 기준은 황당하게도 "서양식 기준"이다. 또한 "이게 무슨 미스 코리아 선발 대횐가? 색기 많은 여자를 뽑기 위한 대회지!"라는 황도수 씨의 생각이 말해 주듯, 그로서는 도저히 이해하기 어려운 것이 미에 대한 오늘날의 가치관이다. 뿐만 아니라, "황도수 씨의 눈에는 무대에 서 있는 참가자들의 체격이나 몸매, 그리고 얼굴 모양이 우열을 가릴 수 없을 정도로 비슷비슷해 보"이고 또한 "큰 키에 균형 잡힌 몸매, 거기에 한껏 부풀려 올린 퍼머넌트 머리까지 어떻게 그렇게 하나같이 비슷비슷한지 구별하기 어"렵다. 이렇게 생각하는 것은 물론 요즈음 획일화된 미의 기준에 맞추기 위해 성형 수술까지 마다하지 않는 세태를 황도수 씨가 모르고 있기 때문이다. 그럼에도 불구하고, 황도수 씨는 이 모든 난리 법석이 "신데렐라 콤플렉스가 공주병인가 하는 그 병" 때문인지는 알고 있다.

요컨대, 황도수 씨와 그의 아내 사이의 갈등은 미의 기준에 대한 입장 차이에서 나온 것이다. 황도수 씨의 입장이 앞서 논의한 「메콩강에 지다」에서 '나'의 입장이나 「개를 찾습니다」에서 구창동의 입장과 크게 보아 동일선상에 놓이는 것이라면, 황도수 씨의 아내가 내세우는 입장은 「메콩강에 지다」에서 '나'의 동생이나 「개를 찾습니다」에서 박희조를 비롯한 노조원들이 내세우는 입장과 동일선상에 놓이는 것이라고 할 수 있다. 즉, 황도수 씨, 구창동, 「메콩강에 지다」의 '내'가 지배 담론 또는 요즈음 세상의 시류를 벗어나 있거나 이에 반(反)하는 담론이나 가치관 쪽에 서 있다면, 황도수 씨의 아내, 박희조, 「메콩강에 지다」의 '나'의 동생은 지배 담론 또는 오늘날 널리 통용되는 가치관이나 시류 쪽에 서 있다고 할 수 있다. 시대를 주도하는 가치관이나 지배 담론이 아니기 때문에 전자의 인물군이 자신의 입장을 표나게 내세우지 못하는 반면, 후자의 인물군은 자신의 입장을 드러내는 데 거리낌이 없다. 말할 것도 없이, 거리낌 없이 드러낼 수 있다고 해서 그것이 반드시 옳거나 보편적 가치를 대변하는 것은 아니다. 이 같은 논리는 역의 경우에도 성립되는데, 표나게 드러내지 못한다고 해서 그것이 반드시 그릇된 가치관의 억압 아래서 신음하는 정의롭고 올바른 가치관이라고 할 수는 없다. 어떤 담론이나 가치관도 절대적인 진리나 보편성을 주장할 수 없음은 역동적인 인간 사회가 피할 수 없는 현실이기 때문이다. 거듭 말하지만, 작가 이충호는 이미 낡고 고리타분한 것으로 폄하되고 있거나 시류와 대세에서 벗어나 있는 가치관이나 담론이 시대를 풍미(風靡)하는 가치관 또는 지배 담론과 동시 존재함을 보여줌으로써, 사회의 역동성을 생생하게 드러내고 있다. 이충호의 작품들이 오늘날의 우리 사회에서 감지되는 '다성적 울림'에 대한 소설적 형상화의 구체적 예라고 할 수 있음은 바로 이 때문이다.

 문제는 「똥계장과 신데렐라병」에 묘사된 황도수 씨의 아내의 모습이 「메콩강에 지다」에 묘사된 '나'의 동생의 모습이나 「개를 찾습니다」에 묘사된 박희조의 모습과 달리 '희화화'(戱畵化)되어 있다는 점이다. 따지고 보면, 세상을 단순화해서 본다는 점에서는 "신데렐라병"에 걸린 황도수 씨의 아내나 「메콩강에 지다」에 등장하는 "베트남 사람보다도 더 열렬한 베트남 매니아가 되어 있는 것 같"은 '나'의 동생이나 마찬가지고, 심지어 "사장"은 "노동자의 피를 빨아먹는 흡혈귀"이고 노동자는 "착취"의 대상이라는 구호 아래 모이는 박희조와 여타의 노조원들도 세상을 단순화해서 보기는 마찬가지다. 인물의 한 특성을 전형화하고 단순화하는 것이 희극의 한 전략이라면, 이들 세 인물은 희극의 주인공으로서 손색이 없다. 하지만 작가는 오로지 황도수 씨의 아내만을 희극적 인물로 제시하고 있다. 황도수 씨 또는 그의 아내가 연출하고 있는 희극이 어떻게 완결되는지는 다음의 인용이 흥미롭게 보여 주고 있다.

아내는 고개를 갸우뚱했다. 그리곤 믿어지지 않는 듯 몇 번이나 무대를 향해 고함이라도 내지를 듯한 자세를 취했다. 그리곤 울음을 터뜨렸다. 억울하다는 표정이었다. 어깨를 들먹이고 발을 동동 구르며 소리 내어 울었다. 마치 사회자가 쪽지에 적힌 딸아이의 이름을 다른 사람의 이름으로 바꾸어 읽어 버리기라도 한 것처럼 아내는 결과를 믿으려 하지 않았다.

"내 돈! 내 도온······."

앞 의자의 등받이를 잡고 울먹이던 아내가 갑자기 이상한 말을 신음처럼 흘렸다.

'돈이라니? 똥이 아니고?'

그는 얼른 이해가 되지 않았다. 처음엔 아내가 뭔가를 착각하고 있는 것으로 생각했다. 이상하게 돌아가는 분위기에 어안이 벙벙해 있던 그는 한참만에야 비로소 일주일 전엔가 아내가 하던 말이 불현듯 생각났다. 진·선·미에 들어가려면 심사위원들에게 큰 것으로 한 장씩은 써야 한다던 말이었다.

"자가당착"에 빠진 것으로 묘사된 「메콩강에 지다」의 '나'의 동생이나 "개에 대한 사랑은 개고기를 먹음으로써 완성된다"는 식의 자기 합리화를 하는 「개를 찾습니다」의 박희조가 희극적 인물로서의 여건을 갖추고 있음에도 불구하고, 작가가 그들을 나름대로 심각한 인물 유형으로 제시하고 있는 이유는 무엇일까. 어떤 의미에서 보면, 작가 자신도 지배 담론의 구속에서 자유로울 수 없기 때문인지도 모른다. 아니, 지배 담론이 정치나 이념과 같이 진지해야 될 것처럼 느껴지는 것과 마주했을 때 의식적으로든 무의식적으로든 작가가 심리적 부담을 느꼈는지도 모른다. 이념이나 정치와는 관계없는 주제인 미에 대한 가치관을 문제삼을 때 작가는 그와 같은 부담에서 자유로울 수 있있기에 이른바 '희화화'가 가능했던 것은 아닐까. 따지고 보면, 희화화되어 있기는 황도수 씨의 경우도 마찬가지다. 아니 '똥계장과 신데렐라병'이라는 제목 자체가 대상에 대한 자유롭고 편안한 희화화의 한 예라 할 수 있다.

거듭 말하지만, 정치와 이념의 문제가 걸려 있을 때 작가가 진지하고 심각해지는 것은 그 자신 역시 지배 담론의 구속에서 자유롭지 못할 수 있음을 간접적으로 증명하는 예일 수도 있다. 또는 관점을 달리하여 이렇게 추론해 볼 수도 있겠다. 즉, 작가 자신이 천성적으로 자기 검증에 철저한 사람이라는 증거일 수는 없을까. 여기에서 '자기 검증에 철저하다'함은 미묘한 문제에 대해 쉽게 판단하지 않을 만큼 신중하다는 말일 수 있거니와, 「메콩강에 지다」나 「개를 찾습니다」에서 보이는 작가의 문제 의식은 여전히 새로운 문제 의식을 끊임없이 재생산할 수 있을 만큼 그 층위가 복합적이라는 뜻에서다. 따지고 보면, 미에 대한 가치 기준의 변화는 그 자체가 피상적인 것일 수 있어서 너무도 쉽게 변화 그 자체를 희화화의 대상으로 삼을 수도 있다. 하지만 정치나 이념의 문제는 어느 시대 어느 지역에서도 과격하고 예민한 반응을 불러일으킬 수 있을 만큼 어렵고 복잡한 것이다. 그처럼 어렵고 복잡한 문제를 쉽게 풀 수 없고, 그러기에 그런 문제 앞에서 진중하고 심각해질 수밖에 없는 작가의 자세를 보여 주는 것이 바로 「메콩강에 지다」나 「개를 찾습니다」가 아닐까. 여기에서 암시되는 작가의 자세는 곧 작가의 성실성을 가늠할 수 있는 척도가 될 수 있다는 점에서 우리는 작가가 느끼는 현실에 대한 비판 의식과 함께 그가 느끼는 현실의 무거움을 동시에 느끼지 않을 수 없다.

3

이제까지 우리는 작가 이충호의 작품 세계가 의미하는 바를 우리 나름의 관점에서 검토해 보았다. 우리가 앞서 다룬 작품은 세 편에 불과하지만, 그가 이번 작품집에 수록하고 있는 여타의 작품들 역시 동일한 시각에서 검토할 수 있을 것이다. 무엇보다도 「풍파」, 「잔상, 그 비탈에 서다」, 「처용을 아십니까」와 같은 작품 역시 서로 대립하거나 상충하는 입장 또는 가치관의 갈등을 두드러지게 담고 있는 예라고 할 수 있다.

먼저 「풍파」의 경우를 보자. 이 소설은 "아직까지 유교 의식이 많이 남아 있어서 가문의 전통과 친족간의 유대를 무엇보다 중시하는" 준구의 아버지와 "원자력 발전소 추가 건설 저지 투쟁 위원회 주민 대표"인 그의 삼촌 사이의 갈등을 그린 작품이다. "늘 서로 양보하고 돕는 의좋은 형제"인 그들 사이에 갈등이 싹트게 된 이유는 무엇인가. 두 사람 사이의 갈등은 "원자력 발전소 추가 건설을 위한 부지 매입이 시작되고 나서부터" 시작된다. 원전 측에 땅을 판 아버지의 입장은 "자신이 일군 농장을 팔아 마을을 떠나고 싶어서가 아니라 발전소가 꼭 들어서야 한다면 어쩔 수 없는 일 아니냐"로 요약된다. 또한 "자꾸 반대만 한다면 전깃불은 뭐로 켜며 공장은 또 뭐로 돌린단 말인가"와 "이미 짜여질 대로 다 짜여져서 일이 진행되고 있는데 반대한다고 들어올 것이 안 들어오겠느냐"가 아버지의 생각이다. 한편, 준구의 삼촌 쪽 입장은 "저놈의 핵발전손가 뭔가 하는 것 때문에 생떼 같은 사람들이 얼마나 피해를 입었노"라는 물음에서 드러난다. 월남전에 참전한 적이 있는 삼촌은 준구에게 "밀가루 같은 에이전트 오렌진가 뭔가 하는" "고엽제"의 피해를 이야기하면서 "저놈의 핵이나 고엽제나 다른 게 뭐 있겠노"라고 묻기도 하는데, 이 같은 물음에 담긴 삼촌의 입장은 "사람을 해치고 죽이려 하는 것들"을 결코 받아들일 수 없다로 요약될 수 있다. 어느 쪽 입장이나 나름의 정연한 논리와 정당성을 지닌 것이라고 하지 않을 수 없다. 문제는 두 입장이 결코 타협점을 찾을 수 없다는 데 있다. 두 사람 모두 다감하고 선한 사람들임에도 불구하고 이처럼 갈등이 계속될 수밖에 없음이 어찌 보면 우리 삶의 현실 아니겠는가.

유사한 종류의 갈등이 「잔상, 그 비탈에 서다」의 소재가 되고 있다. 이 소설에서의 갈등은 공단이 들어섬에 따라 마을에서 "이주 사업"이 시작되면서부터다. 갈등의 한쪽 끝에는 "대추씨 같이 꼬장꼬장한 성질을 가진" '나'의 아버지가 있고, 그 반대쪽 끝에는 "한때는 나와 아주 친했"던 '나'의 친구이자 "야간 공고를 졸업하고 공사판을 전전"하다가 "몇 해 전 공단 관리 사무소에 자리를 얻은" 헌배가 있다. 이주 사업 때문에 "선산의 조상들을 일으켜야 한다는 데 분을 억누르지 못하고 있"는 아버지는 "설령 잡혀가는 일이 있더라도 선영이나 집을 비워줄 수 없다고 완강하다." 도시로 나가 살 수 있도록 해 주는 보상금 때문에 "그 따분하고 일에 진저리나는 촌놈의 땟물을 훌훌 벗어 던지고 늦게나마 손에 흙 안 묻히고 살 수 있어 차라리 잘 되었다고 생각하는 사람도 많"긴 하지만, "단 한 사람 김판수의 아들 헌배"만을 제외하고 대부분의 마을 사람들은 아버지와 같은 입장이다. 헌배가 공단 사람들의 입장을 대변한다는 점을 감안한다면, 갈등은 결국 마을 사람들과 공단 사람들 사이의 갈등이라고 할 수 있겠다. 바로 이 점에서 「잔상, 그 비탈에 서다」는 마을 사람들 사이의 갈등을 이야기한 「풍파」와는 구도가 약간 다른 작품이라고 할 수도 있다.

사실 「잔상, 그 비탈에 서다」에서 이야기되고 있는 갈등의 구도는 그처럼 단순한 것이 아니다. 소설이 제시하고 있는 갈등 구조는 종교적인 것일 수도 있거니와, "돌엄마"에 대한 확고한 믿음을 지니고 있는 '나'나 '나'의 어머니와 "기독교 신자"인 '나'의 아내 사이의 갈등이 이 소설의 또 한 층위를 이룬다. "배운 사람이 돌덩이나 섬긴다"는 식의 논리를 앞세워 '나'에게 화를 내는 아내는 "한 마디로 어머니나 내가 가소롭다는 식"이고, "미신이니 우상 숭배니 하면서 어머니와 나를 깔"본다. 그런 아내에 대해 "나는 나대로 아내를 도시 바닥에서 멋대로 자란 막돼먹은 인간이라고 몰아붙이곤" 한다. 결국 토속 신앙과 외래 신앙 사이의 갈등이 이 소설의 또 한 층위를 이루고 있다고 할 수 있는데, 과연 이 같은 갈등의 끝에 놓인 현실의 모습은 어떤 것일까. 소설 속에서 '나'는 "피투성이가 되어 쓰러져 있던 헌배의 모습이 바로 우리 마을의 현실인지도 모른다는 생각"을 하는데, 어찌 보면 그것은 "마을의 현실"일 뿐만 아니라 토속 신앙에 대한 굳은 믿음을 지닌 '나'나 '나'의 어머니의 '마음'의 현실일 수도 있겠다. 그리고 "헌배의 모습"은 소설 속의 '나'의 어머니가 말하는 "그 좋던 마실"의 오늘날 현실일 수도 있겠다. 과연 이 같은 사회의 변화가 바람직한 것일까. 이 같은 물음을 작가는 그의 작품을 읽는 모든 사람에게 던지고 있는 듯도 하다.

「처용을 아십니까」 역시 서로 상충되는 입장 사이의 갈등을 다루고 있다. 갈등은 "처용"에 대한 해석에서 그 모습을 드러내는데, "향토 역사회 회장직을 맡고" 있는 김철용 씨는 "처용제"의 "학술 심포지엄"에서 "처용이 실존 인물이었다 하더라도 뭐 그리 대단한 인물이었다고 야단을 떠는지 모르겠"다는 견해를 밝힌다. 이에 "우리 고장의 표상적 인물로 처용을 기리고, 그 정신을 계승하기 위"해 "학술 심포지엄"을 개최한 "처용 사랑회"의 "후원 회장인 강세팔"은 "불쾌한 표정"을 감추지 않는다. 말하자면, "처용의 업적과 생애를 기리"고자 하는 쪽과 그런 의도를 "국민 의식을 호도하기 위한 방법"의 하나로 보는 쪽 사이의 갈등이 이 소설의 기본적 갈등 구조를 이룬다. 한편, 이 같은 갈등 구조는 보다 더 중요한 또 하나의 갈등 구조로 인해 야기된 것이라고 할 수 있는데, 또 하나의 갈등 구조란 유적지에 골프장을 건립하려는 강세팔의 의도와 관련된 것이다. 즉, "아시아일보 지국장"이기도 한 강세팔은 "두용 정유와 손잡고 운포성지 일대에 골프장을 건설하려 한다는 소문"의 주인공이고, 이런 소문을 듣고 김철용 씨가 회장직을 맡고 있는 향토 역사회는 "운포성지의 역사적 의의와 문화재로서의 가치를 주장하면서" "운포성지 보존 운동"을 펼친다. 바로 이런 갈등 구조 속에서 김철용 씨는 불량배들에게 폭행을 당하기도 하고, "팩스기"를 통해 협박용 사진을 받기도 한다. 그런 사진 가운데 하나가 아내와 "건장한 사십대 초반의 남자"가 "수영복 차림으로 바닷가에 나란히 누워 있는 사진"이라는 점에서 이 소설은 "처용을 아십니까"라는 소설의 제목 자체와 관련이 있는 또 하나의 갈등 구조를 담고 있다고 할 수도 있는데, 그 자리에 바로 불륜이라는 문제가 놓인다.

불륜 때문에 야기된 것이든 또는 세태의 변화 때문에 싹튼 것이든 부부 사이의 갈등이 이충호의 작품 세계에서 이야기를 전개하는 데 크고 작은 모티프가 되는 경우가 적지 않다. 심지어 부부 사이의 갈등이나 이혼이 이야기의 핵심적 소재가 되는 경우도 있는데, 「황혼을 차오르는 새」나 「재회」가 이에 해당한다. 물론 「재회」의 경우 한 인간의 정체성과 관련된 "고뇌와 심적 갈등"—아니, 보다 더 정확하게 말하자면, 귀화한 일본인의 후손이자 전직 교수인 한 인간의 "정체성이란 말로는 채 해명될 수 없는 깊은 고뇌와 심적 갈등"—에 대한 관찰이라는 점에서 단순히 부부간의 갈등과 이혼을 다룬 소설만으로 다뤄져서는 안 될 것이다. 한편, 「팔월의 빈 뜰」이라는 작품 역시 「재회」와 마찬가지로 정체성과 관련된 한 인간의 고뇌와 심적 갈등을 다룬 소설일 수 있다. 이 작품에서는 또한 앞서 논의한 「잔상, 그 비탈에 서다」에서 마찬가지로 종교 문제가 중요한 이야기 소재가 되고 있기도 한데, 기독교 목사가 "주어다 키운 무당의 딸"인 한 여인의 정체성 찾기라는 점에서 그러하다.

이제까지 살펴보았듯이, 작가 이충호의 작품 세계는 무엇보다도 오늘날의 우리 사회가 보듬어 안고 있는 다양한 갈등 구조에 대한 보고서로서의 의미를 갖는다. 갈등은 물론 서로 다른 가치관과 입장 사이의 갈등일 수 있거니와, 이를 통해 불안하지만 변화를 피할 수 없는 현실과 사회의 모습을 생생하게 보여 주고 있다. 변화는 갈등과 불안과 불만을 야기하기도 하지만 피할 수 없는 것임을 보여 주는 작품들 가운데 우리가 아직 논의 대상으로 삼지 않은 작품들―그럼에도 불구하고 결코 소홀히 다뤄져서는 안 될 문제작들―이 「롤러코스터 게임」과 「IMF 공화국에 부침」이다. 이 두 소설은 각각 주식 투자에 빠져들어 헤어나지 못하는 한 소시민의 모습과 상사의 노예처럼 회사 일에 충성하다가 어느 날 갑작스럽게 쫓겨나는 또 하나의 소시민을 다루고 있거니와, 순서를 달리한 연작으로 읽혀도 무방할 이들 작품에서도 우리는 역시 오늘날의 사회와 현실이 어떤 변화의 과정을 겪고 있는가, 또한 변화의 과정에 필연적으로 수반되는 갈등이 구체적으로 어떤 모습인가를 확인할 수 있다.

이처럼 작가 이충호의 이번 작품집에 수록된 열한 편의 작품 모두가 변화를 피할 수 없는 현실과 사회 속에서 삶을 살아가야 하는 우리 시대의 소시민들의 삶에 대한 보고서의 성격을 띤다. 서로 상충되는 목소리들의 '다성적 울림'으로 인해 더할 수 없는 현장감을 획득하고 있는 이들 일련의 보고서에 대한 또 한 번의 일반화를 시도하자면, 이들은 사회의 역동적 변화와 함께 새롭게 지배적 담론의 역할을 하는 입장이나 가치관과 이제 주도권을 상실했거나 상실한 위기에 있지만 여전히 무시할 수 없는 입장이나 가치관 사이의 갈등에 대한 소설적 형상화로 볼 수 있다. 이 같은 갈등과 관련하여 작가 이충호는 섣부르게 화해나 타협을 주문하지도 않고 그 가능성을 적극적으로 암시하거나 추구하지도 않는다. 어찌 보면, 작가의 이런 자세는 현실에 대한 냉정한 관찰에서 나온 것일 수 있는데, 무엇보다도 화해와 타협의 논리는 현실 사회가 아닌 이상향의 것일 수 있다는 점에서 그러하다. 아울러, 갈등이 어떤 형태로든 해소된다고 하더라도 그 시점은 갈등의 끝이 아니라 새로운 갈등의 출발점이라는 점에서도 그러하다.

어떤 의미에서 보면, 작가 이충호가 이번 소설집에서 우리에게 제시한 일련의 보고서는 하나하나 모자이크 조각의 역할을 하는 가운데 하나의 전체적인 모자이크 그림을 지향하는 것으로 볼 수도 있겠다. 말하자면, 오늘날 우리 사회 현실의 총체를 보여 주는 모자이크 그림과도 같은 것이 이충호의 이번 소설집이라고 할 수 있다. 문제는 모자이크 조각들 모두가 자체의 색채를 강렬하게 드러내고자 하는 경우 그림의 전체적 구도가 깨질 위험이 있다는 데 있다. 몇몇 조각에게 단조로운 색채를 주어 드러나지 않도록 하는 일종의 희생이 전략적으로 요구된다면, 이는 필경 이 때문이 아닐까. 작가가 바로 이 점을 의식하고 있기라도 하듯, 그의 이번 작품집에는 자체의 색감이 강렬하게 느껴지지 않는 작품도 담겨 있다. 다시 말해, 삶의 모습을 충실하게 보여 주지만 소설적 긴장감이 떨어지는 것처럼 느껴지는 작품도 그의 이번 소설집에 포함되어 있거니와, 이는 모자이크 그림의 완성을 위한 작가의 배려에서 나온 것인지도 모르겠다.

하지만 작품 하나하나는 전체의 일부인 동시에 독립된 개체다. 따라서 자신의 독자적 생명력을 지닌 채 존재해야 한다는 점을 누구도 부정할 수는 없을 것이다. 역설적이긴 하나, 전체적 조화만큼이나 개별 작품들 모두가 독자성과 완결성을 갖춰야 한다는 것 역시 소설 작품집의 중요한 구성 논리일 수 있다. 우리가 자체의 색감이 강렬하게 느껴지지 않는 작품—말하자면, 이야기의 극적 구성보다는 삶의 단면 자체를 미세하게 드러내는 데 작가가 더 신경을 쓰고 있는 듯한 작품, 그리하여 긴장감이 떨어지는 작품—이 없지 않다는 점에 대해 아쉬움을 느끼는 이유는 여기에 있다. 이 같은 지적에도 불구하고, 작가 이충호가 현실 세계의 다면성과 다층성을 주의 깊고 예리하게 관찰하는 작가임을, 또한 관찰한 내용을 꼼꼼하고 성실하게 소설적으로 형상화하는 작가임을 누구도 부인할 수는 없을 것이다. 오늘날의 우리 현실과 사회에 대한 이충호의 주의 깊은 관찰과 이에 대한 치열한 소설적 형상화가 앞으로도 더욱 활발하게 이루어지기 바란다.